ANNA MARIA ANGELA VITALE

Corazón

DIE UNENDLICHKEIT DER TRÄUME

A.P.P.
Romance

Kurzbeschreibung

Chile 1957, das Land ist zerrissen von Armut und Reichtum. Louisa bekommt von alledem nicht viel mit, sie hat das Glück in privilegierten Familienverhältnissen aufzuwachsen. Bis sie eines Tages erfährt, dass sie eine besondere Gabe besitzt, die Fluch und Segen zugleich ist. Über Generationen hinweg führt uns ihr schicksalsträchtiges Leben, durch eine Zeit, in der unerklärliche Träume, persönliche Schicksale und fortwährende Geschehnisse eng miteinander verwoben sind.

Ein mysteriöser Alptraum durch Raum und Zeit beginnt, aus dem es kein Entrinnen zu geben scheint.

Kapitel 1

Sie erwachte aus einem Albtraum, der ihr Herz schwerer werden ließ. Schweiß bedeckte ihre Stirn, ihr Herz raste, doch sie wusste, es war alles nicht real. Es war nur ein Traum. Sie fühlte seine Hand noch in ihrer. Schmerzvoll spürte sie die Erinnerung in sich hochsteigen, sie hatte krampfhaft versucht, ihn festzuhalten, aber dennoch nicht die Kraft aufgebracht. Er entglitt ihr und fiel mit einem verzweifelten Schrei in die tiefe, allumgebende Dunkelheit. Doch dann begann allmählich das Vergessen – man erwacht, erinnert sich anfänglich an viele Details, aber in Minutenschnelle verschwinden sie aus dem Gedächtnis, hinterlassen nur ein schales Gefühl in der Magengegend und diesen schweren Stein im Herzen.

»Dolores, Dolores!«, schrie Marisa durch den langen Flur der Universität. *Verdammt*, dachte Dolores und versuchte, die Rufe zu ignorieren. Sie beeilte sich, um den Anschein zu erwecken, dass ihr die Zeit im Nacken saß. »Dolores!« Eine Hand packte sie an der Schulter »Warum reagierst du nicht auf meine Rufe?« Marisa sah sie mit funkelnden Augen an.

»Ich … ich«, stammelte Dolores. »Ach, mir geht es heute einfach nicht besonders gut, ich wollte einfach allein sein. Keine Ahnung, ob du das verstehen kannst. Ich muss einfach weg von hier und jetzt gerade auch von dir.« Damit machte sie auf ihren Absätzen kehrt und ließ Marisa stehen.

Der Wind wehte durch ihre langen blonden Haare, ihre Augen schimmerten golden im Sonnenschein und mit ihren festen, schnellen Schritten glich sie einer Amazone auf Kriegsfuß. *Ich muss herausfinden, was diese Träume zu bedeuten haben. Sie zermürben mich, fressen mich auf und verändern mich*, dachte sie verzweifelt, als sie entschlossen zu ihrem Wagen lief, mit der Absicht, den Grund ihrer verstörenden Träume zu ergründen.

»Hey, was geht, Marisa?« Leo setzte sich ungefragt neben sie, dabei schaute er ihr direkt in ihre faszinierenden Augen »Was ist mit dir los?« Er präsentierte sein verschmitztes Lächeln, das die meisten Frauenherzen dahinschmelzen ließ. Doch bei Marisa stieß er gerade auf Granit. Sie verbrachte gerne Zeit mit ihm und er entlockte ihr auch öfter ein Lachen, aber über freundschaftliche Gefühle hinaus ging es bei Marisa anscheinend nicht. Sie war ein Mysterium. Keiner wusste, auf was sie stand. Flirtete sie an einem Tag unverhohlen mit Leo, konnte es sein, dass man sie am nächsten Tag eng umschlungen mit einer Frau erblickte. Einen festen Partner schien sie nicht zu haben, zumindest hatte sie niemand mit einem gesehen, seit sie an der Universität eingeschrieben war. Nun, das war nichts Ungewöhnliches, man müsste sich mit zweiundzwanzig auch nicht gleich an jemanden festen binden, sondern könnte auch erst mal sein Leben genießen. Das war die Meinung der weniger kritischen Kommilitonen. Das wäre auch alles akzeptabel gewesen, wäre da nicht dieses außergewöhnliche Erscheinungsbild von Marisa Silva.

Marisa maß fast einen Meter achtzig, dadurch war sie schon größer als die meisten durchschnittlichen Frauen. Außerdem hatte sie wunderschöne dunkle Augen, die wie das Fenster zu ihrer Seele wirkten. Ihre ganze Erscheinung glich der einer europäischen Version einer Pocahontas. Die Haut weiß, fast durchscheinend, die Haare lang, dunkel und fast immer zu einem Pferdeschwanz gebunden, was ihr ein freches Aussehen verlieh, oder auch sehr verführerisch wirkte, wenn er rhythmisch zu ihrem Gang wippte.

»Du musst nicht immer alles wissen, aber falls ich das Bedürfnis verspüren sollte, es dir mitzuteilen, werde ich mich schon bei dir melden«, entgegnete sie genervt. Leo zuckte nur ratlos mit den Schultern, warf ihr noch einen kurzen Blick zu, auf den aber keine Reaktion folgte, und machte sich auf den Weg zum Hörsaal.

»Muss sowieso zur Vorlesung«, murmelte er noch vor sich hin und verschwand.

Im Nachhinein bereute sie es, ihn so angefahren zu haben. Marisa überlegte, ob sie ihm folgen und sich entschuldigen sollte. Aber jetzt war es eh zu spät, er saß bestimmt schon im Hörsaal und mimte den Allwissenden. Sie konnte ihn genau vor sich sehen, lässig einen Stift hinters Ohr geklemmt. Seine schwarze Designerbrille verstärkte noch das Aussehen eines Pseudointellektuellen. Die dunklen Locken standen ziemlich wild in alle Himmelsrichtungen und sein Blick war immer aufmerksam auf den Dozenten gerichtet.

Tief in Ihrem Herzen mochte sie ihn sehr, aber ihr rationales Handeln überwog. Sie konnte und wollte sich keine Beziehung erlauben. Sollten sie sich doch alle das Maul darüber zerreißen, dass sie sich nicht festlegen wollte. Es war nicht an der Zeit für solche Dinge. Und sie würde sich von nichts und niemandem umstimmen lassen. Denn das könnte fatale Folgen nach sich ziehen. Und das war es ihr nicht wert.

Leo saß im Hörsaal und spielte nervös mit seinem Stift. Was war nur los mit den Frauen? Was machte er bei Marisa falsch? Sie war eindeutig die Frau, die er haben wollte, keine andere reizte ihn so sehr wie sie. Sie war die ungewöhnlichste Frau, der er jemals begegnet war, es war schwer zu beschreiben.

Sie war wunderschön, keine Frage. Dennoch war das nicht der wesentliche Grund, weshalb er sich für sie interessierte. Er spürte ihr Mysterium, ein Geheimnis, das er ergründen wollte. Gleichzeitig wusste er, dass sie sich auch zu ihm hingezogen fühlte. Auch, wenn sie immer die Gleichgültige spielte.

Er erkannte es in ihren Augen, in denen er wie in einem Buch zu lesen pflegte. Das kurze Aufblitzen, wenn sie sich zufällig berührten. In solchen Momenten überkam ihn oft eine unendliche Woge der Zärtlichkeit. Er hätte sie zu gern in seine Arme geschlossen und ihr dabei ins Ohr geflüstert, dass alles gut werden würde; dass sie die eine war, mit der er für immer zusammen sein wollte.

»Señor Casirelli?« Der Dozent schenkte ihm einen wissenden Blick. »Sie scheinen heute mit Ihren Gedanken weit entfernt.« Leo sah zu ihm auf und errötete, der ganze Hörsaal starrte ihn an und einige lächelten schadenfroh. Er war er doch eigentlich immer derjenige, der die Fragen stellte und die Dozenten herausforderte.

»Wie war die Frage noch mal?«, stammelte er verlegen und versuchte, sich wieder auf die Vorlesung zu konzentrieren.

Dolores saß in ihrem Wagen und hatte das Fenster weit aufgedreht. Sie hoffte, dass der Fahrtwind ihr etwas Erleichterung verschaffen würde. Es herrschte drückende Hitze. Eine Klimaanlage war nicht vorhanden, das Auto hatte sie von ihrer verstorbenen Mutter geerbt und hätte es niemals gegen einen modernen Neuwagen eingetauscht. Selbst wenn dieser ihr sicherlich mehr Komfort bescheren würde. Der Saab 900 war voller Erinnerungen. Wenn sie sich anstrengte, konnte sie noch das Lachen ihrer Mutter hören. Sie war eine leidenschaftliche Autofahrerin gewesen und ihr Wagen hatte für sie immer ein großes Stück Freiheit bedeutet. Das Lederlenkrad hatte nach der ganzen Zeit Patina angesetzt, und für Dolores fühlte es sich an, als würden sie Hand in Hand Auto fahren.

Grüne Landschaften, die im Horizont mündeten, dann wieder brachliegendes Land. Felder, die unendlich schienen, zogen an Dolores vorbei. Langsam konnte sie wieder ihre Gedanken sortieren. Sie beschloss, bei nächster Gelegenheit anzuhalten und kurz Rast zu machen, um etwas Sonne zu tanken. Von Weitem erblickte sie eine kleine Lichtung mit einer Baumgruppe, unter der anscheinend eine Bank stand. Als sie näher heranfuhr, bestätigte sich ihr Eindruck und sie entschied, dort eine Pause einzulegen. Dolores stieg aus dem Wagen, streckte sich ausgiebig und nahm einen tiefen Atemzug. Die Luft hatte einen rauen, würzigen Duft, gleichzeitig wirkte sie auch erfrischend und belebend. Dolores setzte sich auf die Bank, streckte dabei ihre langen Beine aus, reckte ihren Oberkörper und ließ sich die Sonne direkt auf ihr Gesicht scheinen.

Sie tat das sehr gerne, es erinnerte sie an unbeschwerte Urlaubstage am Meer. Unwillkürlich huschte ein Lächeln über ihr Gesicht. Bei dem Gedanken, wie sie als kleines Mädchen im Sand herumgetollt war und mit ihrem Vater ausgelassen fangen gespielt hatte, bis einer von beiden nicht mehr konnte und erschöpft im

Sand liegen geblieben war. »Meine kleine Lolo«, hatte er sie immer liebevoll genannt. Dolores hatte ihn sehr geliebt und zu ihm aufgesehen. Bis er eines Tages sang- und klanglos verschwunden war und nichts von ihm übrigblieb, als bittersüße Erinnerungen und schmerzhafte Tatsachen, an denen ihre Mutter letztlich gescheitert war.

Die Hitze machte ihr zu schaffen. Da die Gegend ziemlich verlassen wirkte, zog sie kurzerhand ihr T-Shirt aus. Sie trug noch ihre Unterwäsche und aus der Entfernung hätte man sie auch für einen Bikini halten können. Dolores schloss die Augen und versuchte, den Moment zu genießen, als ihr auf einmal ein kalter Windhauch eine Gänsehaut bescherte. Erschrocken fuhr sie zusammen und öffnete die Augen, dunkle Wolken brauten sich über ihr zusammen. Erstaunt betrachtete sie den Himmel, eben hatte doch noch die Sonne auf sie heruntergeknallt und jetzt wurde es plötzlich dunkel. Eine düstere Atmosphäre begann sich in der Gegend auszubreiten, die Vögel hatten aufgehört zu zwitschern, und die Luft wurde plötzlich stickig, zusätzlich machte sich ein merkwürdiger Geruch bemerkbar. Verwundert über die außergewöhnliche Veränderung stand sie auf und schlüpfte eilig in ihr T-Shirt.

Ich sollte wohl lieber fahren, mir gefällt das hier gerade ganz und gar nicht, dachte sie und wollte zu ihrem Wagen laufen. Doch der Wind wurde immer stärker, so sehr, dass sie fast nicht mehr gehen konnte. Sie kämpfte mit aller Gewalt dagegen an, doch gelang es ihr nicht, auch nur einen Schritt vorwärtszukommen. Staub und Sand wirbelten in der Luft, schützend hielt Dolores sich die Hände vor das Gesicht. Was sollte sie nur tun? Der Wind hielt sie gefangen und der Himmel wirkte so dunkel, als wäre vorzeitig die Nacht hereingebrochen.

Plötzlich hörte sie ein leises Schluchzen, als käme es von ganz weit weg. Dann wurde es immer lauter und intensiver und entwickelte sich allmählich zu einem Weinen. Das Erstaunliche an dem Ganzen war, dass der Sturm der Stimme nichts anhaben konnte, als würde die Welt stillstehen, gefangen in einem Raum, der keine anderen Geräusche zuließ. Dolores begann sich zu fürchten. Das anfängliche Unbehagen wich einem Gefühl der Panik. Das leise Schluchzen, das fast schon zu einem Kreischen angeschwollen war, drosch nun von allen Seiten auf sie ein. Sie hielt sich die Ohren zu, voller Entsetzen kniete sie auf dem Boden und schrie, so laut sie konnte:

»Hör auf! Aufhören!« Sie weinte nun ebenfalls, die Panik hatte sie übermannt. So sehr, dass sie dachte, sie würde niemals wieder aus dieser Situation herauskommen. Zitternd legte sie ihre Arme um ihren Kopf und machte sich ganz klein. So kniete sie auf dem Boden und weinte sich die Seele aus dem Leib. Mittlerweile konnte sie auch nicht mehr unterscheiden, welches Weinen lauter war, das ihre oder das der unbekannten Stimme.

Für einen kurzen Augenblick öffnete sie die Augen und plötzlich wurde sie geblendet, die Sonne war wieder da, es war wieder hell geworden. Dolores wischte sich mit dem Handrücken die Tränen aus dem Gesicht. Das laute Weinen hatte aufgehört, nicht mal mehr ein Schluchzen war zu hören. Sie schaute sich verwundert um, ihr T-Shirt, das sie vorhin so eilig angezogen hatte, lag wieder neben ihr, und anstatt auf dem Boden zu knien, saß sie auf der Bank. Die Vögel zwitscherten und kein Windhauch war mehr zu spüren. War sie etwa eingeschlafen und hatte wieder einen dieser Albträume gehabt? Aber es war doch alles so real gewesen, so echt. Ein Gefühl der Erleichterung überkam sie, und aus heiterem Himmel fing sie an, hysterisch zu lachen.

Nachdem sie sich etwas beruhigt hatte, zog sie ihr Oberteil wieder an, so fühlte sie sich geschützter und nicht mehr ganz so ausgeliefert. Dann fuhr sie sich mit beiden Händen durch ihre langen Haare und konnte nicht fassen, was ihr eben zugestoßen war. Was hatte es mit diesen verdammten Träumen auf sich? War sie dabei, verrückt zu werden. Sie musste handeln und etwas unternehmen gegen diese Misere, die sich in ihr ausbreitete. Und zwar schleunigst, doch wo sollte sie anfangen?

Dolores senkte ihren Kopf, um besser nachdenken zu können und dann sah sie es! Man hätte es schnell übersehen können: Kaum wahrnehmbar klemmte ein kleiner Zettel unter dem Fuß der Bank. Skeptisch betrachtete sie ihn, zusammengefaltet war er unter den Fuß geschoben. Ganz vorsichtig zog sie daran, sie wollte ihn unter keinen Umständen zerreißen.

Kapitel 2

Marisa schwang sich auf ihr Fahrrad. Sie hatte keine Lust, der Vorlesung beizuwohnen. Lieber wollte sie den Tag am See verbringen. Auf dem Weg dorthin dachte sie an Dolores, was war in letzter Zeit nur mit ihr los? Seit dem tragischen Tod ihrer Mutter hatte sie sich verändert. Es passierte schleichend, aber dennoch auffallend. Zuerst war es nur eine optische Veränderung gewesen. Dolores war immer eine natürliche Erscheinung, sie schminkte sich kaum und ihre langen blonden Haare schienen mit der Sonne um die Wette zu leuchten. In ihren blauen Augen lag ein strahlend frecher Ausdruck, bei dem man sich nie sicher sein konnte, ob es ernst war, was sie sagte, oder ob sie mal wieder versuchte, einen auf den Arm zu nehmen. Sie hatten viel miteinander gelacht, sich alle Sorgen geteilt und gegenseitig bei jedem Problem beigestanden, war es noch so groß oder kompliziert.

Unmittelbar nach dem Tod ihrer Mutter hatten sie sich noch gut verstanden und viel darüber geredet. Dann waren Marisa die tiefen, dunklen Augenringe aufgefallen, die Dolores ein müdes, trauriges Erscheinungsbild verliehen. Sie schob es anfänglich auf den Verlust der Mutter, für eine Tochter musste es die Hölle sein, diese so früh zu verlieren. Doch mit der Zeit gesellten sich ein ungepflegter Kleidungsstil und der Hauch einer Verwahrlosung hinzu. Dolores, die immer sehr viel Wert auf ein gepflegtes Äußeres gelegt hatte, selbst als ihre Mutter auf der Palliativstation im Endstadium ihrer Krebserkrankung lag. Dann kamen Erschöpfungszustände hinzu, immer wieder schlief sie während der Vorlesungen ein. Wenn Marisa etwas mit ihr unternehmen wollte, sagte sie öfter ab als zu. Sie hatte versucht, mit ihr darüber zu reden, doch Dolores wich ihr ständig aus, bis sie ihr komplett aus dem Weg ging. Marisa verstand das Ganze nicht, schließlich hatten sie nie Geheimnisse voreinander. Marisa wusste alles über Dolores, selbst ihr verstörtestes Geheimnis kannte sie.

Leo hielt Ausschau nach Marisa, er konnte sie nirgendwo entdecken. In diesem Augenblick bemerkte er Zoe, sie schien schon länger auf ihn abzufahren und buhlte bei jeder Gelegenheit um seine Aufmerksamkeit. Zoe gehörte zu jener Sorte Frauen, die gerne provozierten und einen leicht vulgären Eindruck hinterließen. Sie trug bevorzugt kurze Röcke und Tops mit sehr tiefen Ausschnitten, meistens Schnürboots und ein weites aufgeknöpftes Hemd. Ihr Stil war unverkennbar: knapp, knapper am knappsten. Ihre Augen waren meistens dunkel geschminkt, die Lippen blutrot angemalt, und wenn Leo sich nicht täuschte, hatte der Beautydoc an manchen Körperstellen etwas nachgeholfen. Auf ihn wirkte sie, als hätte sie zu tief in den Malkasten gegriffen. Ihr ganzes Erscheinungsbild war überdimensioniert, in allen Belangen.

Aber sie und Marisa belegten dieselben Kurse und vielleicht konnte sie ihm verraten, wo sich Marisa momentan aufhielt.

»Hey, Zoe«, rief er. Sie drehte sich um und als sie ihn erblickte, lächelte sie ihr typisches laszives Lächeln. »Hast du zufällig Marisa gesehen? Ich meine, weißt du, wo sie ist?« Zoe sah ihm Kaugummi kauend in die Augen, dann blies sie eine große pinke Blase auf und brachte diese direkt vor seinem Gesicht zum Platzen. Instinktiv musste er an eine Kuh denken, aber sogleich versuchte er, seine Gedankengänge zu stoppen, sonst hätte er womöglich laut aufgelacht.

»Marisa … mmh«, sagte sie. »Und wenn ich es dir verrate, was bekomme ich dann dafür?« Herausfordernd blickte sie in seine Augen. *Also schüchtern ist die nicht,* dachte sich Leo.

»Was hättest du denn gerne?«

»Wie wäre es mit einem Date?« Sie präsentierte wieder ihr laszivstes Lächeln.

»Ein Date also, als Gegenleistung für eine einfache Auskunft?«

»Na ja, so einfach ist das auch wieder nicht, ist doch schließlich eine Weile her, seit ich sie das letzte Mal gesehen habe. Dafür muss ich ziemlich intensiv nachdenken.«

»Intensiv nachdenken?«, wiederholte Leo. *Das kann ja noch spaßig werden,* ging es ihm durch den Kopf. »Aber warum eigentlich nicht? Also gut, Date gegen Auskunft.« Zoe lächelte triumphierend.

»Wie wäre es morgen nach der Uni mit Mittagessen?« Er überlegte kurz, hatte er morgen schon was vor? Eigentlich kam ihm dieses Angebot gar nicht so ungelegen. Marisa würde das sicherlich nicht gefallen, wenn sie mitbekäme, dass er ihre Kommilitonin datete.

»Gebongt, wir treffen uns genau hier um eins«, erwiderte Leo. »Also, wo steckt Marisa nun?« Zoe kaute noch einmal intensiv ihren Kaugummi und setzte dann an »Naja, nach der dritten Stunde war sie plötzlich weg.« Leo schaute sie verwundert an. »Wie meinst du das, sie war plötzlich weg?« Sie verdrehte ungeduldig die Augen »Na eben, so wie ich es, gesagt habe. Marisa war nicht mehr anwesend.« Er musterte sie eingehend und meinte »Und wo ist sie hin?« Zoe zuckte nur gleichgültig mit den Schultern. »Woher soll ich das wissen? Sie meldet sich doch nicht vorher bei mir ab.« Mit diesen Worten ließ sie ihn stehen und lief ein Stück in Richtung Ausgang. Kurz davor drehte sich aber noch einmal um »Bis morgen mein Süßer, ich freu mich schon.« Schenkte ihm noch ein freches Augenzwinkern und verließ Hüftschwingend das Gebäude.

Dolores faltete den Zettel behutsam auseinander und musterte ihn mit großen Augen.

Ein Herz, ein Ohr und ein Fisch. Nein, kein Fisch eher ein Auge. Dolores fixierte es eingehend. Genau, es musste sich um ein Auge handeln, das zu dem Ohr hinüberblickte. Merkwürdig, was hatte das zu bedeuten? Und warum klemmte es unter der Bank? Drei Symbole der Sinneswahrnehmung vereint auf einem Zettelchen und eingeklemmt unter einer Bank. Mitten in der Pampa. Dolores steckte es in ihre Hosentasche und machte sich auf den Weg zu ihrem Wagen. Sie stieg ein und überlegte, wohin sie ihre nächste Fahrt führen sollte. Eine Weile saß sie da, bis sie sich entschied, zum Friedhof zu fahren, an das Grab ihrer Mutter. Für sie stellte dieser Ort immer einen Ort des Friedens und der inneren Besinnung dar.

Dort angekommen, kümmerte sie sich liebevoll um das Grab. Sie entfernte Blätter, zog Unkraut heraus und säuberte behutsam den Grabstein. Nachdem sie alles erledigt hatte, stellte sie sich davor und begann einen Monolog mit ihrer Mutter zu führen.

»Mamita«, sagte sie. »Mamita, was ist nur los mit mir? Diese ganzen wirren Träume, sie machen mich noch vollkommen verrückt. Bitte hilf mir, ich weiß, dass du immer in meiner Nähe bist und über mich wachst. Aber wie soll ich nur herausfinden, wo ich hinsoll? Wer kann mir helfen aufzuklären, was das Ganze zu bedeuten hat?« Plötzlich umwehte ein leichter Windhauch ihr Gesicht und es fühlte sich fast so an, als würde ihre Wange zärtlich berührt. Gebannt strich sie mit ihren Fingern über diese Stelle und schloss für einen kurzen Augenblick ihre Augen. Schlagartig überkam sie ein Gefühl der Erkenntnis, und sie wusste nun genau, was sie zu tun hatte.

Leo lehnte lässig an einer Säule in der Lobby des Universitätsgebäudes und erwartete Zoe. Sie würde höchstwahrscheinlich unpünktlich sein. Seiner Meinung nach gehörte sie zu der Sorte Frauen, die gerne auf sich warten ließen. Und tatsächlich, statt Zoe kam Marisa um die Ecke gelaufen. Als sie ihn erblickte, huschte ein Lächeln über ihre Lippen und sie lief direkt auf ihn zu. Sie wollte sich für die gestrige Aktion entschuldigen. Unsicher stand sie vor ihm und wusste nicht, wie sie beginnen sollte. Doch genau in dem Augenblick, als sie dazu ansetzte, kam Zoe wie aus dem Nichts geschossen, schubste sie mit ihrer Hüfte zur Seite und schlang ihren Arm unter Leos.

»So, meine Liebe«, sagte Zoe mit einem triumphierenden Unterton in ihrer Stimme. »Heute gehört er mir.« Mit Schwung zog sie ihn in Richtung Ausgang. Leo konnte mit seinen Händen nur noch eine Geste der Hilflosigkeit andeuten, bevor er aus dem Gebäude bugsiert wurde.

Marisa erstarrte mit offenem Mund und konnte es überhaupt nicht fassen. Zuerst wurde sie von Dolores abserviert und dann auch noch von Leo! Und überhaupt, was wollte er mit Zoe? Dieser Bitch war doch alles zuzutrauen. Sie schüttelte ungläubig den Kopf. Gestern am See hatte sie sich ganz genau überlegt, wie und was sie zu Leo sagen würde, um sich zu entschuldigen und ihm deutlich zu machen, dass sie einfach nur traurig gewesen war, weil Dolores ihr vehement aus dem Weg ging. Den ganzen Tag hatte sie sich den Kopf darüber zerbrochen, wie es sich versöhnlich, aber nicht zu aufdringlich anhören würde. Er durfte doch nichts von ihren wahren Emotionen bemerken. Und jetzt war er tatsächlich mit dieser blöden Kuh abgedampft. Mit gesenktem Kopf und hängenden Schultern machte sie sich auf den Weg nach Hause. Sie hatte keine Lust mehr auf die Uni.

Leo fühlte sich einerseits überrumpelt, andererseits jedoch hatte er Marisas ungläubigen Blick bemerkt, und das hatte ihm natürlich wiederum sehr geschmeichelt. Arm in Arm liefen sie über das Universitätsgelände. Zoe mit einem selbstbewussten Lächeln auf ihren Lippen und Leo, der ernst zu ihr herüberblickte und dessen Blick nicht viel von seinen Gedanken preisgab. Aus der Ferne hätte man sie jedoch für ein ganz gewöhnliches junges Pärchen halten können, das gemütlich über den Campus flanierte.

»Nun ja«, setzte Leo zum Gespräch an. »Gestern konntest du mir nicht besonders weiterhelfen, in Hinblick auf Marisa und mittlerweile habe ich das Gefühl, dass du nicht allzu viel für sie übrigzuhaben scheinst«, sagte er amüsiert.

»Wie kommst du denn darauf? Ich finde Marisa äußerst entzückend«, lächelte sie scheinheilig und ließ sich von Leo die Tür zur Mensa öffnen, um sich gleich darauf wieder bei ihm einzuhaken. Sollten doch alle sehen, dass er mit ihr unterwegs war und nicht mit dieser Marisa. »Wie drück ich es aus? Ich glaube, das richtige Wort wäre wohl ›einfach‹. Ich finde, Marisa ist eine ziemlich einfache Person, ganz anders als die Menschen, mit denen ich üblicherweise verkehre.«

Leo musste schmunzeln. *Marisa und einfach?*, dachte er. Wenn jemand in seinen Augen nicht einfach war, dann Marisa. Sie war eine der klügsten und faszinierendsten Frauen, denen er jemals begegnet war.

»Ach, lass uns doch über etwas Interessanteres reden«, seufzte Zoe theatralisch und setzte sich auf einen der Stühle. Dabei schlug sie gekonnt ihre Beine übereinander und ihr Rock rutschte noch etwas höher, sodass er die Naht ihrer Strumpfhose freigab. Dabei klimperte sie mit ihren langen Wimpern und versuchte, Leo tief in die Augen zu blicken. Belustigt von ihren offensichtlichen Annäherungsversuchen entschied sich Leo dafür, das Spiel mitzuspielen. Wer wusste schon, was dabei herauskommen würde.

Dolores hatte nur das Nötigste gepackt. Ihr Kleidungsstil war im Allgemeinen konventionell, ziemlich unspektakulär. Meistens trug sie Jeans und ein schlichtes Oberteil. Ihre Schuhe waren überwiegend flach und bequem und die Menge an Kleidung, die sie besaß, konnte als überschaubar bezeichnet werden. Doch das tat ihrer natürlichen Schönheit keinen Abbruch. Im Gegenteil, es trug dazu bei, dass man ihre Natürlichkeit im vollen Maße wahrnahm.

Sie musste den Flieger um zwei Uhr mittags bekommen. Mittlerweile war es neun. Sie warf noch einen kurzen Blick in den Spiegel, fuhr sich mit der Hand durch ihre langen blonden Haare und ließ die Tür hinter sich ins Schloss fallen. Davor schubste sie mit einem leichten Klaps den Kater ihrer Nachbarin aus der Wohnung.

Als sie im Bus Richtung Flughafen von Santiago saß, wurde ihr bewusst, wie langsam ein Teil der Anspannung von ihr abfiel. Endlich hatte sie eine Entscheidung getroffen. Sie wusste, die Reise ins Unvermeidliche würde alles verändern. Vergangene Nacht hatte sie sogar ausgeschlafen, ihre Nacht war traumlos gewesen, sie war einfach nur in einen tiefen Schlaf gesunken. Bis Michele, der Kater ihrer Nachbarin, sie lautstark geweckt hatte. Er kam immer durch das Küchenfenster hereingeschlichen und hatte die Angewohnheit, lautstark zu miauen, bis sich Dolores seiner erbarmte und ihm etwas zu fressen gab. Meistens war sie genervt von ihrem tierischen Besucher, doch dieses Mal nicht. Gut gelaunt öffnete sie eine Dose Thunfisch und schüttete den Inhalt in ein Schälchen.

Alles hatte reibungslos funktioniert. Die Maschine würde pünktlich abfliegen. Was erwartete sie dort? Ein leichtes Kribbeln machte sich in ihrer Magengegend breit und sie fühlte die

Aufregung in sich aufsteigen. Wie lange war sie nicht mehr dort gewesen? In ihren Erinnerungen konnte sie die ganze Herrlichkeit des Anwesens erblicken, das herrschaftliche Haus umgeben von weiten Gärten, die in die Wälder führten. Der kleine versteckte See, in dem sie schwimmen gelernt hatte und der für sie immer ein Rückzugsort gewesen war. Der wunderbare Geruch ihrer Kindheit – der sich nach und nach in eine bittere Erinnerung verwandelt hatte.

Kapitel 3

Marisa lag lustlos auf ihrem Bett, nachdenklich schaute sie ins Leere. Sie hatte Dolores bestimmt schon zwanzig WhatsApp-Nachrichten geschickt und keine Antwort erhalten. Bei Leo wollte sie es erst gar nicht versuchen. Der war wahrscheinlich noch immer mit dieser Zoe Dominguez beschäftigt. Womöglich lief da etwas zwischen den beiden. Der Gedanke daran versetzte ihr einen Stich ins Herz, als es plötzlich an ihrer Zimmertür klopfte.

»Marisa, mein Schatz«, hörte sie die sanfte Stimme ihrer Großmutter. »Darf ich hereinkommen?« Und ohne eine Antwort abzuwarten, betrat sie den Raum. Louisa Álveron war immer noch eine Erscheinung, obwohl sie schon nahe der achtzig war. Hochgewachsen und mit einem gewissen Stolz in ihren Augen stützte sie sich auf ihrem ebenholzfarbenen Spazierstock ab. Die aristokratischen Gesichtszüge von einst waren noch deutlich zu erkennen, auch wenn die Zeit ihre Spuren hinterlassen hatte. Viele

Schicksalsschläge hatten ihren Weg gekreuzt, doch nun schien ihr das Schicksal endlich wohlgesonnen. Sie erweckte den Eindruck, als wäre sie im Einklang mit sich selbst und dem Rest der Welt.

Sie musterte Marisa mit ihren scheinbar allwissenden Augen und nahm dann elegant auf der Bank Platz, die vor Marisas Bett stand. »Mein Kind, du scheinst heute etwas unglücklich zu sein. Was ist dir widerfahren?« Dabei schaute sie Marisa liebevoll in die Augen. Diese senkte den Blick und antwortete beschwichtigend.

»Nana, es ist nichts, ich bin nur etwas müde heute, du weißt doch, die Uni, das kann manchmal ganz schön anstrengend sein.« Sie versuchte, dem Blick ihrer Großmutter auszuweichen. Aber ihr etwas vorzumachen war nicht einfach.

Wohl wissend um die Seelenqual ihrer Enkeltochter rutschte sie näher an sie heran und legte ihre Hand auf die von Marisa.

»Mein Kind, ich spüre genau, wie es momentan um dich steht. Zwar weiß ich nicht, was dich quält, aber ich fühle genau, dass du leidest und in diesem Moment unglücklich bist. Lass dir eines gesagt sein«, sie warf ihr einen liebevollen Blick zu. »Höre immer auf dein Herz, versuche zu keiner Zeit, von anderen Menschen abhängig zu sein und laufe niemals vor deinen Problemen davon, denn früher oder später holen sie dich ein.« Sie lächelte und drückte fest die Hand ihrer Enkelin. Marisa sah sie mit ihren großen Augen an. Wie gerne würde sie ihre Großmutter stolz machen. Sie umarmten sich und dabei flüsterte sie zärtlich.

»Das werde ich ganz bestimmt, ich verspreche es.«

Der Flieger setzte zum Landeanflug an, Dolores hatte von dem ganzen Flug nur einen Bruchteil mitbekommen. Sie war so in ihre Gedankenwelt versunken gewesen, dass sie gerade noch die Durchsage hörte, in der darum gebeten wurde, den Gurt anzulegen und die Sitzposition zu korrigieren. Nachdem sie ihr Gepäck abgeholt hatte, machte sie sich auf den Weg zur Bushaltestelle. Es gab nur eine Verbindung, die sie an ihr Ziel bringen würde. Und diese war mit einigem Aufwand verbunden, aber das zählte in diesem Moment nicht.

Tatsächlich war die Busfahrt beschwerlicher als sie es sich vorgestellt hatte. Sie konnte einen Fensterplatz ergattern und machte es sich so bequem wie möglich. Doch nach einer Weile tat ihr der Rücken weh und sie versuchte, eine behaglichere Position einzunehmen. Dabei stieß sie immer wieder mit ihrem Sitznachbarn zusammen, bis sie dieser genervt darauf hinwies, dass sie nicht allein im Bus sei. Demonstrativ streckte er seinen Ellbogen so weit aus, dass sie sich nun noch mehr zusammenkrümmen musste, um nicht ständig mit ihm in Berührung zu kommen.

Als sie durchgeschwitzt und mit schmerzenden Gliedern endlich im letzten Bus saß, wurde die Fahrt allmählich angenehmer. Die lauten Hupgeräusche hatten gänzlich aufgehört. Das hektische Treiben auf den Straßen wich nun einer ruhigen Atmosphäre und der Bus fuhr nun zügig seinem Ziel entgegen. Dolores lehnte sich zurück und atmete tief durch, dabei blickte sie aus dem Fenster. Sie durchfuhren den ländlicheren Teil Chiles, auf der Panamericana, dem Highway, der die gesamte Nord-Süd-Ausdehnung des amerikanischen Kontinents verbindet. Zu ihren Füßen erstreckte sich der Pazifik wie ein azurblauer Teppich in seiner vollen Pracht. Daneben reckten sich die Berge majestätisch dem Himmel empor und bildeten einen malerischen Kontrast zu der unergründlichen Wildheit des Meeres. Gebannt starrte Dolores aus dem Fenster und ließ sich von der atemberaubenden Schönheit der Natur fesseln. Laut einer Sage erschuf Gott Chile als letztes

Land auf dieser Erde. Somit hat sich Chile den Namen »Land, wo die Welt zu Ende ist« verdient. Und wahrlich empfand Dolores diese Schönheit als das wunderbare Finale einer grandiosen Schaffenskunst. Entspannt lehnte sie sich zurück und lächelte voller Vorfreude.

Leo war auf dem Weg nach Hause, als schon die erste SMS auf seinem Handy eintraf. Zoe schien ziemlich hartnäckig zu sein, er hatte sie nach dem gemeinsamen Mittagessen noch ein Stück mitgenommen. Den Rest der Strecke wollte sie aber zu Fuß zurücklegen.

»Bewegung ist gut für die Figur«, war ihre Antwort auf seine verwunderte Frage gewesen. Dann hatte sie sich lasziv aus dem Auto geschwungen, den Wagen umrundet, und sich zu ihm vorgebeugt. »Wir sehen uns bald wieder, mein Hübscher«, hatte sie ihm ins Gesicht gehaucht und dabei zwei sehr aussagekräftige Argumente präsentiert.

»Gut möglich«, hatte Leo geantwortet und ihr dabei zugezwinkert. Sie lächelte schief, hatte sich aber direkt danach umgedreht und war hüftschwingend davongelaufen.

Er drehte die Musik lauter und trat auf das Gaspedal seines Cabrios. Leo liebte es, wenn der Wind durch seine Haare wehte und er dabei lautstark seine Lieblingssongs hörte. Während der kurzen Fahrt musste er an Zoe denken, eigentlich entsprach sie überhaupt nicht seinem Beuteschema, aber wenn er an sie dachte, kribbelte es dann doch etwas in seiner Hose. Und das verwirrte ihn. Er war doch in Marisa verliebt.

Nachdem er geparkt hatte, warf er einen Blick auf sein Handy. Er hoffte, Marisa würde sich melden, aber keine Spur. Hoffentlich hatte er sie nicht allzu sehr verletzt. Vielleicht sollte er sich bei ihr melden und die Sache einfach aufklären. Als sein Handy plötzlich wieder piepste, sah er auf dem Bildschirm noch mal Zoe. Warum konnte es nicht Marisa sein? Zoe hatte einen Narren an ihm gefressen, und er hatte sich darauf eingelassen.

Was konnte sie schon Wichtiges von ihm wollen, außer ein neues Date? Er öffnete seine Nachrichtenapp und sah, dass sie ihm schon mehrere Nachrichten geschickt hatte. Neugierig tippte er auf ihren Namen.

Lust auf ein bisschen Spaß ? – Habe sturmfrei – Santa Isabel 1 – Ruf an, wenn du es nicht findest – 20.00 Uhr.

Nachdenklich betrachtete er die Nachrichten. Warum machte sie es so offensichtlich? So verführte man doch keinen Mann, sich so darzubieten. Trotzdem war er neugierig darauf, was ihn erwarten würde. Santa Isabel hatte er noch nie gehört. Das musste in der Gegend mit den Neubauten sein, dort kannte er sich kaum aus.

Gedankenverloren betrat er den Flur seines Zuhauses. »Hey, Alter!« José, sein schräger Mitbewohner, hielt ihm seine Hand zum Einschlag hin. »Alles klar? Warum so ernst heute?«

»Hey, José!«, antwortete Leo. »Alles frisch, Digga?«, lachte er und gab ihm dabei ein High five. »Hatte nur eben was überlegt.« Leo holte sich ein Bier aus dem Kühlschrank und ließ sich anschließend aufs Sofa fallen. »Ich hab da so eine an der Angel. Mann, die will es unbedingt wissen«, erzählte er. »Das geht mir gerade alles viel zu schnell, ich steh auch nicht unbedingt auf sie, aber irgendwie sexy ist sie schon.« José hörte ihm interessiert zu und nickte verständnisvoll.

»Ja, ich verstehe voll, was du meinst, du findest sie irgendwie heiß, aber auch nicht mehr«, deutete José.

»Genau das ist es. Diese Zoe, die ist so krass aufdringlich, du kannst dir das gar nicht vorstellen, Mann.«

Erstaunt hob José die Augenbrauen. »Du meinst doch nicht etwa *diiiie* Zoe? Die heiße Zoe Dominguez? Die mit den Riesenhupen, Alter?« Leo schaute ihm direkt in die Augen und José pfiff anerkennend. »Mann, Bro, du kannst aber auch wirklich jede haben! Ich würde ein Jahr meines Lebens geben für ein Date mit dieser Frau. Wenn ich nur an diesen perfekten runden Hintern denke und dann noch die Titten dazu.« José biss sich dabei auf die Hand und schüttelte mit dem Kopf. Leo musste schmunzeln und klopfte José freundschaftlich auf die Schulter.

»Kumpel, glaub mir, wenn ich könnte, ich würde dir sofort eine klarmachen.«

»Ja, ich weiß, Alter«, sagte José. »Aber du bist einfach der Schönere und Intelligentere von uns beiden, und ich gönn's dir von Herzen, Bruder. So ist das eben, der eine hat mehr Glück der andere weniger.«

Marisa überlegte, was sie als Nächstes tun sollte. Entweder würde sie zu Dolores fahren und sie endgültig zur Rede stellen, oder Leo anrufen und um eine Aussprache bitten, als plötzlich ihr Handy piepste. Eine Nachricht von einer unbekannten Nummer. Verwundert tippte sie auf ihr Handy, um die Nachricht zu lesen:

Santa Isabel 1, 20:00 Uhr.

Was hatte das denn wieder zu bedeuten? Die Adresse sagte ihr nichts. Sie versuchte, auf der Nummer anzurufen, aber keiner ging ran. Und nach kurzem Klingeln ertönte nur die übliche Ansage, dass der Teilnehmer nicht erreichbar sei. Ein ungutes Gefühl machte sich in ihr breit. Sollte sie dort hinfahren oder es einfach ignorieren? Sie musste jetzt unbedingt mit jemandem sprechen.

Somit stand ihr Plan fest, sie würde zu Dolores fahren, sich mit ihr aussprechen und sie dann um Rat fragen. Es konnte sich ja einfach nur um einen dummen Scherz handeln, und sie hatte keine Lust, darauf hereinzufallen. Vielleicht würden sie ja sogar gemeinsam hinfahren, und sich wie früher in ein Abenteuer stürzen. Wehmütig musste sie daran denken, wie es früher gewesen war, als sie noch alles miteinander geteilt hatten, sogar manchmal ihre Liebhaber. Und voller Hoffnungen machte sie sich auf den Weg.

Doch als sie dort ankam, schien niemand zu Hause zu sein. Sie klingelte und klopfte, lief um das Haus herum und rief Dolores' Namen, aber keiner antwortete, als plötzlich die Nachbarin hinter ihr stand.

»Das hat keinen Zweck«, sagte sie. »Die ist schon den ganzen Tag nicht da. Ich habe sie heute Morgen mit Gepäck das Haus verlassen sehen, scheint, als wäre sie verreist.«

»Wann genau war das?«, fragte Marisa.

»Mmh, das muss so gegen neun gewesen sein. Wissen Sie, mein Kater besucht sie gerne, und ich weiß, sie hat ihn heute gegen neun aus dem Haus gelassen. Das war, als sie gegangen ist.«

»Vielen Dank für Ihre Auskunft«, bedankte sich Marisa und verließ eiligen Schrittes das Gelände.

»Wo ist sie nur hin? Und warum meldet sie sich überhaupt nicht bei mir?« Traurig stieg sie auf ihr Fahrrad. Der Saab stand noch vor dem Haus, also musste Dolores geflogen oder mit dem Bus verreist sein. Ungewöhnlich für jemanden wie Dolores, die üblicherweise nur mit dem Auto unterwegs war. *Dann also doch mit dem Flugzeug*, dachte Marisa. Sie wusste, wenn es einen Ort gäbe, den man gut mit dem Auto erreichen konnte, dann wäre Dolores mit dem Saab gefahren. Was sollte Marisa jetzt tun? Da fiel ihr wieder die SMS von *Unbekannt* ein. »Santa Isabell 1.« Sie gab die Daten in die Suchmaschine ihres Handys ein und betrachtete die Karte, die ihr genau aufzeigte, wo sich die Adresse befand. Sie hatte nicht mehr allzu viel Zeit, um rechtzeitig dort zu sein. Sollte sie überhaupt dorthin fahren? Oder einfach nach Hause, um sich in ihrem Zimmer zu verkriechen und sich selbst zu bemitleiden? Nein, sie würde schon herausfinden, was das Ganze zu bedeuten hatte, und wenn es ein Scherz war, dann war es eben so. Sie trat heftig in die Pedale, um pünktlich dort zu sein.

Als sie fast angekommen war, sah sie es schon: Leons grünes Cabrio parkte vor einem luxuriösen Gebäude, und wie sie aus der Ferne erkennen konnte, saß er in dem Wagen. Ihr Herz begann schneller zu klopfen, er hatte ihr also diese geheimnisvolle Nachricht geschickt. Marisa trat eilig in die Pedale, um schneller bei ihm zu sein. Es gab noch eine rote Ampel, die sie von ihm trennte, als sie ihn aus dem Wagen steigen sah. Er ging direkt auf das Haus zu und es sah so aus, als würde er klingeln. Was sollte das? Hatte er sich eine besondere Überraschung für sie ausgedacht? Sie wollte eben seinen Namen rufen, als die Tür aufging.

Die Welt schien plötzlich stillzustehen, sie bemerkte nicht mehr, was geschah. Weder, dass die Ampel auf Grün umgeschaltet hatte, noch, dass der Lkw, der neben ihr stand, im Begriff war abzubiegen. Das Letzte, das sie vor ihren Augen hatte, war Zoe in einem roten, enganliegendem Kleid, wie sie die Tür öffnete und Leo umarmte, während sie Marisa einen eiskalten Blick zuwarf. Dann wurde plötzlich alles dunkel.

Kapitel 4

Leo bemerkte von alledem nichts. Nachdem er an besagter Adresse angekommen war, saß er noch eine Weile im Auto und überlegte, ob er überhaupt klingeln sollte. Tausend Gedanken schossen ihm durch den Kopf. Er dachte an Marisa, wie sie ihn mit ihren mysteriösen Augen ansah, und zeitgleich schoss ihm Zoe durch den Kopf, wie sie aufreizend vor ihm stand und ihn mit ihrem verführerischen Körper verrückt machte. Nach einiger Zeit entschied er sich, doch bei ihr zu klingeln. Er musste der Sache ein Ende bereiten, bevor sie erst richtig ins Rollen kam. Sein Herz gehörte Marisa und er würde für nichts und niemanden diese Liebe riskieren, komme, was wolle.

Leo hatte jedoch seine Rechnung ohne Zoe gemacht.

Als Zoe die Tür öffnete, blieb ihm fast die Luft weg. Sie sah einfach nur atemberaubend aus. Ihr hautenges knallrotes Kleid war so kurz, dass es nur knapp ihren Po bedeckte, der vordere

Ausschnitt ging ihr fast bis zum Bauchnabel und gab mehr frei, als er verhüllte. Selbstbewusst legte sie ihren Arm um seinen Nacken und hauchte ihm ins Ohr:

»Ich habe dich schon sehnsüchtig erwartet.« Dabei ließ sie mit einer Hand die Haustür zufallen. »Folge mir«, sagte sie und zog ihn mit beiden Händen tiefer ins Haus hinein. Er ließ sich bereitwillig von ihr führen, in seinem Zustand war er zu keinem Widerstand fähig. Sicheren Schrittes lief sie auf ihren schwindelerregend hohen High Heels vor ihm her.

Grundgütiger, was mache ich hier bloß? Ich wollte doch mit ihr reden und dem Ganzen ein Ende bereiten, dachte er in seiner verwirrten Verzweiflung. Doch momentan war er willenlos, er war wie flüssiges Wachs in Zoes Händen. Ein williges Opfer, das es zu unterwerfen galt.

Sie liefen hinaus auf eine Terrasse, von der man einen grandiosen Ausblick über die nächtlichen Lichter der Stadt hatte. Dort angekommen, hielt Zoe schon zwei Gläser Champagner für sie beide bereit und reichte ihm eines.

»À votre santé«, säuselte sie und stieß mit ihm an. Langsam schien er sich zu beruhigen. Er nahm einen langen Schluck aus seinem Glas und versuchte, einen klaren Gedanken zu fassen.

Doch Zoe ließ ihm keine Zeit. Sie kam wieder auf ihn zu und stellte sich ganz nah vor ihn, dabei lächelte sie lasziv.

»Na, Leo, wie gefalle ich dir heute Abend?« Sie drehte sich einmal um die eigene Achse. »Das habe ich heute extra für dich ausgesucht.« Zoe nahm seine Hand und streichelte mit ihren Fingerkuppen über seinen Handrücken.

»Du siehst einfach …« Ihm fiel kein passendes Wort ein. Und wenn, es wäre einfach zu vulgär gewesen. Zoe musste lachen und warf dabei ihr langes schwarzes Haar in den Nacken.

»Du bist ja sprachlos, mein süßer Leo.« Währenddessen schaute sie ihm tief in die Augen. Und plötzlich passierte es: sie küssten sich. Heiß und innig verschmolzen ihre Zungen ineinander. Er musste sie einfach berühren, seine Hände waren überall, sanft knetete er ihre Brustwarzen, dann riss er ihr das ohnehin schon knappe Kleid vom Leib und saugte gierig an ihren Brüsten. Zoe stöhnte laut, er wurde noch erregter, als er bemerkte, dass sie keine Unterwäsche trug. Leo konnte nicht mehr, er musste sie haben. Zoe nahm ihn an der Hand und hauchte:

»Komm mit!« Ihre Augen waren schon ganz glasig vor Erregung, sie gingen in Zoes Zimmer, wo sie sich breitbeinig auf ihr Bett legte und ihm lüstern zusah, wie er sich entkleidete.

Langsam kam er auf sie zu, dann kniete er sich hin und küsste sie zwischen den Beinen. Sie stöhnte und schrie vor Erregung, ihr Unterkörper bebte. Mittlerweile war sie so feucht, dass er endlich in sie eindringen konnte, zuerst behutsam und mit langsamen Stößen, dann wurde er immer schneller und wilder. Beide ritten sich in Ekstase, bis sie gemeinsam schrien vor Erregung. Er ergoss sich in ihr und sie empfing seinen Saft voller Begierde. Als sie erschöpft nebeneinanderlagen, fing sie an, mit dem Saft, der aus ihr herauslief, ihre Brüste einzureiben. Leo konnte es nicht fassen, das war der Fick seines Lebens gewesen. Und jetzt ging es tatsächlich weiter, erstaunlicherweise regte sich auch bei ihm wieder etwas. Die ganze Nacht waren sie miteinander beschäftigt, sie probierten alle möglichen Positionen aus und bekamen nicht genug voneinander. Zu guter Letzt schaute er ihr dabei zu, wie sie sich selbst befriedigte, er filmte es sogar mit seinem Mobiltelefon, damit er es sich immer wieder anschauen konnte.

Ihre immerwährende Geilheit faszinierte ihn unendlich. Zoes Brüste erinnerten ihn an Vulkane, die aus der Erde ragten, und er hatte das Gefühl, er würde den Llullaillaco erklimmen. Sie rammelten dabei wie wilde, ausgehungerte Tiere.

Mein Gott, dachte er, *was tue ich hier nur? Ich fick mir hier die Seele aus dem Leib.* Aber es tat so verdammt gut. Und er wusste, es würde nicht das letzte Mal sein. Denn jetzt war er auf den Geschmack gekommen.

Dolores war endlich an ihrem Ziel eingetroffen. Sie zwängte sich durch die Masse von Leuten, die im Bus standen, und stieg aus. Wie erwartet stand schon ein Wagen da, um sie abzuholen. Der Fahrer würde sie in die Pension bringen, in der sie sich eingemietet hatte.

»Señorita Cruz?«, fragte der Fahrer freundlich, als sie sich dem Lieferwagen näherte.

»Ja genau, das bin ich«, antwortete Dolores. Er stieg aus dem alten Lieferwagen, um ihr das Gepäck abzunehmen und in den Wagen zu hieven.

»Ashok«, stellte er sich vor und streckte ihr mit einem Lächeln seine Hand entgegen. Er hatte das typische Aussehen der Mapuche, der indigenen Ureinwohner Chiles. Die glänzenden schwarzen Haare hatte er zu einem Zopf zusammengebunden, seine dunklen Augen leuchteten warm, und der kompakte, muskulöse Körperbau rundete seine indigene Erscheinung ab. Sie bemerkte, wie auch er sie musterte. Auf ihn musste sie mit ihren langen blonden Haaren und den blauen Augen nahezu exotisch wirken.

»Dolores«, stellte auch sie sich vor und stieg in den Wagen.

Während der Fahrt kamen sie ins Gespräch und er erzählte ihr, dass er erst seit ein paar Jahren hier lebte. Irgendwann hatte er sich dafür entschieden, zurück auf das Land zu ziehen. Mittlerweile betrieb er gemeinsam mit seinem Cousin mehrere kleine Pensionen in der Gegend. Als er wissen wollte, aus welchem Grund sie hier sei, überlegte sie zuerst, ob sie ihm das überhaupt sagen solle.

»Das hat private Gründe«, antwortete sie und wandte ihren Blick dem Fenster zu, hoffend, dass er nicht weiter nachfragen würde. Nachdenklich warf er ihr einen Blick zu, dann konzentrierte er sich wieder auf die Straße.

Von Weitem schon konnte man die Pension erblicken. Es handelte sich um ein holzvertäfeltes Haus mit einem großen Schild, auf dem CASA CONZÀLES stand. Das Gebäude befand sich am Rande eines beträchtlichen Grundstückes, von wo aus man in der Ferne die schneebedeckten Hügel der Berge erblicken konnte. Die Gegend offenbarte ein wunderbares Naturspektakel. Dolores hatte sich gezielt für diese Pension entschieden, zu Fuß würde sie vielleicht fünfzehn Minuten nach Corazon benötigen. In der Pension angekommen half ihr Ashok noch mit dem Gepäck und verabschiedete sich dann mit einem Händeschütteln. Der nächste Gast warte schon auf seine Abholung, meinte er. Er gab ihr noch seine Visitenkarte, für den Fall, dass sie einen Fahrer benötigte, und fuhr dann davon.

An der Rezeption erwartete sie schon Howi. Seinem Aussehen nach zu urteilen, konnte es sich um Ashoks Cousin handeln. Er hatte dieselben schwarzen langen Haare und dunklen Augen. Nur war er einen Kopf kleiner und schien nicht ganz so muskulös wie Ashok.

»Mari mari«, begrüßte er sie herzlich auf Araukanisch, der Sprache der Ureinwohner. Nachdem alles Förmliche erledigt war und er ihr das Zimmer gezeigt hatte, war sie nun endlich allein. Mittlerweile war es Abend geworden und sie konnte die Dämmerung aus ihrem Fenster beobachten. *Was soll ich jetzt tun?*, überlegte sie. *Es wird langsam dunkel und ich bin hundemüde.* Sie legte sich auf ihr Bett und schloss die Augen.

Dolores lief durch einen langen Gang, es herrschte absolute Dunkelheit, sie spürte nur, dass die Wände, an denen sie entlanglief, feucht waren. Beklemmung machte sich in ihrer Brust breit, irgendetwas löste Angst in ihr aus. Plötzlich erblickte sie in der Ferne ein Licht. Schlagartig wirkte alles wie ein langer Tunnel, an dessen Ende ein helles Licht schien. Sie begann schneller zu laufen, beschleunigte ihren Gang immer mehr, bis sie anfing zu rennen. Mit ungeheurer Geschwindigkeit bewegte sie sich auf das Licht zu. Plötzlich hörte sie eine Stimme, jemand rief ihren Namen.

»Dolores, Dolores, bitte hilf mir! Dolores, Hilfe!« Entsetzt rannte sie, als ginge es um ihr Leben. Doch das Licht blieb fern, sie konnte es nicht erreichen. Erschrocken stolperte sie und begann sogleich zu fallen, immer tiefer, es fühlte sich an wie ein Sog aus unendlicher Traurigkeit und Angst, der sie in einen ungewissen Abgrund zu ziehen schien.

Sie erwachte schweißgebadet. *Wo bin ich?*, dachte sie im ersten Moment und sah sich verwirrt in ihrem Zimmer um. Mittlerweile war es dunkel geworden. Die Uhr schlug zehn. Während sie sich beruhigte, versuchte sie sich zu erinnern, was sie geträumt hatte. Und dann fiel es ihr wie Schuppen von den Augen. Die Stimme hatte Marisa gehört. Marisa hatte sie um Hilfe gebeten. Was um alles in der Welt, hatte das nun schon wieder zu bedeuten? Sie musste Marisa anrufen. Dolores fischte das Handy aus ihrer Handtasche.

»Verdammt, Akku leer«, schimpfte sie. Das Telefon hatte sie schon seit Tagen nicht mehr benutzt. Umständlich suchte sie nach ihrem Aufladekabel. Wie es aussah, hatte sie es vergessen. »Auch das noch!« Das bedeutete, sie musste morgen in den nächsten Ort

fahren, um eines zu besorgen. Resigniert ging sie ins Bad. Sie würde morgen einiges zu erledigen haben.
Dolores war schon früh wach. Sie wollte so schnell wie möglich ein Aufladekabel für ihr Handy besorgen, Marisa erreichen und dann endlich nach Corazon gehen. Ihr Herz hüpfte bei dem Gedanken, dass sie bald dort sein würde. Wie sollte sie nur in die Stadt kommen? Die Busse fuhren nur unregelmäßig, und zu Fuß hätte sie den ganzen Tag benötigt. Da fiel ihr wieder ein, dass der Fahrer, Ashok, ihr seine Karte gegeben hatte. Vielleicht konnte er sie ja hinfahren.

Sie ging runter an die Rezeption. Heute saß eine junge Frau dort. Diese begrüßte sie freundlich und fragte, ob sie ein Frühstück wünsche. Dolores verzichtete dankend. Sie bat nur um einen schwarzen Kaffee, der ihr nach kurzem Warten gebracht wurde.

»Könnte ich von hier aus Ihren Fahrer anrufen?«, fragte Dolores. »Ich muss dringend in den nächstgelegenen Ort.«

»Gerne, ich versuche, ihn zu erreichen«, erwiderte die junge Frau. »Aber ich kann Ihnen nichts versprechen. Wir bekommen einige neue Gäste, und ein paar müssen abgeholt werden. Ashok ist so gut wie der einzige Fahrer, den wir haben. Aber ich rufe ihn gerne für Sie an, vielleicht klappt es ja«, lächelte sie und nahm den Hörer ab.

Während sie den Kaffee trank, stand Dolores am Fenster und blickte auf die schneebedeckten Berge. War es wirklich Marisas Stimme gewesen, die sie gehört hatte? Ihr Gefühl sagte ihr, dass an der ganzen Geschichte etwas Wahres dran sein musste. Dass Marisa dringend ihre Hilfe benötigte. Bedrückt hing sie ihren Gedanken hinterher.

»Señorita Cruz?« Erschrocken fuhr Dolores zusammen. Neben ihr stand die junge Frau von der Rezeption und lächelte verständnisvoll. »Sie faszinieren einen unwahrscheinlich, nicht wahr?«, sagte sie. Dolores blickte sie fragend an. »Die Berge meine ich, ich könnte sie auch stundenlang betrachten.«

»Ach das«, lächelte Dolores. »Das ist wohl wahr.« Sie blickte wieder aus dem Fenster.

»Ashok müsste gleich da sein und würde Sie in die Stadt fahren. Er meinte, die nächsten Gäste kämen erst gegen Nachmittag.« Erleichterung machte sich in ihr breit. Sie bedankte sich für die Hilfe und ging nach draußen, um dort zu warten.

Kurze Zeit später saß sie wieder in dem Lieferwagen, der sie am gestrigen Tag abgeholt hatte.

»Guten Morgen, schöne Frau«, begrüßte sie Ashok lachend.

»Guten Morgen«, erwiderte Dolores etwas schüchtern.

»So schnell sieht man sich wieder. Wo soll es denn hingehen?«, fragte er freundlich, während er den Wagen schon Richtung Autobahn lenkte.

»Ich benötige dringend ein Aufladekabel, ich habe meins leider vergessen.«

»Ein Ladekabel? Kann ich dein Handy mal sehen? Vielleicht habe ich noch irgendwo eines rumliegen.« Dolores kramte umständlich das Handy aus ihrer Tasche und zeigte es Ashok. Dieser warf einen kurzen Blick darauf und holte mit einem Handgriff ein Ladekabel aus seinem Handschuhfach. »Es müsste doch gelacht sein, wenn das nicht passt«, sagte er und drückte es Dolores in die Hand. Und tatsächlich passte das Kabel perfekt in die Buchse.

»Dann können wir ja umdrehen«, meinte Dolores. »Ich muss dringend telefonieren.«

»Na ja«, erwiderte Ashok, »ich wohn gleich hier in der Gegend. Wenn du möchtest, können wir dein Telefon auch bei mir aufladen, während ich uns ein paar Rühreier zubereite. Ich habe nämlich einen Bärenhunger und heute Morgen noch nichts gefrühstückt.« Dolores überlegte einen kurzen Augenblick. Sollte sie mitgehen oder lieber auf ihr Zimmer, um dort in Ruhe telefonieren zu können? Ashok bemerkte ihre Unsicherheit und meinte:

»Es gibt auch ganz frisches, selbst gemachtes Brot. Der Bäcker hier in der Gegend ist ein alter Freund von mir.«

»Wie könnte ich da widerstehen?«, gab Dolores sich geschlagen. Sie konnte doch Ashok darum bitten, kurz ungestört zu telefonieren.

Während Ashok in der Küche hantierte, versuchte sie vergeblich, Marisa auf ihrem Handy zu erreichen. Sie probierte es bei ihr zu Hause, dort meldete sich auch nur der Anrufbeantworter. Sie hinterließ eine kurze Nachricht und wählte ihre letzte Option: Leo. Doch selbst ihn erreichte sie nicht. Allmählich wurde sie unruhig: Marisa hatte ihr unendlich viele Nachrichten geschickt, und die meisten handelten davon, dass sie eine Aussprache forderte. In Dolores machte sich zusätzlich zu ihrer Sorge auch noch das schlechte Gewissen bemerkbar, sie hatte Marisa doch sehr vernachlässigt in letzter Zeit.

Sie stocherte nur etwas in ihrem Frühstück herum. Ashok sah sie belustigt an und meinte:

»Ich weiß, dass ich nicht der weltbeste Koch bin, aber meine Rühreier haben bis jetzt eigentlich jedem geschmeckt, sie sind nach einem alten chilenischen Rezept meiner Mutter zubereitet.« Dolores blickte schuldbewusst auf.

»Sie schmecken köstlich, wirklich, aber es ist nur … Meine Freundin, ich erreiche sie nicht und ich glaube, sie braucht mich dringend.« Ashok blickte sie fragend an. Dolores seufzte. »Es ist nur ein Gefühl, hier tief in meinem Herzen. Es ist schwer zu beschreiben. Ich träume manchmal Dinge, sie fühlen sich an, als wären sie real. So als würde ich die Situation wirklich erleben, und ich kann sie nicht verstehen und weiß nicht, wie ich sie deuten soll. Doch letzte Nacht war das anders: Da wusste ich genau, dass mich meine Freundin Marisa gerufen hat. Und ich weiß, dass sie dringend meine Hilfe benötigt. Nur erreiche ich sie nicht, ich erreiche niemanden, der mir vielleicht sagen könnte, was los ist.« Sie schüttelte traurig den Kopf.

Ashok sah sie lange an, dann sagte er: »Ich habe so etwas schon mal gehört, das mit den Träumen meine ich. Hier in der Gegend lebt eine alte Frau, sie wird einfach nur Meda, die Seherin genannt. Sie ist sehr weise und lebt im Einklang mit allem. Sie besitzt die Gabe, die wahre Natur eines Menschen zu erkennen, lebt sehr zurückgezogen in den Bergen. Wenn du möchtest, kann ich dich zu ihr bringen. Vielleicht kann sie dir helfen«, schlug er vor. Dolores lächelte und bedankte sich bei ihm.

»Vielen Dank für dein Angebot, ich weiß das sehr zu schätzen, aber ich denke, ich komme klar. Außerdem muss ich jetzt los. Es war sehr freundlich von dir, mich einzuladen, aber es wird Zeit, aufzubrechen. Ich schätze, ich habe noch einen langen Tag vor mir.« Dolores holte ihre Jacke und fragte, ob es eine Bushaltestelle in der Nähe gab. Sie wollte keine Umstände mehr machen. Tatsächlich gab es eine. Ashok begleitete sie noch das kurze Stück dorthin. Seine Avancen, sie doch zu fahren, lehnte sie vehement ab. Das war eine Sache, die sie allein erledigen musste.

Kapitel 5

Louisa Álveron dachte, in ihrem Leben könnte sie nichts mehr erschüttern. Doch so konnte man sich täuschen. Außer sich vor Schmerz saß sie an Marisas Krankenbett. An vielen Körperstellen ihrer Enkeltochter waren Schläuche angebracht, außerdem war sie an ein Beatmungsgerät angeschlossen. Contusio cerebri lautete die Diagnose, ein schweres Hirn-Schädel-Trauma. Der Lkw-Fahrer hatte sie nicht bemerkt und war beim Abbiegen so schnell angefahren, dass sie mehrere Meter weit geflogen und mit dem Kopf auf den Bordstein aufgeprallt war. Die Ärzte hatten die Hoffnung nicht aufgegeben, aber sie gingen davon aus, dass sie bleibende Schäden davontragen würde. Inwiefern sich diese gestalteten war aber noch nicht absehbar. Dennoch war die Rede von Bewusstseinsstörungen, posttraumatischer Hirnleistungsschwäche bis hin zur Entwicklung einer

Persönlichkeitsveränderung. Und natürlich bestände auch die Möglichkeit, dass sie nie wieder aufwachte.

Mit einer Hand hielt sie Marisas, mit der anderen streichelte sie ihr das Gesicht.

»Mein Gott, Kind!«, schluchzte sie. »Wie konnte das nur passieren? Was hast du dort nur gesucht?« Sie konnte es einfach nicht fassen. Dieses junge Leben, das an einem seidenen Faden zu hängen schien, das noch gar nicht richtig gelebt worden war. Marisa, sie war wunderschön, wie sie dort lag. Ihre weiße durchscheinende Haut wirkte noch heller als sonst, fast transparent. Sie wirkte, als sei sie ein ätherisches Wesen aus einer anderen Welt. Ein Wesen, das auf seine Erlösung warte.

Leo saß in seinem Wagen auf dem Weg zur Universität. »Mann, war das eine Nacht!« Er ließ sie gedanklich Revue passieren. Fast schämte er sich für sein zügelloses Verhalten. Hatten sie das wirklich alles getan? Zoe war eine Granate im Bett, mit ihr war es anders als mit jeder anderen, mit der er bisher zusammen gewesen war. Und sein Schatz an Erfahrungen war nicht zu verachten. Mit einem Lächeln im Gesicht betrat er die Eingangshalle der Universität. Er wollte eben in Richtung Hörsaal abbiegen, als wie aus dem Nichts Zoe vor ihm stand.

»Wo kommst du denn plötzlich her?«, fragte er erstaunt. Zoe sah ihn verführerisch an. Trotz der wilden und vor allem langen Nacht wirkte sie frisch und ausgeruht. Das konnte man von ihm wohl nicht behaupten, dachte er insgeheim.

»Na, gut erholt, mein Hübscher?«, fragte sie keck. »Aber deinem Gesichtsausdruck nach zu urteilen, scheint es dir ganz gut zu gehen«, schmunzelte sie und ließ dabei mal wieder tief blicken, indem sie sich leicht vornüberbeugte und so tat, als würde sie etwas in ihrer Tasche suchen.

»Du siehst aber auch nicht gerade unglücklich aus«, antwortete Leo verschmitzt. Dabei begutachtete er die beiden prächtigen Exemplare, die ihm präsentiert wurden. Sie trat ganz nah an ihn heran und hauchte ihm ins Ohr:

»Ich erwarte dich um eins vor der Damentoilette.«

»Vor der Damentoilette?«, fragte er irritiert.

»Ja, um eins, hier im Erdgeschoss. Sei bitte pünktlich«, sagte Zoe, drehte sich um und stolzierte hüftschwingend davon. Verdutzt blickte er ihr hinterher.

Na schön, dachte er. *Dann um eins vor dem Klo.*

Die Zeit schien nicht vorbeizugehen. Leo blickte unentwegt auf seine Uhr. Er konnte es kaum erwarten, dass es eins wurde. Er malte sich schon aus, was sie alles auf der Toilette treiben würden, in ständiger Angst, erwischt zu werden. Der Gedanke erregte ihn zutiefst. Was hatte sie an? Oder besser gefragt, was hatte sie nicht an? Er musste daran denken, wie er ihr das Kleid vom Leib gerissen und sie splitterfasernackt vor ihm gestanden hatte. Nervös fuhr er sich durch die Haare. Wie gerne würde er wieder ihren Körper berühren, sie an ihren intimsten Stellen küssen. Langsam schwoll seine Ungeduld ins Unermessliche. Er dachte an ihr Stöhnen, an ihre Unersättlichkeit. Sie war so heiß. Verdammt. In seiner Hose kribbelte es schon, seit er sie heute Morgen wiedergesehen hatte.

Als er es fast nicht mehr aushalten konnte, schlug die Uhr endlich eins, und er rannte förmlich aus dem Hörsaal. Zoe erwartete ihn schon. Ihr Blick wirkte ernst und unterkühlt, doch Leo war blind vor Begierde und er küsste sie sofort leidenschaftlich. Zoe drückte ihn etwas von sich weg und flüsterte ihm ins Ohr, ihr zu folgen. Wie ein treudoofer Dackel lief er hinter ihr her. Vorbei an den Toiletten, weiter in Richtung Ausgang zum

Parkplatz. Enttäuscht schaute er der Toilettentür hinterher, doch Zoe lief zielstrebig weiter.

»He!«, rief er. »Wo gehst du hin? Ich dachte, wir wollten auf die Damentoilette.«

Zoe drehte sich um und musterte ihn vergnügt. »Ich sagte doch, wir treffen uns *vor* und nicht *in* der Toilette«, lachte sie, drehte sich um und hielt ihm dabei die Tür zum Ausgang auf.

Dolores saß im Bus und bewunderte die Umgebung. Frauen in bunten Gewändern, Männer in folkloristische Ponchos gehüllt. Kinder, die auf der Straße spielten und mit dem Bus um die Wette rannten. Das weckte Erinnerungen an ihre Kindheit. Ihre Mutter, Cécile, hatte französische Wurzeln, war in Paris aufgewachsen und hatte nach ihrem Studium beschlossen, eine Weltreise zu unternehmen. Während ihres Aufenthaltes in Chile hatte sie Paolo, Dolores Vater, kennengelernt und sich Hals über Kopf in ihn verliebt. Es war eine verrückte Liebe. Eine Liebe voller Leidenschaft, voller Romantik. Sie hatten nicht mehr ohneeinander sein können. Cécile war schnell schwanger geworden und gemeinsam hatten sie entschieden, dass sie nach Chile ziehen würde. Für Cécile war es einfacher gewesen, eine Anstellung zu finden. Sie hatte Deutsch, Französisch und Spanisch studiert und war in der Lage, Sprachen zu unterrichten. Für Paolo als angehenden Bildhauer, der kein Wort Französisch sprach, wäre es in Frankreich fast unmöglich gewesen, sich beruflich zu etablieren. Paolo war eine Zeit lang sehr erfolgreich, und sie hatten beschlossen, ein Haus zu bauen. Besser gesagt ein ganzes Anwesen zu errichten. Sie nannten es Corazon, ihr Nest des Herzens.

Lange Zeit waren sie dort glücklich, doch irgendwann begann der Erfolg nachzulassen und stattdessen der Alkoholkonsum zuzunehmen. Paolo hatte Trost darin gesucht, doch das machte alles nur noch schlimmer. Die Schuldenberge wuchsen, das Geld war knapp. Cécile und er stritten nun fast täglich und manchmal eskalierten die Auseinandersetzungen dermaßen, dass es in körperliche Gewalt ausartete. Paolo hatte es danach fast immer leidgetan, und er weinte oft wie ein kleines Kind, bis sich Cécile erweichen ließ und ihm vergab. Es war eine schwierige Zeit damals, oft hatten sie nicht mal etwas Geld für Lebensmittel übrig, und Cécile musste immer öfter an ihrer Schule um Vorschüsse bitten. Dolores konnte sich noch gut daran erinnern, wie es sich anfühlte mit einem hungrigen Magen ins Bett zu gehen.

CORAZON stand in Großbuchstaben vor dem Eingangstor. Die Farbe war schon ziemlich abgeblättert, die Aufschrift war nur noch schlecht lesbar. Doch Dolores würde dieses Schild immer und überall erkennen. Vor langer Zeit war hier ihr Zuhause gewesen, hier hatte sie einen großen Teil ihrer Kindheit verbracht. Hier waren sie lange Zeit eine glückliche Familie. Langsam schob sie das knarrende Tor auf. Die ganze Umgebung wirkte etwas verwildert. Alles erweckte den Eindruck, als würde hier keiner leben. Aber konnte das sein? Wer würde so ein Anwesen kaufen und dann so herunterkommen lassen? Verwundert betrat sie das Grundstück, zuerst etwas zögernd, und als sie sich sicherer fühlte, bewegte sie sich etwas schneller.

Die Grashalme reichten ihr bis zu den Knien und kitzelten sie beim Gehen. Unentschlossen, in welche Richtung sie zuerst laufen sollte, blieb sie stehen und überlegte. Dann beschloss sie, ihren Lieblingsort aufzusuchen. Versteckt hinter einer Trauerweide und einer großen Wiese voller Farn führte ein kleiner Trampelpfad, den man mittlerweile fast nicht mehr erkennen konnte, einen Hang hinunter. Danach musste man noch ein kleines Stück gehen und stand dann direkt davor. Der geheime See, der Zufluchtsort ihrer

Vergangenheit. Dort hatte sie immer nachdenken und träumen können, ohne gestört zu werden. Hier hatte sie schwimmen gelernt. Sogar ihren ersten Kuss hatte sie hier erlebt.

Ein unendliches Gefühl der Sehnsucht überkam sie. In der Luft hing immer noch derselbe leicht blumige Duft wie damals, und die Sonne glitzerte auf dem Wasser, als würden sich dort Milliarden kleiner Diamanten tummeln. Dolores zog ihre Schuhe aus und steckte ihre Füße ins Wasser. Dann bekam sie Lust zu schwimmen, sie fühlte sich unbeobachtet und entledigte sich ihrer kompletten Kleidung, um ins Wasser zu gehen. Sichtlich genoss sie das kühlende Nass auf ihrer Haut, sie tauchte unter, um gleich wiederaufzutauchen. Spielte unbeschwert mit dem Wasser, wie sie es als Kind immer getan hatte. Sie war in diesem intensiven, intimen Augenblick des Glücks wieder Lolo, das kleine Mädchen, das glücklich auf Corazon lebte.

Leo konnte es nicht fassen. Sie standen vor einem knallroten Sportwagen und Zoe zeigte auf einen platten Reifen. Er blickte ungläubig von Zoe zum Wagen und wieder zurück.

Es passiert doch gerade nicht wirklich das, was ich eben denke?, fragte er sich in diesem Moment. Seine ganze sexuelle Erregung wich nun einem Gefühl des Ärgernisses. Zoe stemmte beide Hände in die Hüften und blickte ihn unschuldig an.

»Ich muss wohl heute Morgen über irgendeinen spitzen Gegenstand gefahren sein. Kurz bevor ich hier parken wollte, fühlte es sich plötzlich an, als würde ich auf Eiern fahren. Ich bin ausgestiegen, um nachzusehen, was los ist, und habe das hier entdeckt«, sagte sie in einem mittlerweile fast weinerlichen Ton. »Weißt du«, setzte sie an und stellte sich dabei ganz nah neben Leo. »Ich hatte mich so auf unser Wiedersehen gefreut, eigentlich wollte ich nach der Uni eine kleine Spritztour mit dir unternehmen, vielleicht in die Berge, wo du und ich ganz allein gewesen wären. Aber unter diesen Umständen geht das natürlich nicht.« Sie blickte auf und fuhr sich dabei aufreizend mit ihrem Zeigefinger über ihre vollen, rot geschminkten Lippen und ihren tiefen Ausschnitt.

Leo musste schlucken bei dem Gedanken, was man in diesem schnellen roten Sportwagen so alles anstellen konnte.

»Na gut«, sagte er. »Gib mir bitte deinen Wagenschlüssel, ich schaue mir das Ganze mal genauer an.« Und während Zoe es sich auf einer Parkbank gemütlich machte, vollbrachte Leo den wohl schnellsten Reifenwechsel seines Lebens. Sichtlich beeindruckt von seinen Fähigkeiten, versprach ihm Zoe, die geplante Spritztour am morgigen Tag zu unternehmen. Mit einem langen leidenschaftlichen Kuss verabschiedete sie sich von ihm. Und brauste mit ihrem roten Flitzer davon.

Leo blieb verschwitzt auf dem Parkplatz zurück und blickte Zoe noch lange hinterher. Irgendwie wurde er das Gefühl nicht los, sich zum Affen zu machen. Der Sex gestern war gut gewesen, mehr als das, er hatte sich fantastisch angefühlt. Und er konnte und wollte momentan nicht genug davon bekommen. Doch tief in seinem Inneren regte sich etwas, das ihm sagte, er solle sich in Acht nehmen. Er musste sich unbedingt mit José unterhalten, vielleicht konnte der ihm mehr über Zoe erzählen. Da fiel ihm ein, dass er heute noch keinen Blick auf sein Handy geworfen hatte. Er holte es aus seiner Aktentasche und als er es in der Hand hielt, fiel ihm ein, wozu er es letzte Nacht verwendet hatte. Er musste lächeln, heute Abend auf seinem Zimmer, würde er sich das genauer ansehen. Doch nun wollte er erst mal seine Anrufe checken. Dolores hatte ihn schon zweimal angerufen.

Nachdem Dolores ausgiebig ihre Zeit im See genossen hatte, beschloss sie, sich in der Sonne trocknen zu lassen, um dann anschließend den Rest von Corazon zu erkunden. Sie fühlte sich so sicher und unbeobachtet an ihrem geheimen Ort, dass sie sich einfach nackt auf ihre Kleidung legte und die Sonne auf ihre Haut scheinen ließ. Und so döste sie immer tiefer ein, bis sie in einen wohligen Schlummer verfiel. Plötzlich bewegte sich etwas, Dolores hörte ein Rascheln und blickte auf. Was war das für ein Geräusch? War hier noch jemand? In weiter Ferne erblickte sie eine hochgewachsene Frauengestalt, sie konnte nicht klar erkennen um wen es sich handelte, aber die Person kam ihr seltsam bekannt vor. Die Gestalt bewegte sich auf sie zu, sie hatte glattes dunkles Haar und trug ein bodenlanges weißes Kleid, das leicht im Wind wehte, während sie auf Dolores zukam. Sie näherte sich langsam und streifte mit ihren Händen den Farn, an dem sie entlanglief, dabei sang sie ein Lied aus Dolores' Kindertagen.

»Arrorró mi niño, arrorró mi sol, arrorró pedazo, de mi corazón, arrorró mi niño, arrorró mi sol, arrorró pedazo, de mi corazón.« Dolores erstarrte, dieses Lied hatte ihr Vater ihr oft als Schlaflied vorgesungen. Und als sie aufblickte, stand sie plötzlich vor ihr und schaute sie direkt an.

Gänsehaut überzog Dolores' Körper. *Wie ist das möglich?*, dachte sie. Sie schüttelte ungläubig den Kopf. Die Gestalt stand vor ihr und hob langsam eine Hand, um Dolores' Gesicht zärtlich zu streicheln. Dolores wusste, dass sie träumte. Sie hatte es in dem Moment begriffen, als sie die Frau erkannt hatte.

»Was möchtest du mir sagen?«, fragte sie. »Warum bist du hier?« Die Frau lächelte, zog ihre Hand wieder zurück, drehte sich um und lief direkt auf den See zu. Dolores konnte sich nicht rühren, es war, als wäre sie festgenagelt. Sie schrie ihr hinterher, stehenzubleiben, doch sie lief immer weiter in den See. Plötzlich färbte sich das Wasser blutrot und das weiße Kleid sog sich augenblicklich damit voll. Sie lief immer weiter. Es schien, als würde sie in Blut ertrinken.

Ein schriller Ton riss Dolores aus ihrer Erstarrung. Sie fuhr auf – träumte sie, oder war sie wach? Verwirrt schaute sie sich um. Dann läutete es wieder. Und langsam realisierte sie, dass ihr Handy klingelte. Benommen durchsuchte sie ihre Sachen, bis sie es fand, und ging dran.

»Hallo?«, rief sie atemlos ins Telefon.

»Dolores, ich bins, Leo. Ist alles in Ordnung? Du hörst dich an, als hättest du ’nen Marathon hinter dir«, schmunzelte er.

»Ja … ja, alles in Ordnung, ich habe nur mein Handy nicht gleich gefunden, und dann bin ich etwas in Hektik geraten, tut mir leid«, sagte sie entschuldigend.

»Schon in Ordnung. Du hattest mich mehrmals angerufen. Was ist denn los?«, fragte Leo.

»Ja, das stimmt, es ist nur, hast du irgendetwas von Marisa gehört? Ich erreiche sie einfach nicht, und da dachte ich, du wüsstest vielleicht was.« Leo überlegte einen kurzen Augenblick. Wann hatte er sie das letzte Mal gesehen? Das musste gestern gewesen sein. Da fiel ihm wieder ein, wie er sie stehen gelassen hatte.

»Na ja, das war gestern Mittag in der Uni. Ist etwas dumm gelaufen gestern. Eine Freundin hat mich weggezogen und ich musste Marisa einfach so stehen lassen. Ich hatte das Gefühl, dass sie mit mir reden wollte«, sagte er mit etwas belegter Stimme. Dolores konnte ihm anhören, dass es ihm unangenehm war, den Vorfall zu erwähnen. »Aber seitdem habe ich sie weder gehört noch gesehen.«

»Schade«, meinte Dolores. »Falls du sie siehst, könntest du sie vielleicht bitten, mich anzurufen? Ich wäre dir sehr dankbar dafür.«

»Selbstverständlich«, antwortete Leo. Und nach einem kurzen Small Talk verabschiedeten sie sich voneinander. Dolores zog sich an und überlegte, was sie als Nächstes tun sollte, aber langsam brach die Dämmerung herein. Sie hatte mehr Zeit als geplant an dem See verbracht. Somit beschloss sie, in die Pension zurückzukehren. Die Frau aus ihrer Vision war vorerst vergessen.

Leo hatte sich wie gewöhnlich ein kühles Bier geholt und lag entspannt auf seinem Bett. Eine Zeit lang hielt er sein Handy in den Händen und betrachtete es. Was war nur mit ihm los? Er hatte das Gefühl, als hätte Zoe ihn verhext. Jetzt, wo er etwas Distanz hatte, kam ihm alles so surreal vor. Als hätte er das alles nur geträumt, und er musste wieder an Marisa denken. Sein Herz schlug nach wie vor für sie. Zoe war einfach nur ein vergnügliches, sexy Abenteuer für ihn. Und er hoffte, sie würde es auch so sehen, denn sonst hätte er wohl ein Problem. Aber ein sehr erregendes Problem, dachte er und musste lächeln. Er tippte auf seinem Handy den Ordner mit den Videos an und wollte sich schon in eine bequemere Position legen, um sich das Video, das er gestern von Zoe gemacht hatte anzusehen. Da bemerkte er, dass der Ordner leer war, es war kein Clip vorhanden. Er ging alle Ordner durch. Vielleicht hatte er es ja versehentlich woanders gespeichert. Aber es war verschwunden. Wie konnte das sein? Das war unmöglich, er hatte sich ja gestern noch mal vergewissert, dass er es auch wirklich gefilmt hatte. Jemand hatte es gelöscht. Und dieser jemand konnte nur Zoe sein.

Kapitel 6

Donna Louisa hatte die ganze Nacht an Marisas Bett gewacht. Hatte geweint, mit ihr geredet, sie gestreichelt, sie war sich sicher, dass Marisa sie hören und fühlen konnte. Als am nächsten Morgen die Schwester das Krankenzimmer betrat, sie mitleidig musterte, und sie dann bat, nach Hause zu gehen um sich etwas auszuruhen, willigte Donna Louisa widerwillig ein. Wohl wissend, dass dies das Beste für sie sein würde.

Nach einer kurzen Fahrt in ihrem Rolls-Royce erreichten sie ihr Domizil. Der Fahrer stieg aus und hielt ihr die Tür auf. Sie hatte es immer geliebt, das Gebäude zu betrachten bevor sie eintrat. Es hatte nichts von seinem kolonialen Glanz eingebüßt. Erhaben prangten die Säulen am Eingang, Stuck verzierte das ganze Haus. Verschnörkelte Straßenlaternen, die abends ein warmes Licht abgaben, vervollständigten die Eleganz des Baus. Und mit geschwungenen Buchstaben konnte man am Hauseingang den

Namen Álveron lesen. Doch das zählte in diesem Augenblick nicht. Donna Louisa hatte Wichtigeres zu tun. Mit gebücktem Rücken auf ihren Stock gestützt, trat sie ein. Nach dieser langen Nacht machte sich ihr Alter bemerkbar. Sie benötigte jetzt dringend etwas Schlaf, danach würde sie sich um alles Notwendige kümmern.

Dolores erwachte in ihrem Zimmer, die Sonne schien durch das Fenster und warf ein helles Licht auf ihr Bett, das sie sanft weckte. Ihre Nacht war traumlos gewesen, eigentlich hätte sie darüber erleichtert sein können, dieses Mal jedoch war sie etwas enttäuscht. Sie hatte gehofft, dass ihr ein Traum weitere Aufschlüsse geben würde. Mit einem flauen Gefühl im Magen bereitete sie sich für ihren nächsten Besuch auf Corazon vor. Den kleinen Zettel mit der verschlüsselten Botschaft trug sie immer bei sich, wer wusste, wofür man diesen noch gebrauchen könnte. Denn eines war gewiss, er würde irgendwann eine Rolle spielen. Voller Erwartungen machte sie sich auf den Weg ins Ungewisse.

Sie hatte schon die Hälfte der Strecke zurückgelegt, als es plötzlich hupte, abrupt blieb sie stehen und drehte sich um, hinter ihr im Auto saß Ashok.

»Hey, wohin des Weges, schöne Frau?«, rief er ihr zu. Dolores musste lächeln. Ashok kam ihr zwar gerade nicht gelegen, aber dennoch freute sie sich, ihn zu sehen.

»Ich gehe etwas spazieren«, erwiderte sie freundlich.

»Lust auf ein bisschen Gesellschaft? Ich habe heute Vormittag frei und noch nichts vor.« Dabei blickte er sie erwartungsvoll an. Dolores dachte nach und betrachtete ihn dabei. Sein langes Haar glänzte in der Sonne und erinnerte an das schwarze Fell eines Araberhengstes, seine dunklen Augen funkelten wie zwei Onyxe, während sein muskulöser Körper eine ungeheure Männlichkeit ausstrahlte.

Er gefiel ihr, sehr sogar. Sie fühlte sich in seiner Gegenwart sehr sicher und beschützt, gleichzeitig verriet ihr Instinkt, dass er es ehrlich mit ihr meinte.

»Ich kann auch aussteigen, falls du mich auch noch von hinten mustern willst«, lachte er. Dolores errötete und stimmte in sein Lachen mit ein.

»Nein, es ist nicht so wie du denkst.«

»Ja, so ist es meistens nicht«, erwiderte Ashok mit einer leichten Ironie. »Wie sieht es jetzt aus, hast du Lust auf Gesellschaft oder nicht? Wir können auch noch den ganzen Tag hier auf der Straße verbringen, aber ich glaube, das kann auf Dauer etwas langweilig werden.«

Dolores musste wieder lächeln. »Na gut, aber nur, wenn du mir versprichst, nicht zu viele Fragen zu stellen.«

»Indianerehrenwort«, sagte Ashok, und hob dabei seine Hand. »Und mein Wort zählt ganz besonders, schließlich bin ich doch ein echter Indianer.«

Donna Louisa hatte ihren Notar, Señor Vargas zu sich bestellt. »Ich möchte meine Enkeltochter Marisa Silva als Alleinerbin für mein gesamtes Vermögen bestimmen«, sagte sie im resoluten Ton.

»Sehr wohl, Donna Louisa«, antwortete der Notar. Sie kannten sich schon sehr lange. Das Verhältnis zwischen ihnen war sehr vertrauensvoll, gleichzeitig aber auch distanziert. »Wenn ich eine Frage stellen darf: Was veranlasst Sie zu dieser spontanen Handlung? Bisher war die Erbfolge zugunsten Ihres Sohnes geregelt. Ich vermute, dass er nicht besonders erfreut sein wird, wenn er von diesem Unterfangen erfährt.« Donna Louisa zögerte einen Augenblick, dann antwortete sie:

»Ach, dieser Taugenichts, er hat es nicht verdient, hat sein ganzes Leben keinen Finger krumm gemacht, sich überhaupt nicht für mich interessiert. Ich bin mir sicher, er würde in Nullkommanichts das ganze Vermögen verschleudern. Außerdem hat ihm sein Stiefvater genug vermacht. Sein Glück, dass er der einzige Erbe war. Wissen Sie, mein Guter, Marisa liegt seit gestern im Koma.« Ihre Stimme stockte und Tränen schossen ihr in die Augen. Der Notar blickte entsetzt auf.

»Aber Donna Louisa, wie können Sie einer Person, die im Koma liegt, Ihr ganzes Vermögen vermachen? Ich meine natürlich ihrer Enkeltochter.« Donna Louisa blickte ihn ernst an und antwortete:

»Weil ich genau weiß, dass sie bald erwachen wird und ich für jegliche Eventualitäten gewappnet sein möchte. Also machen Sie schon, Sie alter Haudegen, bevor ich mir einen anderen Notar suche.« Immer noch ein wenig verwundert über diese Entwicklung erwiderte der Notar:

»Sehr wohl, Donna Louisa, ich werde alles Notwendige in die Wege leiten.« Als dieser schon fast an der Haustür angelangt war, rief ihm Donna Louisa noch hinterher:

»Und ich bestehe darauf, dass mir bis morgen Nachmittag alle notwendigen Unterlagen vorlegen!« Nachdem Señor Vargas gegangen war, musste Donna Louisa über sich selbst schmunzeln. Früher war sie ein schüchternes junges Ding gewesen, das es kaum gewagt hatte, irgendjemandem zu widersprechen. Doch das Leben hatte sie zu einer selbstbewussten Frau heranreifen lassen.

1957 war das Jahr der großen Pandemie, mit Sputnik begann das Zeitalter der Raumfahrt und Althea Gibson gewann als erste farbige Tennisspielerin Wimbledon. Zu diesem Zeitpunkt war Louisa siebzehn Jahre alt und die Jüngste von drei Geschwistern.

Ihre Vorbilder waren Audrey Hepburn und Grace Kelly. Sie liebte es, sich wie eine Schauspielerin zu kleiden. Obwohl sie sehr schüchtern war, schlummerte in ihr der Traum eines Hollywoodstars. Und getreu dem Motto von Coco Chanel: »In ihrem schönsten Kleid wird es keiner Frau zu kalt«, trug sie bei Wind und Wetter die leichtesten, eleganten Kleider. Sie war eine Träumerin, hing stundenlang ihren Tagträumen hinterher und verkroch sich gerne in ihr Zimmer, um unter Bergen von Modezeitschriften nach dem neuesten Schrei zu suchen. Sie vergötterte ihre beiden Brüder Joaquin und Cristobal, vor allem den älteren der beiden, Cristobal, der sie ständig auf den Arm nahm und sie für ihre verträumte Art liebte. Er nannte sie liebevoll Soñadorita, was so viel wie Träumerlein bedeutet.

Das Verhältnis zu ihrer Mutter war etwas unterkühlt. Sie konnte es nicht verstehen, dass man mit siebzehn noch immer seinen Tagträumen hinterherhing und nicht, wie andere junge Damen in ihrem Alter, auf der Suche nach einem anständigen Ehemann war. Louisas Vater war selten zu Hause, als Geschäftsmann war er ständig unterwegs. Wenn er von einer seiner langen Geschäftsreisen heimkehrte, brachte er allen viele Geschenke mit und hatte verrückte Geschichten zu erzählen. Es glich jedes Mal einem Fest. Louisa vergötterte ihren Vater sehr und sie litt darunter, dass er so selten zu Hause war.

Die Jahre vergingen. Ihre beiden Brüder hatten mittlerweile geheiratet und Cristobal war schon stolzer Vater eines kleinen Jungen namens Augustin. Er war ein sehr liebevoller Vater und Ehemann. Louisa empfand immer etwas Eifersucht auf Cristobals Ehefrau, die ihr den Rang an seiner Seite abgelaufen hatte und der jetzt Cristobals uneingeschränkte Aufmerksamkeit galt. Manchmal, wenn sie es schaffte, ihn ein paar Augenblicke für sich allein zu haben, verfielen sie in ihr altes Verhaltensmuster, und er nannte sie wieder Soñadorita. Eines Abends saßen beide noch draußen. Als alle schon ins Haus gegangen waren, vertraute er sich ihr an.

»Soñadorita, du erinnerst mich so sehr an sie.«

»Wen meinst du?«, fragte Louisa neugierig

»Großmutter«, antwortete Cristobal.

»Großmutter? Wie um alles auf der Welt kommst du jetzt auf sie?«, lachte Louisa und zündete sich eine Zigarette an. »Ich kann mich kaum an sie erinnern, ich glaube, ich war sieben oder acht, als sie gestorben ist.«

»Ja, und jetzt bist du siebenundzwanzig«, erwiderte Cristobal. »Und es ist an der Zeit, dir etwas zu geben.«

»Mir etwas zu geben?«, fragte sie verwundert, während sie eine Rauchwolke aus ihrem Mund blies.

»Ja, ich habe mir schon oft Gedanken gemacht, wann wohl der richtige Zeitpunkt dafür sein würde, heute Abend habe ich dich beobachtet, und mir ist bewusst geworden, dass es nun an der Zeit ist.« Louisa sah ihn verwundert an, ihr fehlten die Worte. »Am besten, du kommst morgen bei uns vorbei, dort sind wir ungestört, dann erkläre ich dir alles. Mutter weiß nichts. Ich denke, sie würde es nicht gutheißen. Miria auch nicht, es ist das einzige Geheimnis, das ich vor ihr hüte. Ich musste Großmutter versprechen, mit keinem Menschen darüber zu sprechen. Außer mit dir.« Plötzlich stand Miria hinter ihnen und legte ihre Arme um Cristobal.

»Was macht ihr beiden denn noch hier draußen, drinnen warten schon alle auf euch.«

»Ach, mir ist heute nur aufgefallen, wie sehr mich Louisa an unsere verstorbene Großmutter erinnert«, erklärte Cristobal. »Aber lasst uns doch hineingehen, bevor das Essen kalt wird«, sagte er und sie machten sich auf den Weg ins Haus.

»Damals, als alles begann«, erinnerte sich Donna Louisa. »Und bald wird es wohl zu Ende sein.«

Leo wollte Zoe zur Rede stellen. Seine Gedanken spielten Roulette. Einerseits konnte er verstehen, dass sie dieses aufreizende Video gelöscht hatte. Aber sich an seinem Handy zu vergreifen, ohne ihn vorher zu fragen, empfand er als großen Tabubruch. Er hatte sie schließlich auch vorher um Erlaubnis gebeten, sie zu filmen, obwohl er sich zu dem Zeitpunkt im Rausch der Sinne befand. Er überlegte hin und her – sollte er sie anrufen oder lieber bis morgen abwarten –, als er auf einmal Geräusche hörte. José musste nach Hause gekommen sein. Er würde ihn gleich abfangen und ihn etwas über Zoe ausfragen.

»Hey Kumpel, alles klar?«, empfing ihn Leo.

»Jo, Bro«, erwiderte José und sie gaben sich High five.

»Lust auf 'n Bierchen?«

»Na klar, immer doch«, lachte José und beide setzten sich auf die Couch.

»José, kann ich dich mal was fragen?«

»Jederzeit, wir sind doch Brüder, Mann, wo drückt der Schuh?« José sah ihn erwartungsvoll an.

»Diese Zoe Dominguez, du weißt schon, die sexy Zoe …« José nickte eifrig. »Na ja, gestern Nacht, da lief was zwischen uns, sogar was ziemlich Wildes, und ich frag mich einfach, wie die so drauf ist. Also für 'ne Frau scheint die ziemlich abgebrüht zu sein. Hast du vielleicht in der Richtung schon mal was mitbekommen?«

José überlegte. »Ja, jetzt, wo du mich so fragst … Letztes Jahr, nach der Bachelorabschlussfeier, ging so ein Gerücht rum, sie muss irgendwie was mit 'nem Prof gehabt haben. War eigentlich ein ziemlich renommierter Prof: verheiratet, Kinder, eben das volle Paket. Kam extra aus Harvard, um bei uns zu unterrichten. So 'ne Art Gastprofessor. Es wurde gemunkelt, dass Zoe dank ihm das letzte Semester geschafft hat. Na ja, um auf den Punkt zu kommen, auf der Feier hat sie anscheinend jemand in flagranti erwischt. Aber das sind eben Gerüchte, Alter, mehr weiß ich leider auch nicht.« Leo musste daran denken, wie er heute den Reifen gewechselt hatte. Worauf hatte er sich da eingelassen? Morgen würde er sie zur Rede stellen.

Kapitel 7

Dolores drückte langsam das knarrende Tor von Corazon auf. Gleichzeitig beobachtete sie dabei Ashoks Gesichtsausdruck. Es war nicht zu übersehen, dass ihm dabei mehr als eine Frage auf den Lippen brannte. Doch er berücksichtigte tapfer sein Versprechen und hielt sich zurück. Dolores musste schmunzeln und sagte:

»Ich weiß, du wüsstest wohl zu gerne, was wir hier machen. Nun, ich werde dir bei Gelegenheit alles erzählen. Aber vertrau mir einfach und komm mit«, sagte sie und rannte lachend los. »Wer als Erster oben ist.« Ashok schaffte es beinahe nicht, mit ihr mitzuhalten. Als sie beide atemlos vor dem Gebäude angekommen waren, staunte er nicht schlecht über ihre Kondition. Sie zog an seinem Arm und sagte: »Komm mit, ich zeig dir etwas.« Er folgte ihr ohne Widerrede. Sie liefen einmal um das Gebäude, und dann standen sie davor. Ein Garten voller verschiedener Steinskulpturen. Es wirkte so, als wäre der Garten umgeben von

Menschen in den unterschiedlichsten Größen und Farben. Dennoch, die mit Abstand beeindruckendste Skulptur befand sich in der Mitte des Gartens, sie stellte den überdimensionalen Kopf einer Frau dar, die diesen schräg auf ihre beiden Unterarme gelegt hatte. Ihr langes Haar umgab sie wie ein Schleier, und es schien, als schwebe der ganze Oberkörper in der Luft. Das Auffälligste daran waren jedoch die Augen: Sie erweckten den Eindruck, als würden sie nachdenklich in die Ferne blicken. Jedes einzelne Detail war präzise herausgearbeitet und sie leuchteten in allen erdenklichen Türkis- und Blauvarianten. Wenn man sie genauer betrachtete, wurde ersichtlich, dass diese aus unendlich vielen Mosaiksteinchen bestanden.

»Das war meine Mutter«, sagte Dolores, ohne ihre Melancholie zu verbergen.

»Deine Mutter?«, erwiderte Ashok erstaunt.

»Ja, mein Vater war Bildhauer und hat diese ganzen Figuren hier erschaffen.« Beeindruckt ließ er seinen Blick über den Garten schweifen. »Das Werk nennt sich ›der Blick‹ und war sein größter kommerzieller Erfolg. Wir sind dadurch reich geworden, zumindest waren wir es eine Zeit lang«, sagte sie mit einem Hauch von Bitterkeit in der Stimme. »Es passierte damals alles so schnell, plötzlich ist eine Horde reicher Amerikaner aufgetaucht, und alle wollten so eine Skulptur haben. Sie waren bereit, horrende Summen dafür zu bezahlen. Mein Vater ging nach Amerika und ließ die Skulpturen nach seinen Anweisungen dort errichten. Und als er wiederkam, waren wir schlagartig reich.«

Dolores ging auf eine andere Skulptur zu. »Siehst du, das bin ich«, lachte sie. Die Figur stellte ein junges Mädchen dar, das eine Taube auf der Schulter hatte und lächelte. Dabei hielt sie ein Buch in den Händen. Dolores betrachtete die Figur eingehend, als ihr auffiel, dass auf dem Einband des Buches etwas eingraviert war. Das war ihr davor noch nie aufgefallen. Sie kniete sich hin und versuchte, es zu entziffern. Aber die ganze Skulptur war von Moos bedeckt.

»Ashok«, sagte sie. »Sieh dir das bitte an, kannst du etwas erkennen?« Er kniete sich neben sie hin und inspizierte dabei den Einband, zufällig berührten sich dabei ihre Hände. Ein leichter Schauer durchfuhr seinen Körper. Er schaute auf und lächelte, ihre Blicke trafen sich, und er wusste, sie hatte dasselbe gefühlt wie er. Verlegen senkte Dolores die Augen.

Ashok stand auf. »Ich habe eine Idee.« Er kramte ein Taschenmesser aus seiner Jackentasche, um das Moos zu entfernen. Allmählich wurde die Gravur immer sichtbarer. »Sieh dir das an«, sagte er, nachdem er die Schrift freigelegt hatte.

Dein Herz anhören du solltest,
Auch wenn abwenden du dich wolltest,
Drum sei auch bedacht, was der Laut dir flüstert,
Dein Auge sich nicht verdüstert,
Des Rätsels Lösung erscheint so klar,
Der Weg der Erlösung ist so nah.

»Was hat das zu bedeuten?«, fragte er und blickte Dolores dabei an. Sie betrachtete nachdenklich das eingravierte Gedicht.

»Das kommt mir irgendwie bekannt vor«, überlegte sie laut. »Herz, flüstern, Auge, Rätsel.« Dolores war einen Moment sprachlos, dann holte sie den Zettel mit der verschlüsselten Botschaft aus ihrer Hosentasche. »Das gibt es nicht, das sind dieselben Symbole wie auf diesem Zettel!«, sagte sie. »Das muss irgendwie alles zusammenhängen, ich frage mich nur, wie?«

Ashok musterte den Zettel eingehend. »Wo hast du den her?« Dolores druckste zuerst etwas herum, entschloss sich aber dafür, ihm den ganzen Vorfall zu erzählen. Ungläubig hörte Ashok ihr zu.

»Ich hoffe, du glaubst mir. Du bist der erste Mensch, dem ich davon erzählt habe. Ich befürchte, die meisten Menschen würden mich für verrückt erklären.«

Ashok blickte sie verständnisvoll an. »Ich glaube dir. Ja, ich glaube dir jedes Wort, auch wenn es sich unglaublich anhört« Erleichtert blickte Dolores zu ihm auf. Ashok betrachtete sie, er bewunderte ihre strahlend blauen Augen, sie war wahrlich wunderschön. Verletzlich blickte sie ihn an, und für einen Augenblick hatte er das Gefühl, als würde sein Herz einen Aussetzer machen. *Ich würde alles für dich tun*, dachte er in seinem Inneren.

»Wir sollten versuchen, in das Haus zu kommen«, schlug Dolores vor. »Es wirkt unbewohnt.«

»Ist das dein Ernst?«

»Mein voller Ernst. Komm mit«, sagte sie und machte sich auf den Weg zum Geräteschuppen.

»Wo willst du hin?«, rief er ihr hinterher.

»Ich weiß, wie wir problemlos hineinkommen«, meinte sie und suchte die Dachrinnen ab. »Habe ich es doch gewusst.« Triumphierend hielt Dolores einen Schlüssel in der Hand.

»Aber das können wir nicht machen.«

»Und ob wir das können!« Dolores marschierte schnurstracks Richtung Eingang. Resigniert schloss Ashok sich ihr an.

Knarrend öffnete sich die Tür. Dunkelheit erfüllte den Raum und auf den ersten Blick konnte man nichts erkennen. Nach und nach gewöhnten sich ihre Augen daran und erste Umrisse wurden erkennbar. Dolores versuchte, ihre Fassung zu bewahren und sich nicht von ihren Emotionen hinreißen zu lassen. Wie lange war sie nicht mehr hier gewesen? Unsicher sah sie sich nach einem Lichtschalter um. Als sie einen fand und diesen betätigte, funktionierte dieser aber nicht.

»Lass uns die Vorhänge zur Seite ziehen«, meinte Ashok und tat das im selben Augenblick. Greller Sonnenschein erhellte den Raum, und das Ausmaß der ganzen Pracht wurde erkennbar.

Eine lange Wendeltreppe mit einem aufwendig verzierten Geländer führte in die oberen Stockwerke, darüber hing ein prunkvoller Lüster, und die Wände waren mit wertvollen Tapeten ausstaffiert.

»Wow!« Ashok war beeindruckt. »Und hier bist du aufgewachsen?«

Dolores nickte und hauchte ein leises »Ja«. Zu mehr war sie nicht imstande. Die ganzen Erinnerungen prasselten auf sie ein wie Fausthiebe bei einem Boxkampf. Sie sah ihre Mutter vor sich, wie sie an der Küchentür lehnte und sie lachend begrüßte; ihren Vater, wie er ihr auf der Treppe entgegenkam und sie bei ihrem Spitznamen rief: »Meine kleine Lolo.« Verwirrt von den ganzen Erinnerungen setzte sie sich auf die Treppe und wischte sich über ihre Augen.

»Ist alles in Ordnung?«, fragte Ashok.

»Ja, danke, alles gut«, erwiderte Dolores, und nachdem sie sich einigermaßen gesammelt hatte, meinte sie: »Lass uns nach oben gehen, dann zeige ich dir mein ehemaliges Zimmer.« Erschrocken hielt sie plötzlich inne. »Was war das? Hast du das gehört?«

»Was soll ich gehört haben?«

»Na das!«, flüsterte Dolores energisch. Aus dem oberen Stockwerk drangen Geräusche zu ihnen herunter, sie kamen immer näher. »Komm schnell«, sagte Dolores panisch und zog ihn unter die Treppe.

1967

Louisa hatte schlecht geschlafen. In letzter Zeit verfolgten sie die wildesten Träume. Müde, aber gleichzeitig aufgedreht, zündete sie sich eine Zigarette an und überlegte, was sie heute alles zu erledigen hatte. Dann fiel ihr wieder das merkwürdige Gespräch von gestern ein, das sie mit Cristobal geführt hatte. Sie würde wohl heute als Erstes zu ihm fahren, um ihre Neugier zu stillen.

Als sie dort ankam, erwartete er sie schon. »Schön, dass du es einrichten konntest zu kommen. Wir haben nicht viel Zeit. Miria müsste bald zurück sein, und mir wäre es doch lieb, wenn sie nichts davon erfahren würde.« Entschlossen lief er in sein Arbeitszimmer, während Louisa ihm folgte. »Nimm doch bitte Platz«, bot er ihr an. »Was zu trinken?« Louisa lehnte dankend ab und zündetet sich eine Zigarette an.

»Cristobal, was ist nur los? Was möchtest du mir so Dringendes geben, dass es nicht mehr warten kann?« Sie blickte ihn erwartungsvoll an, während sie den Rauch in die Luft blies.

»Ich weiß gar nicht, wo ich anfangen soll. Großmutter hat mich eines Tages zu sich gebeten, das ist mittlerweile schon um die zwanzig Jahre her. Damals warst du noch ein kleines Mädchen und ich schon fast erwachsen. Sie gab mir diese beiden Dinge.« Er zeigte auf einen Briefumschlag und ein Buch, die auf seinem Schreibtisch lagen. Louisa musterte beide Sachen neugierig. »Und die sind beide für mich?«, fragte sie interessiert. Cristobal nickte ernst. Sie wollte eben danach greifen, als Cristobal seine Hand darauflegte und sagte:

»Warte, ich muss dir noch etwas dazu sagen, bevor ich sie dir übergebe.« Louisa war etwas irritiert von seiner Geheimniskrämerei. Sie zog ihre Hand langsam wieder zurück und hörte ihm aufmerksam zu. »Louisa, du musst mir versprechen, mit keinem Menschen darüber zu reden. Ich musste es damals Großmutter hoch und heilig schwören, es war ihr wichtig. Ich weiß nicht, was drinsteht. Aber ich bin mir sicher, dass es sich um etwas sehr Wichtiges handelt. Ich musste ihr versprechen, dir diese beiden Dinge zu übergeben, sobald ich das Gefühl verspüre, dass du reif genug bist, um das darin Geschriebene zu verkraften. Und noch eins: Erzähle auch mir nicht von dem Inhalt. Du solltest am besten allein sein, wenn du das alles liest.«

Louisa war jetzt doch etwas durcheinander. »Ich glaube, ich könnte jetzt doch was zu trinken gebrauchen«, sagte sie und nahm anschließend einen großen Schluck. Dann machte sie sich auf den Weg nach Hause. Sie konnte es kaum erwarten, zu erfahren, was ihr Großmutter vermacht hatte.

Eilig lief sie in ihr Zimmer. »Wohin so schnellen Schrittes, junge Dame?«, rief ihr Vater ihr hinterher. Dieser hatte mittlerweile seine Geschäfte in die Hände seiner Söhne übergeben und genoss seinen wohlverdienten Ruhestand.

»Papito, entschuldige bitte, aber ich muss ganz dringend ins Bad«, log Louisa. Sie konnte es kaum erwarten, den Brief zu öffnen.

»Na dann, nur zu«, lächelte ihr Vater und sah ihr schmunzelnd hinterher. In ihren Räumlichkeiten angekommen, warf sie sich auf ihr Bett und riss den Brief auf.

Santiago 18.11.1947

Meine liebe Louisa,

du wunderst dich bestimmt sehr über diesen Brief und dieses merkwürdige Buch. Meine Zeit hier auf dieser Welt ist bald vorüber, das spüre ich. Aus diesem Grund habe ich beschlossen, alles in einem Brief zusammenzufassen. Ich hoffe, Cristobal hat den richtigen Zeitpunkt ausgesucht. Aber ich bin mir sicher, dass er das hat. Er ist so ein guter Junge und er liebt dich sehr, deshalb habe ich ihn als Überbringer ausgewählt.

Ich möchte nur, dass du eines weißt: Du hast eine besondere Gabe, die nur sehr wenige Menschen besitzen. Ich kann es in deinen Augen erkennen, du bist ein ganz besonderer Mensch und lass dir bitte von niemandem etwas anderes erzählen. Bestimmt fühlst du dich manchmal wie eine Außenseiterin, als würdest du nicht dazugehören. Aber glaube mir, du gehörst dazu, und wie du dazugehörst. Die Menschen haben nur Angst vor Andersartigkeit, deshalb reagieren sie manchmal falsch und verletzend.

Aber nun zurück zu deiner Gabe. Du besitzt die Fähigkeit, in Träume anderer Menschen zu gehen. Du besitzt auch die Fähigkeit, Menschen wieder aus ihren Träumen zurückzuholen, wenn sie gefangen sind. Das passiert eben manchmal, und dann finden sie nicht mehr zurück. Und du besitzt die Gabe, Menschen in das Licht zu führen. Manchmal verirren sich Menschen in ihren Träumen und finden den Weg ins Licht nicht. Du kannst ihnen dabei helfen, dorthin zu gelangen, wo sie hingehören.

Aber alles hat seinen Preis! Wenn du einen Menschen wieder in unsere Welt zurückholst, dann musst du von dir etwas dort lassen. Wenn es das Schicksal so möchte, kann es sogar sein, dass du dafür dortbleiben musst. Deshalb gehe sehr umsichtig und vorsichtig mit dieser Gabe um. In dem Buch findest du eine

Erklärung, wie du es schaffst, in die Träume anderer Menschen zu gelangen. Es ist schon hunderte Jahre alt. Mir hat es damals meine Großtante vermacht. Sie hat die Gabe in mir gesehen. Ich denke, es liegt in unseren Genen, dass wir diese Gabe besitzen. Oder vielleicht hat das Schicksal uns dazu auserkoren. Auch du wirst dieses Buch irgendwann jemandem vermachen. Achte darauf. Du wirst es erkennen, wenn dir diese Person eines Tages begegnet.

Bitte rede mit keiner Menschenseele darüber und gehe sehr vorsichtig damit um.

Ich vertraue dir und liebe dich, meine Louisa

In Liebe deine Großmutter Florencia

Louisa musste schlucken, nachdem sie den Brief zu Ende gelesen hatte. Sie las ihn immer und immer wieder. Ungläubig hielt sie ihn in ihren Händen. Sie und eine Gabe? Und dann auch noch Menschen ins Licht führen? Wenn sie es nicht besser gewusst hätte, dann hätte sie es für einen Scherz gehalten. Ängstlich betrachtete sie das Buch. Mit ihren Fingerspitzen berührte sie den Einband, während sie das Gedicht las, das dort eingraviert war.

Dein Herz anhören du solltest,
Auch wenn abwenden du dich wolltest,
Drum sei auch bedacht, was der Laut dir flüstert,
Dein Auge sich nicht verdüstert,
Des Rätsels Lösung erscheint so klar,
Der Weg der Erlösung so nah.

Als es plötzlich an ihrer Zimmertür klopfte. »Louisa?« Es war die Stimme ihrer Mutter, in ihrem üblichen strengen Tonfall. »Señor Garcia ist am Telefon für dich, er ruft heute schon zum zweiten Mal an. Es scheint wohl dringend.« Louisa versteckte in

Windeseile den Brief und das Buch unter ihrem Bett und strich sich schnell über ihr Kleid. Im selben Moment öffnete sich die Tür und ihre Mutter warf ihr einen strengen Blick zu.

»Ich komme schon«, sagte Louisa und lief zum Telefon.

»Louisa, meine Schöne!« Am anderen Ende der Leitung war Antonio Garcia, ihr Modellagent.

»Oh, Antonio, was ist los? Du hast schon zweimal angerufen?«

»Louisa, stell dir vor! Gerardo Briceño, er hat sich für dich entschieden! Du gehst nach Paris! Er möchte, dass du sein Hauptmannequin wirst, er gibt dort sein Debüt, und du sollst die wichtigsten Teile seiner Kollektion präsentieren!« Louisa konnte es nicht fassen, sie sollte sein Hauptmannequin werden? Und das mit siebenundzwanzig.

»Er ist begeistert von deiner Ausstrahlung, deiner eleganten Präsenz. Und noch was, Sebastião wird dich begleiten. Er macht die besten Fotos hier im Land, und wir wollen eine exklusive Fotostrecke von dir machen. Der Flug ist schon gebucht und das Hotel reserviert, morgen früh geht dein Flieger. Die Tickets liegen für dich am Schalter bereit. Sei bitte pünktlich, du solltest morgen um sieben Uhr am Flughafen sein, dort erwartet dich Sebastião. Und mach mir keine Schande, Mädchen, das könnte dein Durchbruch werden.«

Die Erinnerungen liefen wie ein Film vor ihrem inneren Auge ab. Der Moment, als sie Sebastião zum ersten Mal erblickte. Sie sah ihn schon von Weitem am Schalter auf sie warten. Sein Ruf war von zweifelhafter Natur, und sie hatte schon allerhand Gerüchte über ihn gehört. Doch als er sich umdrehte, sie aus seinen leuchtend grünen Augen anblickte und sie mit seinen strahlend weißen Zähnen anlachte, war es um sie geschehen.

Er war der charmanteste und attraktivste Mann, den sie jemals kennengelernt hatte.

Das Defilee wurde ein riesiger Erfolg, Louisa hatte es geschafft. Sie war dem großen Ruhm ganz nah gekommen. Sebastião trug sie auf Händen, fürsorglich kümmerte er sich während des ganzen Parisaufenthaltes um sie, behandelte sie stets aufmerksam, er gab den perfekten Gentleman ab. Louisa fühlte sich wie im siebten Himmel, sie hatte noch nie eine so schöne Zeit erlebt. Zurück in Santiago blieben sie in Kontakt und trafen sich immer häufiger. Sie gaben das perfekte Paar ab: Er, der attraktive Mann von Welt und sie, das zarte, märchenhaft wirkende Mannequin an seiner Seite.

Einige Monate erlebten sie eine glamouröse und aufregende Zeit, die Klatschblätter berichteten in regelmäßigen Abständen von dem High-Society-Paar, und Louisa wurde allmählich ein Vorbild für viele chilenische Frauen. Sie entwickelte sich zu einem sehr erfolgreichen Mannequin, obwohl sie das dafür übliche Alter schon um einige Jahre überschritten hatte. Nichtsdestoweniger, ihre zarte jugendliche Ausstrahlung ließ sie um einiges jünger erscheinen und verlieh ihr eine feenartige Aura. Ihr Leben schien perfekt, sie hätte nicht glücklicher sein können. Doch Louisa ahnte nicht, dass das Schicksal gerne seine eigenen Wege geht.

Kapitel 8

Dolores und Ashok standen gebückt unter der Treppe, in der Hoffnung, dass sie niemand entdeckte.

»Hörst du das?«, flüsterte Dolores. Ashoks angespannter Gesichtsausdruck ließ nichts Gegenteiliges vermuten. Mit dem Finger deutet er, sich ruhig zu verhalten. Langsam glitt seine Hand in die Innentasche seiner Jacke, um sein Taschenmesser zu greifen. Er wollte sich im Notfall verteidigen können. Die Geräusche waren direkt über ihnen zu hören. Dolores blickte ängstlich zu Ashok auf. Er schien zu überlegen, was er als Nächstes tun sollte. Dabei strich er sich eine Strähne aus dem Gesicht. Auf Dolores wirkte er in diesem Moment wie ein indianischer Krieger, bevor er in den Kampf zieht. Bewundernd betrachtete sie ihn. Entschlossen erwiderte er ihren Blick und flüsterte:

»Du bleibst hier, egal was passiert, versprich es mir.« Dolores nickte langsam. »Sag ›Ich verspreche es‹.« Er blickte sie ernst an.

»Ich verspreche es,«, wiederholte sie leise. Ashok nickte zufrieden. Und plötzlich sprang er mit einem lauten Schrei aus ihrem Versteck.

Erschrocken hielt sich Dolores die Hände vor den Mund, am liebsten hätte sie laut losgeschrien! Einige Sekunden hörte sie nichts mehr. Was war passiert? Es hatte keine Anzeichen von einem Kampf gegeben. Dann hörte sie Schritte, die nach oben liefen. Sollte sie es vielleicht doch riskieren und einen Blick aus ihrem Versteck wagen? Sie überlegte krampfhaft, was sie tun konnte. Benötigte Ashok Hilfe? Als sie plötzlich wieder Geräusche hörte, ein lautes Poltern war zu vernehmen. *Verdammt*, dachte Dolores. Was geht da oben vor? Die Geräusche verlagerten sich von einem Raum zum anderen, so als ob eine Verfolgungsjagd stattfand.

»Jetzt reicht es«, dachte Dolores laut. Sie sah sich suchend um, bis sie einen massiven Kerzenständer erblickte. Sie schnappte ihn sich und lief damit die Treppe hinauf. Ashok, wo war er? Sie konnte ihn nicht entdecken. Behutsam lief sie von einem Raum zum anderen. Bis sie vor einem Zimmer Geräusche wahrnahm. Angespannt und mit erhobenem Kerzenständer blieb sie davor stehen. Langsam kamen die Schritte aus dem Raum näher. Dolores wurde immer aufgeregter, zitternd stand sie da und war bereit, im Notfall zuzuschlagen. Die Gestalt trat in den Flur und Dolores wollte eben ausholen, als sie Ashoks vertraute Statur erkannte. Erleichtert ließ sie den Kerzenständer sinken und rief seinen Namen. Er hatte nicht damit gerechnet, jemandem zu begegnen, und sprang erschrocken zur Seite. Als er sie erkannte war er einerseits erleichtert, aber gleichzeitig auch etwas verärgert.

»Verdammt, Dolores, du hattest mir doch versprochen, in deinem Versteck zu bleiben!«

Verlegen stammelte sie eine Entschuldigung und geriet dabei in Erklärungsnot, bis sie bemerkte, dass Ashok etwas im Arm hielt.

»Was ist denn das?« Als sie genauer hinsah, stellte sie fest, dass es sich um eine Katze handelte.

»Das ist unser Übeltäter«, lächelte Ashok versöhnlich.

»Du meinst, sie hat die Geräusche verursacht?«, fragte Dolores erstaunt.

»Ja, als ich aus unserem Versteck gesprungen bin, ist sie so erschrocken, dass sie schnell wieder nach oben gerannt ist. Ich bin ihr gefolgt und wir haben uns eine wilde Verfolgungsjagd geliefert. Bis ich sie verängstigt unter einer Kommode erwischt habe. Sie scheint hungrig zu sein. Irgendwie ist sie hier hereingekommen und hat dann wohl nicht mehr herausgefunden.«

Dolores musste in diesem Moment an ihren Nachbarskater Michele denken. »Ja, Katzen haben immer Hunger«, sagte sie lächelnd, während sie die Katze streichelte.

»Ich bring unseren Einbrecher mal raus und gebe ihm noch was zu fressen. Im Kofferraum liegen noch ein paar Fleischkonserven. Möchtest du mitkommen?« Dolores überlegte einen Augenblick und meinte dann:

»Ich warte hier und schau mich noch ein wenig um, bis du wiederkommst.« Ashok blickte sie verständnisvoll an, zu gut konnte er verstehen, dass sie jetzt etwas allein sein wollte.

»Ich beeile mich«, sagte er. »Und bitte, sei vorsichtig«, ermahnte er sie, bevor er ging.

Dolores betrachtete die Räumlichkeiten. Ihre Kindheit hatte sie hier verbracht, viele Geburtstage gefeiert, hier war sie ein Teenager geworden und hatte sich zum ersten Mal verliebt. Es waren unbeschwerte Jahre gewesen.

Sie lief von Raum zu Raum, ließ ihre ganzen Erinnerungen Revue passieren. Bis sie ihr einstiges Zimmer betrat. Die Einrichtung war unverändert, dafür hatten sich überall dicke Staubschichten gebildet. Sie öffnete das Fenster, um etwas zu lüften, und nahm auf ihrem ehemaligen Bett Platz. Plötzlich verfinsterte sich der Raum. Dolores blickte zum Himmel und bemerkte, wie dunkle Wolken aufzogen. Seufzend erhob sie sich und schloss das Fenster. Als sie sich umwandte, riss ein starker Windstoß das Fenster auf, verwundert drehte sie sich um und wollte es wieder schließen, da bemerkte sie aus den Augenwinkeln einen Schatten.

»Ashok«, lachte sie, »die Fenster hier könnten auch mal wieder eine Reparatur gebrauchen.« Sie blickte erwartungsvoll zur Tür, aber niemand antwortete ihr. »Ashok?« Dolores lief zum Ausgang und schaute in den Flur. Aber dort war niemand, sie wollte sich schon wieder umdrehen, als sie etwas bemerkte. Am Ende des Gangs hatte sich etwas bewegt. Misstrauisch versuchte sie zu erkennen, was es war und ging einige Schritte in die Richtung. Dolores hielt die Luft an. Da war sie wieder, die Frau im langen weißen Kleid. Sie war im Begriff, ein Zimmer zu betreten. Dolores rannte auf sie zu.

»Hey, warte! Warte, wo willst du hin?«, rief sie und rannte ebenfalls in das Zimmer. Doch als sie die Tür öffnete, war das Zimmer leer. Sie öffnete hektisch alle Schränke, schaute unter die Möbel, doch die Frau war verschwunden. »Verdammt!«, schrie sie. Als sich plötzlich vor der Tür wieder etwas bewegte, rannte Dolores eilig dorthin, und da sah sie sie wieder: Diesmal stand die Frau an der Treppe und glitt fast geräuschlos hinunter. Dolores rannte, so schnell sie konnte, darauf zu, aber die Gestalt war schon am Ende der Treppe angelangt und schritt ihren Weg unbeirrbar weiter.

Dolores stolperte ihr auf der Treppe hinterher, in der Hoffnung, die Frau im langen weißen Kleid doch noch einzuholen. Unten angekommen, sah sie sich suchend um, die Sonnenstrahlen waren verschwunden und die Dunkelheit verschluckte jegliches Licht, das ihr ein Indiz hätte geben können, wo sich die Frau hinbewegte. Da hörte sie ein Geräusch. Dolores versuchte angestrengt, zu erkennen, wo das Geräusch herkam, bis sie realisierte, dass es die Tür zum Keller war.

»Ich brauche Licht«, dachte sie laut. Da fiel ihr schlagartig ein, dass sie früher immer Kerzen und Streichhölzer im Schrank aufbewahrt hatten. Behutsam tastete sie sich die Wand entlang, versuchte, sich zu orientieren. Nach und nach gewöhnten sich ihre Augen an die Dunkelheit, und man konnte allmählich die Umrisse der Umgebung erkennen. Bis auch der ersehnte Schrank in greifbare Nähe kam. Hektisch riss Dolores die Schubladen auf und war erleichtert, alles Notwendige vorzufinden.

Langsam lief sie mit einer Kerze in Richtung Keller. Dolores musste schlucken, das Licht verlieh dem Raum eine unheimliche Atmosphäre. Sie überlegte noch einen Augenblick, ob sie doch lieber auf Ashok warten sollte. Aber sie befürchtete, dass es bis dahin zu spät sein würde, falls es das ohnehin nicht schon war. Geräuschvoll öffnete sie die Tür, die nach unten führte. Als Kind hatte sie sich immer vor dem Keller gefürchtete und diese Angst war bis jetzt nicht ganz verschwunden. Doch sie musste sich zusammenreißen. Mit klopfendem Herzen stieg sie Stufe um Stufe hinunter, die Luft wurde immer muffiger und fühlte sich kalt und feucht an. Jede Stufe, die Dolores hinabstieg, knarrte, und sie hatte das Gefühl, als würde sie von der Dunkelheit verschlungen werden. Als Dolores unten angekommen war, umgab sie eine tiefe und zugleich beklemmende Unruhe. Es war, als würde hier jedes noch so kleine Geräusch verschluckt werden, als wäre hier die Welt zu Ende. Und plötzlich erblickte sie die Frau im weißen Kleid. Der Schein ihrer Kerze erhellte den Keller und warf sein warmes Licht auf das Ende des Raumes. Dort kniete sie nieder und hatte den Kopf nach oben gerichtet, es wirkte, als würde sie beten, als sähe sie dort den Himmel. Dolores bekam eine Gänsehaut, das Ganze bot ein seltsames Bild. Sie ging langsam auf sie zu. Zuerst bemerkte sie es nicht. Doch als die Nässe ihre Knöchel erreichte, realisierte sie, dass sie im Morast versank. Angeekelt blieb sie stehen, um dann aber schleunigst weiterzugehen, sie musste zu der Frau. Sie wusste, dass sie die Lösung war, die Antwort auf all ihre Fragen.

Dolores lief weiter und versank immer tiefer im Morast, als sie das Grauen bemerkte, war es schon zu spät. Entsetzt stellte sie fest, dass überall im Morast Hände waren. Hunderte von Händen, die nach ihr griffen und versuchten, sie herunterzuziehen. Gleichzeitig hörte sie wieder das Laute weinen, wie an dem Tag, als der Sturm sie überrascht hatte. Das Letzte, was sie wahrnahm, war das Gesicht der Frau, als diese sich ihr zuwandte. Es war Marisa, die weinte – sie weinte Tränen aus Blut.

»Wach auf verdammt, wach auf! Dolores, um Gottes willen, wach auf!« Dolores hörte Ashoks Stimme, als wäre sie unendlich weit entfernt. Langsam kam ihr Klang immer näher und näher. Dolores sehnte sich so sehr, der Stimme nahe zu sein. Sie tat einen tiefen Seufzer und schlug die Augen auf.

Kapitel 9

Leo konnte es kaum erwarten, Zoe abzufangen. Ungeduldig lief er auf dem Uniparkplatz auf und ab, bis er aus der Ferne den roten Sportwagen erblickte, dessen Reifen er gestern gewechselt hatte. Mit lautem Dröhnen kam er angefahren. Zoe trug eine schwarze Sonnenbrille und präsentierte ihr typisch laszives Lächeln, als sie ausstieg. Leo lief direkt auf sie zu und packte sie am Arm, energischer, als er vorgehabt hatte.

»Wir müssen reden«, sagte er. Zoe riss sich los und nahm wütend ihre Brille ab.

»Was soll das! Wir können gerne reden, aber niemand, und ich wiederhole, niemand hat das Recht, so mit mir umzugehen!« Sie blickte ihn wütend an. Augenblicklich bereute er es, sie so grob angefasst zu haben.

»Entschuldige, ich habe wohl etwas überreagiert.«

»Also, was ist los? Meine Vorlesung beginnt gleich und ich möchte nicht zu spät kommen«, erwiderte Zoe genervt.

»Was hattest du vorletzte Nacht an meinem Handy zu suchen?«, fragte er.

»Wie meinst du das?« Zoe blickte ihn herausfordernd an.

»Du weißt genau, wie ich es meine, du warst in der Nacht an meinem Handy und hast das Video gelöscht, das ich von dir gemacht habe. Und ich mag es überhaupt nicht, wenn man an mein Handy geht, ohne mir vorher Bescheid zu sagen.«

»Ich weiß nicht, wovon du redest«, entgegnete sie ihm trotzig. Leo lachte affektiert und strich sich dabei mit einer Hand über sein Kinn.

»Genauso wie dir entgangen ist, dass du deinen Prof gevögelt hast?«, sagte er und lächelte sie provozierend an.

Zoe blickte ihm lange in die Augen und seufzte. »Hör zu, ich muss jetzt rein. Ich warte wieder um eins hier auf dich, dann können wir in Ruhe reden.«

»Na gut«, entgegnete Leo ernst nach einigem Zögern. »Um eins dann auf dem Parkplatz.« Und wieder saß Leo ungeduldig in der Vorlesung, während er es kaum erwarten konnte, Zoe zu treffen. Doch diesmal waren seine Beweggründe anderer Natur. Als die Uhr eins schlug, machte er sich entschlossen auf den Weg.

Zoe erwartete ihn schon an ihren Wagen gelehnt. »Steig ein«, sagte sie.

»Wo fahren wir jetzt hin?«

»Das wirst du schon sehen.« Sie lächelte geheimnisvoll und trat das Gaspedal durch. Die Fahrt verlief sehr kurvig, während die Landschaft an ihnen vorbeizog.. Allmählich drosselte Zoe die Geschwindigkeit und sie fuhren eine Zeit lang an Weinbergen vorbei, bis sie ganz zum Stehen kamen.

»Das letzte Stück müssen wir zu Fuß gehen«, sagte Zoe, als sie ausstieg. Leo tat es ihr nach und sie liefen einen schmalen Pfad entlang, bis sie zu einer kleinen Hütte zwischen den Weinreben kamen.

»Was wollen wir hier?«, fragte er.

»Reden. Hier sind wir ungestört und können uns in Ruhe aussprechen.« Sie setzte sich auf eine Bank, die auf der Veranda stand, und schaute in die Ferne. »Weißt du, manchmal verliebt man sich in den Falschen. Es passiert einfach und man kann nichts dagegen tun. Er hat mir damals versprochen, dass er seine Frau verlassen würde, hat mir das Blaue vom Himmel vorgelogen. Ich war so glücklich, dachte, er wäre der Richtige und wir hätten eine Zukunft.« Sie stieß ein verbittertes Lachen aus. »Ich war so naiv. Aber so sind wir Frauen eben: halten uns an einem Grashalm fest, um dann in einem Glas Wasser zu ertrinken.

Eines Abends, es war während der Bachelorabschlussfeier, passierte es. Wir waren beide angetrunken, es machte uns verrückt, dass wir uns nicht berühren durften. Ich wollte ihn und er wollte mich, das war offensichtlich. Die Stimmung wurde immer aufgeheizter, wir hielten es fast nicht mehr aus. Deshalb verabredeten wir uns im Park, wir fühlten uns unbeobachtet. Der Rausch vernebelte unsere Sinne und wir fielen übereinander her. Ich glaube in diesem Moment hätte die Welt untergehen können, wir hätten nichts bemerkt. Doch wir waren nicht allein. Irgendjemand hat uns beobachtet und uns heimlich dabei gefilmt«, sagte Zoe mit belegter Stimme.

Leo hörte ihr aufmerksam zu und setzte sich neben sie auf die Bank.

»Aber das war noch nicht alles. Dieser Irgendjemand hat Richard damit erpresst. Wollte Geld von ihm, große Summen.

Ansonsten hätte er alles veröffentlicht. Richards Leben wäre ruiniert gewesen. Und meins wahrscheinlich auch.« Leo blickte sie an und musste schlucken. »Und das Schlimmste daran war, dass Richard einfach abgehauen ist, zurück in die USA. Er hat sich nicht mal von mir verabschiedet. Er war einfach weg. Hat weder auf meine Anrufe noch auf meine Briefe reagiert. Verstehst du jetzt, weshalb ich das Video gelöscht habe?«, fragte Zoe, während ihr Tränen über das Gesicht liefen. »Ich möchte so etwas niemals wieder erleben.«

»Ich verstehe dich«, sagte Leo. »Ja, ich verstehe dich voll und ganz. Wahrscheinlich hätte ich an deiner Stelle genauso gehandelt.« Dabei umarmte er sie und streichelte über ihr langes dunkles Haar, das seidig ihren Rücken hinabfiel. Es tat ihm unendlich leid, dass er sie so angegriffen hatte. »Du kannst mir vertrauen, ich würde doch so etwas niemals tun.« Zoe blickte zu ihm auf und ihre Lippen berührten sich. Aus der Berührung wurde ein inniger Kuss, der immer leidenschaftlicher wurde. Leo konnte sich kaum noch beherrschen, und seine Hände wanderten unter ihr Kleid.

»Warte«, sagte Zoe keuchend und drückte ihn etwas von sich weg. »Ich habe eine Überraschung für dich«, lächelte sie lasziv. Leo blickte sie ungeduldig an. Zoe stellte sich vor ihm hin und knöpfte ihr enges Kleid auf, einen Knopf nach dem anderen ganz langsam. Leo wurde immer erregter, diese Frau schaffte es immer wieder, ihn in ihren Bann zu ziehen. Bis sie es auf den Boden gleiten ließ. Er traute seinen Augen nicht, mit offenem Mund starrte er sie an. Sie war nicht nackt, aber auch nicht bekleidet. Leo hatte so etwas noch nie an einer Frau gesehen, mit der er zusammen war. Sie trug schwarze Lederunterwäsche, die jedoch mehr entblößte als sie bedeckte. Ihre vollen Brüste waren in Leder eingehüllt, jedoch waren ihre Brustwarzen und ihr Venushügel freigelegt, und als sie sich umdrehte, sah er, dass ihre prächtigen Pobacken von zwei Lederriemen gehalten wurden.

Leidenschaftlich packte er sie an ihren Schultern und gab ihr einen wilden Kuss. Dabei ließ er seine Hände über ihren Körper gleiten und stoppte erst, als er an ihrer Scham angelangt war. Er stimulierte sie, bis er fühlte, dass sie ihn haben wollte, dann drang er mit seinen Fingern in sie ein. So tief, dass sie schrie vor Verlangen, anschließend ging er auf die Knie und begann sie mit seiner Zunge zu verwöhnen. Sie schmeckte herrlich, genüsslich streckte sie sich ihm entgegen und wurde dabei immer erregter. Leo hielt es nicht mehr aus, er riss einen der Lederriemen von ihrer Unterwäsche und band ihr die Hände an einem der Holzbalken fest. Danach riss er noch einen ab und legte ihr diesen um den Hals, währenddessen flüsterte er ihr ins Ohr:

»Na, gefällt dir das?«

»Ja!«, stöhnte Zoe.

»Vertraust du mir?«

»Ja, ich vertraue dir. Ziehe, so fest du kannst«, forderte sie erregt. Daraufhin nahm er sie, immer wieder. Leo nahm sie hart, so hart er nur konnte, während er sie dabei strangulierte. Sie vögelten sich in unendliche Ekstase. Er begehrte sie so sehr, wie er zuvor noch niemanden gewollt hatte.

Es war früh am Morgen, Donna Louisa war auf ihrem Sessel eingenickt, als sie jäh von einem lauten Geräusch geweckt wurde. Sie zuckte zusammen, bis sie realisierte, dass das Telefon klingelte. Langsam richtete sie sich auf, sie konnte jeden einzelnen Knochen ihres Körpers spüren. Auf einen Stock gestützt lief sie zum Schreibtisch.

»Guten Morgen, Louisa Álveron am Apparat«, meldete sie sich müde.

»Guten Morgen, Señora Álveron«, antwortete die Stimme am anderen Ende. »Hier ist Dottore Perez, ich hoffe, ich störe Sie nicht, aber es ist sehr dringend.«

»Dottore Perez? Was kann ich für Sie tun? Ist etwas mit meiner Enkeltochter?«, fragte Donna Louisa besorgt.

»Nun ja, wie soll ich sagen, heute in den sehr frühen Morgenstunden ist etwas Dramatisches passiert. Deshalb würde ich Sie bitten, herzukommen, die Angelegenheit ist sehr heikel. Aber ich versuche mich kurzzufassen: Auf Ihre Enkeltochter wurde ein Mordanschlag verübt!« Donna Louisa fühlte sich wie versteinert, langsam ließ sie den Hörer auf die Gabel sinken. Sie hatte das Gefühl, als würde sich die Zeit zurückdrehen.

1968

Louisa und Sebastião waren verliebt. Sie jetteten um die Welt, besuchten die interessantesten Sehenswürdigkeiten, feierten auf den wildesten Partys und führten ein Leben, um das sie viele beneideten. Nur Louisas Eltern schienen das Ganze nicht gutzuheißen. Sie drängten zu einer Heirat, in ihren Augen ziemte es sich nicht für eine Frau aus gutem katholischem Hause, in wilder Ehe zu leben. Doch Sebastião war noch nicht bereit, er wich dem Thema immer aus, versicherte Louisa tagtäglich seine Liebe und meinte, dass alles zu seiner Zeit geschehen würde. Louisa gab sich damit zufrieden, denn sie war so glücklich wie nie zuvor und wollte ihr Glück nicht aufs Spiel setzen. Antonio hatte sie auf eine Cocktailparty eingeladen. Louisa freute sich schon den ganzen Tag darauf. Antonios Partys waren legendär, man begegnete dort den außergewöhnlichsten Menschen. Es konnte unter Umständen sogar passieren, dass jemand auf einem Pferd hereingeritten kam, seinen Hausaffen mitbrachte oder nur mit einem Bikinihöschen bekleidet auftauchte. Darüber hinaus tummelte sich dort alles, was in Chile Rang und Namen hatte.

»Was soll ich nur anziehen?« Verzweifelt stand sie in ihrem Ankleidezimmer und begutachtete ihre außerordentliche Auswahl an Abendkleidern. Sie verspürte plötzlich eine leichte Übelkeit, den ganzen Tag schon hatte sie sich unwohl gefühlt.

»Du brütest doch hoffentlich nichts aus«, meinte Sebastião, als er ihr blasses Gesicht bemerkte. »Nein, ich muss wohl etwas Falsches gegessen haben«, lächelte sie unsicher. Sebastião sah sie skeptisch an, warf aber kurz darauf einen Blick auf seine teure Armbanduhr und meinte:

»Ich muss noch mal los, es wartet noch etwas Arbeit auf mich. In ungefähr drei Stunden bin ich wieder zurück, und dann möchte ich das schönste Mädchen von ganz Chile ausführen.« Er lächelte und gab ihr einen langen Kuss, bevor er sich verabschiedete. Louisa blieb noch eine halbe Stunde Zeit, sie hatte einen Arzttermin und musste sich beeilen.

Louisa hatte sich trotz ihrer immensen Vorfreude entschieden, die Party nicht zu besuchen. Als Vorwand klagte sie über extreme Übelkeit. Sie lag auf ihrem Himmelbett und es wirkte so, als blätterte sie gedankenverloren in Modezeitschriften. In Wirklichkeit aber überlegte sie, wie sie allen, vor allem ihrer Familie, die Diagnose mitteilen sollte. Es würde für viele ein Schock werden. Aber früher oder später würde es sowieso jeder erfahren. Dennoch wollte sie diejenige sein, die alle darüber informierte. Sie musste nur den richtigen Zeitpunkt finden.

Sebastião vergnügte sich nur allzu gut ohne Louisa. Die Frauen umschwärmten ihn wie Bienen den Honig, und er genoss sichtlich die ganzen Annäherungsversuche. In der einen Hand eine Zigarette, in der anderen ein nie leer werdendes Champagnerglas haltend, flanierte er durch die Party und sog die prickelnde Atmosphäre ein.

Frei sein, dachte er. *Frei sein, das ist wunderbar*. Er tanzte ausgelassen mit den unterschiedlichsten Frauen und rief dabei: »Ich liebe alle Frauen!« Antonio, Louisas Modelagent und gleichzeitig Gastgeber, beobachtete ihn eine Zeit lang kritisch. Als er ihn mit einer Blondine aus einem Separee kommen sah, ging er auf ihn zu und zog ihn zur Seite.

»Sebastião, mein Freund. Ich kann verstehen, dass du dich amüsieren möchtest, aber an deiner Stelle würde ich mich etwas zusammenreißen. Ganz Santiago schwirrt hier herum, und ich möchte nicht, dass Louisa deinetwegen leiden muss. Also, wenn du schon nicht treu sein kannst, dann verdammt, mach es wenigstens diskreter.« Währenddessen hatte er seinen Arm um Sebastiãos Schultern gelegt und lächelte, damit die Gäste annahmen, sie würden ein freundschaftliches Gespräch führen. Sebastião fühlte sich augenblicklich schlecht, er wusste, dass er zu weit gegangen war. Aber Kokain gab ihm immer das Gefühl, als wäre er der König der Welt. Resigniert ging er an die Bar und bestellte sich anstatt Champagner ein Glas Whisky.

Es war ein Tag wie einer von vielen in Louisas Leben, sie hatte ein Bademodenshooting am Strand. Auf dem ganzen Set herrschte geschäftiges Treiben, und Louisa war damit beschäftigt, so schnell wie möglich ihre Outfits zu wechseln, während sie geschminkt und frisiert wurde. Als plötzlich eine von den Mädchen das Zelt betrat und rief:

»Louisa, Telefon.«

»Oh, Laura, richte aus, ich rufe zurück«, sagte Louisa etwas gestresst. »Es geht gerade wirklich nicht.«

Aber Laura bestand darauf. »Es ist sehr dringend, dein Vater ist am Apparat, er lässt sich nicht abwimmeln.« Resigniert bat sie um einen kurzen Augenblick und machte sich auf den Weg ins Bürogebäude, was konnte Papito nur so Dringendes wollen?

Louisa hob den Hörer ab. »Papito, was ist denn so Dringendes? Du weißt doch …« Sie sprach nicht mehr weiter, als sie das Schluchzen ihres Vaters am anderen Ende der Leitung vernahm.

»Louisa, mein geliebtes Kind«, weinte er.

»Papito, was ist denn los?«, fragte sie verzweifelt, ahnend, dass etwas Unheilvolles passiert sein musste.

»Louisa, sie sind alle tot«, schluchzte er weiter.

»Wer ist tot Papa? Sprich doch!«, schrie sie ins Telefon.

»Cristobal, Miria, die Kinder, alle tot … Sie waren im Flugzeug auf dem Weg nach New York.«

»Das ist ein Scherz, Papa! Sag, dass es ein Scherz ist«, flehte sie.

»Nein Louisa, es ist kein Scherz mein Kind, es ist die schreckliche Wahrheit.« Louisa fühlte sich wie versteinert, langsam ließ sie den Hörer auf die Gabel sinken.

Der Himmel weinte mit ihr, der anfängliche Sonnenschein des Tages war dunklen Wolken gewichen und es regnete in Strömen. Louisa saß aufgelöst im Taxi, sie musste zu Sebastião, sie brauchte ihn jetzt, mehr als je zuvor. Zu Hause angekommen, rannte sie eilig die Treppen hoch in ihr Apartment und schloss die Tür auf.

»Sebastião«, rief sie, doch er war nirgends. Sie rief noch ein paarmal seinen Namen, doch es kam keine Antwort. Louisa riss jede Tür auf. Als sie im Begriff war, das Schlafzimmer zu betreten, nahm sie plötzlich Geräusche wahr. Eine Welle der Erleichterung machte sich in ihr breit. Eilig riss sie die Tür auf.

»Sebastião …« Für einen Moment traute sie ihren Augen nicht und blieb wie angewurzelt stehen. Das durfte nicht wahr sein. Nun verstand sie, sie sah plötzlich ganz klar, und ihr wurde alles bewusst. Die ständigen Termine, die Lippenstiftflecken auf seinen Hemdkragen, die angeblich von seiner Mutter stammten, die wichtigen Telefongespräche, bei denen keiner mithören durfte.

Er lag im Bett und schlief. Neben ihm lag eine Frau, die ebenfalls zu schlafen schien. Eine weitere war im Begriff, ihre Sachen einzusammeln. Sie waren alle drei unbekleidet als Sebastião seine Augen aufschlug. Verschlafen blinzelte er Louisa an. Auf den ersten Blick erschien sie ihm wie ein dunkler Racheengel. Ihre Augen waren schwarz verschmiert vom Weinen, die Haare klebten ihr klatschnass am Kopf und sie trug nur einen Bikini unter ihrem schwarzen Trenchcoat. Er blickte sie entsetzt an, als ihm die Brisanz der Situation bewusst wurde. »Louisa, es ist nicht so, wie du denkst«, stotterte er.

»Halt den Mund! Halt einfach dein verlogenes Maul!«, schrie Louisa. »Du verdammtes Dreckschwein! Ich habe dir vertraut, war so naiv, über alles hinwegzusehen. Aber jetzt ist Schluss! Schluss mit dem ganzen Theater, mit den Lügen. Mein Bruder ist gestorben und ich hätte dich gebraucht, einmal in meinem Leben hätte ich dich wirklich gebraucht. Und dann finde ich dich hier mit diesen … diesen Nutten!« Schlagartig herrschte bedrückende Stille im Zimmer. Louisa fing an zu schluchzen. »Ich will dich nie wiedersehen! Mit uns ist es vorbei, für immer!« Sebastião wollte etwas sagen, doch Louisa blickte ihn scharf an, und er schloss seinen Mund wieder. Sie lief zur Tür, dann drehte sie sich noch ein letztes Mal um und sagte:

»Nur dass du es weißt: Ich trage dein Kind in mir, aber du wirst es niemals zu Gesicht bekommen. Ich werde ihm sagen, sein Vater sei tot. Verdammt seist du und deinesgleichen.« Dann drehte sie sich um und verschwand für immer aus der Wohnung und Sebastiãos Leben.

Kapitel 10

Dolores lag in ihrem Zimmer und erholte sich von ihrem gestrigen Albtraum. Ashok hatte sie auf ihr Zimmer gebracht, sich vergewissert, dass es ihr wirklich gutging, und war dann arbeiten gegangen. Sie war froh, dass ihre Nacht ruhig und traumlos gewesen war. Das gab ihr wieder neue Energie, denn der gestrige Traum hatte sie ungewöhnlich viel Kraft gekostet. Sie hatte das Gefühl, wenn Ashok sie nicht rechtzeitig geweckt hätte, dann wäre sie dem Mob aus unendlich vielen Händen zum Opfer gefallen. Aber war das möglich? Es war schließlich nur ein Traum gewesen. Doch eins wusste sie jetzt mit absoluter Gewissheit: Irgendetwas stimmte mit Marisa nicht. Nur was? Sie nahm ihr Handy und versuchte, Marisa zu erreichen, doch es meldete sich wieder nur die Mailbox.

»Marisa, wo steckst du nur?«, dachte Dolores laut, als sie plötzlich von einem Türklopfen aus ihren Gedanken gerissen wurde. Im ersten Moment bekam sie wieder weiche Knie, sie musste an ihr gestriges Erlebnis denken. Doch dann versuchte sie, sich zusammenzureißen und lief zur Tür. Als sie diese öffnete, stand dort Howi, Ashoks Cousin.

»Mari, mari«, begrüßte er sie freundlich. »Ich habe gehört, dass gestern jemand einen sehr abenteuerlichen Tag hatte«, lächelte er. Dolores lächelte verlegen zurück.

»Ja, es war sehr aufregend gestern.«

»Aus diesem Grund, und natürlich auch, weil Ashok darauf bestanden hat, habe ich mir erlaubt, dir ein stärkendes Frühstück zu bringen. Es wird dir ausnahmsweise auf deinem Zimmer serviert.« Er lächelte wieder, während er einen kleinen Speisewagen in den Raum schob. »Ich soll dir von Ashok ausrichten, dass du alles bis auf den letzten Krümel aufessen sollst. Und ich bin mir sicher, es wird dir hervorragend schmecken. Es wurde von mir persönlich zubereitet. Nun möchte ich dich aber nicht länger stören. Ich wünsche dir einen guten Appetit.« Er machte eine kleine Verbeugung und verabschiedete sich.

Dolores betrachtete das üppige Frühstück. Von frischen Brötchen über verschiedene Marmeladensorten bis hin zu diversen Käsesorten und natürlich den berühmten Rühreiern war alles vorhanden, was das Herz begehrte, sogar eine Blume in einer filigranen Vase stand dabei. Und tatsächlich verspürte sie schlagartig enormen Appetit. Sie verspeiste alles bis zum letzten Krümel. Sie wollte eben aufstehen, als sie noch einen kleinen Briefumschlag bemerkte, der auch auf dem Servierwagen lag. *Für Dolores*, stand in schön geschwungenen Buchstaben auf dem Kuvert. Sie öffnete ihn interessiert und begann zu lesen.

Liebe Dolores,

ich hoffe, es geht dir heute besser als gestern. Du hast mich ganz schön erschreckt. Falls ich irgendetwas für dich tun kann, ruf mich an. Meine Telefonnummer hast du ja. Als ich gestern Abend gegangen bin, warst du schon eingeschlafen, ich wollte dich nicht mehr wecken.

Ich warte heute gegen zwei an der Rezeption, dann können wir alles Weitere besprechen. Ruh dich bitte noch etwas aus. Und iss bitte alles auf, du musst wieder zu Kräften kommen.

Bis später
Ashok

Dolores fühlte sich geschmeichelt von so viel Aufmerksamkeit. Zuerst das leckere Frühstück, dann der Brief. Lächelnd ging sie ins Bad. Während sie duschte, überlegte sie, was sie anziehen sollte. Sie bereute es, so wenig Kleidung eingepackt zu haben. Ihr Reisegepäck bestand überwiegend aus einfachen T-Shirts und zwei Jeans, außerdem hatte sie noch ein paar weiße Sneakers dabei. Ihr fiel noch ein, dass sie auch das lange Leinenkleid eingepackt hatte, aber das würde sie sich dann doch lieber für eine andere Gelegenheit aufsparen. Man konnte nie wissen. Sie entschied sich für das fliederfarbene T-Shirt, das gut zu ihrer Augenfarbe passte, und für die engere von den beiden Jeans. Dann band sie sich die Haare zu einem straffen Zopf zusammen, tupfte sich noch etwas Parfum hinter die Ohren und etwas Gloss auf ihre vollen Lippen. Sie begutachtete sich im Spiegel, wie lange hatte sie das nicht mehr getan. Es tat gut, wieder mal etwas für sich zu tun. Zufrieden mit ihrem Aussehen machte sie sich auf den Weg an die Rezeption.

Ashok erwartete sie schon. Als er sie die Treppe herunterkommen sah, erhellte sich sein Gesicht.

»Guten Tag, schöne Frau, du konntest dich gut erholen, wie ich sehe.« Er musterte sie bewundernd. Verlegen verschränkte Dolores die Arme vor ihrem Oberkörper.

»Ja, der Schlaf hat mir sehr gutgetan, und vielen Dank für das wunderbare Frühstück.« Ihre Blicke blieben ineinander hängen, und sie sahen sich länger in die Augen, als es nötig gewesen wäre. Dolores wurde sich der Situation bewusst, sie senkte eilig ihren Blick, in der Hoffnung, nicht rot anzulaufen. Ashok ging es ähnlich, er tat so, als würde er einen Blick auf seine Uhr werfen.

Nach einer kurzen Verlegenheitspause begann Ashok: »Hör mal.« Dolores sah ihn wieder an, aber diesmal etwas distanzierter. Ashok tat es ihr gleich und fuhr im selben Atemzug fort: »Ich habe mir Gedanken gemacht über den Vorfall von gestern. Ich denke, es ist von größter Wichtigkeit, etwas zu unternehmen. Meine Befürchtung ist, dass dir, wie soll ich sagen, etwas zustoßen könnte. Deshalb würde ich gerne, vorausgesetzt du bist damit einverstanden, mit dir gemeinsam Meda, der Seherin, einen Besuch abstatten. Was hältst du davon?«

Dolores sah ihn fragend an. Meda, die Seherin? Irgendwie kam ihr der Name bekannt vor, aber im Moment wollte es ihr nicht einfallen.

»Ich hatte dir doch neulich während des Frühstücks von ihr erzählt. Kannst du dich noch erinnern?« Sie überlegte, bis ihr eine vage Erinnerung in den Sinn kam.

»Ja, das stimmt, du hattest sie erwähnt, aber verzeih, in letzter Zeit ist so viel passiert, ich kann mir einfach nicht alles merken.«

Ashok lächelte verständnisvoll. »Sie kann dir vielleicht helfen, sie ist sehr, sehr weise. Diese Frau besitzt die Fähigkeit, direkt in deine Seele zu blicken, sie hat schon vielen Menschen geholfen.« Dolores überlegte. Eine Seherin, das war doch alles nur

Schabernack. Die Leute hier in der Region waren sehr abergläubisch, das wusste sie. Und es würde sie wahrscheinlich auch viel Zeit kosten. Eigentlich wollte sie nicht mehr davon verplempern als nötig.

Ashok konnte ihre Bedenken spüren, doch er war felsenfest davon überzeugt, dass dies die richtige Entscheidung war. Er musste sie nur noch zur Einsicht bringen. Wie sollte er das nur anstellen? Krampfhaft überlegte er, welche Argumente er aufbringen sollte, um sie davon zu überzeugen.

Howi gesellte sich zu ihnen. »Na, ihr beiden, warum so trübsinnig?« Ashok wusste zuerst nicht, was er sagen sollte, aber dann hoffte er, in Howi einen Verbündeten zu finden.

»Wir haben uns gerade über Meda unterhalten. Dolores kennt sie noch nicht, und ich dachte, es wäre vielleicht ganz interessant, wenn sie ihre Bekanntschaft machen würde.« Howi blickte beide ernst an und meinte:

»Meda? Dolores, wenn ich du wäre, würde ich es mir sehr gut überlegen. Meda sieht tief, ganz tief in deine Seele hinein, und es gibt nichts, was du vor ihr verbergen könntest. Nicht jeder möchte so eine Erfahrung machen in seinem Leben. Die meisten Menschen haben Angst vor zu viel Wahrheit. Ich weiß nicht, ob du in der Lage wärst, es zu ertragen.« Dolores blickte ihn irritiert an, drehte sich dann weg und schaute nachdenklich aus dem Fenster. Howi lächelte und zwinkerte Ashok zu. Dann drehte sie sich wieder um und sagte:

»Na gut, dann lass uns eben diese Meda besuchen. Aber dann machen wir uns am besten sofort auf den Weg. Ich möchte nicht zu viel Zeit verlieren.«

Als beide in Ashoks Wagen saßen, hörte Dolores hinter sich ein Geräusch. Sie drehte sich um und erblickte eine Katze.

»Du hast ein Haustier?«

»Ja«, räusperte sich Ashok. »Seit gestern.«

Dolores sah noch mal genauer hin. »Aber das ist doch …«

»Unser Einbrecher von gestern«, ergänzte Ashok. »Seit ich sie gestern gefüttert habe, weicht sie einfach nicht mehr von meiner Seite.«

Dolores fing an zu lachen. »Jetzt bist du Katzenpapa. Hat das Tier auch schon einen Namen?«

»Na ja, ich weiß nicht, ich bin etwas einfallslos bei solchen Dingen. Aber ich dachte, vielleicht hast du eine Idee?« Dolores betrachtete die kleine schwarze Katze, die ihren Blick aus großen grünen Augen erwiderte. Spontan musste Dolores an den Roman »Der Glöckner von Notre Dame« denken.

»Wie wäre es mit Esmeralda?«, schlug sie vor. »Schwarzes Haar, grüne Augen, genauso wie in dem Roman mit dem Glöckner.«

»Klingt interessant«, meinte Ashok. »Also dann, Esmeralda, auf in ein neues Abenteuer.«

Kapitel 11

»Wir konnten sie in letzter Minute retten, sie hatte wirklich sehr viel Glück.« Perez blickte Donna Louisa eindringlich an, während er seine Brille zurechtrückte. »Irgendjemand hat mit einer Nadel Stickstoff in den Schlauch der Beatmungsmaschine gespritzt. Es wäre ein schneller, leiser tot geworden. Wir hatten Glück, dass Schwester Agatha auf diesem Gebiet über so viel Erfahrung verfügt und sofort erkannt hat, dass etwas nicht stimmte. Ohne sie wäre Ihre Enkeltochter wohl nicht mehr am Leben.« Es klopfte an der Tür und die Sekretärin informierte beide darüber, dass der diensthabende Kommissar nun eingetroffen war.

»Ein Mann in schwarzer Kleidung wurde gesehen. Wir haben die Überwachungsvideos der letzten vierundzwanzig Stunden durchgesehen. Und die einzige Person, die heute Morgen gegen drei Uhr das Gebäude verlassen hat, war eben dieser Mann.« Der Kommissar zoomte das Standbild der Videoaufzeichnung näher.

Man konnte einen Mann mit schwarzer Sonnenbrille, schwarzer Kleidung, einem schwarzen Käppi und einem Vollbart eilig das Gebäude verlassen sehen. Als ob er es geahnt hätte, blieb er einen Augenblick stehen und blickte direkt in die Kamera. Dann lief er eilig weiter.

»Kommt er Ihnen irgendwie bekannt vor?«, fragte der Kommissar Donna Louisa.

»Ich habe diesen Mann noch nie in meinem Leben gesehen«, antwortete sie.

»Hat Ihre Enkeltochter Feinde, oder hatte sie in letzter Zeit Probleme? Ich meine, Sie wissen ja, wie die jungen Leute sind. Hat sie vielleicht Kontakte zur Drogenszene? Es ist wichtig, dass Sie uns alles sagen. Auch winzige Details, jeder noch so kleine Hinweis könnte essenziell sein und uns als Indiz dienen, den Täter zu finden.« Donna Louisa überlegte lange und sagte verzweifelt:

»Herr Kommissar, wenn ich Ihnen nur helfen könnte, ich würde es sofort tun. Aber ich kann mir beim besten Willen nicht vorstellen, wer meine Enkeltochter auf dem Gewissen haben sollte. Nur eine Sache: Sie schien mir in letzter Zeit etwas bedrückt zu sein. Irgendetwas hat sie belastet, sie wollte mir aber nicht verraten, was. Vielleicht sollten Sie mal ihre beste Freundin fragen. Dolores Cruz, wenn jemand etwas wissen könnte, dann sie.«

Der Kommissar wurde hellhörig. »Haben Sie irgendwelche Kontaktdaten von Señorita Cruz oder eine Adresse?«

»Die Adresse kenne ich leider nicht, aber ich kann ihnen erklären, wo sie wohnt.« Sie beschrieb dem Kommissar, wie man zu dem Häuschen kam, in dem Dolores lebte.

Nachdem alles besprochen war, verabschiedeten sie sich voneinander, und Donna Louisa machte sich auf den Weg in Marisas Krankenzimmer, vor dem nun ein Polizist postiert war, und man durfte nur noch nach eingehender Prüfung der Ausweispapiere den Raum betreten. Marisa wirkte fast noch blasser als die anderen Tage, falls dies überhaupt noch möglich war. Ihr Leben wurde von jener Maschine aufrechterhalten, die sie fast umgebracht hätte. Sie musterte skeptisch das Beatmungsgerät.

»Mein liebes Kind halte durch, die Erlösung ist nahe. Nicht mehr lange und du wirst dein altes Leben wieder zurückbekommen«, flüsterte Donna Louisa ihr leise ins Ohr, um ihr anschließend einen Kuss auf die Stirn zu geben.

Leo konnte es nicht fassen, Zoe schien seine dunkelsten Begierden heraufzubeschwören. Er hatte das Gefühl, als würde er den Zenit seiner sexuellen Neigungen erklimmen und sich in einer Art andauerndem Rauschzustand bewegen. Erschöpft war er in sein Bett gefallen und am nächsten Morgen glücklich aufgewacht. Als er gut gelaunt in die Küche kam, war José gerade im Begriff, das Haus zu verlassen.

»Morgen, José«, flötete er durch den Raum. José blickte ihn belustigt an und meinte:

»So wie du grinst, musst du ja eine Wahnsinnsnacht hinter dir haben.« Leo lächelte verschmitzt, fuhr sich mit beiden Händen durch die Haare und sagte dabei:

»Ein Gentleman genießt und schweigt.«

»Du Glückspilz«, meinte José lachend. »Ist die eine verhindert, steht die nächste schon parat.« Leo fiel in sein Lachen mit ein, um dann verwundert nachzufragen:

»Was meinst du mit ›wenn die eine verhindert ist‹?«

»Na ja, Marisa, sie liegt doch schon seit ein paar Tagen im Krankenhaus.«

»Wie meinst du das, Marisa liegt im Krankenhaus? Was ist passiert?« Sein Lachen wich einem besorgten Gesichtsausdruck. José zuckte nur mit den Schultern.

»Ich weiß nicht, Mann, ich hab das gestern so am Rande mitbekommen, muss ziemlich heftig gewesen sein. Ich glaube, sie hatte einen Unfall und liegt jetzt im Koma. Aber du müsstest das doch wissen, ihr hängt doch immer zusammen ab.«

Leo hatte das Gefühl, als hätte ihm jemand den Teppich unter den Füßen weggezogen und er wäre mit einem harten Aufprall von seiner Wolke gestürzt, auf der er noch eben geschwebt war. Schlagartig wich ihm alle Farbe aus dem Gesicht und ihm wurde übel.

José blickte ihn besorgt an. »Hey, alles gut, Bruder?« Er machte kehrt und eilte in die Küche, um ein Glas Wasser zu holen. Nachdem Leo sich beruhigt hatte und José gegangen war, beschloss er, heute die Uni sausen zu lassen. Er musste Marisa einen Besuch abstatten, um zu sehen, wie es ihr ging. Kein Wunder, dass er sie schon seit ein paar Tagen nicht mehr gesehen hatte.

Im Krankenhaus angekommen, musste er feststellen, dass er keinen Zutritt bekam. Merkwürdigerweise blockierte ein Polizist die Tür. Als Leo fragte, ob er reindürfte, meinte dieser trocken:

»Zutritt nur für enge Familienangehörige.« Leo blieb vor ihrem Zimmer stehen und schaute durch das Fenster, das in die Wand eingelassen war, um wenigstens einen Blick auf sie zu werfen. Entsetzt sah er das Ausmaß ihres Zustandes. Was war nur passiert? Und warum stand ein Polizist vor ihrem Zimmer. Verwirrt überlegte er, was er tun konnte. Da fiel ihm Dolores ein, er sollte sie anrufen und sie darüber in Kenntnis setzen, was los war. Als jemand von hinten auf seine Schulter tippte. Erschrocken drehte er sich um und blickte direkt in zwei große dunkle Augen, die ihn kritisch musterten.

»Kann ich Ihnen helfen, junger Mann?« Ein Mann in einem zerknitterten Jackett blickte ihn fragend an.

»Oh, ich wollte zu Marisa, aber das ist gerade leider nicht möglich.«

»Ich nehme an, Sie sind ein Bekannter von Señorita Silva?«

»Ja, wir sind Freunde«, erwiderte Leo. »Und darf ich fragen, wer Sie sind?«

»Selbstverständlich«, antwortete der Mann und zog dabei seine Dienstmarke aus der Innentasche seines Jacketts. »Muñoz, diensthabender Kommissar. Dürfte ich Ihnen ein paar Fragen stellen?«

Während Donna Louisa in ihrem Arbeitszimmer saß und auf den Notar wartete, ließ sie ihren Erinnerungen freien Lauf. Es war eine tragische Zeit damals.

1969

Louisa konnte sich noch allzu gut daran erinnern, wie sie auf ihrem Bett lag und weinte. Sie betrauerte ihren Bruder, den sie für immer verloren hatte; ihre verlorene Liebe, die ihr Herz in tausend Teile zerrissen hatte, und sie bedauerte ihr Kind, dass nun ohne Vater aufwachsen musste. Sie hatte das Gefühl, als würde die Welt über ihr zusammenbrechen. Unbeschreiblich wog der Schmerz in ihrer Brust, und es gelang ihr nicht, richtig zu atmen. Sie war allein – nun gab es niemanden mehr der sie verstand, auch wenn sie nichts sagte. Niemanden, der erkannte, was sie brauchte, selbst wenn sie es nicht äußerte. Sie war nun auf sich gestellt und sie musste stark sein, für sich und für das Leben, das in ihr wuchs. Diese Erkenntnis überkam sie wie eine Offenbarung, ernüchternd und beängstigend zugleich. Doch sie wusste, es gab immer einen Weg, und diesen musste sie jetzt lernen zu gehen.

Als sie plötzlich die Stimme ihrer Großmutter in ihrem Kopf hörte.

»Du besitzt die Fähigkeit, in die Träume anderer Menschen zu gehen. Du besitzt auch die Fähigkeit, Menschen wieder aus ihren Träumen zurückzuholen, wenn sie darin gefangen sind. Das passiert eben manchmal, und dann finden sie nicht mehr zurück. Und du besitzt die Gabe, Menschen in das Licht zu führen. Manchmal verirren sie sich in ihren Träumen und finden den Weg ins Licht nicht. Du kannst ihnen dabei helfen, dorthin zu gelangen, wo sie hingehören.«

Schlagartig wurde Louisa bewusst, was sie zu tun hatte. Sie öffnete ihr Nachtschränkchen und holte ein hölzernes Kästchen hervor, darin befand sich das Vermächtnis ihrer Großmutter. Behutsam nahm sie das Buch heraus und schlug es auf. Fasziniert betrachtete sie die alten vergilbten Seiten, die aus feinem Pergamentpapier bestanden und auf altertümliche Weise bedruckt waren. Gleichzeitig war jede Seite mit einer lateinischen Ziffer gekennzeichnet. Die erste Seite offenbarte ein Pentagramm, in dessen Stern sich an unterschiedlichen Stellen jeweils ein Herz, ein Auge und – wie es aussah – ein Ohr befanden. Auf den nächsten Seiten wiederholte sich das Pentagramm, aber diesmal war in dessen Mitte eine im Schneidersitz befindliche Person zu erkennen. Zwischendrin befanden sich auch leere Seiten, bis Louisa auf eine stieß, auf der etwas geschrieben stand:

»Es werden dir Dinge widerfahren, von denen du nie zu träumen gewagt, drum gib gut acht und sei bedacht, wohin des Weges du geführt wirst.« Welcher Weg, und wohin sollte sie

geführt werden? Das Ganze war so merkwürdig. Es folgten mehrere Seiten, auf denen eine Art Tunnel abgebildet war. Die vorletzte Seite zeigte mehrere Tunnel, die am Ende zu leuchten schienen. Als sie schließlich die letzte Seite aufschlug, erschien ein großes Herz, das gefüllt war mit einem Ohr und einem kleinen Herzen.

Ashok und Dolores sangen ausgelassen zu den unterschiedlichsten Songs, die im Radio liefen, und lachten dabei über sich selbst, keiner von ihnen traf die richtige Tonlage. Dolores versuchte damit, ihre leichte Anspannung zu verdrängen. Ashok hingegen genoss einfach nur ihre Gegenwart und war glücklich, sie an seiner Seite zu haben. Ihm brannte schon seit einiger Zeit eine Frage auf der Zunge, traute sich aber nicht, diese zu stellen. Nach längerem Überlegen nahm er all seinen Mut zusammen:

»Darf ich dich etwas fragen?«

Sie blickte ihn erwartungsvoll an. »Natürlich darfst du das.«

»Es ist aber persönlich und …«

»Jetzt mach schon, du darfst mich alles fragen«, schnitt Dolores ihm den Satz ab. Er atmete tief ein und sagte:

»Du sprichst über deine Eltern immer in der Vergangenheitsform. Warum?«

Dolores' Gesichtsausdruck veränderte sich blitzartig und sie antwortete mit einem traurigen Unterton in der Stimme:

»Sie sind beide tot.« Ashok hatte so etwas schon vermutet, und er bedauerte sofort, dass er sie gefragt hatte.

»Es tut mir leid. Wenn du nicht darüber reden möchtest, dann …«

»Nein, schon gut. Eigentlich sind nicht beide tot. Mein Vater ist vor neun Jahren einfach spurlos verschwunden. Aber für mich ist er es, er hat uns damals einfach im Stich gelassen. Deshalb mussten wir alles verkaufen, meine Mutter konnte die Raten für das Haus nicht mehr bezahlen. Von dem winzigen Rest haben wir uns ein Häuschen gekauft. Aber sie wurde nie wieder glücklich und ist letztlich an Krebs verstorben.« Dolores atmete tief ein. »So jetzt ist es raus.« Und mit einem bitteren Lachen fügte sie noch hinzu: »Ich sagte doch, ich würde dir zum passenden Zeitpunkt alles erzählen.« Ashok fuhr rechts ran. Dann wandte er sich Dolores zu und blickte sie traurig an.

»Es tut mir leid. Ich wünschte, das wäre niemals passiert.« Dolores lächelte zurück, während sie sich eine Träne aus ihrem Augenwinkel wischte.

»Ist schon gut. Es ist nur, ich rede so selten darüber. Aber lass uns doch weiterfahren. Ich glaube, wir haben noch eine weite Strecke vor uns.«

Ashok trat wieder auf das Gaspedal. Dabei ging ihm durch den Kopf, wie sehr er sie bewunderte, dieses zarte und doch so starke Wesen. Er hatte sie in sein Herz geschlossen, mehr als das. Schweigend blickten sie aus dem Fenster, vor ihnen tat sich der strahlend blaue Horizont auf und offenbarte ihnen immer wieder aufs Neue einen überwältigenden Ausblick auf die Landschaft Chiles. Wie gerne wären sie ausgestiegen, um eine kleine Pause einzulegen und sich die Füße zu vertreten. Doch die Zeit ließ es nicht zu. Dennoch fühlten sie sich unwahrscheinlich wohl in der Gegenwart des anderen. Es war fast so, als würden sie sich schon eine Ewigkeit kennen und wären immer zusammen gewesen. Lächelnd wandte sich Dolores der Katze zu, diese lag gemütlich zusammengerollt auf dem Rücksitz und schnurrte.

Nach dem Gespräch mit dem Kommissar machte sich Leo auf den Weg nach Hause. Er brauchte jetzt dringend Zeit zum Nachdenken.

Warum sollte jemand Marisa umbringen wollen? Das war doch absurd. Außerdem musste er Dolores anrufen, um ihr alles zu erzählen. Und wer war der Mann auf dem Video? Leo kannte ihn nicht, doch auf dem ersten Blick hatte dieser etwas Vertrautes ihn ihm geweckt. Dieses Gefühl war jedoch sofort wieder verflogen.

Nachdenklich stieg er aus seinem Auto, als er den bekannten Duft eines Parfums wahrnahm. Er blickte auf und sah Zoe, die an der Haustür lehnte.

»Ich dachte schon, du kommst gar nicht mehr«, lächelte sie verführerisch.

»Was machst du denn hier?«, fragte Leo verwundert.

»Du warst heute nicht in der Uni, und da dachte ich, ich schau mal vorbei. Ich hoffe, ich störe nicht.« Leo blickte sie von Kopf bis Fuß an, dabei wunderte er sich, dass sie einen Mantel trug. Es war Sommer in Chile und die Temperaturen so hoch, dass ein Mantel unnötig war. »Darf ich hereinkommen?«, säuselte sie ihm ins Ohr.

»Natürlich darfst du das«, antwortete Leo, während er aufschloss. »Es ist aber nicht aufgeräumt.«

»Das macht mir nichts aus«, sagte Zoe und lief vor ihm in die Wohnung hinein. Sie begutachtete interessiert das Interieur. Die Wohnung war relativ karg eingerichtet. Das Wohnzimmer bestand nur aus einem schwarzen Ledersofa, einem Glastisch und einem überdimensionalen Fernseher. Die Hauptattraktion jedoch bot ein riesiger Getränkekühlschrank, der randvoll mit Bierflaschen gefüllt war. Zoe setzte sich auf das Sofa und meinte lächelnd:

»Hier lebst du also.«

»Ja, José und ich leben hier. Möchtest du was trinken?«

»Ja, warum nicht. Aber bitte kein Bier.«

»Natürlich.« Leo lächelte und lief in die Küche, um anschließend mit zwei bis zum Rand gefüllten Sektgläsern zurückzukommen. »Ich hoffe damit deinen Ansprüchen ge…« Als er Zoe erblickte, stockte seine Stimme, und beinahe hätte er beide Gläser fallen lassen. Sie lag splitterfasernackt auf dem Sofa und blickte ihn auffordernd an.

»Das werden wir ja sehen, ob du meinen Ansprüchen gerecht werden kannst.«

Kapitel 12

1968

Louisa schob einen Großteil der Möbel in ihrem Zimmer zur Seite. Mit einem Kreidestift malte sie das Pentagramm, das sie zuvor in dem Buch gesehen hatte, auf den Boden und legte ein Kissen in die Mitte. »So«, überlegte sie. »Dann werden wir mal einen Versuch wagen und sehen, ob Großmutter recht hatte.« Es war spät und die anderen Bewohner schliefen schon alle. Louisa zündete einige Kerzen an, um besser sehen zu können. Diese verliehen dem Raum eine ehrfurchtsvolle Atmosphäre und verstärkten noch zusätzlich den Eindruck, dass etwas Mystisches im Gange war.

Louisa nahm auf dem Kissen Platz, schloss die Augen und wartete, aber nichts geschah. Sie überlegte, was sie sonst noch tun konnte, probierte es mit Meditation. »Ohhhhm, ohhhhm«, wiederholte sie immer wieder, während sie konzentriert in sich zu gehen versuchte. Doch erneut geschah nichts. Sie entfernte das Kissen, um Kontakt mit dem Boden herzustellen, vielleicht war es wichtig, sich zu erden. Louisa wartete, schloss die Augen atmete wiederholt tief ein und aus, um dann enttäuscht festzustellen, dass absolut nichts passierte. Sie holte das Buch und studierte noch mal präzise die Abbildungen, aber sie konnte keinen Unterschied feststellen. Traurig legte sie es beiseite, vielleicht hatte sich ihre Großmutter ja getäuscht und sie besaß die Gabe doch nicht. Oder machte sie etwas falsch? Resigniert holte sie wieder das Kissen, da ihr der Boden mittlerweile etwas zu ungemütlich wurde. Sie versuchte, sich zu sammeln, und überlegte, was sie anders machen könnte, aber ihr fiel einfach nichts ein.

»Verdammter Mist«, fluchte sie und Tränen stiegen ihr in die Augen. »Großmutter muss sich getäuscht haben.« Wütend schleuderte sie das Buch gegen die Wand und fing an zu weinen.

Sie saß eine Weile so da und schmollte, wütend auf sich selbst und auf ihre Unfähigkeit. Als sie plötzlich Licht im Flur bemerkte, es schien durch den Türspalt ihres Zimmers hindurch. Vielleicht war es Papito? Gerne hätte sie noch ein wenig mit ihm in der Küche gesessen und sich mit ihm unterhalten. Sie stand auf, um nachzusehen, wischte davor noch schnell mit einem Fuß die Kreidezeichnung vom Boden und lief zur Tür.

Als Louisa sie öffnete, wurde sie schlagartig geblendet, und während sie sich schützend die Hände vor das Gesicht hielt, lief sie vorsichtig einige Schritte in Richtung Flur. Plötzlich ließ ein Windstoß die Tür hinter ihr zufallen. Erschrocken drehte sie sich um, zu ihrem Entsetzten musste sie feststellen, dass diese verschwunden war. Panik überkam sie. Was war passiert und wo befand sie sich? Schlagartig fing sie an, heftig zu frieren, während eine Gänsehaut ihren ganzen Körper überzog. Trotzdem zwang sie sich, weiterzugehen, immer in Richtung des Lichtes, das sie von weit weg blendete. Der Boden fühlte sich kalt und nass an, und als sie sich umsah, bemerkte sie, dass sie sich inmitten einer strahlend weißen Schneelandschaft befand. Überall standen Tannen, deren Zweige von Schnee bedeckt, schwer herunterhingen. Der Horizont leuchtete in einem strahlenden Blau und in der Ferne erblickte sie dichte weiße Wälder. Zitternd vor Kälte lief sie immer weiter dem warmen Licht entgegen, das sie wie magisch anzog. Nach und nach veränderte sich auch ihre Umgebung. Louisa hörte Vogelgezwitscher, und der Boden unter ihren Füßen fühlte sich nun auch nicht mehr nass und kalt an, sondern wich einem Gefühl, als würde man auf warmen, weichen Samt gehen.

Louisa blickte an sich herunter und bemerkte zu ihrer Überraschung, dass der Boden, auf dem sie lief, aus grünem, sattem Moos bestand. Die Sonne erhellte mit ihren warmen Strahlen die Umgebung und überall blühten die unterschiedlichsten Blumen in den hübschesten Farben, als würde Louisa durch eine erblühende Frühlingslandschaft spazieren. Entzückt beobachtete sie die bunten Schmetterlinge, die um die Wette zu fliegen schienen. Rehkitze weideten auf Graskoppeln und Eichhörnchen kletterten flink die Bäume rauf und runter, als Louisa von Weitem eine Baumgruppe erblickte, unter der sich eine Bank befand. *Einen Moment hinsetzen, um zu überlegen*, schoss ihr durch den Kopf. Und sie machte sich auf den Weg dorthin.

Dort angekommen nahm sie sofort Platz, streckte ihre Arme vor sich aus und ließ ihren Kopf in der Luft hängen. Das Licht, das sie anfänglich so angezogen hatte, schien allmählich an Anziehungskraft zu verlieren. Louisa wusste intuitiv, dass sie in diesem Moment das Richtige tat.

Ich glaube, es hat geklappt, dachte sie glücklich. *Das kann nur ein Traum sein. Ich bin goldrichtig hier.* Begeistert schaute sie sich um. Als sie plötzlich einen kleinen Zettel auf dem Boden liegen sah. Sie stand auf, um ihn aufzuheben, doch wie von Geisterhand flog dieser davon. Louisa rannte hinterher und versuchte, ihn zu fangen, doch jedes Mal, wenn sie in die Nähe kam, flog er blitzschnell davon. Sie entfernte sich immer weiter von ihrem Rastplatz. Allmählich wurde ihr heiß.

»Wenn ich diesen verdammten Zettel nicht bald einfange, dann kann er mir aber wirklich gestohlen bleiben«, schimpfte sie vor sich hin. Und so rannte sie noch eine Weile hinter dem Zettelchen her, bis sie auf unerklärliche Weise wieder an der Bank ankam, auf der sie vorher gesessen hatte. Verblüfft schüttelte sie den Kopf, um sich aber sofort bewusst zu machen, dass sie das alles nur träumte. Und im Traum war eben alles möglich.

Dolores und Ashok kamen allmählich ihrem Ziel näher, von Weitem schon konnte man die kleine Ruca sehen, in der Meda lebte. Sie befand sich am Ende des Weges und man konnte unschwer erkennen, dass man von dort aus einen fantastischen Blick auf die Berglandschaft bis ans Meer hinunter hatte. Ziegen und Schafe weideten vor der Behausung, und am Eingang saß ein kleiner Hund, der aufmerksam die Ohren spitzte, als er den herannahenden Wagen hörte. Dolores' Herz schlug mit einem Mal schneller, und ein leicht mulmiges Gefühl machte sich in ihr breit. Einerseits glaubte sie nicht an den ganzen Hokuspokus, doch insgeheim fühlte sie, dass sie dort etwas Außergewöhnliches erwartete.

Als sie ausstiegen, fing der kleine Hund sofort an zu bellen und sprang dabei aufgeregt hin und her. Dolores und Ashok blieben vor dem Wagen stehen, unsicher, ob sie zu dem Haus gehen sollten.

Als sie ein lautes Fauchen hörten, drehten sich beide erschrocken um. Dabei erblickten sie Esmeralda, die am Autofenster stand und einen Katzenbuckel machte, während ihre grünen Augen wütend den Hund anblitzten. Daraufhin mussten beide lachen, jetzt kannten sie zumindest den Grund, weshalb der Hund so aufgedreht war.

»Sollen wir?«, fragte Ashok, als die Tür der Behausung aufging. Eine zierliche, ältere Frau, ihrem Aussehen nach zu urteilen von indigener Abstammung, trat aus dem Haus und schalt:

»Pedro, willst du wohl aufhören mit deinem Gebelle, du vergraulst mir noch die ganzen Besucher.« Eingeschüchtert fing der Hund augenblicklich an zu winseln und verzog sich unter eine Bank, behielt aber weiterhin misstrauisch den Wagen im Auge, darauf gefasst, jede Sekunde seinen Feind anzugreifen.

»Seid gegrüßt, Fremde«, lächelte sie aufgeschlossen und entblößte dabei eine Reihe weißer Zähne. Ashok und Dolores traten näher, während sie freundlich zurücklächelten.

»Guten Tag, mein Name ist Ashok, und das ist Dolores, eine enge Freundin.« Sie nickte ihr grüßend zu. Die Frau nahm einen tiefen Atemzug und sagte:

»Ich bin Meda, die Seherin, wie ihr ja bereits wisst – und ich habe euch schon erwartet. Wie Tag und Nacht seid ihr, wie Sonne und Mond und Yin und Yang, so unterschiedlich und doch so gleich, zusammengeführt hat euch das Schicksal, denn was zusammengehört, kommt zusammen. Tretet ein, ihr Kinder des Lichts, und erhellt mein Refugium mit eurem Seelenlicht.« Dolores und Ashok warfen sich verwunderte Blicke zu, während sie der Frau in die Ruca folgten.

Leo lag mit Zoe in seinem Bett, während er sie im Arm hielt. »Weißt du eigentlich, dass du mich verrückt machst?«

Zoe lächelte zufrieden. »Natürlich weiß ich das, und das gefällt mir, sehr sogar.« Leo lachte, während er mit einer Hand ihre Brust streichelte. »Du machst mich doch genauso verrückt, Leo«, sagte sie und blickte ihn fordernd an. Sie hatten davor die ganze Wohnung eingeweiht, angefangen von dem Ledersofa, über die Küchenzeile, bis sie im Schlafzimmer gelandet waren. Sie küssten sich leidenschaftlich und in Leo keimte wieder die Lust auf. Er war noch nie zuvor einer derart unersättlichen Frau begegnet. Er legte sich auf sie und bewegte sich rhythmisch auf ihrem Körper, ohne in sie einzudringen. Er wollte ihre Erregung bis zum Gipfel steigern, sie schreien hören, eins mit ihr werden, um dann erschöpft in ihr zu erschlaffen und schließlich, eingebettet von ihren prallen Brüsten, einzuschlafen. Er kostete jede Sekunde ihres Verlangens aus, küsste sie an allen erdenklichen Stellen, flüsterte ihr Worte seiner Lust ins Ohr. Bis sie es beide nicht mehr aushielten und laut stöhnend ihren Höhepunkt fanden.

»Oh Gott, Zoe«, flüsterte er ihr ins Ohr. »Ich bin süchtig nach dir, süchtig nach deinem Körper und deinem Geschmack.« Während er das sagte, steckte er ihr einen Finger in ihre Möse. Gleichzeitig blickte er ihr dabei tief in die Augen und schleckte sich dann genüsslich seinen Finger ab. Vergessen war Marisa, vergessen die ganzen Turbulenzen des Tages. In diesem Augenblick gab es nur sie beide, Leo und Zoe. Mittlerweile war es früher Abend, sie waren beide eingedöst, als Zoe plötzlich aufstand. Sie lächelte zufrieden und ihre Augen glitzerten dabei diabolisch – in diesem Moment wirkte sie wie eine zufriedene Katze, die ihre Beute erlegt hatte. Sie zog sich eilig ihren Mantel an und meinte:

»Ich muss jetzt dringend los, habe noch einen Termin.« Sie beugte sich noch einmal zu Leo herunter und gab ihm einen schnellen Kuss. Dabei flüsterte sie ihm ins Ohr: »Bis morgen dann in der Uni«, und verließ mit ihrer typischen, hüftschwingenden Gangart das Zimmer.

Leo blieb noch eine Weile liegen, um dann anschließend ins Bad zu gehen. Während er duschte, schwirrten ihm alle möglichen Gedanken durch den Kopf. Wie konnte er Marisa lieben, wenn er mit Zoe derartig intim war? Was bedeutete ihm Marisa mittlerweile noch? Lohnte es sich überhaupt noch, Gefühle zu investieren? Sie hatte ihn bisher immer gleichgültig behandelt, was seine Empfindungen betraf. Hatte seine Avancen ignoriert und ihm durch Gesten immer wieder gezeigt, dass sie nichts als Freundschaft für ihn empfand. Hatte er sich da etwa in etwas verrannt und sich eingebildet, dass es mehr als Freundschaft zwischen ihnen war? Vielleicht war es nur reines Wunschdenken gewesen. Er wusste es einfach nicht. Nachdenklich betrachtete er sein Spiegelbild.

Noch nie hatte ihn eine Frau dermaßen in ihren Bann gezogen. Er konnte es kaum erwarten, Zoe morgen wiederzusehen, freute sich auf ihren heißen Körper und auf ihre Leidenschaft. Sie war mittlerweile wie eine Droge für ihn geworden. Er wusste, dass er heute Nacht an nichts anderes mehr denken würde als an sie. Doch das machte ihm auf eine gewisse Art und Weise Angst. Leo hasste es, abhängig zu sein. Bisher war er immer derjenige gewesen, der die Richtung in seinem Leben bestimmt hatte. Doch jetzt hatte er das Gefühl, als würde jemand langsam, aber sicher die Kontrolle über ihn übernehmen. Er konnte sich ihrer Anziehungskraft nicht entziehen. Wenn er die Augen schloss, sah er sie genau vor sich, wie sie bebte, wenn er sie nahm, konnte die Leidenschaft in ihr spüren. Sie war wie eine nie versiegende Quelle der Lust. Gleichzeitig spürte er aber auch ihre Gefährlichkeit. Sie hatte ihn emotional in der Hand, und das verlieh ihr eine unwahrscheinliche Macht. Aber was konnte er dagegen tun? War es zu spät?

Kapitel 13

1968

Mit verschränkten Armen stand Louisa vor dem Zettel und überlegte, ob sie ihm überhaupt noch hinterherrennen sollte.

»Ich versuche es jetzt ein letztes Mal. Wenn es nicht klappt, dann lass ich ihn einfach liegen.« Sie bückte sich langsam und streckte behutsam ihre Hand nach dem Zettel aus. Wie durch ein Wunder flog er ihr einfach entgegen. »Na also, es geht doch«, lächelte sie triumphierend und setzte sich auf die Bank. Dann begutachtete sie das Papier eingehend.

Was hat das nur zu bedeuten? Ein Herz, ein Ohr und ein Auge, genauso wie in Großmutters Buch. Merkwürdig, dachte sie und schüttelte dabei ihren Kopf. Was sollte sie nur mit dem Zettel tun? Ihr Nachthemd besaß keine Taschen und Schuhe trug sie auch keine. Louisa überlegte, wo sie ihn verstauen konnte, als ihr plötzlich eine Idee kam. Sie würde ihn einfach unter den Fuß der Bank klemmen. Dort konnte er nicht wegfliegen, und wenn sie zurückkäme, würde sie ihn ganz einfach wiederfinden. Gesagt, getan: Louisa faltete den Zettel so klein wie möglich zusammen, hob dann mit aller Kraft ein Bein der Bank hoch, um dann eilig den Zettel darunterzuschieben. Stolz auf ihre hervorragende Idee lächelte sie und machte sich auf den Weg, ihren Traum weiter zu erkunden.

Nachdem sie eine Weile durch die paradiesisch anmutende Landschaft gelaufen war, übermannte sie mit einem Mal das Gefühl einer tiefen Müdigkeit. »Jetzt ein kleines Nickerchen, das wäre schön«, und sie musste augenblicklich gähnen. »Das gibt es doch nicht, jetzt werde ich schon im Traum müde.« Im selben Moment fingen ihre Glieder an, schwer zu werden, und sie konnte fast nicht mehr weitergehen. »Ich glaube, ich muss mich jetzt wirklich hinlegen, sonst schlafe ich noch im Stehen ein.« Kaum hatte sie den Gedanken ausgesprochen, erblickte sie ein Bett, es stand mitten auf der Wiese und wirkte sehr verlockend. Es handelte sich um ein großes gemütliches Bett mit einer flauschigen Decke und über und über mit Kissen bedeckt. »Oh ja«, sagte sie. »Das ist jetzt genau das Richtige für mich.« Mit letzter Kraft schaffte sie es gerade noch, sich auf das Bett zu legen, bevor sie in einen tiefen, wohligen Schlaf fiel.

Louisa öffnete ihre Augen und wurde augenblicklich geblendet. Blinzelnd sah sie sich um. Wo war sie? Und warum hatte sie das Gefühl, der Boden unter ihren Füßen würde sich bewegen? Als sie sich aufrichtete, verlor sie das Gleichgewicht und plumpste wieder zurück, bis sie bemerkte, dass sie in einem Boot saß. Erschrocken schaute sie sich nach allen Seiten um, aber überall war nur Wasser, türkisblaues glitzerndes Wasser. In dem

Boot befanden sich weder ein Ruder noch eine Rettungsweste. Geschweige denn Nahrung oder Trinkwasser. Louisa war ratlos. Was sollte sie hier? Was hatte das Ganze zu bedeuten? Sie fühlte sich allein und im Stich gelassen. Das war nicht der Traum, den sie sich erhofft hatte. Die Sonne prallte erbarmungslos auf sie nieder und langsam wurde sie unruhig.

»Ich träume nur«, sagte sie sich immer wieder. »Es ist alles nur ein Traum.« Eine Woge der Panik überkam sie. Was, wenn sie nicht wieder aufwachte? Was, wenn sie für immer auf diesem Boot gefangen bliebe? Sie war den Tränen nahe, als sie auf einmal einen dunklen Punkt am Horizont entdeckte. War dort jemand? Jemand genauso wie sie gefangen in einem Traum? Sie kniff die Augen zusammen, um besser sehen zu können. Aber es blieb dabei, es war nur ein kleiner Punkt am Horizont.

Allmählich näherte sich der kleine Punkt und Louisa konnte Konturen erkennen. Sie glaubte, ein Boot zu sehen, indem ebenfalls jemand saß. Ein Gefühl der Erleichterung machte sich in ihr breit. Sie war doch nicht allein.

»Hey!«, rief sie. »Hier bin ich! Hiilfeee!« Sie stand unsicher auf, um mit ihren Armen zu winken, konnte aber das Gleichgewicht nicht halten und setzte sich wieder hin. Das Boot kam langsam näher und nun war es offensichtlich: Eine andere Person saß darin und segelte auf Louisa zu. Erwartungsvoll richtete sie ihren Blick in die Richtung des herannahenden Bootes. Es kam immer näher. Mittlerweile war es schon so nahe, dass Louisa einen Mann wahrnehmen konnte. Sie winkte ihm freudig zu, denn sie konnte es kaum erwarten, diesem Traum zu entfliehen. Louisa lachte und war froh, einem Leidensgenossen zu begegnen. Sie versuchte, mit ihren Armen zu paddeln, um schneller das andere Boot zu erreichen. Doch sie kam kein Stück vorwärts. Ungeduldig und gleichzeitig froh winkte sie und lachte. Das Boot nahm an Geschwindigkeit zu und kam immer schneller in ihre Richtung. Am liebsten wäre sie ins Wasser gesprungen, um ihm entgegenzuschwimmen. So sehr freute sie sich, jemanden zu sehen. Mittlerweile war das Boot sehr nahegekommen, neugierig musterte sie es. Im Gegensatz zu ihrem hatte das andere ein Segel und somit die Möglichkeit, sich schneller fortzubewegen.

Der Mann stand abgewandt und trug ein langes, helles Gewand. Er war damit beschäftigt, das Segel einzuziehen. Irgendwie kam er ihr bekannt vor, seine Art, sich zu bewegen und wie er das Segel hielt. Es schien ihr alles so vertraut. In dem Moment, als er sich ihr zuwandte, hatte Louisa es auch schon enträtselt. Tränen schossen ihr in die Augen, sie konnte es nicht fassen.

Dolores und Ashok betraten die Ruca der Seherin. Interessiert schauten sie sich um. Von innen wirkte es viel geräumiger als erwartetet. An den Wänden hingen überall kleine Sträuße aus unterschiedlichen Kräutern. Auf den meisten Möbeln lagen Felle, was dem Raum eine gewisse Gemütlichkeit verlieh. In der Mitte der Ruca befand sich eine Feuerstelle, über der ein Topf hing, aus dem es brodelte und dampfte und den ganzen Raum mit einem würzigen Duft erfüllte. Der Dampf wich nach oben durch das Strohdach hindurch, in dem eigens dafür eine kleine Öffnung vorhanden war.

»Nehmt Platz, meine lieben Gäste«, sagte Meda freundlich und zeigte auf einige Sitzmöglichkeiten. »Darf ich euch etwas von meiner Cazuela anbieten? Ihr seid bestimmt etwas hungrig von der langen Fahrt.«

Ashok lächelte und atmete tief ein. »Mmhhhh … Cazuela ist eines meiner Lieblingsgerichte.« Dolores, ebenfalls von dem leckeren Geruch angetan, nickte freundlich und meinte:

»Sehr gerne, ich muss zugeben, dem Geruch kann man kaum widerstehen.« Zufrieden schöpfte Meda für beide etwas Eintopf und reichte jedem eine Holzschale. Hungrig machten sie Dolores und Ashok über das Essen her.

Nachdem sie fertig gegessen hatten, nahm nun auch Meda direkt bei ihnen Platz. Sie setzte sich im Schneidersitz vor ihnen auf den Boden und blickte Dolores direkt an.

»Eine alte Seele sehe ich in dir, fern von dieser Welt und doch so nah und hier.

Schon viel erlebt hat sie, viel gesehen und gehört des Todes traurige Melodie.

Doch sehe ich auch das Licht, das Licht, das dich erhellt, mein Sonnenkind, in meinem Angesicht.

Gehst tief in dich hinein, um zu sehen, wessen Seele du retten kannst, um auch dich selbst erretten zu gehen.

Dein Herz ist gut und rein und nicht frei von Leid und Pein.

Drum schließe die Augen und höre auf meine Worte, denn ich bringe dich an fremde Orte,

Gemeinsam werden wir eine Reise tun, einen langen Weg wir müssen gehen nun.

Am Ende musst du entscheiden, ob Auge, Ohr oder Herz. Denn du entscheidest Erlösung oder Schmerz.«

Meda war schon in einem tranceähnlichen Zustand. Sie fasste Dolores an den Händen und führte sie an eine andere Stelle ihrer Behausung. Dort ließen sich beide auf ein weiches Fell nieder, oberhalb dessen ein großer Traumfänger hing. Während Meda eine leise Melodie vor sich hin summte, bemalte sie mit ihren Händen Dolores' Gesicht. Mit sanften Bewegungen malte sie feine Ornamente auf ihre Wangen, strich zart ihre Augenlider entlang und umrandetet ihre Lippen. Dolores genoss das intime Ritual, sie hielt die ganz Zeit über die Augen geschlossen und sog die mystische Atmosphäre in sich ein. Medas Summen wich nun einem Singen. Dolores' Körper fing nun von allein an, sich rhythmisch zu Medas Gesang zu bewegen. Die Seherin stand auf und begann, in rituellen Bewegungen um Dolores herumzutanzen. Ihr Gesang wurde allmählich schneller und lauter. Dolores übermannte das Gefühl, als würde sie sich immer weiter von dem Hier und Jetzt entfernen, als würde sich alles um sie herumdrehen. Ihr wurde schwindlig. Sie hatte den Eindruck, als würde sie von einer immensen Kraft eingesogen. Es glich beinahe einem orgastischen Gefühl, das sie in einen Wirbelwind der Emotionen zog. Dolores sah ihre Kindheit an sich vorüberziehen; ihre erste Liebe, wie sie sich geküsst hatten, versteckt an ihrem geheimen See; ihren Vater, wie sie gemeinsam gelacht hatten, aber auch, wie er betrunken auf sie einschlagen wollte; sah, wie sie ihre Mutter zu Grabe getragen hatte. Tränen flossen ihr über das Gesicht, aber sie bemerkte es nicht, sie nahm von ihrer Außenwelt nichts mehr wahr. Sie war nun auf dem Weg in ihr tiefstes Bewusstsein.

»Homer gilt als Urvater der europäischen Dichtkunst, seine beiden Epen ›Ilias‹ und ›Odyssee‹ gehören zu den ältesten Werken der abendländ…« Der Professor wurde unterbrochen, als eine Büroangestellte mit einem Zettel in der Hand den Hörsaal betrat und direkt auf ihn zukam. Man konnte sehen, wie sie miteinander sprachen und er den Zettel eingehend musterte. Er seufzte und griff nach seinem Mikrofon. »Señor Casirelli, Leon Casirelli, Sie sollen bitte zu Hause anrufen, es scheint sich um eine wichtige familiäre Angelegenheit zu handeln.« Leo schreckte auf, er war mit seinen Gedanken meilenweit entfernt von Homer.

»Meinen Sie mich?« Der Professor zog seine Brille zurecht und schaute Leo direkt an.

»Nun ja, ich denke, Sie scheinen der einzige Leon Casirelli hier in diesem Saal zu sein. Wenn ich Sie dann bitten dürfte, ich würde gerne mit meiner Vorlesung fortfahren.«

Eilig packte Leo seine Sachen zusammen und eilte aus dem Hörsaal. Wer hatte angerufen? Seine Mutter? Was war so wichtig, dass man ihn dafür eigens aus der Vorlesung holte? Außerdem besaßen doch seine ganzen Familienangehörigen seine Handynummer. Verwundert darüber kramte er sein Handy aus der Tasche und war dabei, seine Eltern anzurufen, als eine Nachricht von Zoe eintraf.

Damentoilette – sofort-ich-warte.

Leo starrte auf sein Handy und mit einem Schlag ging ihm ein Licht auf. Zoe hatte sich als Familienangehörige ausgegeben, um ihn auf die Toilette zu locken. Belustigt machte er sich auf den Weg dorthin. Er betrat den Vorraum, konnte Zoe aber nirgendwo entdecken. Der Raum erweckte den Eindruck, leer zu sein, daraufhin sah er sich im Toilettenraum um, dieser schien auch verlassen zu sein.

Komisch, dachte Leo und wollte schon wieder gehen, als mit einem Mal eine der Toilettentüren aufschwang und Zoe ihn lächelnd zu sich herwinkte. Ohne ein Wort zu sagen, küssten sie sich sofort leidenschaftlich.

»Ich hatte Sehnsucht nach dir«, flüsterte Zoe ihm ins Ohr.

»Soso«, grinste Leo atemlos »Und darum gibst du dich als eine Familienangehörige aus?« Während sie miteinander sprachen, zog Leo ihr grob das Kleid hoch. »Oh Gott, du trägst schon wieder keine Unterwäsche«, stöhnte Leo erregt. Zoe war im Begriff, seine Hose herunterziehen, als jemand den Toilettenraum betrat. Beide hielten inne, sie waren sicher, würden sie erwischt werden, konnte das schwerwiegende Konsequenzen mit sich ziehen. So standen sie eine Weile da, Zoe mit hochgeschobenem Kleid und heraushängenden Brüsten. Leo mit halb heruntergelassener Hose und einer Erektion in seiner Shorts, die sich sehen lassen konnte. Beide kicherten, da sie sich bewusst waren, was für einen komischen Anblick sie boten. Als der ungebetene Gast endlich die Toilettenräume verlassen hatte, ließen sie ihrem Gelüsten freien Lauf. Die Gefahr, jeden Moment erwischt zu werden, hatte ihre Lust ins Unermessliche gesteigert.

Kapitel 14

Alle Winkel des Hauses inspizierend bewegte sich der Kommissar um das Gebäude herum. Er hatte geklingelt und versucht, einen Blick durch die Fenster zu erhaschen, vermochte aber nichts Informatives zu erkennen. Unbefriedigt warf er eine Notiz und seine Visitenkarte in Dolores' Briefkasten. Er kam einfach nicht vorwärts in diesem Fall. Frustriert stieg er in seinen Wagen und machte sich auf den Weg zurück ins Revier. Schließlich musste diese Dolores Cruz irgendwann wieder aus ihrem Urlaub zurückkehren. Er sollte versuchen, den jungen Typen zu erreichen, den er im Krankenhaus vernommen hatte. Wie hieß er noch mal? Leon, Leon Casirelli. *Attraktiver Bursche*, ging es ihm durch den Kopf. Er hoffte, so an ein paar Informationen zu kommen. Vielleicht konnte er die Telefonnummer von dieser Dolores ergattern. Das wäre doch schon mal was. Dabei zündete er sich eine Zigarette an und drängelte sich weiter durch den dichten Straßenverkehr.

1968

Sie stand mit offenem Mund da, von ihren Gefühlen überwältigt. Unfähig, auch nur ein Wort zu sagen. Doch ihre Augen sprachen Bände, sie leuchteten vor Glück und Ungläubigkeit. Ihr Gegenüber lächelte ebenfalls freudestrahlend und zog mit einem Seil Louisas Fischerboot näher, um es an seines festzumachen. Schlagartig löste sich der Knoten aus Louisas Stimmbändern, und es platzte aus ihr heraus:

»Cristobal, du bist es wirklich!«

»Ja, Louisa ich bin es wirklich«, lachte er und sprang mit einem Satz auf ihr Boot.

»Cristobal«, sagte Louisa bebend. Sie umarmten sich und hielten einander fest wie zwei Ertrinkende, die sich Halt gaben, um nicht unterzugehen. So standen sie eine Weile da, bis Cristobal das Wort ergriff.

»Louisa, hör mir zu, wir haben nicht viel Zeit, mein Aufenthalt hier ist begrenzt, ich werde dich bald wieder verlassen müssen.«

Louisa schaute ihn mit einem erschütterten Ausdruck in den Augen an. »Was meinst du damit? Ich dachte, du kommst wieder mit mir zurück.« Cristobal sah sie an, und mit trauriger Stimme antwortete er:

»Das geht leider nicht. Ich kann nicht wieder zurück zu dir. Das hier, alles, was du hier siehst, ist eine Illusion.« Er deutete dabei mit einer Geste auf die Umgebung. »Es ist unser Traum, Louisa. Mein Körper, liegt irgendwo zwischen Chile und New York und mein Herz hört bald auf zu schlagen. Deshalb haben wir nicht viel Zeit.«

»Du lebst noch? Man muss dich finden und retten. Wir müssen irgendetwas unternehmen, bevor es zu spät ist!« Louisa schrie aufgelöst und war kurz davor, in Hysterie auszubrechen.

»Nein, Louisa, das ist unmöglich.« Dabei blickte er sie sanft an. »Ich spüre, wie das Leben langsam aus mir weicht. Louisa, bitte hör mir zu.«

Sie schüttelte ihren Kopf. »Nein, nein, nein! Wir müssen etwas tun, du darfst mich nicht verlassen!«, jammerte sie, während ihr die Tränen über das Gesicht flossen. Cristobal schloss sie wieder in seine Arme.

»Du musst mir jetzt genau zuhören«, sagte er und zog mit einer Hand ihr Kinn zu sich empor. »Louisa, du bist stärker und größer, als du denkst. Ich wünsche mir, dass du in meine Fußstapfen trittst.«

»Ich verstehe nicht …«

»Du musst meine Position in der Firma übernehmen. Du bist die Einzige, die das kann. Joaquin ist zu schwach, er ist nicht in der Lage dazu.« Cristobal blickte sie eindringlich an.

»Aber sie werden es niemals zulassen, ich bin schwanger und habe doch gar keine Erfahrung.«

»Du kannst alles, denn du bist stark. Ich liebe dich, kleine Schwester.« Er drückte sie noch einmal fest an sich »Leb wohl, Louisa«, hörte sie ihn sagen. Sie schaute durch einen Nebel aus Tränen zu ihm auf, bevor er sich von ihr abwandte. »Dort, das Licht, kannst du es sehen? Miria, Augusto und Luiz, sie stehen dort und erwarten mich!« Ein letztes Mal drehte er sich zu ihr um »Auf Wiedersehen, Soñadorita. Ich werde derjenige sein, der dich erwartet, wenn es an der Zeit ist.« Somit entschwand er Louisas Blick und sie sah nur noch eine Wolke aus Licht, die sich allmählich von ihr entfernte.

Louisa fror am ganzen Körper. »Wo bin ich?«, fragte sie sich aufgewühlt. Sie sah sich um und begriff langsam, dass sie auf dem Boden ihres Zimmers lag. Das Kissen, auf dem sie gesessen hatte, war verrutscht, und sie hatte auf dem kalten Dielenboden gelegen. Behutsam richtete sie sich auf und setzte sich auf ihr Bett. Hatte sie das etwa geträumt? Es war ihr alles so real vorgekommen. Cristobal in seinem langen Gewand, der paradiesische Garten … Großmutter hatte recht: Sie besaß die Gabe, sie hatte Cristobals letzten Traum erlebt. Sie versuchte, sich an jedes Detail zu erinnern. Bis ihr wieder einfiel, um was er sie so dringend gebeten hatte. Louisa überkam Ehrfurcht. Hatte sie wirklich den Mumm, in seine Fußstapfen zu treten? Würde sie sich das zutrauen? Sie legte schützend die Arme um ihren Bauch und schloss dabei ihre Augen. In ihr schwoll ein Gefühl der Unbesiegbarkeit an. Sie konnte es schaffen, sie würde alles Erdenkliche versuchen, um Cristobal gerecht zu werden.

Unergründliche Dunkelheit umgab sie, die Umgebung schuf eine klaustrophobische, fast erstickende Atmosphäre. Dolores blinzelte, damit sich ihre Augen schleunigst an die Finsternis gewöhnten. Doch es änderte sich nichts, im Gegenteil, sie hatte den Eindruck, als würde die Schwärze sie verschlucken, als wäre sie darin eingebettet. Dolores tat einen tiefen Atemzug und versuchte, sich zu entspannen. In ihrem Inneren regte sich etwas, und wie eine Lampe, die nach und nach ihr Licht abgab, erschienen Medas beruhigende Gesichtszüge vor ihrem inneren Auge.

»Du bist die Schöpferin deiner Träume, erschaffe deine Welt und sie wird dein Königreich sein.« »Mein Königreich? Ich bin die Schöpferin?« Was sollte sie tun? Ihre Hände zitterten und sie schluckte, wie konnte sie ein Reich erschaffen? Ein ganzes Königreich sogar … Dolores schloss fest die Augen und versuchte sich vorzustellen, dass der Raum, in dem sie sich aufhielt, hell erleuchtet sei und die Sonne sie von allen Seiten erwärmen würde. Erwartungsvoll öffnete sie ihre Augen wieder und staunend betrachtete sie ihre Umgebung. Heller Sonnenschein umgab sie, der Raum war nun von einem strahlenden Licht erfüllt und angenehme Wärme durchflutete ihren Körper.

Dolores richtete sich auf und schaute sich um. Es gab weder einen Weg noch einen Ausgang geschweige denn irgendeinen Anhaltspunkt, wohin ihre Reise als Nächstes führen sollte. Und noch einmal schloss sie ihre Augen und konzentrierte sich. Das, was sie dringend brauchte, war ein Ausgang, um ihre Geschichte fortsetzen zu können. Zitternd öffnete sie ihre Augen wieder, insgeheim befürchtend, dass sich in ihrer Umgebung nichts verändert hatte. Doch da hatte Dolores sich getäuscht. Ungläubig sah sie sich um, sie befand sich nun in einem langen weißen Korridor voller Türen, die auf den ersten Blick alle gleich aussahen. Irritiert schaute sie sich um. Bedeutete dies, dass sie eine Entscheidung treffen sollte? Dolores' Herz pochte schneller, welche sollte sie wählen? Und was, wenn es die falsche war? Sie schritt langsam auf und ab. Sollte sie einfach auf gut Glück eine der Türen öffnen und ihrem Instinkt folgen? Sie runzelte ihre Stirn. Was erwartete sie hinter diesen Ausgängen? Vorsichtig betrachtete sie diese genau, da fiel ihr plötzlich ein Unterschied auf. Die Türen. Jede hatte ein besonderes Merkmal, es handelte sich um keine wesentlichen Unterschiede. Aber wenn man genau hinsah, war zu erkennen, dass jede ein anderes besonderes Erkennungszeichen aufwies.

Dolores eilte von Tür zu Tür und prüfte alle eingehend, bis sie vor einer haltmachte, die ihre Aufmerksamkeit erweckte. Ein merkwürdiges Gefühl erfasste ihre Magengegend. Sie strich mit ihrer Hand darüber, und schlagartig sah sie es vor sich. Es war die Tür ihres Kinderzimmers. Die Erinnerung blitzte in ihr auf. Sie sah deutlich Ihren Vater vor sich, wie er das Türschild mitsamt Klinke wechselte. Er hatte die Tür davor nicht gestrichen und das darunterliegende Holz bildete deshalb eine Art Rahmen. Auf diese Weise war dieses unverwechselbare Detail entstanden. Ungläubig starrte Dolores sie an. Sie hatte ihre Entscheidung getroffen, raffte ihren ganzen Mut zusammen, drückte die Klinke sachte herunter und betrat vorsichtig den Raum.

Leo und Zoe rannten Tränen lachend aus der Universität. »Stell dir mal das Gesicht des Dekans vor, wenn die uns erwischt hätten«, lachte Leo und nahm Zoes Hand in seine. Gut gelaunt erreichten sie den Parkplatz. »Nehmen wir deins oder meins?«, fragte er und schaute dabei Zoe mit glänzenden Augen an.

»Meins natürlich«, antwortete sie keck, »das kann mehr.« Elegant öffnete sie die Tür ihres Wagens und sank in den edlen Ledersitz ihres roten Sportwagens. Resigniert und wohl wissend, dass sie das schnellere Auto fuhr, nahm er neben ihr Platz. Zoe ließ das Verdeck herunterfahren und lenkte den Wagen Richtung Highway. Dort angekommen, drückte sie das Gaspedal bis zum Anschlag durch und drehte die Musik auf volle Lautstärke. Leo überkam das unbändige Bedürfnis, seine Gefühle herauszuschreien. Er schnallte sich ab, hockte sich auf die Rückenlehne seines Sitzes und schrie so laut, wie es seine Stimmbänder hergaben. Zoes langes Haar flatterte im Fahrtwind und die Sonne schien auf beide herab. Es war der perfekte Sommertag.

»Lass uns schwimmen gehen«, schlug sie kichernd vor.

»Ohne Schwimmsachen?«

»Na klar, nackt schwimmen macht doch am meisten Spaß«, antwortete sie und zwinkerte ihm frech zu.

Zoe holte noch eine Decke aus dem Kofferraum und beide eilten Richtung Strand. Dort entledigten sie sich hastig ihrer Kleidung. Zoe rannte ohne Hemmungen in den offenen Pazifik, während Leo ihr staunend hinterherblickte. Er wusste genau, wie kalt das Wasser war. Wie sich herausstellte, entpuppte Zoe sich als eine hervorragende Schwimmerin und bald konnte Leo nur noch ihren Kopf erkennen, der sich immer weiter entfernte. Das wollte und konnte er nicht auf sich sitzen lassen.

»Scheiß drauf!« Er hechtete ihr hinterher in das eiskalte, unruhige Meer. Bald hatte er sie schon eingeholt. »Hey«, rief er ihr atemlos entgegen. »Wohin so eilig?«

»Ich wollte mal sehen, ob du die Eier hast, in das kalte Wasser zu springen.«

»Ich hab sogar Ultraeier«, antwortete Leo lachend. Mit einem schelmischen Blick in ihren Augen entgegnete sie ihm:

»Lass uns ein Wettschwimmen machen, wer als Erster wieder am Strand ist, darf sich etwas wünschen.« Leos Grinsen wurde immer breiter, ihm kamen so einige Wünsche in den Sinn, bei dem Anblick, den sie bot, während sie nackt neben ihm herschwamm. »Auf die Plätze, fertig, los!«, rief Zoe und beide hechteten daraufhin los. Keuchend nach Luft ringend, kamen sie an und stellten fest, dass sie gleichzeitig ihr Ziel erreicht hatten. Anfänglich keiften sie noch etwas herum, dabei beschuldigten sie sich gegenseitig, geschummelt zu haben. Irgendwann entschieden sie, lieber den Sonnenschein und das herrliche Panorama zu genießen und nicht die Zeit mit unnötigen Streitereien zu verschwenden. Arm in Arm schlenderten zu ihrem Liegeplatz und legten sich erschöpft nieder.

»Wer darf sich jetzt etwas wünschen?«, fragte Leo, während er den wolkenlosen Himmel betrachtete. Zoe stütze sich auf ihren Arm und malte mit einer Hand Kreise in den Sand.

»Wir dürfen uns beide etwas wünschen, warte!« Sie holte einen Stift und zwei Zettel aus ihrer Tasche und reichte Leo ein Stück Papier. »Jeder notiert seinen Wunsch, und wessen erraten wird, der muss erfüllt werden.«

»Gute Idee«, schmunzelte Leo. Die beiden schrieben ihre jeweiligen Wünsche auf das Papier. Fragend blickten sie sich an, wer fing an? Leo kam eine Idee, er griff nach seiner Hose und kramte eine Münze hervor: »Kopf oder Zahl?«

»Kopf«, entgegnete Zoe. Leo deckte die Hand auf und es erschien eine Zahl.

»Tut mir leid« lächelte er verschmitzt und gab Zoe einen langen, leidenschaftlichen Kuss. Dabei streichelte er sanft über ihren nackten Körper. »Und, lag ich richtig?«, flüsterte er ihr erregt ins Ohr.

»Fast«, hauchte sie zurück. »Jetzt bin ich dran.« Sie erwiderte seinen Kuss, während sie ihren Körper fordernd gegen seinen drückte. Sie hatten sich beide dasselbe gewünscht.

Kapitel 15

Vorsichtig betrat Dolores den Raum, nicht ahnend, was sie dort erwartete. Als sie begriff, wo sie sich gerade befand, überkam sie die Melancholie. Sie war wieder in ihrem ehemaligen Kinderzimmer. Alles schien noch genauso eingerichtet wie damals. Sogar die Poster ihrer Jugend hingen an der Wand. Dolores lächelte bei dem Gedanken an ihre Schwärmereien. Sie schaute sich noch weiter um und entdeckte ihr altes Tagebuch, das offenbar achtlos auf ihrem Bett zurückgelassen worden war. Sie setzte sich und strich behutsam mit ihren Fingern über den Einband, als plötzlich die Tür aufging. Erschrocken zog sie schnell ihre Hand weg und sprang eilig auf. Ein Mädchen mit langen blonden Haaren und unzähligen Sommersprossen im Gesicht betrat den Raum. Dolores wollte sich entschuldigen für ihr unerlaubtes Eindringen. Als ihr bewusst wurde, dass das Mädchen sie überhaupt nicht wahrnahm.

Die Kleine summte vor sich hin, begab sich an den Schreibtisch und begann ein Bild zu malen. Dafür verwendete es vielerlei Buntstifte. Dolores sah genau hin und erkannte sie wieder. Ihr Vater hatte die Gewohnheit gehabt, solche Stifte für seine Skizzen zu verwenden. Er hatte überaus bösartig werden können, wenn jemand anders sie benutzte. Für ihn waren sie wie sein persönlicher Fingerabdruck, sein Heiligtum. Sie gehörten nur ihm allein.

Dolores konnte dem Mädchen ansehen, dass ihm sein Fehlverhalten durchaus bewusst war. Man konnte es an der Art und Weise ausmachen, wie die Kleine immer wieder verstohlen zur Tür schaute, als könnte sie jeden Augenblick ertappt werden. Oder wie sie bei jedem Geräusch kurz zusammenzuckte. Plötzlich sah sie auf und lief zum Fenster, um dann erschrocken zu ihrem Schreibtisch zurückzueilen, sammelte in Windeseile die Buntstifte zusammen und versteckte diese unter ihrem Pullover. Dolores verfolgte alles aufmerksam und eilte ihr hinterher, als diese die Tür öffnete und mit schnellen Schritten die Treppe ins Erdgeschoss hinunterlief. Aus der Distanz konnte Dolores sehen, wie das Mädchen versuchte, eine hakende Schublade zu öffnen. Da hörte sie ein Knarren und die Haustür ging auf.

Verdammt, dachte Dolores, *beeil dich!* Zu gerne hätte sie der Kleinen geholfen, doch es war unmöglich. Schon hörte sie Schritte näherkommen, hektisch schaute sie hin und her. Da waren das junge Mädchen, das verzweifelt an der klemmenden Schublade rüttelte, diese aber nicht aufbekam, und die Schritte, die immer lauter wurden. Mit jedem, den sie hörte, wurde sie aufgeregter. Immer auswegloser erschien ihr die prekäre Situation des Mädchens. Unerwartet änderten die Schritte ihre Richtung. Verwundert schaute sich Dolores um, und nun ertönte ein dumpfes Ploppen, als würde jemand einen Korken entfernen. Dann wurde es still. Erleichtert stellte sie fest, dass es dem Mädchen endlich gelungen war, die Schublade zu öffnen. Die Schritte waren jetzt wieder nah, so nah, dass sie deutlich die Anwesenheit eines Menschen spüren konnte. Und kurze Zeit später sah sie auch, zu wem die Schritte gehörten.

Dolores überkam ein tiefer Schmerz in ihrem Herzen. Sie konnte es nicht fassen.

»Papito«, flüsterte sie, um sogleich laut »Papito« zu rufen. Aber er nahm sie nicht wahr, wollte schnurstracks an ihr vorbei. Doch als er direkt neben ihr stand, hielt er für einen Augenblick inne und schaute irritiert in ihre Richtung. Dann schüttelte er den Kopf und ging weiter.

»Was zum Teufel machst du hier unten? Ich habe dir doch schon tausendmal gesagt, dass du in meinem Atelier nichts zu suchen hast!«

Dolores bemerkte ein Lallen in seiner Stimme und als sie genauer hinsah, fiel ihr auf, dass er eine Flasche Wein in der Hand hielt.

»Warst du wieder an meinen Buntstiften? Ich habe dir doch gesagt, wenn ich dich noch mal dabei erwische, dann setzt's was!«

»Ich …, ich …«, stammelte das Mädchen. »Ich wollte nur nachsehen, ob du schon zurück bist.« »Verschwinde«, brüllte er nun. »Hau ab, du verdammte Göre!« Die Kleine drehte sich um, um aus dem Atelier zu eilen. In diesem Moment passierte das Fatale. Sie hatte nicht bemerkt, dass sich in der Eile ein Buntstift unter ihrem Pullover verfangen hatte. Dieser glitt nun wie ein Verräter auf den Boden. In gefühlter Zeitlupe realisierte Dolores das Geschehene. Entsetzt entfuhr ihr ein »Nein!« Die Reaktionsfähigkeit des Vaters war durch den Alkoholeinfluss beeinträchtigt. Doch als er begriff, was eben passiert war und was dies bedeutete, sah Dolores blanken Hass in seinen Augen aufblitzen.

»Du verdammtes Gör, du hast mich angelogen.« Das Mädchen stand mit offenem Mund und geweiteten, angsterfüllten Augen wie angewurzelt da und konnte sich nicht regen. Wutentbrannt warf der Vater mit aller Wucht die Flasche nach der Ertappten, verfehlte sie um Haaresbreite. Doch das laute Klirren hatte eine lösende Wirkung auf ihre Erstarrung, und mit hochrotem Kopf rannte sie davon. Nun war es Dolores, die sich nicht rührte. Mit angehaltenem Atem hatte sie die ganze Szene verfolgt und war zur Salzsäule erstarrt. Ihr Vater verharrte ebenfalls auf der Stelle. Man sah ihm an, wie der Zorn nach und nach aus seinem Gesicht wich und in pure Verzweiflung wechselte. Mit einem lauten Schluchzen brach er zusammen und fing bitterlich an zu weinen.

»Was habe ich nur getan?« Er sank noch tiefer in sich zusammen und heulte hemmungslos weiter, das Weinen eines absolut ratlosen und überforderten Mannes. Das berührte Dolores zutiefst. Tränen rannen nun auch ihr übers Gesicht. Sie lief zu ihm, bückte sich und streichelte zärtlich über sein Haar. Wie gerne hätte sie ihm gesagt, dass sie ihm verzieh. Sie setzte sich neben ihn auf den Boden und verharrte so eine Zeit lang. Ihre Unfähigkeit frustrierte sie zutiefst. Sie war nicht in der Lage, irgendetwas für ihn zu tun. Deshalb beschloss sie, nach dem Mädchen zu sehen. Dolores ging nach draußen. Konnte die Kleine aber nirgends finden. Daraufhin lief sie den Pfad hinunter zum See. Dort entdeckte sie das Mädchen, hinter einem Baumstamm kauernd.

»Ich hasse dich, ich hasse dich so sehr«, schluchzte es wütend und weinte sich dabei die Seele aus dem Leib. Dolores hätte es so gerne getröstet. Aber es war unmöglich, sie war nur unsichtbare Zuschauerin eines tragischen Zwischenspieles.

Plötzlich vernahm sie ein Geräusch. Dolores drehte sich um und erblickte ihren Vater, der ebenfalls den Pfad zum See hinunterlief. In seinen Händen hielt er jeweils ein Seil und eine volle Flasche Pisco. Misstrauisch blickte sie ihn an. Was hatte er vor? Entschlossenen Schrittes lief er in Richtung des Sees. Dolores verstand nicht, sie schaute wieder zu dem Mädchen. Es hatte ihn mittlerweile auch bemerkt und sich tiefer hinter dem Baumstamm versteckt. Beide beobachteten sein Vorgehen. Suchend blickte er sich um. Er blieb stehen, änderte die Richtung und blieb dann wieder abrupt stehen. Dann bückte er sich. Er schien etwas zu begutachten, schüttelte jedoch den Kopf und lief weiter. Wieder blieb er stehen und schaute auf den Boden. *Was zum Teufel macht er da*, dachte Dolores.

Und diesmal konnte sie erkennen, was er tat. Er hob einen großen Stein hoch und hievte diesen in Richtung des Sees. Es war ihm deutlich anzusehen, dass es ihn viel Kraft kostete. Der Schweiß rann ihm über die Stirn und er wischte sich immer wieder mit seinem Hemdsärmel übers Gesicht. Laut stöhnend schleppte er den Stein bis zum Ende des alten Steges. Er lud ihn dort ab, lief wieder zurück, um das Seil und die Flasche zu holen, und stellte sie ebenfalls dort ab. Dann wischte er sich noch einmal über die Stirn und nahm einen langen Schluck aus seiner Flasche. Dabei starrte er wie gebannt auf den See.

Dolores hatte sich mittlerweile auf den Boden gesetzt und beobachtete beunruhigt das ganze Szenario. Allmählich kam wieder Bewegung in seinen Körper und er holte das Seil. Umständlich band er ein Ende um den Stein und das andere um sein Fußgelenk. Nun begriffen auch Dolores und das Mädchen, was er vorhatte. Mit aufgerissenen Augen starrte die Kleine in seine Richtung. Sie wollte es verhindern, doch sie konnte es nicht. Das Mädchen wischte sich die Tränen aus dem Gesicht und man erkannte an ihrem Blick und ihrer Gestik, dass sie einerseits mit sich rang, aber das Entsetzen auch vor ihr nicht haltgemacht hatte. Schlagartig stand sie auf und fing an zu schreien:

»Papa, nein! Das darfst du nicht, du darfst uns nicht einfach so verlassen.« Sie begann zu rennen, dabei wehten ihre langen blonden Haare im Wind, und ihre Schritte, die immer schneller wurden, glichen einem Akt der Verzweiflung. Sie musste ihn aufhalten. Doch es war zu spät. Schwer atmend hob er den Stein hoch und umfasste ihn mit beiden Armen. Er drehte sich ein letztes Mal um, dabei formte mit seinen Lippen die Worte »Verzeih mir« und sprang.

Dolores hatte das Gefühl, als würde sie eine Achterbahn rückwärtsfahren. Mit voller Wucht wurde sie aus dem Geschehen gerissen und zurückkatapultiert, so als würde sie ihre Vergangenheit diametral erleben. Sie war wieder Teenager, Kind, Baby. Es fühlte sich an, als würde der Sog, der sie zu Beginn eingesaugt hatte, wieder ausspucken. Ungläubig entfernte sie sich rasant von den Geschehnissen, die sie erlebt hatte. Flog durch die Zeit wie ein Tornado. Und als sie die Augen aufschlug, sah sie Medas Gesicht, die sie sanft am Arm streichelte und ihr verständnisvoll mit ihren warmen Augen zulächelte.

»Was ist passiert?«, krächzte Dolores heiser. Ihr Mund fühlte sich trocken und kratzig an. Ihre Stimmbänder schmerzten und ihr Kopf dröhnte. Sie wollte aufstehen, doch Meda drückte sie behutsam zurück.

»Mein Sonnenkind, ruhe dich aus«, sagte sie mit ihrer leisen Stimme. »Eine lange Reise hast du hinter dir. Du brauchst jetzt viel Ruhe. Hier, trink das, das wird dir guttun«, und reichte Dolores einen Holzbecher mit einem warmen Getränk. Dolores nahm ihn dankbar entgegen und trank ihn gierig in einem Schluck aus. Sofort spürte sie ein warmes, wohltuendes Gefühl in sich aufsteigen. Ihre Augenlider wurden immer schwerer. *Nur einen Augenblick hinlegen*, dachte sie. Und als sie sich auf das warme, weiche Fell zurücklegte, glitt sie sogleich in einen tiefen, traumlosen Schlaf.

Es dämmerte schon, als Leo gut gelaunt mit zerzausten Haaren und zerknitterter Kleidung die Wohnung betrat. José saß im Wohnzimmer und schaute gerade ein Fußballspiel. Als er Leo erblickte, weiteten sich seine Augen.

»Alter, wo kommst du denn her? Bist du in ’nen Hurrikan geraten, oder was?« Leo schmunzelte und erwiderte:

»Ja, in ’nen Hurrikan namens Zoe.« Sein Mitbewohner nickte nur anerkennend und grinste schief.

»Alter, Alter. Ach, ehe ich es noch vergesse. Da hat heute schon paarmal so ’n Bulle für dich angerufen. Kommissar Muñoz. Alter, was hast du mit den Bullen am Hut?« Leo griff nach seinem Handy und stellte fest, dass sein Akku leer war. Er schloss das Ladegerät an, holte ein Bier aus dem Kühlschrank und ließ sich neben José auf die Couch fallen. Dieser blickte ihn nur fragend an. Leo seufzte, öffnete mit einem lauten Zischen die Bierflasche und begann zu erzählen. José hatte sich aufrecht hingesetzt und hörte aufmerksam zu, man konnte ihm regelrecht ansehen, wie ihm die Kinnlade immer weiter runterfiel. Er strich sich mit einer Hand über seine Glatze und schüttelte ungläubig den Kopf.

»Mordanschlag auf Marisa? Und was will der Kommissar jetzt noch von dir?«

»Wenn ich das wüsste, aber jetzt, wo du es erwähnst«, sagte Leo, holte sein Handy, das mittlerweile etwas Saft hatte, und wählte die Nummer des Kommissars, die er sicherheitshalber abgespeichert hatte.

»Muñoz«, meldete sich die Stimme am anderen Ende der Leitung.

»Guten Abend, Kommissar, hier Leo Casirelli am Apparat.«

»Ah, Señor Casirelli, schön, dass Sie zurückrufen. Ich hätte da noch ein paar Fragen an Sie. Könnte ich vielleicht … würde es Ihnen etwas ausmachen, wenn ich kurz bei Ihnen vorbeikomme? Nur für ein paar Fragen, ich werde Sie nicht allzu lange mit meiner Anwesenheit belästigen.« Leo hob verwundert die Augenbrauen und schaute irritiert zu José.

»Sie meinen jetzt?«

»Ja, ich bleibe wirklich nicht lange, es müsste doch gleich Halbzeit sein. Ich verspreche, ich verschwinde, bevor das Spiel wieder weitergeht.«

»Woher wissen Sie …?«, stotterte Leo.

»Ach, Sie meinen, woher ich weiß, dass Sie das Spiel schauen?« Der Kommissar lachte. »Nun ja, ich hoffe, Sie halten mich jetzt nicht für unverschämt, aber da ich sie in der Uni nicht erreichte, wollte ich bei ihnen vorbeischauen. Wenn Sie sich umdrehen, dann sehen Sie mich an Ihrem Fenster stehen.« Mit offenem Mund drehte sich Leo um und blickte zum Wohnzimmerfenster. Und tatsächlich war dort das Gesicht des Kommissars zu entdecken, der ihm freundlich zuwinkte.

Leo kam die ganze Situation absurd vor. Was wollte dieser neugierige Bulle von ihm? Und warum spionierte er ihm hinterher? Als er die Haustür öffnete, stand dieser auch schon parat und wollte hereinkommen.

»Warten Sie«, sagte Leo im genervten Ton. »Brauchen Sie keinen Durchsuchungsbefehl?« So kannte er es zumindest aus amerikanischen Spielfilmen. Der Kommissar lächelte süffisant und antwortete:

»Nicht, wenn es lediglich darum geht, ein paar Fragen zu beantworten. Aber wir können uns auch gerne in meinem Wagen unterhalten, wenn Ihnen das lieber ist. Sehen Sie, ich parke dort drüben.« Er deutete dabei auf einen alten Renault R4. Leo betrachtete den Kommissar, das passte einfach hervorragend, die alte Schrottkiste und der Bulle in seinem abgewetzten zerknitterten Jackett. Verdienten die so wenig bei der Polizei? Muñoz blickte ihn erwartungsvoll an.

Leo seufzte. »Na gut, kommen Sie rein, aber ich habe nicht ewig Zeit.«

Kapitel 16

1968

Louisas Vater hatte die ganzen Familienmitglieder zu einer Unterredung in Cristobals ehemaliges Arbeitszimmer gebeten. Alle waren in Schwarz gekleidet, und ihren Gesichtern war deutlich anzumerken, dass die letzten Tage an keinem spurlos vorübergegangen waren. Der Schmerz, den sie gemeinsam durchlebt hatten, war zum Greifen spürbar, und eigentlich hatte niemand große Lust, an diesem Gespräch teilzunehmen. Aber Louisas Vater hatte darauf bestanden. Es handelte sich um die Zukunft der Firma, um ihrer aller Existenz.

»Meine liebe Familie«, begann er. »Ich fühle, wie es euch heute geht, und ich weiß, nein, ich spüre es sogar, genau hier.« Dabei zeigte er auf seine Brust. »Tief in meinem Herzen kann ich es fühlen. Wir haben einen großen Verlust erlitten. Einen Verlust, der unersetzbar ist und der unser Leben für immer verändert hat.« Er räusperte sich. »Deshalb versuche ich, mich kurzzufassen. Das Leben, so hart es auch klingen mag und so unvorstellbar es in diesem Moment scheint, muss weitergehen. Trotz aller Niederlagen.« Louisas Mutter schluchzte unerwartet laut auf und rannte weinend aus dem Raum.

»Mutter«, rief Joaquin und wollte hinterherlaufen. Aber Louisas Vater mahnte ihn, zu bleiben.

»Meine Lieben, wie zuvor erwähnt, ich fasse mich kurz.« Er musste schlucken und fuhr fort: »Cristobal weilt nun nicht mehr unter uns und nun ist es an Joaquin, seine Position einzunehmen.« Joaquin blickte seinen Vater ehrfurchtsvoll an. »Ich weiß aber auch, dass es für Joaquin allein fast unmöglich sein wird, die ganzen Aufgaben zu bewältigen, die man als Geschäftsführer einer Firma dieser Größe zu tragen hat. Und wahrscheinlich wäre es das Sinnvollste, einen Partner einzustellen. Aber das lag nie in meinem Sinne. Als ich mir vor fünfzig Jahren meinen Traum der Selbstständigkeit erfüllt habe, war es immer mein Ziel, dass unsere Firma in Händen der Familie bleibt. Das war zu jedem Zeitpunkt meine äußerste Priorität. Ich würde gerne wieder einsteigen und Joaquin ein hilfreicher Partner sein. Aber meine Gesundheit lässt dies leider nicht zu.« Er tat einen langen Seufzer. »Meine Lieben, deshalb habe ich eine Entscheidung getroffen, die mir nicht leichtgefallen ist und die ich schwer auf meinen Schultern trage.« Alle blickten ihn erwartungsvoll und gleichzeitig fragend an. »Ich habe beschlossen, die Hälfte der Firma zu verkaufen.« Ein Raunen ging durch den Raum und Entsetzen machte sich auf den Gesichtern der Anwesenden breit.

Joaquin stockte vor Schreck das Herz. »Es ist alles meine Schuld«, flüsterte er betroffen und blickte beschämt zu Boden.

»Vater, das kannst du nicht tun«, Louisa stand auf, dabei blickte sie ihren Vater eindringlich an. » Ich werde ich Cristobals Position einnehmen. Und gemeinsam mit Joaquin werden wir die Firma erfolgreich weiterführen.«

Ihr Vater starrte sie ungläubig an. »Louisa, komm zu Sinnen. Das ist eine unmögliche Aufgabe für dich.«

»Nein, Vater, ich habe mir das gründlich überlegt und es ist mein fester Wille, diese Aufgabe zu übernehmen, komme was wolle.«

Ihr Vater schüttelte verständnislos den Kopf. »Louisa, das geht nicht. Erstens bist du schwanger, zweitens hast du keine Ahnung vom Geschäft. Selbst wenn das alles nicht wäre. Du bist eine Frau, keiner wird dich ernst nehmen. Louisa, es tut mir leid, meine Entscheidung seht fest. Ich werde verkaufen!« Louisa konnte es nicht fassen. Tränen schossen ihr in die Augen und sie konnte nicht verhindern, dass sie ihr die Wangen herunterkullerten. Sie hatte es Cristobal versprochen und sie würde ihr Versprechen halten. Louisa musste einen Weg finden, koste es, was es wolle.

Dolores kam langsam wieder zu sich. Wohlig streckte und reckte sie sich, sie fühlte sich wie neu geboren. Sie blickte auf und sah Medas und Ashoks Gesichter, die lächelnd zu ihr herunterschauten. Sie hatte noch nicht realisiert, wo sie sich befand, erschrak im ersten Moment und zog instinktiv ihre Decke höher. Beide lachten.

»Na, du Langschläferin, du hast den reinsten Schlafmarathon hinter dich gebracht«, lächelte Ashok und seine Augen leuchteten vergnügt. Dolores blickte sich anfangs noch unsicher um, bis sie merkte, wie ihr Erinnerungsvermögen allmählich zurückkehrte. Meda und Ashok setzten sich zu ihr und schauten sie erwartungsvoll an. Dolores fing an zu zittern und starrte verwirrt zu Boden. Dann hob sie langsam ihren Kopf.

»Ich habe von meinem Vater geträumt, er … er hat sich umgebracht.« Schlagartig schossen ihr Tränen in die Augen, dabei schüttelte sie sich fassungslos. »Sie wollte ihn retten, aber … aber er hat sie einfach ignoriert und dann …« Es entstand eine lange Pause, bevor sie wieder zu sprechen ansetzte. »… ist er einfach gesprungen«, hauchte sie mit letzter Kraft und fing hemmungslos an zu weinen. Meda umarmte sie tröstend und drückte sie fest.

»Lass es raus, Sonnenkind, lass es raus.« Ashok kam sich in diesem Moment hilfloser vor denn je. Er befürchtete, das Falsche zu sagen oder das Falsche zu tun. Betreten blickte er zu Boden, bis Dolores wieder anfing zu sprechen.

»Ich war auf Corazon«, während sie schniefte und sich über ihre verheulten Augen wischte. »Dort war ein Mädchen, sie lebte bei meinem Vater. Er behandelte sie schlecht. Er … er schrie sie an, beschimpfte sie.« Traurig schaute sie zu Meda. »Aber ich wusste – nein, ich weiß, er hat sie geliebt, unendlich sogar.« Dolores schluckte. »Deshalb hat er sich umgebracht.« Dann fing sie wieder an zu weinen.

Dolores hatte sich mittlerweile etwas beruhigt und lag mit ihrem Kopf auf Medas Schoß, diese streichelte sie und flüsterte ihr beruhigende Worte zu. Sie hing wie gebannt an Medas Lippen. Alles, was sie momentan bedurfte, war Trost. Jemanden, der ihre Seele umsorgte und Balsam auf ihre Verletzungen auftrug. Sie hatte Verwundungen, tiefe seelische Wunden, die sie schon lange Jahre mit sich trug und die Heilung benötigten. Meda sah ihr tief in die Augen und Dolores hatte das Gefühl, als könnte sie ihr in ihre tiefsten Abgründe blicken.

»Du musst vergeben, mein Kind, vergib ihnen und vor allem vergib auch dir selbst. Nur auf diesem Wege kannst du Erlösung erlangen.« Dolores ergriff Medas Hand und küsste sie, während sie ihr dankbar zulächelte. Ashok saß etwas abseits und beobachtete die beiden. Sie schienen so vertraut, als würden sie sich schon ein ganzes Leben lang kennen. Zufrieden legte er sich auf sein Fell, froh über seine Entscheidung, hierhergekommen zu sein. Er wusste, Dolores war etwas Besonderes. Das hatte er schon bei ihrer ersten Begegnung gespürt. Behaglich verkroch er sich in seinen Schlafplatz und schloss die Augen.

Am nächsten Morgen verlief die Verabschiedung sehr herzlich, sie umarmten sich, und Dolores versprach, bald wiederzukommen.

»Unsere Reise ist noch nicht beendet, Sonnenkind«, lächelte Meda geheimnisvoll.

Dolores lächelte zurück. »Ich weiß, uns steht noch ein langer Weg bevor. Und dieses Mal werde ich besser auf unsere Expedition ins Ungewisse vorbereitet sein«, meinte sie enthusiastisch.

»Sofern du das kannst, liebes Kind.« Meda sah sie mit ihren unergründlichen Augen an. »Das Leben ist ein Pfad voller Windungen, er wirkt eben und leicht begehbar, doch erwarten uns Stolpersteine, Schlaglöcher und andere unberechenbare Hindernisse. Auf so einem Wege ist ein treuer Gefährte an unserer Seite sehr hilfreich.« Während sie das sagte, bedachte sie Ashok mit einem verschwörerischen Blick. Sie winkten sich noch lange zu, bis von Meda nur noch die Umrisse am Horizont erkennbar waren.

Während der Rückfahrt sprach kaum einer ein Wort. Dolores schaute aus dem Fenster und war in Gedanken versunken. Dabei kraulte sie der schnurrenden Katze das Fell, die es sich auf ihrem Schoß behaglich gemacht hatte. Ashok genoss die entspannte Atmosphäre und fühlte erfreut die ersten Sonnenstrahlen der aufgehenden Sonne, die sein Gesicht kitzelten.

Er atmete tief ein, ein wunderbarer Duft lag in der Luft. Man konnte erahnen, dass es der Anbruch eines wundervollen Tages war. In der Pension angekommen, begleitete Ashok Dolores noch bis vor ihre Zimmertür.

»Also dann«, sagte er. »Das war eine aufregende Zeit. Ich hoffe, es geht dir besser.« Und eine Nuance zu hektisch fügte er hinzu: »Ich lass dich dann mal allein, du willst jetzt bestimmt deine Ruhe und …«

Unerwartet spürte er Dolores' Lippen auf seiner Wange. »Danke, Ashok, du kannst dir gar nicht vorstellen, wie sehr du mir geholfen hast.« Sie strahlte ihn dankbar an. Ashok stockte der Atem. *Sie hat mich geküsst!*, jubilierte sein Inneres. Es fühlte sich so verdammt gut an. Er hatte gewusst, es würde ein guter Tag werden, sein Gefühl hatte ihn nicht getäuscht. Als sie sich verabschiedeten, fühlten beide, dass es noch unausgesprochene Worte gab. Sie flatterten wie aufgeregte Schmetterlinge durch die Luft, unentschlossen, auf welcher Blume sie zuerst landen sollten …

Soll ich sie fragen oder nicht? Und wenn sie es zu aufdringlich findet? Ashok war hin- und hergerissen. Er war schon auf dem Weg ins Treppenhaus und hörte im Hintergrund, wie Dolores mit ihrem Zimmerschlüssel hantierte.

»Tu es einfach!«, schrie das Engelchen. »Du hast nichts zu verlieren!«

»Du blamierst dich«, meinte das Teufelchen. »Was soll sie mit dir?« Ashok hasste sich für seine Unentschlossenheit. Er musste eine Entscheidung treffen.

»Jetzt oder nie!« Mit wild klopfendem Herzen machte er kehrt und setzte alles auf eine Karte. Dolores stand noch an der Tür und war im Begriff, die Klinke herunterzudrücken.

»Dolores«, rief Ashok atemlos.

Na endlich! Sie drehte sich um und lächelte erleichtert. Dabei blickte sie ihn erwartungsvoll an.

»Ich … ich … Bekommst du die Tür nicht auf? Ich habe mich umgedreht und gesehen, dass du noch immer hier stehst. Da dachte ich, dass du vielleicht Probleme mit dem Schloss hast.« Er deutete mit einer Geste auf die Tür.

»Ach so«, lächelte Dolores halbherzig. »Nein, alles gut. Ich habe meinen Schlüssel nicht gleich gefunden. Er war nur ganz unten in meine Tasche gerutscht, du weißt ja: Frauen und ihre Handtaschen.« In ihrer Stimme schwang ein Hauch von Enttäuschung mit.

»Ja klar.« Ashok kratzte sich am Nacken. »Äh … heute Abend, also hier in der Gegend findet … Ich meine, es ist *El Carnavalón*, und ich wollte fragen, ob du Lust hättest, heute Abend …«

»Ja«, antwortete Dolores freudestrahlend. »Ich hätte große Lust, heute Abend mit dir dorthin zu gehen.« Ashok realisierte ihre Antwort nicht, es schien, als sei er im Redefluss gefangen.

»Also wenn du dich lieber ausruhen möchtest, dann kann ich das verstehen und …«

»Ja«, wiederholte Dolores etwas lauter. »Ich komme gerne mit.«

Verwirrt starrte Ashok sie an. »Du hast Ja gesagt?« Dolores nickte unmissverständlich. Ashok musste schlucken. »Was hältst du von acht? Ich würde dich dann abholen.«

»Passt perfekt«, erwiderte Dolores. »Bis später, ich freu mich schon.«

»Das ist einfach … gut. Ich, ich meine fantastisch.« Nervös fuhr sich Ashok durch die Haare. »Bis um acht dann.« Während er ging, drehte er sich noch einige Male um. Er konnte es nicht fassen. Sie hatte Ja gesagt! Beschwingt eilte er die Treppe hinunter. Gleichzeitig betrat Dolores ihr Zimmer, lehnte sich an die Tür und lächelte zufrieden.

Kapitel 17

Leo saß in seinem Zimmer und hing seinen Gedanken nach. Was wollte dieser schräge Kommissar von ihm? Und warum wollte er wissen, wo er sich zu Tatzeit befunden hatte? Nachdenklich begutachtete er sein Bücherregal. Manchmal konnte es sehr hilfreich sein, ein Buch zur Ablenkung zu lesen. Hemingway wäre jetzt keine schlechte Option. Mit einem gezielten Griff fischte er »Der alte Mann und das Meer« aus dem Regal und legte sich damit auf sein Bett. Es war eines seiner Lieblingsbücher. Ihn beeindruckte Hemingways Erzählweise, wie er den Kampf zwischen Mensch und Natur darstellte und aufzeigte, dass man jedes Lebewesen mit Respekt und Würde behandeln sollte. Er liebte dieses Buch und es faszinierte ihn immer wieder aufs Neue. Oft stellte er sich vor, wie es sich anfühle, wenn er anstelle des Fischers wäre. Auf weiter See. Im Kampf gegen die Gewalten der Natur.

Aber heute half ihm selbst das Buch nicht. Sein Kopf schwirrte, er konnte keinen klaren Gedanken fassen. *Ich brauche dringend frische Luft.* Er schnappte sich sein Käppi und machte sich auf den Weg nach draußen. Die Sonne war schon untergegangen und er genoss die Anonymität, die ihm die Dunkelheit bot. Ziellos lief er durch die Nacht, bis er zu dem Aussichtspunkt kam, an dem er öfter mal romantische Nächte mit Frauen verbracht hatte. *Romantisch*, dachte Leo ironisch. Im Gegensatz zu Zoe erschien so vieles romantisch. Er setzte sich auf das kleine Mäuerchen, ein historisches Überbleibsel vergangener Zeiten, und blickte in die Ferne. *Zoe*, schoss es ihm erneut durch den Kopf. Er wusste kaum etwas über sie. Dafür kannte er ihren Körper in- und auswendig, wie eine Landkarte, die man immer wieder studierte. Bisher hatte er nur das Gegenteil erfahren. Frauen redeten gerne und viel, versuchten dabei, alles über einen rauszufinden und oftmals sich selbst im besten Licht darzustellen.

Bei Zoe traf das jedenfalls nicht zu, es überwog eindeutig ihr Interesse an Sex. Was natürlich sehr angenehm war, jedoch auf Dauer etwas einseitig sein konnte. Andererseits genoss er es ungemein, seine Gelüste auszuleben. Sie weckte seine animalischen Instinkte und er liebte die tabulosen Schäferstündchen mit ihr. Es grenzte fast schon an eine Sucht. Dennoch brannte er darauf, mehr über sie zu erfahren. Sein Blick schweifte über die Lichter der Stadt, die wie ein glitzernder Teppich zu seinen Füßen lagen. In ihm begann ein Gedanke aufzukeimen.

1968

Joaquin saß an seinem Schreibtisch und brütete über einem Berg von Akten, als es an seiner Tür klopfte und er die vertraute Stimme seiner Schwester wahrnahm.

»Joaquin? Kann ich hereinkommen? Bist du da?«

Joaquin blickte auf. »Natürlich, komm rein« Louisa betrat das Büro und schloss schnell die Tür hinter sich.

»Wir müssen reden«, sagte sie entschlossen. Joaquin zog fragend seine Augenbrauen hoch.

»Was ist dir jetzt schon wieder in den Sinn gekommen?« Er lehnte sich zurück und verschränkte dabei seine Arme. Louisa nahm einen Stuhl und setzte sich direkt neben ihn.

»Jo, hör mir gut zu. Wir müssen verhindern, dass Vater die Anteile der Firma verkauft.« Joaquin schaute sie skeptisch an.

»Und wie sollen wir das machen? Du weißt, dass er seine Entscheidung getroffen hat.«

»Ich weiß, ich weiß. Aber es muss einen Weg geben. Wir müssen uns eben etwas einfallen lassen.« Joaquin blickte sie belustigt an.

»Und du denkst, mit einer Schnapsidee können wir Vater einfach so umstimmen? Louisa, jetzt hör mir mal gut zu. Vater traut weder mir noch dir geschweige denn uns beiden zusammen zu, dass wir die Firma, so wie sie jetzt aufgestellt ist, weiterführen. Deshalb müssen wir seinen Entschluss akzeptieren und damit leben.« Beide schwiegen einen langen Augenblick.

»Jo, es tut mir leid, aber ich werde nicht kampflos aufgeben.« Louisa lief zum Fenster und starrte in den Nachthimmel hinaus.

»Louisa, bitte sei doch vernünftig, ich kann dich ja verstehen. Aber es macht einfach keinen Sinn.« Sie drehte sich um und funkelte Joaquin wütend an.

»Dann ziehe ich es eben allein durch.« Enttäuscht eilte sie zur Tür und knallte diese mit einem lauten Schlag hinter sich zu. Sie hörte noch, wie ihr Bruder ihren Namen rief. Allerdings war sie so aufgebracht, dass sie es ignorierte und einfach weiterlief.

Am nächsten Morgen saß die ganze Familie am Frühstückstisch, es herrschte gedrückte Stimmung. Louisas Vater war in seine Zeitung vertieft, ihre Mutter versuchte, gute Miene zum bösen Spiel zu machen und plapperte über belanglose Themen, die niemand interessierten. Joaquin und seine Frau rührten zaghaft in ihren Tellern und lächelten dabei höflich. Louisa beobachtete das aufgesetzte Szenario. In ihr begann es zu brodeln, sie kam sich vor wie die Protagonistin eines miserablen Theaterstücks. Louisa explodierte förmlich. Ihr Herzschlag beschleunigte sich, die Hände wurden immer feuchter und in ihrem Kopf konnte sie nur noch die Absurdität der Situation wahrnehmen. Plötzlich stand sie auf und schrie aus vollem Halse:

»Ihr kotzt mich alle an, warum sagt denn keiner was? Wir verlieren bald einen Teil unserer Existenz und ihr tut so, als wäre es ein Tag wie jeder andere!« Louisas Vater ließ erschrocken seine Zeitung fallen. Die anderen starrten sie mit offenem Mund an. Louisa rannte aus dem Esszimmer und eilte mit energischen Schritten die Treppen zu ihrem Zimmer hinauf. Dort setzte sie sich auf das Bett und weinte hysterisch in ihr Kopfkissen hinein.

»Oh Cristobal, wie soll ich nur jemals mein Versprechen halten?« Frustriert boxte sie gegen das Kissen und hätte am liebsten laut losgeschrien. Es klopfte an ihrer Tür.

»Lasst mich in Ruhe«, schrie sie verärgert.

»Louisa, ich bin es, Jo. Darf ich hereinkommen? Bitte, ich möchte noch mal mit dir reden. Es ist wichtig«, bat er eindringlich.

Louisa tat einen langen Atemzug. »Was willst du? Du bist auch nicht besser als die anderen«, schniefte sie. Joaquin öffnete behutsam die Tür und betrat Louisas Zimmer. Lächelnd kam er ihr entgegen und nahm neben ihr Platz.

»Du alter Sturkopf, du hast es mal wieder geschafft. Ich konnte die ganz Nacht kein Auge zumachen. Ich habe hin und her gegrübelt und hatte wirklich auch ein schlechtes Gewissen wegen gestern.« Sie blickte ihn ungläubig an. »Heute Morgen haben Alicia und ich ein langes Gespräch geführt und wir sind uns einig geworden, dass ich im Prinzip nichts zu verlieren habe. Ich kann nur gewinnen, genauso wie du. Deshalb, Louisa, bin ich zu dem Entschluss gekommen, dass ich dir helfen werde.« Louisa purzelte gefühlt ein ganzer Fels vom Herzen und sie fiel ihrem Bruder wortwörtlich um den Hals.

»Danke, danke, Jo, ich bin dir so dankbar! Was würde ich nur ohne dich machen?«, strahlte sie ihn an.

»Ich habe da auch schon eine Idee«, sagte Joaquin, während er ihr einen verschwörerischen Blick zuwarf.

Donna Louisa lächelte zufrieden. Das Notwendigste war erledigt. Der Notar hatte zwar länger benötigt als geplant. Doch nun hatten sie die relevanten Dinge besiegelt und Marisa war zur Alleinerbin erklärt worden. Sie dachte nach, hatte sie wirklich nichts vergessen? Bald würde sie ihr Vorhaben umsetzen, und es war wichtig, kein Detail aus den Augen zu verlieren. Andächtig schritt sie die Treppe hinauf, um noch einen Blick in Marisas Zimmer zu werfen. Behutsam öffnete sie die Tür und betrat den Raum, der vor langer Zeit auch einmal ihr Mädchenzimmer gewesen war. Auf ihren hölzernen Stock gestützt lief sie zu einer der verschnörkelten Kommoden und betrachtete die Fotos, die dort ansprechend platziert und nostalgisch gerahmt nebeneinanderstanden. Marisa als Kleinkind auf dem Schoß ihres Vaters, das war, kurz bevor er sie bei ihr abgeladen hatte und auf Nimmerwiedersehen nach Südfrankreich verschwunden war. *Dieser Tunichtgut!* Er war genauso verantwortungslos wie sein Vater. Zuerst hatte er es fertiggebracht, Marisas Mutter drogenabhängig zu machen, und als sie an einer Überdosis gestorben war, hatte er ihr einfach das hilflose Kind überlassen. Und jetzt lag das arme Mädchen auch noch im Koma. Erschüttert schluckte sie und fasste sich mit ihrer Hand an ihr Brustbein. Nachdem sie sich wieder etwas beruhigt hatte, fuhr sie damit fort, die Fotografien zu betrachten.

Marisa an ihrem ersten Schultag, stolz trug sie ihre Schuluniform zur Schau. Sie konnte sich noch allzu gut an ihr zahnlückenhaftes Lachen erinnern. Frech und unschuldig zugleich. Marisa im Tutu, stolz wie ein wunderschöner Schwan. Donna Louisa lächelte melancholisch, sie erinnerte sich gerne an die Zeit zurück, als Marisa noch ein kleines Mädchen gewesen war. Langsam wandte sie sich ab und schritt auf Marisas Kleiderschrank zu, öffnete ihn und ließ ihren Blick über die Kleidungsstücke schweifen. Sie hingen dort in Reih und Glied, ordentlich und nach Farben sortiert. Das war ihr Mädchen, so hatte sie Marisa erzogen. Stolz musterte sie, wie alles akkurat an einem dafür vorgesehenen Platz eingeräumt war. Schlagartig wurde ihr bewusst, dass sie dabei war, in Marisas Privatsphäre einzudringen, und hastig schloss sie wieder die Schranktüren. Als sie sich umdrehte, bemerkte sie ein Blinken. Es kam aus der anderen Ecke des Raumes. Irritiert lief sie quer durch den Raum. Bis sie feststellte, dass es sich nur um den Anrufbeantworter ihrer Enkeltochter handelte. Sollte sie ihn abhören? Donna Louisa wollte sich nicht allzu sehr in die privaten Belange ihrer Enkelin einmischen. Doch handelte es sich um eine Ausnahmesituation. Man lag bestimmt nicht alle Tage im Koma.

Zögernd betätigte sie die Abhörtaste. Zuerst ertönte der obligatorische Piepton. Dann nahm sie klar und deutlich die Stimme von Marisas bester Freundin Dolores wahr:

»Amor, ich bins, Lolo. Hör mal, du hast versucht, mich zu erreichen. Tut mir leid, aber ich bin gerade verreist. Du weißt doch, wegen der Sache mit den Träumen. Ruf mich doch zurück. Ja? Hab dich lieb. Bis dann.« Dann piepste es wieder und noch mal war die flehende Stimme zu hören: »Marisa, bitte melde dich, ich weiß, dass irgendetwas nicht stimmt. Ich habe Albträume von dir. Lass uns bitte reden.« Donna Louisa erstarrte förmlich, sie hörte sich die Nachrichten wieder und wieder an. Es war unfassbar. Sie hatte klar und deutlich über Träume gesprochen. War es möglich, dass vielleicht Dolores diejenige war, der sie das Buch weiterreichen sollte? Verwirrt setzte sie sich hin. Was konnte sie tun? Sie hatte nicht viel Zeit. Wie sollte sie Dolores erreichen?

Leo schaute sich auf dem Parkplatz um. Er konnte nirgendwo Zoes roten Flitzer entdecken. Lohnte es sich, zu warten? Zoe kam eigentlich immer pünktlich. Noch zehn Minuten, vielleicht würde sie noch auftauchen. Ungeduldig schaute er auf die Uhr. Fünf Minuten, wenn sie dann nicht käme, würde er reingehen. Mittlerweile waren sieben Minuten vergangen, aber keine Spur von Zoe. Er schielte auf sein Handy. Sollte er sie anrufen? Oder lieber eine Nachricht schicken? Enttäuscht machte er sich zurück auf den Weg ins Universitätsgebäude. Er würde sie nach der Vorlesung anrufen.

Die Vorlesung war vorüber. Leo eilte hastig zu seinem Auto und wählte Zoes Nummer. Es klingelte ein paarmal, bevor sie abhob:

»Leo? Was verschafft mir diese Ehre?«, fragte sie ironisch.

»Na ja, ich dachte … ich habe dich heute nicht gesehen, und da dachte ich, vielleicht …«

»Du hast mich vermisst«, lachte Zoe schallend. »Gibs zu.«

»Irgendwie schon«, lachte nun auch er. »Ja, du hast heute gefehlt. Keine ominösen Nachrichten, keine überraschenden Aufforderungen. Im Großen und Ganzen ein stinklangweiliger Tag an der Uni.«

»Wir sehen uns morgen, Leo«, erwiderte Zoe sachlich. »Ich bin heute den ganzen Tag eingespannt und sollte dringend eine Hausarbeit fertigschreiben, deshalb bin ich heute auch nicht erschienen.«

»Verstehe. Das heißt, du bist heute den ganzen Tag zu Hause?«

Zoe zögerte einen Augenblick. »Genau das bin ich«, antwortete sie misstrauisch. »Also, bis dann.«

»Ja, bis dann«, antwortete auch er und beide legten auf. Heute war der perfekte Tag, um seinen Plan umzusetzen. Er drehte den Zündschlüssel und fuhr los.

Nachdem er sich zu Hause frisch gemacht hatte, schwang er sich wieder in sein Auto und machte sich auf den Weg zum Blumenladen. Dort kaufte er einen großen Strauß roter Baccara Rosen. Die samtige Textur und die edle Blütenform passten hervorragend. Außerdem war Rot Zoes favorisierte Farbe. Rot war das Kleid, das sie an ihrem ersten gemeinsamen Abend getragen hatte. Rot waren ihre Lippen, von denen er niemals genug bekommen würde. Und rot war auch ihr Sportwagen, den sie gerne und rasant fuhr. Er lächelte bei dem Gedanken, was sie wohl sagen würde, wenn er unerwartet vor ihrer Haustür erschien. Pfeifend schwang er sich wieder in sein Cabrio und fuhr Richtung Santa Isabel. Dort angekommen, parkte er schwungvoll seinen Wagen und sprang mit einem Satz auf den Bordstein. Gut gelaunt lief er auf das Gebäude zu. Aus einiger Distanz hatte er einen klaren Blick darauf. Als er das letzte Mal hier gewesen war, war er zu aufgeregt und zu sehr mit sich beschäftigt gewesen, als dass er einen Gedanken an die Immobilie verschwendet hätte. Doch heute, bei strahlendem Sonnenschein erschien das moderne Haus in seiner ganzen Mondänität. Im avantgarde-architektonischen Stil erbaut und bestehend aus luxuriösen Oberflächen mit edlen Materialien bot es seinem Betrachter reichlich Raum zur Bewunderung. Etwas eingeschüchtert von so viel Opulenz drosselte sich sein Elan. Er atmete tief ein und aus und bewegte sich langsam auf die gläserne Haustür zu. Leo strich sich aufgeregt durch die Haare, dabei glitt sein suchender Blick die Mauern entlang der Glasfassade. Als ihm plötzlich auffiel, dass die Tür nur angelehnt war. Behutsam drückte er dagegen, lautlos schwang diese auf und bot ihm die verlockende Gelegenheit, sich unbemerkt Eintritt zu verschaffen. Sollte er es wagen und einfach das Gebäude betreten, ohne vorher auf sich aufmerksam zu machen? Er überlegte nur einen kurzen Augenblick lang, bevor er sich traute einzutreten

Kapitel 18

Dolores stand vor dem Spiegel und betrachtete sich. Sie war ungemein erleichtert darüber, dass sie das taubenblaue Leinenkleid eingepackt hatte. Es betonte ihre Augenfarbe so gut, dass diese noch blauer leuchteten, als sie es ohnehin schon taten. Es umschmeichelte ihre langen Beine, indem es bodenlang mehr bedeckte als es offenbarte, dafür aber ihren grazilen Rücken verführerisch zur Geltung brachte. Ihr blondes üppiges Haar hatte sie so lange gebürstet, bis es sich in glänzenden weichen Wellen über ihre Schultern legte. Das Einzige, mit dem sie nicht zufrieden war, waren ihre Schuhe. Sie hatte nur ihre alten Sneakers eingepackt. Doch glücklicherweise war das Kleid so lang, dass man sie nicht sehen konnte. Trotzdem blieb ein Gefühl des Unbehagens. Es war kurz vor acht, als ihr Handy auf einmal vibrierte. Dolores blickte auf das Display. Unbekannte Nummer. Sie überlegte einen Augenblick, ob sie abheben sollte. Ashok wartete bestimmt schon auf sie. Sie warf noch einen kurzen Blick darauf, entschied sich aber dagegen. Wenn es wichtig war, würde sich der Anrufer schon wieder melden.

Ashok lehnte lässig am Tresen der Rezeption. Als er Dolores kommen sah, hatte er das Gefühl, sein Herz würde ihm gleich in die Hose rutschen. Sie war wunderschön, wie sie etwas unbeholfen die Treppe herunterlief. Das Haar leuchtete golden, beinahe wie ein Heiligenschein, und ihre nackten Arme schimmerten wie edles Porzellan. Auf ihn wirkte sie wie eine Königin, die majestätisch die Treppe hinunterschritt. Er stellte sich aufrecht hin und reckte seinen Rücken. Das verlieh ihm für den Augenblick ein selbstsichereres Gefühl. In seinem Inneren jedoch sah es ganz anders aus, dort spielte sich ein Konzert der Gefühle ab. Sein Herz klopfte im Rhythmus zu dem Sausen, das sich in seinen Ohren bemerkbar gemacht hatte. Er fühlte seinen Puls pochen und sein Kiefer mahlte nervös wie ein Sägewerk, das gerade auf Hochtouren arbeitete. Trotzdem lächelte er, er lächelte, weil er glücklich war und sich von der Sekunde an, als er Dolores erblickte, sein Herz öffnete. Und vor lauter Glühwürmchen, die zwar bezaubernd leuchteten, aber auch einen brennenden Schmerz hinterließen, wenn sie einem zu nahekamen, keinen klaren Gedanken mehr fassen konnte. Außer, dass er glücklich war. So glücklich, wie er es schon lange nicht mehr gewesen war.

Dolores hatte nichts von Ashoks Gefühlsregungen bemerkt. Sie war zu sehr damit beschäftigt, möglichst kleine Schritte zu machen, damit ihre unpassenden Schuhe nicht auffielen. Sie lächelte unsicher, als sie ihn bemerkte. *Mist, muss er ausgerechnet jetzt zu mir hochschauen?*, dachte sie etwas nervös. Doch als sie Ashoks Lächeln wahrnahm, wich schlagartig jede Unsicherheit von ihr. Sie musterte ihn eingehend. Er trug ein beiges Leinenhemd, das er oben aufgeknöpft ließ. Dazu eine passende beige Leinenhose und lederne Flip-Flops. Seine glänzenden schwarzen Haare hatte er zu einem Dutt zusammengeknotet, was seine edlen Gesichtszüge perfekt zur Geltung brachte. Seine mandelförmigen Augen musterten sie unverhohlen. Dolores musste schlucken, hoffentlich bemerkte er ihre Schuhe nicht. Lächelnd kam Ashok auf sie zu und reichte ihr seinen Arm.

»Darf ich bitten?«, fragte er höflich. Dolores nickte aufgeregt und hakte sich bei ihm ein. Gemeinsam boten sie ein besonderes Paar, so unterschiedlich sie waren, so sehr ähnelten sie sich auch. Beide hochgewachsen mit vollem Haar, hohen Wangenknochen und mandelförmigen Augen. Andererseits wiederum so konträr. Er schwarzhaarig, dunkeläugig und mit gebräunter Haut. Sie blond mit strahlend blauen Augen und weißer, porzellanartiger Haut.

Leo betrat leise den breiten Flur. Schwarzer Marmor säumte den Eingangsbereich, was dem Ganzen trotz der sommerlichen Temperaturen ein sehr kühles Ambiente verlieh. Von Weitem erblickte er das Wohnzimmer, das zur Terrasse führte. Er erinnerte sich schmunzelnd, dort hatte er einen Teil des Abends verbracht, als er das erste Mal hier gewesen war.

»Zoe«, rief er vorsichtig. Als keine Reaktion kam, rief er etwas lauter: »Zoe, ich bin es, Leo.« In dem Haus herrschte eine merkwürdige Atmosphäre und Leo überlegte, ob er einen Fehler begangen hatte, sich nicht bemerkbar zu machen. Er war kurz davor wieder zu gehen, als er eine Bewegung im Wohnzimmer wahrnahm.

»Zoe«, rief er noch einmal und lief entschlossen in den Raum. Doch der war leer. Leo hatte sich getäuscht. Beeindruckt musterte er das Interieur. Die ganze Einrichtung war farblich aufeinander abgestimmt. Der Großteil der Möbel war in eleganten Cremetönen gehalten, die dazu passenden Teppichläufer und gläsernen Designobjekte rundeten den luxuriösen Einrichtungsstil ab. Doch das Beeindruckendste war die komplette Glasfront, die einen atemberaubenden Ausblick über die Anden bot. Kontrastreich erhoben sie sich dem azurblauen Himmel empor. Leo setzte sich auf einen der Designstühle und bewunderte die einzigartige Aussicht.

So saß er ein Weilchen da und dachte nach. Wo steckte Zoe? Und warum war die Tür angelehnt gewesen? Vielleicht war sie nur einen Moment hinausgegangen, um gleich wiederzukommen? Er kratzte sich nachdenklich am Kopf, während er dabei an den Rosen roch. Er sollte wohl lieber hinausgehen und klingeln. Das Haus war riesengroß, und sie konnte doch sonst wo stecken. Leo stand auf und betrat wieder den dunklen Hausflur. Schlagartig zuckte er erschrocken zusammen.

Was zum Teufel ... War das ein Schrei? Leo spitzte seine Ohren und versuchte, sich zu konzentrieren. Wo kam er her? *Bestimmt schaut irgendwer 'nen Film*, dachte er, um sich selbst zu beruhigen. In dem Flur befanden sich einige Türen, er arbeitete sich horchend von einer zur anderen. Bis er an der stehenblieb, aus der die Schreie am lautesten zu hören waren. Zögernd überlegte er, ob er eintreten sollte. Vielleicht befand sich gerade jemand in dem Raum und schaute einen gruseligen Psychoschocker? Aber andererseits hatte er noch nie erlebt, dass in einem Film so lange und konstant geschrien wurde. *Irgendetwas stimmt hier nicht.* Abrupt riss er die Tür auf und stand unerwarteterweise vor einer Treppe. Er wankte einen kurzen Moment, um dann eilig hinunterzulaufen. Nun wurden auch die Schreie lauter. Merkwürdigerweise hörten sie sich ziemlich gedämpft an. Als er am Ende der Treppe angekommen war, schaute er sich hektisch um. Dann bemerkte er einen Türbogen, an dem ein schwerer dunkelroter Samtvorhang hing. Das musste der Raum sein, deshalb hörten sich die Schreie auch so gedämpft an. Mit schnellen Schritten lief er darauf zu, blieb einen Moment lang stehen und atmete tief durch. Wer wusste, was ihn dort erwarten würde? Mit zitternden Händen schob er den Vorhang zur Seite und starrte in den Raum. Erschrocken über den Anblick ließ er den Blumenstrauß fallen. Dieser Moment sollte sein ganzes Leben verändern.

1968

»Antonio, ich bin es, Louisa, wie geht es dir?«, säuselte sie charmant in den Hörer. Antonio saß in seinem Büro und paffte genüsslich an einer Zigarre.

»Louisa, schön von dir zu hören, mir geht es wunderbar, die Geschäfte florieren und, sagen wir mal so, es könnte mir schlechter gehen,« lachte er, während er genüsslich an seiner Cohiba zog.

»Darling, du musst mir unbedingt einen Gefallen tun.«

»Einen Gefallen? Jederzeit, Louisa, was kann ich für dich tun?«

»Du musst eine deiner legendären Partys schmeißen.«

»Eine Party?«

»Ja, und du musst Vincente Silva einladen.«

Antonio fing an zu lachen. »Kindchen, wie stellst du dir das vor? Vincente Silva! Er ist einer der reichsten Männer im ganzen Land. Der bekommt doch täglich irgendwelche Einladungen.«

»Du könntest es zumindest versuchen«, schmollte Louisa.

»Ja, das könnte ich.« Es folgte ein kurzer Augenblick des Schweigens. »Aber was springt dabei für mich raus? Die Partys sind relativ kostspielig. Essen, Getränke, Personal et cetera. Und nicht zu vergessen die Schmiergelder für die Polizei. Du weißt, wir leben in der Prohibition.«

»Ich weiß, Antonio – und wenn ich dir, sagen wir mal, finanziell unter die Arme greifen würde?«

»Mhhhh, ich müsste mir das Ganze erst mal durchrechnen, Louisa.«

»Dann tu das, und gib mir so schnell wie möglich Bescheid. Ach, und noch eins, Antonio«, sagte Louisa im bestimmenden Ton.

»Alles, was du willst, mein Honigkuchenpferd.«

»Sebastião, hat auf der Party nichts zu suchen!«

»Verstehe«, antwortete er ernst. »Du hörst die nächsten Tage von mir«, und damit legten sie auf.

Nach reichlichem Hin und Her wurden sich Louisa und Antonio einig und die Party konnte stattfinden.

»Es ist unsere einzige Chance, an den Mann heranzukommen«, sagte Louisa zu Joaquin. Beide saßen nachdenklich im Garten und beobachteten den Nachthimmel, während sie sich eine Zigarette teilten. »Und wenn er nicht auftaucht? Was machen wir dann?«

»Dann wird es eng«, sagte Joaquin. »Wir haben nicht mehr viel Munition, die wir verschießen können, und nur noch wenig Zeit. Aber die Hoffnung stirbt zuletzt«, lächelte er zuversichtlich. Beide seufzten und Louisa flehte in Gedanken Cristobal an, ihr zu helfen.

Louisa hatte unzählige Stunden damit verbracht, sich zurechtzumachen. Sie blickte sich im Spiegel an und erkannte sich fast selbst nicht mehr wieder. Ihre Schwangerschaft war durch die passende Kleidung bis zur Unkenntlichkeit kaschiert. Die Visagistin hatte ihr Bestes gegeben und Louisa hätte für das Cover jedes noch so edlen Hochglanzmagazins eine absolute Bereicherung abgegeben. Nun stand sie gemeinsam mit Antonio am Einlass und begrüßte freundlich die eintreffenden Gäste. Jedes Mal, wenn sie nur erahnte, dass ein männlicher Gast am Erscheinen war, fing ihr Puls schneller an zu schlagen und ihre Hände wurden feucht. Doch bisher war keine Spur von Vincente Silva zu sehen. Antonio hatte versprochen, er würde ihr sofort zu verstehen geben, sobald der herbeigesehnte Gast im Anmarsch sei. Stattdessen tummelte sich alles, was Rang und Namen hatte. Viele der weiblichen Gäste trugen glitzernde Abendroben und dazu passende Pelze, andere wiederum bevorzugten Minikleider und einen brandaktuellen Haarschnitt im Pixie-Look. Antonio hatte, entgegen seiner Gewohnheit bunte Partys mit sämtlichen Varianten von Paradiesvögeln zu feiern, nur die Crème de la Crème eingeladen. Er versuchte, für Vincente Silva ein absolut exquisites Ambiente zu schaffen. In der Hoffnung, dass es ihm zu Ohren käme und damit sein Interesse geweckt würde.

In Louisa breitete sich unerwartet ein eigenartiges Gefühl aus. Irgendetwas schien im Anmarsch. Sie spürte es ganz genau und das verhieß nichts Gutes. Nervös blickte sie sich um. Schlagartig überkam sie eine Gewissheit, sie wusste es: Er war hier, sie spürte ihn, so wie sie ihn immer gespürt hatte, wenn er sich in ihrer Nähe befand. Sebastião war hier und seine Anwesenheit legte sich wie eine unsichtbare Klaue um ihren Körper. Augenblicklich versteifte sie sich und begann ihre Umgebung nur noch schemenhaft wahrzunehmen. Sie hatten doch vereinbart, dass er keine Einladung erhalten würde. Aber was für eine naive Idee. So etwas würde doch einen Sebastião Pérez nicht davon abhalten, hier aufzutauchen. Er, der Partylöwe, der niemals ein interessantes Event ausließ und sein Leben in vollen Zügen genoss. Und kaum hatte sie ihre Vorahnung zu Ende gedacht, sah sie ihn schon in der Schlange stehen. Er stand dort und blickte ihr direkt in die Augen.

Louisa versuchte, den Eindruck zu erwecken, als würde sie ihn nicht bemerken, wurde aber immer nervöser, je näher er kam. Und schneller als gedacht stand er vor ihr. Braun gebrannt, die Haare von der Sonne ausgeblichen und die Augen grüner denn je. Er sah sie an und lächelte schief. Louisa musterte ihn kalt, sie erkannte in seinen Augen, dass er getrunken hatte, vermutlich hatte er sogar Drogen konsumiert. Die Zeit war vorbei, als er sie mit seinem attraktiven Aussehen noch blenden konnte. Dafür hatte sie ihn zu sehr durchschaut und erkannt, was für eine verantwortungslose, egoistische und zugleich verlorene Seele in ihm steckte.

Kapitel 19

Die laute Musik kam immer näher. Die Ausgelassenheit der Bevölkerung war deutlich zu spüren. Viele sangen und tanzten mit. Das ganze Jahr über hatten sie dem entgegengefiebert und jetzt war es endlich so weit. Sie durften ihren Emotionen und ihrer Feierlaune freien Lauf lassen. Dolores fühlte sich unbeschreiblich wohl. Mit Ashok an ihrer Seite hatte sie das Gefühl, beschützt und geborgen zu sein. Glücklich blickte sie zu ihm auf und lächelte. Er konnte ihr Vertrauen spüren und drückte sie nur noch fester an sich. Am liebsten hätte er sie niemals wieder losgelassen. Mittlerweile waren sie im Zentrum angekommen und Ashok zog Dolores durch die dichte Menschenmenge hindurch, um einen besseren Blick auf den Umzug zu erhaschen. Männer und Frauen in bunten Kostümen präsentierten sich auf dem Festzug. Viele von ihnen spielten auf volkstümlichen Instrumenten, um die Zuschauer dementsprechend anzuheizen. Es herrschte eine fröhliche, ausgelassene Atmosphäre.

Menschen, Arm in Arm wild gestikulierend; Kinder, die sich mitreißen ließen und freudestrahlend feierten. Dolores fühlte sich seit langer Zeit endlich wieder frei, sie bewegte sich gefühlvoll zu dem Rhythmus der Musik, schloss dabei ihre Augen und sog die Atmosphäre ein. Ashok konnte seinen Blick nicht von ihr lassen, fasziniert davon, wie sie es schaffte, sich der Musik hinzugeben und eins mit ihrer Umgebung zu werden. Als sie ihre Augen wieder öffnete, umarmte sie ihn ausgelassen, fasste ihn an den Händen und beide drehten sich so lange im Kreis, bis ihnen schwindlig wurde. Lachend und verschwitzt zogen sie weiter und beschlossen, in eine Bar zu gehen. Ashok bestellte zwei Pisco Sour und sie nahmen in einer ruhigeren Ecke der Bar Platz. Fröhlich stießen sie an, um sogleich gierig ihre Getränke runterzukippen. Als sie im Begriff waren, ihre Gläser abzustellen, berührten sich ihre Hände zufällig und ihre Blicke blieben aneinanderhängen. Zärtlich strich Ashok Dolores eine Strähne aus dem Gesicht. Sie war verschwitzt und der Alkohol hatte, in Form von roten Flecken auf ihrer Haut, seine Spuren hinterlassen. Er blickte sie mit warmen Augen an und seine Pupillen weiteten sich.

»Du bist wunderschön, wenn du einfach nur du bist«, hauchte er ihr leise zu. Schlagartig errötete Dolores und senkte ihren Blick. Entzückt von ihrer Bescheidenheit legte er seine Hand in ihre, um sie mit sich zu ziehen. »Komm mit«, sagte er in sanftem Ton. Sie liefen wieder hinaus in das laute Getümmel.

Als sie eine Weile gelaufen waren, lies die Lautstärke der Musik etwas nach und die Menschenansammlungen lösten sich langsam auf, bis sie fast allein auf der Straße waren und die Musik nur noch aus der Ferne wahrnahmen. Abrupt blieb Ashok vor einem rostigen Tor stehen und versuchte, es aufzudrücken.

»Ashok, was machen wir hier?«, fragte Dolores verwundert.

»Das wirst du gleich sehen«, erwiderte er und im nächsten Augenblick hörte sie auch schon das typische Quietschen. Dann zog er sie weiter durch das Tor hindurch und mit einem Mal erkannte Dolores, dass sie sich in einem Park befanden. Die Wege waren kaum beleuchtet, doch sobald sich ihre Augen an die Dunkelheit gewöhnt hatten, konnte man die vielen Blumen und unterschiedlichen Pflanzen erkennen, die überall wuchsen. Auch in der Luft hing ein süßlicher, von den Blumen ausgehender Duft, der Dolores in der Nase kitzelte. Fasziniert von der friedlichen Atmosphäre des Parks sog sie die frische Abendluft ein, als Ashok plötzlich stehenblieb. Dolores blickte ihn fragend an, doch er lächelte nur und sagte:

»Wir sind an einem Zauberort.« Dolores verstand zuerst nicht, was er meinte. Ashok erkannte es an ihrem Blick. »Schau dich doch mal um.« Als Dolores sich von ihm abwandte, sah sie es auch. Überall leuchtete es grünlich, sie war umgeben von einem zarten Licht, das eine einzigartig zauberhafte Sphäre schuf. Sprachlos drehte sie sich um ihre eigene Achse. Fast kamen ihr die Tränen, so sehr war sie von diesem Ort verzaubert. Ashok lächelte und umarmte sie, dabei flüsterte er ihr ins Ohr:

»Armillaria mellea, auch goldgelber Hallimasch genannt, ist ein biolumineszierender Pilz, der bei bestimmter Witterung leuchtet. Oder in unserer Sprache ausgedrückt, wir sind im Zauberland und die Blumen der Nacht leuchten, nur für dich.« Während er das sagte, fuhr er mit einer Hand sanft ihren bloßen Rücken entlang, hob ihr Kinn zu sich empor und schaute ihr tief in ihre glänzenden Augen. Dolores blinzelte ihn an und spürte dabei seinen Herzschlag sowie er ihren ebenfalls fühlte. Ihrer beider Herzen schlugen im Takt zueinander. Zärtlich berührten sich ihre Lippen und verschmolzen zu einem langen innigen Kuss, der alles um sie herum ausblendete und von dem sie sich wünschten, dass er niemals zu Ende ginge.

Leo fühlte langsam eine Hitze in sich aufsteigen. Gelähmt beobachtete er das Szenario, das sich ihm darbot. Der Samtvorhang hinter ihm war zugefallen. Und nun mutierte er zum ungewollten Voyeur. Ein Vorhang aus feinem Organza trennte ihn vor der Wirklichkeit. Nackt und mit beiden Armen an ein Bett gefesselt lag sie dort. Die vollen roten Haare klebten auf ihrem schneeweißen Körper und verdeckten einen Teil ihrer üppigen Brüste. Wollüstig streckte sie ihm ihren Unterkörper entgegen, ihre langen Beine hatte sie fest um seinen Po geschlungen. Nach jedem Stoß, den er in ihr versenkte, schrie sie und stöhnte vor Lust. Zitternd gab sie sich ihm immer wieder hin, um dann aufs Neue zu schreien. Sein Körper glänzte golden, und nach jedem Eindringen zeichneten sich seine knackigen Pomuskeln ab, verlockend wie ein saftiger, runder Apfel. Sein athletischer Körper schimmerte in mattem Gold und sein schwarzes, gewelltes Haar glänzte im warmen Kerzenlicht. Leo war fasziniert von der Schönheit dieser beiden Menschen, wie zwei Götter, die sich hier begegnet waren, um sich zu vereinigen. Venus und Adonis. Sein muskulöser Rücken bewegte sich geschmeidig zu seinen Bewegungen, mit denen er es schaffte, sie in die höchsten Stufen der orgastischen Wonnen zu katapultieren.

Und wieder fiel Leos Blick auf den saftigen Apfel, der sich ihm förmlich darbot. Leo war erregt, fasziniert und schockiert zugleich. Er begriff nicht, welche dieser Emotionen mehr dominierte. Doch eins war gewiss, dass hier übertraf bisher alles Erdenkliche, was er in sexueller Hinsicht erlebt hatte. Allmählich steigerten sich Adonis' Stöße. Sie wurden heftiger und schneller, feine

Schweißperlen bedeckten seinen goldenen Körper, unerwartet hielt er inne und zog sich aus ihr heraus. Entsetzt und gleichzeitig flehend schaute sie ihn an. Er lächelte und bückte sich keuchend zu ihr herunter, dabei strich er zuerst sanft, nach und nach immer fordernder über ihre vollen, prallen Brüste und leckte sie mit einer Intensität, die sie unendlich erschauern ließ. Sie stöhnte laut auf und ihr Blick offenbarte, dass sie kurz davor war zu explodieren.

Mittlerweile war Leos Mund wie ausgetrocknet und er hatte das Gefühl, als würde er schweben, gleichzeitig zeichnete sich die ganze Härte in seiner Hose ab. Unvermittelt sog er den Duft eines bekannten Parfums ein: *Zoe*, schoss es ihm durch den Kopf. Kaum war der Gedanke geformt, da legte sich eine Hand auf seine Schulter.

»Hallo, Leo«, hörte er ihre sanfte Stimme. »Ich wusste, dass du kommen würdest. Du bist heute unser Gast«, flüsterte sie ihm ins Ohr und lächelte lüstern. Sie tat einen Schritt Richtung Vorhang »Ich sollte mich jetzt um meine Hausarbeit kümmern«, hauchte sie und wie zufällig streifte sie dabei seinen Schritt. Leos Lust war mittlerweile ins Unermessliche gestiegen und bei dieser Berührung musste er laut aufstöhnen. Er packte ihren Arm und riss sie an sich, dann küsste er sie wild und hemmungslos. Erst jetzt bemerkte er, dass sie außer einem durchsichtigen Negligé und goldenen High Heels nichts trug. Immer fordernder drückte er sich an sie, während seine Zunge ihren Hals herabglitt. Zoe stieß ihn von sich.

»Langsam, Leo, wir haben den ganzen Tag und die ganze Nacht. Außerdem, wie schon erwähnt, muss ich mich jetzt um meine Hausarbeit kümmern.« Dann stupste sie ihn unvermittelt Richtung Ausgang, drehte sich um und betrat, ohne ein weiteres Wort zu sagen, den sündigen Raum.

Leo war unentschlossen, ob er ihr hinterhergehen oder lieber noch seine voyeuristische Ader ausleben sollte. Erregt beobachtete er Zoe, wie sie, ihre geschmeidigen Hüften wiegend, in einer Ecke des Raumes verschwand. Er hörte sie mit irgendetwas hantieren, konnte aber aufgrund des gedämpften Kerzenlichtes nichts erkennen. Angestrengt blickte er zu ihr herüber, erahnte in der Dunkelheit aber nur ihren Rücken.

»Was zum Teufel …?« Schlagartig machte sich ein merkwürdig chemischer Geruch bemerkbar, dann hörte er ein eigenartiges blubberndes Geräusch. Es kam ihm irgendwie alles seltsam bekannt vor. Als sich Zoe plötzlich umdrehte und mit einem Gegenstand in der Hand auf die beiden Liebenden zukam. Adonis hatte die rothaarige Venus losgebunden und war gerade im Begriff, es ihr von hinten zu besorgen, was seine muskulösen Pobacken nur umso besser zur Geltung brachte. Doch als sie Zoe bemerkten, ließ Adonis von ihr ab und beide blickten sie erwartungsvoll an. Sie blieb stehen und schenkte ihnen ein verschwörerisches Lächeln. Endlich erkannte auch Leo, was Zoe in der Hand hielt. Es war eine kleine Wasserpfeife. Sie schloss ihre Augen und nahm einen tiefen, genüsslichen Zug, dann reichte sie die Pfeife an die beiden anderen weiter, gierig taten sie es ihr gleich und nahmen jeweils einen tiefen langen Zug. Nachdem sie die Prozedur ein paarmal wiederholt hatten, stellten sie die Wasserpfeife auf die Seite. Mit einem gewissen Glanz in den Augen versanken ihre Blicke ineinander, so als würden sie ohne Worte kommunizieren. Die Stimmung schwoll immer weiter an. Zoe ließ lautlos ihr Negligé zu Boden gleiten und machte sich an der Rothaarigen zu schaffen: Zuerst küssten sie sich langsam, dann immer wilder. Adonis beobachtete die beiden zutiefst erregt, er hatte es sich auf einen der Stühle bequem gemacht. Und man konnte sehen, dass sich seine ganze Härte in vollem Maße erstreckte.

Die Rothaarige hatte inzwischen damit begonnen, Zoe zwischen den Beinen zu küssen, schmatzend sog sie ihren Saft ein. Als Adonis plötzlich aufstand, in seine Hände spukte und mit seiner feuchten Hand von hinten in sie eindrang, um kurz darauf in ganzer Härte darin zu versinken. Leo blieb die Luft weg, er wagte keinen Atemzug mehr, in seiner Hose schmerzte es und er hielt es einfach nicht mehr aus. Erregt und durcheinander riss er sich die Kleidung vom Leib, er wollte mehr, wollte den ultimativen Fick erleben. Das hier alles war einfach zu abgefahren und unbeschreiblich. Die Geilheit hatte so sehr Besitz von ihm ergriffen, dass er nur noch eines wollte, und zwar jetzt und auf der Stelle: Erleichterung. Und in diesem einen Moment war die einzige Möglichkeit, die sich ihm bot, Adonis' verlockende Apfelbacken. Mit voller Wucht rammte er ihm seine volle Geilheit zwischen die muskulösen Pobacken. Adonis ließ einen markerschütternden Schrei los, einen Schrei der absoluten Lust. Sie verschmolzen zu einem einzigen Tempel der Begierde, aus dem es kein Entrinnen mehr gab. Die Wasserpfeife wurde immer wieder herumgereicht, und jedes Mal nahm auch Leo einen tiefen Zug. Seine Sinne waren so vernebelt, dass er Traum und Realität nicht mehr auseinanderhalten konnte. Seine Gefühle waren von einer nie erlebten Intensität, wie er es sich zu keiner Zeit vorzustellen gewagt hätte. Es war wie ein niemals endender Flug der Endorphine und der Glückseligkeit. Leo hatte jegliches Zeitgefühl verloren. Es war, als hätte die Zeit aufgehört zu existieren.

Kapitel 20

1968

Angewidert drehte sie sich um und schaffte es gerade noch, an Antonio gewandt herauszupressen:

»Kümmerst du dich bitte darum?« Dann rannte sie mit einem dumpfen Gefühl der Übelkeit in das Gebäude hinein. Sie musste weg hier. Sebastiãos Anwesenheit hatte Louisa ihre ganze Energie geraubt. Die Situation hatte sie dermaßen aus dem Konzept gebracht, dass sie nicht mehr in der Lage war, klar zu denken. Joaquin musste die Sache hier allein regeln, sie schaffte es einfach nicht mehr. Die schmerzlichen Erinnerungen hatten sie übermannt. Ein Schleier legte sich auf ihre Augen und sie nahm ihre Umgebung nur noch undeutlich wahr. *Joaquin, wo bist du*, flehte sie innerlich.

Mit einem Mal hatte Louisa das Gefühl, als würde sie jeder anstarren und über sie lachen. Die Gesichter um sie herum verwandelten sich vor ihren Augen in grinsende Fratzen. Panisch hielt sie sich die Ohren zu und lief von einem Raum zum anderen, als sie plötzlich gegen eine schwarze Wand stieß. Sie fühlte, wie sie zwei starke Hände an den Schultern packten und festhielten.

»Immer langsam mit den jungen Pferden.« Ein Paar dunkler Augen blickten sie an. »Ist alles in Ordnung mit Ihnen?«, fragte eine freundliche Stimme.

»Ich … ich suche meinen Bruder, aber …« Der Fremde schob sie an ihrem Arm nach draußen und reichte ihr ein Glas Wasser.

»So, und jetzt tief ein- und ausatmen, und dann erzählen Sie mir noch mal alles von vorn.« Louisas Puls normalisierte sich allmählich wieder, die frische Luft trug noch den Rest dazu bei, und sie fühlte sich etwas besser.

»Ich suche meinen Bruder, aber ich kann ihn einfach nicht finden«, sagte sie nun in deutlich ruhigerem Ton.

»Sie scheinen aber ziemlich an Ihrem Bruder zu hängen.«

»Nein, es ist nur, ich wollte gehen und ihm Bescheid sagen, bevor er noch eine Vermisstenanzeige aufgibt, aber so wie es aussieht, bin ich diejenige, die das tun wird.« Lächelnd stellte sie das Glas ab. »Dann vielen Dank für Ihre Hilfe. Das war sehr freundlich von Ihnen. Ich suche mal weiter.« Louisa drehte sich um und wollte eben gehen, als sie seine Stimme hörte:

»Warten Sie, ich könnte Ihnen doch bei Ihrer Suche behilflich sein.« Sie drehte sich wieder um und musterte den Fremden. Er sah gar nicht so übel aus, außerdem hatte er so freundliche Augen, dass sie es nicht über sich brache, ihm einen Korb zu geben.

»Also gut, aber sobald wir ihn gefunden haben, mache ich mich auf den Weg. Abgemacht?«

»Abgemacht«, kam die prompte Antwort. »Wie sieht denn Ihr Bruder eigentlich aus?«

»Schwarze Haare, dunkler Anzug, circa eins fünfundsiebzig groß«, antwortete Louisa, während sie sich noch umsah. Abrupt blieb er stehen und fing herzlich an zu lachen.

»Dann könnte in diesem Raum ja so gut wie jeder Ihr Bruder sein.« Louisa sah sich um, um dann in sein Gelächter mit einzufallen.

»Meine Güte, Sie haben recht.«

»Ich würde Sie gerne auf ein Getränk einladen. Natürlich, nur wenn Sie gestatten.« Louisa überlegte einen Augenblick. Eigentlich wollte sie nach Hause, aber er tat ihr in diesem Augenblick gut. Es war einfach amüsant mit ihm. Sie willigte ein und folgte ihm an die Bar. Schnell stellten sie fest, dass sie eine ähnliche Art von Humor hatten. Und vor lauter Gesprächsstoff vergaßen sie die Zeit um sich herum, ihnen entfiel sogar, sich einander vorzustellen. Joaquin jedoch blieb verschwunden. Nur Antonio lief ein paarmal vorbei und warf Louisa vielsagende Blicke zu. Vermutlich wollte er ihr zu verstehen geben, dass die Sache mit Sebastião erledigt war. So kam es, dass die ersten Gäste schon im Begriff waren, die Party zu verlassen, als sich Louisa dazu entschloss, ebenfalls aufzubrechen. Sie wollte keinen unnötigen Zündstoff für Gerüchte bieten. Deshalb wollte sie die Party verlassen, solange noch genügend Gäste da waren. Höflich verabschiedeten sie sich voneinander und Louisa stieg in ihr Taxi.

Als sie am nächsten Morgen erwachte, fühlte sie ein leichtes Prickeln in ihrer Magengegend. Es war ein Gefühl, als würde etwas Unvorhergesehenes passieren. Louisa versuchte, es abzuschütteln, sie wollte es nicht wahrhaben. Aber es haftete an ihr wie ein Rotweinfleck auf einer weißen Bluse, den man auf die Schnelle auswäscht, der aber so hartnäckig ist, dass ein penetranter Rotschimmer weiterhin das strahlende Weiß übertüncht. Nachdem sie sich im Bad fertig gemacht hatte, beschloss sie, ein spätes Frühstück zu sich zu nehmen. Außerdem musste sie dringend mit Joaquin reden. Sie verstand nicht, warum er einfach verschwunden war. Als sie das Esszimmer betrat, konnte sie Joaquin und Alicia am Tisch sitzen sehen. Louisa setzte sich an ihren gewohnten Platz, wollte schon fragen, wo Joaquin gesteckt hatte. Doch als sie sein Gesicht erblickte, fuhr sie vor Schreck zusammen.

»Oh mein Gott, Joaquin, was ist passiert?« Sie starrte mit offenem Mund auf sein zerschundenes Gesicht.

»Was passiert ist, willst du wissen?«, sagte er mit einer leichten Ironie in seiner Stimme. »Dann frag doch einfach mal Sebastião.«

»Sebastião?« Louisa hob verwundert die Augenbrauen.

»Ja, der feine Herr. Antonio ist mit ihm nicht fertig geworden, und da ich gerade in der Nähe war, eilte ich ihm zu Hilfe. Das war seine Antwort drauf.« Dabei zeigte er auf ein Veilchen, das sein rechtes Auge zierte.

Louisa schluckte, jetzt verstand sie auch, weshalb Joaquin unauffindbar gewesen war. »Dann hatte keiner von uns Erfolg gestern«, stellte Louisa resigniert fest. Das Resümee war wirklich ernüchternd. Traurig schaute sie zu Joaquin, dieser zuckte nur mit den Schultern.

»Sei nicht traurig, Schwesterchen. Wir haben es versucht, aber das Schicksal war gegen uns, ganz eindeutig.« Er verzog mit einer Grimasse sein demoliertes Gesicht. Alicia, die die ganze Zeit über geschwiegen hatte, erhob sich und war im Begriff, den Raum zu verlassen. Da wandte sie sich noch einmal um:

»Ach, ehe ich es vergesse, Lou, im Flur stehen Blumen, die wurden vorhin für dich abgegeben. So ganz erfolglos scheint ja euer Abend wohl doch nicht verlaufen zu sein. Joaquin, kommst du?« Er stand auf und warf Louisa im Vorbeigehen einen mitfühlenden Blick zu. Niedergeschlagenheit machte sich in Louisa breit. Sie wollte sich schon auf ihr Zimmer begeben, da kamen ihr wieder die Blumen in den Sinn. Wer konnte dieser fremde Verehrer sein?

Sie lief in den Flur, um nachzusehen. Ein riesengroßer Strauß weißer Kamelien erwartete sie. Louisa lächelte, sie mochte Kamelien, auch wenn sie geruchlos waren. Sie sahen dafür wunderschön aus. Als sie näherkam, bemerkte sie ein Kärtchen, das dezent am Strauß angebracht war. Es steckte in einem stilvollen goldenen Umschlag, auf dem in klaren Buchstaben *Für Fräulein Louisa Álveron* stand. Hastig riss sie ihn auf.

Liebes Fräulein Álveron,

Es war mir wirklich eine Ehre, Sie kennengelernt zu haben. Und ich hoffe, Sie erachten es nicht als zu unverschämt, wenn ich Sie um ein Wiedersehen bitte. Sie haben mir gestern den Abend gerettet und es wäre mir eine Freude, das unterhaltsame und humorvolle Gespräch mit Ihnen fortsetzen zu dürfen. Vielleicht morgen im »Isidoras« zum Abendessen? Ich war so frei und habe für 19:00 Uhr einen Tisch auf meinen Namen reserviert.

Ich wünsche Ihnen noch einen wundervollen Tag und verbleibe mit den herzlichsten Grüßen.

Vicente da Silva

Louisa war sprachlos, das Schicksal hatte es die ganze Zeit über gut mit ihnen gemeint. Sie hielt sich vor Freude die Hand vor den Mund und rannte ihn Joaquins Büro.

Dolores lag wie berauscht auf ihrem Bett und schwelgte noch immer in euphorischen Glücksgefühlen. Ihre Hormone fuhren Achterbahn. Verträumt umarmte sie ihr Kissen und stellte sich vor, es wäre Ashok. Hatte sie jetzt tatsächlich einen Freund? War es wirklich so weit, dass sie jemanden gefunden hatte, der gemeinsam mit ihr durch das Leben schritt? Sie konnte ihr ganzes Glück noch gar nicht fassen und zwickte sich in den Arm. Lächelnd starrte sie an ihre Zimmerdecke und malte sich schon aus, was sie alles miteinander unternehmen könnten. Er hatte sogar rücksichtsvoll darauf verzichtet, mit auf ihr Zimmer zu kommen. Ashok wollte, dass sie für morgen ausgeruht war. Trotzdem hatten sie es sich nicht nehmen lassen, sich noch einmal leidenschaftlich zu küssen, bevor jeder in seine Unterkunft verschwunden war. Dolores bekam immer noch ganz weiche Knie, wenn sie daran dachte. Manchmal konnte das Leben so schön sein.

Die ersten Sonnenstrahlen kitzelten ihr Gesicht und sie blinzelte unter ihrer Decke hervor. Sie hatte heute Nacht vergessen, die Vorhänge zuzuziehen, und wurde jetzt in aller Herrgottsfrühe geweckt. Dabei gähnte sie und streckte sich. Jetzt schon aufstehen? Müde grapschte sie nach ihrem Handy. Viertel nach acht? Dolores ließ sich wieder auf ihr Kissen plumpsen. Es war noch viel zu früh für ihren Geschmack. Nach der langen Nacht war es gefühlt sechs Uhr morgens. Gähnend scrollte sie über den Bildschirm ihres Smartphones. Ein paar Werbe-E-Mails, eine Nachricht von ihrem Professor (die wollte sie lieber nicht lesen) und Nachrichten von dubiosen Absendern, die sie vorsichtshalber gleich löschte. Auch auf den Social-Media-Kanälen war nur das Übliche zu sehen. Bis ins Unkenntliche bearbeitete Bilder von Kommilitoninnen, die sich auf diese Art und Weise interessant machen wollten, und ähnliche unrealistische Posts. Gelangweilt wollte sie ihr Handy schon auf die Seite legen, als ihr einfiel, noch einen Blick auf die Mitteilungszentrale zu werfen. Das Gefühl hatte sie nicht getäuscht, tatsächlich befand sich eine Nachricht auf ihrer Mailbox. Neugierig tippte sie auf das passende Symbol und vernahm umgehend eine unbekannte Männerstimme. *»Guten Abend, Señorita Cruz, hier Kommissar Muñoz am Apparat, es geht um ihre Freundin Marisa Silva. Bitte rufen Sie mich umgehend zurück. Meine Nummer 0056-22782, ich wiederhole: 0056-22782. Es ist dringend.«*

Dolores starrte auf ihr Handy, sie hatte es geahnt. Marisa steckte in Schwierigkeiten. Eiskalt lief es ihr den Rücken runter. Sollte sie anrufen? Aber es war noch zu früh, sie würde bis nach dem Frühstück warten. Gleichzeitig huschte ein Lächeln über ihr Gesicht und ihr Herz machte einen Sprung. Ashok hatte gesagt, er würde zum Frühstück kommen und sie dann gegen Mittag zu Meda fahren. Ihr Gefühlsleben war momentan ein Chaos. Einerseits verging sie vor Sorge um Marisa, andererseits war sie dermaßen im Liebesrausch, dass sie am liebsten ihr ganzes Liebesglück in die Welt hinausgeschrien hätte.

Sie war im Begriff, ihre kleine Reisetasche zu packen, und dabei so sehr in Gedanken vertieft, dass sie das Klopfen anfänglich nicht bemerkte. Als sie auf einmal ihren Namen hörte, rannte sie förmlich zur Tür und riss sie auf. Ashok stand am Türrahmen und trug ein großes Tablett in seinen Händen.

»Guten Morgen«, flötete er, stellte es auf einem der Tische ab und trat ganz dicht an Dolores heran. »Na, gut geschlafen?« Dabei fuhr er ihr sanft durch das Haar. Dolores' Herz fing schlagartig an, schneller zu klopfen, ihre Augen weiteten sich und auf ihrem Körper machte sich eine Gänsehaut breit. Sie spürte seine Nähe und sog seinen Geruch ein, das alles verwirrte sie auf eine berauschende Art und Weise. Verlegen blickte sie zu Boden, um sogleich wieder aufzublicken und in der Unendlichkeit Ashoks dunkler Augen zu versinken. Zaghaft kamen sich ihre Lippen näher, bis sie in einem zärtlichen Kuss versanken.

»Warum bekomme ich einfach nicht genug von dir?«, hauchte er ihr mit rauer Stimme ins Ohr. Dolores lächelte und küsste ihn nochmals.

Nachdem sie gefrühstückt hatten, schaute Ashok sie fragend an. »Was ist los mit dir? Ich habe das Gefühl, dass dich irgendetwas bedrückt. Liegt es vielleicht an mir? Ich weiß, es ging jetzt alles ziemlich …«

»Ssschhhhh«, hauchte Dolores und legte ihm einen Finger auf die Lippen. »Du hast alles richtig gemacht«, lächelte sie und schilderte ihm ihre Sorge um Marisa und erzählte von dem aufwühlenden Anruf. »Ich sollte den Kommissar jetzt kontaktieren«, sagte sie und tippte die Nummer in ihr Handy. Nach kurzem Klingeln meldete sich die Stimme einer Sekretärin, die darum bat, einen Moment zu warten. Ungeduldig lief Dolores auf und ab, bis sie endlich seine Stimme vernahm.

»Muñoz am Apparat, was kann ich für Sie tun?«

»Guten Tag, Herr Kommissar, hier Dolores Cruz, Sie wollten mich sprechen?«

»Ah, Señorita, das ist schön, dass Sie sich melden«, sagte er erfreut. Knapp schilderte ihr der Kommissar den Tatbestand und bat Dolores um sachdienliche Hinweise. Sie war so verwirrt, dass sie im ersten Augenblick keine richtige Antwort geben konnte. Nachdem sie sich etwas gefasst hatte, versuchte sie alle Fragen wahrheitsgemäß zu beantworten. Bevor sie auflegten, wollte Dolores noch wissen, wie es Marisa ging, doch der Kommissar konnte ihr keine konkrete Antwort geben.

Erschüttert legte sie auf und Tränen traten ihr in die Augen. Ashok eilte sofort zu ihr und schloss sie augenblicklich in seine Arme.

»Es tut mir leid, dass es deiner Freundin schlecht geht. Willst du nach Hause? Wir können schauen, ob morgen ein Flug geht. Wenn du willst, begleite ich dich.« Dolores blickte ihn dankbar an, es tat gut zu wissen, dass es jemanden gab, der ihr momentan zur Seite stand.

»Ashok, ich weiß es einfach nicht.« An seine Schulter gelehnt schloss sie die Augen, sie fühlte sich so ratlos. Sie wusste, es war essenziell, Meda aufzusuchen. Gleichzeitig wollte sie Marisa Beistand leisten. Was sollte sie nur tun?

Kapitel 21

Leo öffnete langsam seine Augen, er fühlte sich schwer und träge, sein Schädel dröhnte und ein leichtes Übelkeitsgefühl stieg in ihm hoch. Er wollte sich aufsetzen, doch ihm wurde sofort schwindlig und er ließ sich wieder zurückfallen. Benommen schaut er sich um. Was war das für ein Raum? Als er an sich hinunterblickte, stellte er zu seinem Erstaunen fest, dass er völlig unbekleidet war.

»Das muss ja eine wilde Nacht gewesen sein.« Nachdenklich kratzte er sich am Kopf. Als er einen Stuhl erblickte, der unweit von ihm entfernt stand, keimten einzelne Erinnerungen in ihm auf. Dort hatte doch dieser Typ gesessen. Leo wurde es schlagartig schlecht und er musste sich übergeben. Stöhnend legte er sich wieder hin und rieb sich über sein Gesicht. Langsam fing sein Gedächtnis an, Bilder der vergangenen Nacht zu projizieren. Der Gesichtsausdruck der Rothaarigen, die verzerrten Lippen, die zu einem wilden Stöhnen aufgerissen waren. Und Zoe, genau Zoe, sie hatte doch diesen durchsichtigen Hauch von einem Nichts getragen. Er schüttelte seinen Kopf. Und da war noch dieser Hintern, ständig hatte er diesen Männerhintern vor Augen. In diesem Moment überkam ihn die schockierende Gewissheit. »Ach du heilige Scheiße!« Augenblicklich musste er sich nochmals übergeben. Was hatte er nur getan? Er musste schleunigst weg hier.

Mit aller Kraft stemmte er sich hoch und versuchte, ein paar Schritte zu gehen. Allmählich begann der Schwindel nachzulassen. Leo brauchte jetzt dringend frische Luft und etwas zu trinken. Abgestützt an eine Wand schaute er sich nach seiner Kleidung um, da bemerkte er ein Hosenbein, das unter einem Vorhang hervorlugte. Wankend stürzte er sich auf seine Sachen und schlüpfte, so schnell wie möglich, hinein. Dabei tastete er nach seinem Schlüssel und Handy, erleichtert stellte er fest, dass noch alles da war. Beinahe wäre er ausgerutscht, er schaute auf den Boden und dort lag immer noch der Strauß, den er für Zoe besorgt hatte. Angewidert betrachtete er die zerdrückten Rosen, sie passten zu dieser Nacht. Anfänglich faszinierend und prachtvoll, und was jetzt übrig war, wirkte nur noch zerstört und verloren. Dann hastete er dieselbe Treppe hoch, die er am vorigen Tag so neugierig heruntergerannt war. Er wollte nur noch nach Hause.

Leo sehnte sich dringend nach einer Dusche, um sich diese fatale Nacht vom Körper zu waschen. Stöhnend ließ er das heiße Wasser über seinen Körper fließen. Aber die erhoffte Erleichterung wollte sich nicht einstellen. Verzweifelt schrubbte er seine Haut, immer stärker, bis sie sich rot färbte. Zitternd wagte er es, mit seiner Hand über seinen Po zu streichen, dann öffnete er zögernd seine Augen. Als er das hellrote vom Wasser verdünnte Blut sah, musste er heftig schlucken und Tränen stiegen ihm in die Augen.

»Verdammt«, schrie er in das rauschende Wasser, das seinen lädierten Körper herabprasselte. Dann sank er in sich zusammen und fing hemmungslos an zu schluchzen.

1968

»Guten Abend, Verehrteste.« Vincente da Silva erwartete Louisa schon. Lächelnd deutete er auf den freien Platz gegenüber, während der Ober den Stuhl näher schob.

»Vielen Dank für die Einladung, aber woher wussten Sie, wie Sie mich finden?«, fragte sie direkt.

Vincente schmunzelte. »Naja, allzu schwer war das nicht herauszufinden«

»Und was verschafft mir die Ehre, eine Einladung von Ihnen zu erhalten?«

Wieder lächelte er spitzbübisch. »So viele Fragen auf einmal. Werfen Sie doch erst einmal einen Blick auf die Karte, die Küche hier ist exquisit.« Louisa schenkte ihm einen langen Blick und vertiefte sich dann in die Karte. »Ich möchte Ihnen etwas erzählen«, sagte Vincente, nachdem beide ihre Getränke und Speisen ausgewählt hatten. Sie blickte ihn aufmerksam an. Er räusperte sich, dabei lächelte er vertrauenswürdig. »Vorgestern auf dieser Party, als ich Sie dort gesehen habe. Sie wirkten wie ein verirrter Schmetterling inmitten lauter wilder Insekten, und Sie haben gestrahlt, gestrahlt wie eine Sternschnuppe in einer dunklen Sommernacht.«

Louisa lächelte geschmeichelt. »Vielen Dank, so habe ich mich aber wahrlich nicht gefühlt.«

Vincente faltete die Hände zusammen. »Ich kenne Sie.«

Louisa hob erstaunt ihre Augenbrauen. »Wie meinen Sie das?«

»Ich wollte es Ihnen vorgestern Abend nicht sagen, sie schienen so aufgewühlt und ich befürchtete, Sie noch mehr zu verwirren«, sagte er. Louisa biss sich auf die Lippen und senkte ihren Blick. »Ich meine, ich kenne Sie nicht im konventionellen Sinne. Ich kenne Sie aus einem Traum.« Erstaunt riss sie die Augen auf. Mit gedämpfter Stimme fuhr er fort. »Ich mache mir nichts aus Partys, dieses ganze affektierte Getue. Nicht mein Stil. Aber es ist etwas passiert, etwas sehr Erinnerungsträchtiges.« Louisa horchte auf, sie musste sofort an Cristobal denken. »Eigentlich neige ich dazu, Träume sofort wieder zu vergessen. Wissen Sie, ich mache mir nicht viele Gedanken darüber, aber in dieser Nacht war alles anders. Ich hatte das Gefühl, als würde jemand dringend meine Hilfe benötigen.« Er blickte sie eindringlich an. »Ich befand mich auf diesem Anwesen, auf dem die Party stattgefunden hatte.« Er zögerte einen Augenblick und fuhr dann fort. »Also, ich war auf diesem Anwesen und betrat die Villa. Ich war allein und überall brannte Licht. Zumindest war es strahlend hell in dem Gebäude. Ich schaute mich um, lief von einem Raum zum anderen, als ich auf einmal hörte, wie jemand meinen Namen rief. Ich versuchte herauszufinden, wo die Stimme herkam, zuerst fiel es mir schwer, die genaue Ausgangsposition ausfindig zu machen. Die Stimme hallte, so ähnlich wie bei einem Echo. Ich hörte immer nur ›Vincente, komm zu mir‹.«

Er wurde unterbrochen, weil der Ober bei ihnen am Tisch stand, um die Bestellung aufzunehmen. Höflich teilten sie ihm ihre Wünsche mit und Vincente fuhr fort.

»Also, ich hörte die Stimme und lief in den Eingangsbereich. Da erblickte ich eine Frauengestalt, die im Begriff war, das Gebäude zu verlassen. Ich folgte ihr. Sie lief immer schneller, ich beschleunigte mein Tempo und sie wurde auch immer schneller.

Wir rannten, aber ich schaffte es einfach nicht, sie einzuholen, sie war mir immer einige Meter voraus. Dann blieb sie auf einmal stehen, ich konnte die ganze Zeit über nur ihren Rücken sehen. Als ich dachte, ich hätte sie beinahe eingeholt, sprang sie. Sie stand an einer Klippe, die hatte ich aus der Distanz nicht erkannt. Es war Nacht in meinem Traum. Ich wollte sie noch festhalten, aber ich kam zu spät, sah sie nur noch fallen. Aber das Letzte, an das ich mich erinnern kann, war ihr Gesicht, das ich endlich sehen konnte. Und während sie fiel, schaute sie mir in die Augen und schrie ›Hilf mir‹. Ich erwachte und war äußerst mitgenommen, wie ich zugeben muss.«

Louisa schaute ihn fragend an. »Und was hat das Ganze mit mir zu tun?« Der Ober gesellte sich wieder an ihren Tisch und servierte den ersten Gang. Beide bedankten sich und Vincente erzählte weiter.

»Nun ja, am nächsten Morgen brachte mir meine Sekretärin wie immer die Post und legte sie auf den Schreibtisch. Ich habe die Angewohnheit, meine Briefe selbst zu sortieren. Da fiel mir eine Karte in die Hände, auf der genau dasselbe Haus abgebildet war, wie das aus meinem Traum.«

»Die Einladung zu Antonios Party«, ergänzte Louisa.

»Genau«, antwortete er. »Das machte mich neugierig und ich beschloss, der Gesellschaft einen Besuch abzustatten.« Er lächelte geheimnisvoll.

»Aber ich weiß immer noch nicht, was das Ganze mit mir zu tun haben soll.«

»Das ist ganz einfach: Die Frau in dem Traum waren Sie. Ich habe Sie sofort wiedererkannt, als Sie dort, entschuldigen Sie den Ausdruck, wie von der Tarantel gestochen herumgeirrt sind.« Louisa ließ erstaunt ihr Besteck sinken. Jetzt war sie sich sicher:

Cristobal musste seine Finger im Spiel gehabt haben. Doch sie sagte nichts. »Und den Rest kennen Sie ja. Nun habe ich eine Bitte.« Louisa schaute ihn erwartungsvoll an. »Erzählen Sie mir Ihre Geschichte. Ich spüre, dass es tatsächlich einen Zusammenhang geben könnte.«

»Du hast die richtige Entscheidung getroffen.« Ashok blickte Dolores liebevoll an. Zu gerne hätte er ihre Last auf seine Schultern genommen. Sie hatten vor dem Flughafen haltgemacht und Dolores war immer noch hin- und hergerissen, ob sie abfliegen sollte oder nicht. Sie hatte glücklicherweise noch einen Last-minute-Flug ergattert. »Mein Angebot steht, wenn du möchtest, begleite ich dich.«

Sie atmete tief ein. »Ashok, es wäre wunderbar, wenn du mitkommen würdest, aber ich glaube, ich muss das allein bewältigen.« Mit einem flauen Gefühl im Magen schaute sie ihn an. Sie war sich nicht mal sicher, ob es richtig war, ohne ihn zurückzukehren. »Ach, Ashok.« Sie hielt sein Gesicht in ihren Händen und er legte seine Finger auf ihre. »Ich komme doch übermorgen wieder. Aber es wird sich anfühlen wie eine Ewigkeit.«

»Ja, das wird es«, raunte er ihr ins Ohr. Dann küssten sie sich lang und innig. Unvermittelt lief Dolores eine Träne über die Wange. Ashok blickte sie mit seinen dunklen Augen an und küsste ihr zärtlich den Tropfen von ihrem Gesicht. »Die werde ich immer in mir bewahren, mein Engel.«

Nachdem sie ihr Gepäck geholt hatte, eilte Dolores direkt an den Taxistand. Sie wollte schnellstmöglich nach Hause und danach gleich ins Krankenhaus. Während der Fahrt gingen ihr unzählige Gedanken durch den Kopf. Meda, zu ihr würde sie übermorgen fahren, das musste warten. Ashok, sie hatte sich wirklich verliebt und es fühlte sich so verdammt gut an, dass sie es selbst nicht glauben konnte. Marisa, der Kommissar wollte sich nicht konkret zu dem Vorfall äußern. Aber so wie er sich ausgedrückte, hatte Marisa jemand etwas antun wollen und er war auf der Suche nach dem Täter. Dolores verstand die ganze Welt nicht mehr. Seit dem Tod ihrer Mutter hatte sich ihr Leben so rapide verändert. Was würde als Nächstes kommen? Sogar das Schicksal ihres Vaters hatte sich ihr offenbart. All die Jahre hatte sie es beiseitegeschoben, so tief in die letzte Ecke ihres Gehirns verdrängt, dass sie die Sicht darauf verloren hatte. Seufzend lehnte sie sich zurück. Es war alles so unglaublich.

Der Taxifahrer machte sich bereits zum zweiten Mal bemerkbar. Dolores war dermaßen in ihre Gedankengänge vertieft, dass sie nicht bemerkt hatte, schon am Ziel angekommen zu sein. Sie drückte ihm den passenden Betrag samt Trinkgeld in die Hand und eilte hinein. Es tat gut, den vertrauten Geruch ihres Zuhauses wahrzunehmen. Für einen Moment schloss sie die Augen und atmete tief ein. Dann eilte sie ins Schlafzimmer, um sich ein paar frische Sachen aus ihrem Kleiderschrank zu holen. Sie hastete ins Bad, machte sich frisch, wechselte ihre Kleidung und schnappte sich ihren Autoschlüssel.

Als sie auf dem Weg ins Krankenhaus war, fand sie allmählich wieder zu sich. Sie drehte die Musik lauter und ließ ihren Gedanken freien Lauf. Was erwartete sie in der Klinik? Wie ging es Marisa tatsächlich? Besorgt hielt sie Kurs auf etwas Ungewisses, sie rechnete mit dem Schlimmsten und wappnete sich innerlich dagegen. Dort angekommen, parkte sie und blieb noch einen Moment sitzen, dann holte sie tief Luft, stieg aus und lief in das Gebäude.

»Guten Tag, ich möchte zu Marisa Silva«, sagte sie zu der Dame, die am Informationsschalter saß. Die Angestellte tippte routiniert den Namen ein und runzelte nach ein paar Sekunden die Stirn.

»Sind Sie mit ihr verwandt?«

»Nein, aber ich bin ihre beste …«

»Dann tut es mir leid, aber sie liegt auf der Intensivstation, und ohne Sondergenehmigung ist nur engen Familienangehörigen der Zutritt gestattet.«

Dolores war verwirrt. »Ohne Genehmigung? Darf ich fragen was ihr genau fehlt? «

»Ich darf leider keine Auskunft geben«, antwortete die Frau trocken. Verzweiflung machte sich in Dolores breit.

»Gibt es denn gar keine Möglichkeit? Ich bin extra so weit gereist.« Die Frau antwortete etwas weicher:

»Ich gebe Ihnen Zimmernummer und Stockwerk, dann können Sie durch die Scheibe schauen. Aber Sie werden nicht hineinkommen. Das ist das Mindeste, das ich für Sie tun kann.«

Aufgeregt betrat Dolores den Aufzug und drückte die entsprechende Taste. Als sie ausstieg, sah sie schon von Weitem einen Polizisten stehen. Mit gemischten Gefühlen machte sie sich auf die Suche nach der passenden Zimmernummer. Sie kam dem Uniformierten immer näher und ihre innere Unruhe wuchs mit jedem Schritt, den sie in seine Richtung machte. Als sie kurz davor war, die gesuchte Zimmernummer ausfindig zu machen, wurde ihr mit einem Schlag bewusst, dass der Wachmann direkt davorstand.

»Entschuldigen Sie, aber liegt hier nicht Marisa Silva?«

»Das ist richtig, Señorita, aber Zutritt nur für Verwandte oder mit Sondergenehmigung.« Dolores konnte es nicht fassen. Was hatte das zu bedeuten? Warum wurde Marisa bewacht? Ungläubig schüttelte sie den Kopf, als sie auf einmal eine bekannte Stimme wahrnahm.

»Ist schon gut, Ivan, das ist Dolores, Marisas beste Freundin. Bitte seien Sie doch so gut und lassen Sie sie einen kurzen Augenblick hinein. Ich bürge auch persönlich für sie.« Dolores drehte sich um und schaute direkt in das Gesicht von Donna Louisa.

Kapitel 22

Undefinierbar. Anders konnte Leo nicht ausdrücken, wie er sich an diesem Morgen fühlte. Er hatte schlecht geschlafen und spürte permanent eine gewisse Unruhe in sich aufsteigen. Gestern hatte er sich den ganzen Tag über Gedanken gemacht, was in Zoes Keller passiert war. Er musste sie zur Rede stellen, mal wieder, schoss ihm durch den Kopf. Sie hatte das große Talent, sich in Unschuld zu waschen. Aber so ganz unschuldig war sie wohl doch nicht. José war schon gegangen und Leo hatte an diesem Morgen die Küche ganz für sich, was ihm sehr gelegen kam. Denn momentan empfand er das dringende Bedürfnis, mit sich allein zu sein. Sollte er heute die Uni schwänzen? In letzter Zeit hatte er so einiges verpasst, und wenn er genauer darüber nachdachte, war das erst der Fall, seit er engeren Kontakt zu Zoe pflegte.

Wie ging es eigentlich Marisa? Das schlechte Gewissen machte sich in ihm breit. Er hatte sie in letzter Zeit völlig aus seinen

Gedanken verbannt. Im Gegensatz zu Zoe erschien sie ihm so unendlich rein und unschuldig. Er vermisste sie, ihm fehlten ihre Gespräche, ihr kehliges Lachen, wenn sie mal wieder recht hatte und ihn schadenfroh auflaufen ließ. Er seufzte und verzog sein Gesicht zu einem resignierten Lächeln. Die Unruhe wurde immer intensiver und nun gesellten sich auch leichte Schweißausbrüche hinzu. Er musste noch mal unter die Dusche springen. Während er sich den Schweiß vom Körper wusch, entschied er sich, doch zur Uni zu fahren. Er hatte eindeutig zu viel verpasst. Das musste ein Ende haben.

Als er seinen Wagen parkte, bemerkte er Zoes rotes Auto. Er würde heute mit ihr reden. Das vorgestern hätte niemals passieren dürfen. Nachdenklich lehnte er seinen Kopf zurück und strich sich über die Stirn. Er schwitzte schon wieder. Verwundert holte er ein Papiertaschentuch hervor und trocknete sein Gesicht. Was war nur mit ihm los? Irgendwas stimmte nicht. Seufzend stieg er aus seinem Mini und machte sich auf den Weg in den Hörsaal. Die Vorlesung nahm einfach kein Ende. Leo überkam das intensive Bedürfnis, aus dem Hörsaal zu stürzen. Es war ein Fehler gewesen, hierherzukommen. Wahrscheinlich brütete er irgendetwas aus. Unerwartet fingen seine Hände an zu zittern und er hatte das Gefühl, als würde ihm der Schweiß in Strömen aus allen Poren fließen. Immer wieder tupfte er sich über die Stirn. Als endlich das erlösende Klingelzeichen ertönte, rannte Leo förmlich in die Toilette, um sich am Waschbecken kaltes Wasser in Gesicht zu spritzen. Einen Moment lang fühlte er sich wohler. Doch als er einen Blick in den Spiegel warf, fuhr er erschrocken zusammen. Seine sonst olivgetönte Haut, die ihn jederzeit frisch und ausgeruht wirken ließ, hatte einen fahlen Ton angenommen. Unter seinen Augen befanden sich dunkle Schatten und er wirkte insgesamt ziemlich mitgenommen. Ungläubig betrachtete er sich im Spiegel, was war nur los mit ihm?

Zoe lehnte lässig an seinem Auto und erwartet ihn schon. »Hi, Leo.« Dabei blickte sie ihn mit ihren mysteriösen Augen an. Er blieb direkt vor ihr stehen und musterte sie von Kopf bis Fuß. Abscheu machte sich in ihm breit, die übliche Anziehung war wie weggeblasen. Ihre ganze Ausstrahlung, das fast schon maskenartige Make-up und dazu die aufreizende Kleidung. Es fühlte sich an, als hätte sich der ganze Magnetismus ins Gegenteil gekehrt. In diesem Moment wirkte sie nur noch abstoßend auf ihn. Zoe schien seine Gedankengänge zu erahnen und trat einige Schritte zurück.

»Ist dir heiß, oder was ist los mit dir? Du schwitzt ja wie verrückt.«

»Ich weiß nicht, aber ich fühle mich nicht gut. Ich glaube, ich brüte irgendetwas aus. Aber nichtsdestotrotz möchte ich mit dir über vorgestern reden«, sagte Leo und strich sich mit seinem Ärmel über die feuchte Stirn.

Zoe lächelte kalt. »Natürlich möchtest du über vorgestern reden, du bist ganz schön abgegangen. Und danach warst du so fertig, ich habe dich nicht mehr wach bekommen. Selbst mithilfe von Carlos und Ava, keine Chance.« Jetzt kannte er zumindest ihre Namen.

»Und deshalb habt ihr mich splitterfasernackt im Keller liegen gelassen? Sehr aufmerksam von euch«, lachte er bitter auf.

»Was hätten wir denn sonst tun sollen? Die Nacht war nicht nur für dich anstrengend. Wir hatten schließlich auch das Bedürfnis, uns auszuruhen. Außerdem hast du den ganzen Keller vollgekotzt.« Zoe schien beinahe beleidigt. Leo strich sich nervös durch die Haare und bemerkte dabei, dass seine Hände wieder angefangen hatten zu zittern. Zoe warf ihm einen wissenden Blick zu. »Ich glaube, ich habe etwas gegen deine Übelkeit.«

1968

Louisa hatte ihm alles erzählt. Anfänglich hatte sie noch etwas gehadert und versucht, einige Dinge zu verschleiern. Doch nach und nach offenbarte sie sich immer mehr und fasste Vertrauen. Bis sie ihm schlussendlich ihre ganze Geschichte erzählte. Nun saßen sie schweigend da und keiner wusste so recht, was er sagen sollte. Vincente war sichtlich gerührt von so viel Offenheit. Louisa hingegen fühlte sich erleichtert. Endlich hatte sie sich jemandem anvertrauen können.

»Und Sie sind wirklich Ihrem Bruder noch einmal begegnet, bevor er von uns gegangen ist?«, fragte Vincente ungläubig.

»Ja, das bin ich, und ich kann gar nicht in Worte fassen, was mir das bedeutet hat. Ich bin sehr dankbar dafür«, strahlte sie ihn an.

»Und jetzt sitzen wir hier und erzählen uns Dinge, für die uns andere Menschen vermutlich ins Irrenhaus sperren würden«, stellte Vincente nüchtern fest.

»Ja, so ist es«, sagte Louisa unsicher und tupfte sich mit der Serviette imaginäre Essensreste von den Lippen.

»Hören Sie, Louisa, wenn ich Sie so nennen darf …«

»Aber natürlich, mittlerweile wissen Sie so viel über mich, es wäre doch angebracht, wenn wir uns duzen würden.« Vincente schaute erfreut auf und strecke Louisa seine Hand entgegen. Somit war ihre Freundschaft besiegelt.

»Louisa«, er betonte ihren Namen in seinen ganzen Facetten. »Ich muss das Ganze noch verdauen, aber ich verspreche dir, dass ich dir helfen werde. Sofern es mir möglich ist. Aber gib mir noch etwas Bedenkzeit.«

Louisa schaute ihn mit großen Augen an. »Wirklich, das würdest du für mich tun?«

»Wie gesagt, ich muss mir das Ganze noch mal durch den Kopf gehen lassen.« Zuversichtlich tätschelte er ihre Hand.

»Natürlich, nur haben wir leider nicht mehr allzu lang Zeit«, sagte sie mit flehendem Blick.

»Wie lange haben wir denn noch?«

Louisa überlegte einen Augenblick. »Wenn ich richtigliege, dann noch ungefähr zwei Tage.«

»Mmh, das müsste reichen.« Vincente schaute auf seine Armbanduhr. »Es ist schon spät, wir sollten allmählich aufbrechen. Mein Chauffeur bringt dich selbstverständlich nach Hause.«

Am nächsten Morgen saßen alle gemeinsam am Frühstückstisch. Jeder war in seine Gedanken vertieft und mit seinen morgendlichen Gepflogenheiten beschäftigt, als die Haushälterin den Raum betrat und meinte:

»Fräulein Louisa, Telefon, ein Señor Silva möchte Sie sprechen.«

Louisa schaute erfreut auf. »Oh! Entschuldigt mich, bitte.« Sie rannte beinahe aus dem Raum. Ihr Vater ließ kopfschüttelnd seine Zeitung fallen und sagte:

»Meine Tochter ist immer für eine Überraschung gut.«

»In der Tat. Es hört nie auf«, erwiderte Louisas Mutter pikiert. Joaquin und Alicia hingegen warfen sich verschwörerische Blicke zu. Als Louisa nach einigen Minuten wiederkam, umspielte ein fröhliches Lächeln ihren kleinen Mund. Fragend blickten sie alle an.

»Ist irgendetwas?«, fragte sie gut gelaunt in die Runde. Blitzschnell wich jeder ihrem Blick aus und versuchte, so zu tun, als wäre er mit irgendetwas beschäftigt. Mit einem Blick signalisierte Joaquin Louisa, ihm zu folgen.

»Was ist bei eurem Gespräch herausgekommen? Du weißt, übermorgen findet das Treffen statt, und bis dahin brauchen wir eine Lösung, sonst geht alles den Bach runter.« Sie war ihm unauffällig in sein Büro gefolgt. Nun saßen beide auf den schweren Ledersesseln und Joaquin wirkte etwas angespannt.

»Beruhige dich, Jo. Ich treffe ihn heute Abend. Er meint, er hätte die perfekte Idee.« Sie lächelte ihren Bruder zuversichtlich an, während sie ihm eine Hand auf den Arm legte. Joaquin warf einen Blick aus dem Fenster und sagte:

»Wollen wir mal hoffen.«

Tränen flossen ihr über die Wangen, Dolores hatte es geahnt. Marisa steckte in Schwierigkeiten, in großen Schwierigkeiten. Zaghaft berührte sie Marisas Hand und strich ihr behutsam mit den Fingerkuppen über die spröde Haut. Im Zimmer herrschte gedämpftes Licht und man konnte nur die lebenserhaltenden Maschinen im Hintergrund hören.

Donna Louisa hatte auf einem der Stühle Platz genommen und beobachtete die rührende Szene. *Freundschaft*, dachte sie. *Wahre Freundschaft ist wie reine Liebe, ohne Ansprüche und ohne Forderungen.* Dann stand sie auf und verließ mit leisen Schritten das Zimmer, sie wollte den beiden etwas Raum für ein wenig mehr Privatsphäre gewähren.

Als Dolores das Krankenzimmer verließ, war sie durcheinander und traurig.

Donna Louisa erwartete sie schon. »Ich hatte sehr gehofft, dass du hier auftauchen würdest. Der Kommissar meinte, du seist im Urlaub, würdest aber vermutlich bald hierherkommen. Ich muss dringend mit dir sprechen, mein Kind.« Dolores horchte auf. »Aber nicht hier. Wir können momentan nichts für Marisa tun, von hier aus zumindest nicht. Lass uns doch in den Park gehen und eine Runde spazieren.« »Das ist eine gute Idee«, erwiderte Dolores.

Dort angekommen brannte Dolores eine Frage auf der Zunge „Was ist mit Marisa passiert? Der Kommissar wollte mir nichts Konkretes sagen. Und was soll das mit dem Wachmann vor der Tür?« Donna Louisa atmete tief ein und versuchte, Dolores alles in Ruhe zu schildern, wobei sie sehr erschüttert war und immer wieder stockte, da sie das Geschehene immer noch ziemlich mitnahm. Jetzt, als sie darüber sprach, wurde ihr erst richtig bewusst, wie sehr sie das Ganze tatsächlich belastete. Dolores hörte sich alles an und konnte es nicht fassen. Wer sollte Marisa etwas antun wollen? Sie kannte niemanden, der ein Motiv dafür hätte.

Sie setzten sich auf eine Bank und Dolores versuchte, einen klaren Gedanken zu fassen.

»Es gibt noch etwas anderes, über das ich mit dir sprechen möchte«, sagte Donna Louisa.

»Es betrifft die Sache mit deinen Träumen.«

»Mit meinen Träumen?«, erwiderte Dolores. »Woher wissen Sie darüber Bescheid? Hat Marisa Ihnen etwas erzählt?«

Donna Louisa schüttelte den Kopf. »Nein, mein Kind, Marisa hat nichts dergleichen angedeutet.« Sie lächelte verlegen. »Es war reiner Zufall: Ich habe ihren Anrufbeantworter abgehört, dachte, vielleicht gäbe es etwas Wichtiges. Und dann habe ich die Nachricht gehört, in der du deine Träume erwähntest.«

»Ja, das stimmt, ich habe manchmal recht seltsame Träume, die mich sehr mitnehmen und die sehr realistisch wirken. Aber letztlich sind es doch nur Träume«, sagte sie mit stockender Stimme. Sie musste in diesem Moment wieder an ihren Vater denken. Donna Louisa musterte ihr Profil und spürte schlagartig eine Regung in sich.

»Nein, meine liebe Dolores, ich glaube, in deinem Fall sind es mehr als Träume. Erzähle mir bitte davon, ich muss es einfach wissen. Und ich muss *alles* wissen. Es geht hier um eine weitaus größere Sache.« Dolores schaute sie verwundert an, spürte aber gleichzeitig, dass es richtig war, Donna Louisa alles zu erzählen – sie konnte ihr vertrauen.

Sie wusste zuerst nicht genau, wo sie anfangen sollte. Fieberhaft versuchte sie, sich zu erinnern, wann das Ganze begonnen hatte. Immer wieder fing sie von vorne an, da ihr ständig neue Details einfielen. Donna Louisa schenkte Dolores ihre volle Aufmerksamkeit und schien jedes Wort, das sie sagte, förmlich einzusaugen. Dabei nickte sie immer wieder und munterte sie mit Blicken dazu auf, weiterzureden, wenn sie gelegentlich den Faden verlor. Nach und nach sprudelten die Worte schließlich nur so aus ihr heraus. Sie fühlte ein befreiendes Gefühl der Erleichterung in sich aufsteigen. Donna Louisa hatte sie kein einziges Mal unterbrochen, und sie spürte, dass sie ihr jedes Wort glaubte. Als sie ihre Erzählung beendete hatte, lächelte Donna Louisa.

»Wie fühlst du dich jetzt, nachdem du endlich alles loswerden konntest.«

»Es fühlt sich an, als ob eine tonnenschwere Last von meinem Körper gefallen wäre«, antwortete Dolores dankbar.

»Ich möchte dir etwas geben«, sagte Donna Louisa.

»Mir etwas geben?«

»Ja, mein Kind, du hast eine Gabe, eine ganz besondere Gabe.« Sie lächelte, als sie Dolores' ungläubiges Gesicht bemerkte. Sie holte ein Buch aus ihrer Tasche hervor und reichte es Dolores. »Ich benötige es nicht mehr. Aber du, du wirst damit Gutes bewirken können. Gehe bedacht damit um. Ich habe einen Brief beigelegt, in dem ich alles erkläre und den du immer wieder lesen kannst.«

»Was ist das für ein Buch?«

Donna Louisa überlegte einen Augenblick. »Das ist das Buch der Träume. Damit wirst du in der Lage sein, auch ohne Medas Hilfe reisen zu können.« Sie machte eine kurze Pause und fuhr dann fort. »Doch sieh es als Privileg, dass sie in dein Leben getreten ist. Ich denke, sie wird dich noch einiges lehren.« Dolores musste schlucken. Mit zitternden Händen musterte sie das Buch, plötzlich weiteten sich ihre Augen. »Was ist los?«, fragte Donna Louisa.

»Das Gedicht!« Sie zeigte auf den Einband. »Ich habe das schon mal gesehen.«

»Ich weiß«, erwiderte Donna Louisa geheimnisvoll. »Ich bin viel gereist in meiner Vergangenheit. Lass uns wieder zurückgehen, es fängt langsam an zu dämmern.«

Donna Louisa hatte es sich in ihrem Sessel bequem gemacht und nippte an einer Tasse Tee. Was, wenn sie es allein nicht schaffen würde? Sie war mittlerweile nicht mehr so stark wie früher, und sie wusste, dass ihr Vorhaben einiges an Kraft erfordern würde. Nachdenklich blickte sie in die Ferne. Sie benötigte dringend Dolores Hilfe, doch musste diese erst einmal ihre eigenen Dämonen bewältigen, bevor sie in der Lage sein würde, sie bei ihrem Vorhaben zu unterstützen. Übermorgen würde Dolores zurückfliegen und zu dieser Indianerin gehen. Bis dahin musste sie bereit sein, und wenn es beim ersten Mal eben nicht klappen würde, dann sicherlich beim zweiten.

Inzwischen war sich Donna Louisa sicher, dass Dolores die Richtige war. Damals, als sie in ihrem Traum durch den Skulpturengarten gelaufen war, war sie diesem Künstler und dem kleinen Mädchen mit der Taube auf der Schulter begegnet. Sie hatte ihn dazu inspiriert, den Reim auf das Buch zu meißeln, das die Kleine in der Hand hielt. So viele Zufälle konnte es nicht geben. Seufzend ließ sie sich tiefer in ihren Sessel sinken. Es würde schon irgendwie funktionieren. Bis zu diesem Zeitpunkt waren ihre Pläne immer aufgegangen.

Kapitel 23

1968

»Ich werde heiraten.« Louisa hatte ihre Familienangehörigen gebeten, im blauen Salon zu erscheinen.

»Louisa!«, sagte ihr Vater streng und nahm empört seine Brille ab. Die anderen starrten sie mit offenem Mund an.

»Was soll das heißen?«, empörte sich nun auch ihre Mutter.

»Na, genau das, was ich gesagt habe. Vincente Silva hat mir gestern Abend einen Antrag gemacht und ich habe Ja gesagt.«

»Aber Kind, komm zur Besinnung, du kennst ihn doch überhaupt nicht«, sagte ihr Vater nun in einem weniger strengen, aber dafür besorgteren Ton.

»Ich kenne ihn gut genug, um sagen zu können, dass er ein guter und ehrlicher Mensch ist, und das ist für mich momentan das Wichtigste. Außerdem ist er einer der reichsten Männer im ganzen

Land. Das müsste doch ausgerechnet dich, Mutter, ganz besonders freuen«, fügte sie sarkastisch hinzu.

»Aber Louisa, wie kannst du so etwas von mir denken?« Ihre Mutter hatte sich mittlerweile gesetzt und sich etwas zu trinken eingeschenkt.

»Und um zu dir zurückzukommen, Vater, du wirst deinen Anteil der Firma natürlich meinem Ehemann verkaufen. Er wird jedes bis dato abgegebenes Angebot überbieten. Damit bleibt die Firma Álveron in unseren Händen«, sagte sie triumphierend und blickte zu Joaquin hinüber. Dieser hatte sich an eine Kommode gelehnt und warf seiner Schwester bewundernde Blicke zu.

»Und was ist mit deiner Schwangerschaft«, fragte ihre Mutter besorgt.

»Was soll damit sein? Er weiß es natürlich, und er akzeptiert es ohne Bedenken. Er hat sich sogar dazu entschieden, das Ungeborene zu adoptieren.« Ihre Mutter nahm noch einmal einen kräftigen Schluck. Das war alles zu viel für ihre Nerven.

Leo lag auf seinem Bett, versuchte, sich zu beruhigen, sein Herz raste und der Schweiß lief ihm aus sämtlichen Poren. Zoe hatte er zum Teufel geschickt. Er hatte die Schnauze voll von ihr und ihren dubiosen Ideen. Als er losfuhr, konnte er noch ihr hysterisches Lachen hören, das ihn gedanklich noch eine Weile verfolgte. Was zum Teufel war mit ihm los? Immer wieder überkam ihn das dringende Bedürfnis … wonach? Er wusste es nicht. Aber er spürte, dass er dringend etwas brauchte. Sehr dringend sogar, und er wusste, dass es falsch gewesen war, Zoe so zu behandeln. Sie hatte recht, und das machte ihn so wütend. Sie hatte Macht über ihn. Er stand auf und lief nervös in seinem Zimmer auf und ab. Sein T-Shirt war schon wieder komplett nassgeschwitzt und das Zittern wurde immer intensiver. Er war kurz davor, durchzudrehen.

»Scheiße«, seufzte er. Dann schnappte er sich den Autoschlüssel, sprang in seinen Wagen und fuhr wie vom Teufel besessen zu Zoe.

Unentschlossen stand Leo vor der Haustür, die dieses Mal nicht angelehnt war. Einerseits hatte er die dringende Forderung, mit Zoe zu sprechen, andererseits hätte er am liebsten auf seinen Schuhsohlen kehrtgemacht und wäre abgehauen. Wiederholt schaute er auf die Klingel und hob seinen Finger, um ihn unmittelbar danach wieder sinken zu lassen. Als er plötzlich ein Summen vernahm. Irritiert blickte er sich um, was zum Henker war das? Schon hörte er Zoes Stimme durch die Gegensprechanlage:

»Jetzt komm schon rein. Ich wusste, du würdest hier noch auftauchen.« Endlich begriff Leo, dass das Summen der Türöffner war. Erleichtert, dass ihm die Entscheidung abgenommen wurde, drückte er hastig die Tür auf. Zoe erwartete ihn mit verschränkten Armen, sie stand im dunklen Flur und trug, was nicht verwunderlich war, ein rotes Kleid, das zur Abwechslung hochgeschlossen war, dafür ihre Körperkonturen extrem betonte. Ihre Lippen hatte sie in einem auffälligen Kirschton nachgezogen und ihre Augen funkelten diabolisch mit der LED-Beleuchtung um die Wette. Verlegen fuhr er sich durch seine verschwitzten Haare und traute sich nicht, sie direkt anzuschauen.

»Komm mit«, sagte sie in einem bestimmenden Ton. Leo folgte ihr ohne Widerworte.

Sie stiegen die Treppe empor, Zoe lief vor ihm her, das enge Kleid schmiegte sich um ihren Körper und zeichnete die kompletten Konturen ihres Hinterteils ab. Dazu gesellte sich das laute Klacken ihrer High Heels. Leo verfiel immer mehr in einen tranceähnlichen Zustand, alles kam ihm mit einem Mal so unwirklich vor. Ihm wurde allmählich schwindlig und er fühlte sich immer schwereloser. Als ihn ein Schrei aus seiner Lethargie riss.

»Leo!« Schlagartig fühlte er seine Wange glühen, verwirrt schaute er sich um. »Es tut mir leid, dass ich dich schlagen musste. Aber du wärst beinahe die Treppe heruntergekippt.« Zoe blickte ihn kopfschüttelnd an, während sie eine Hand auf ihre kurvigen Hüften stemmte und mit der anderen Leo an der Schulter festhielt.

»Jaja, es ist nur …«, stammelte er.

»Es ist nur was?«, fragte Zoe und zog dabei genervt eine ihrer perfekt gezupften Augenbrauen in die Höhe.

»Ach verdammt, ich weiß es auch nicht. Ich fühl mich einfach beschissen. Und ich weiß nicht, warum«, presste Leo hervor. Zoe schenkte ihm ein wissendes Lächeln und öffnete elegant die Tür, vor der sie standen. Sofort nahm Leo einen vertrauten Geruch wahr, etwas chemisch, aber nicht unangenehm. Schlagartig machte sich ein beruhigendes Gefühl in ihm breit. Die innere Unruhe, die ihn im Griff gehabt hatte, schien sich auf ein Minimum zu reduzieren.

»Wo ist es?«, fragte er mit einer gewissen Gier in seiner Stimme, dabei leckte er sich über seine trockenen Lippen.

»Was meinst du?« Zoe verzog ihr Gesicht zu einer Unschuldsmiene.

Leo schluckte heftig. »Du weißt genau, wovon ich rede.« Er vergrub seine Hände in seinen Hosentaschen, um sie dort zu Fäusten zu ballen.

Zoe ließ sich lasziv auf das große Bett fallen, das mitten im Raum stand. »Ach, mein Leo, mein süßer Leo«, lächelte sie und schenkte ihm einen mitleidigen Blick. »Natürlich weiß ich, was du meinst, mir reicht schon ein Blick in deine schönen, ehrlichen Augen, und ich weiß ganz genau, wonach deine Gier verlangt.«

Leo fühlte wieder eine gewisse Hitze in sich aufsteigen. Zoe stand mit einem Mal direkt vor ihm. »Hilfst du mir mit dem Reißverschluss?«, fragte sie unschuldig.

Sie drehte ihm den Rücken zu und hielt ihre Haare in die Höhe. Mit zitternden Händen schob er vorsichtig den langen Reißverschluss ihres Kleides auf, bis es sich wie von selbst von ihrem Körper löste. Nun stand sie vor ihm in ihrer ganzen Blöße. Sie fasste ihn an seiner Hand und zog ihn in Richtung des Bettes.

»Leg dich hin«, hauchte sie ihm ins Ohr. Leo gehorchte, er war wieder zum willenlosen Opfer mutiert. »Ich bin gleich wieder da.« Mit diesen Worten ließ sie sich lautlos vom Bett gleiten und lief mit geschmeidigen Schritten in eine Ecke des Raumes. Leo lag nur da und spürte Glücksgefühle in sich hochsteigen. Wie als kleiner Junge an Weihnachten, bevor er die Geschenke auspacken durfte.

Er nahm einen langen, tiefen Zug und schloss die Augen. Am liebsten hätte er diese Emotion tief in sich eingekapselt. Ein immenses Gefühl der Glückseligkeit durchdrang seinen ganzen Körper. Mit großen Augen blickte er zu Zoe – wie wunderschön sie war. Sie erstrahlte wie eine aus dem Meer emporgestiegene Aphrodite in ihrer ganzen Pracht. Er nahm noch einen tiefen Zug und schlagartig fühlte er sich stark und übermächtig. Am liebsten hätte er sich vor einen Spiegel gestellt und seinen muskulösen Körper begutachtet.

»Ich bin Herkules!«, schrie er durch das Zimmer und packte Zoe an ihren Händen. »Und du bist meine Aphrodite.«

Zoe lachte. »Du bist nicht Herkules! Du bist einfach nur drauf.« Schlagartig veränderte sich Leos Blick und er wurde ernst.

»Ich bin drauf?« Er schaute Zoe direkt in die Augen. Doch dann fing er wieder an zu lachen. »Ich bin Herkules, der drauf ist«, und hüpfte wie ein Flummi durch den ganzen Raum.

Leo hatte sich vor den Spiegel gestellt und bewunderte seinen Körper, indem er seine imaginären Muskeln spielen ließ. Zoe wurde allmählich ungeduldig, genervt verdrehte sie die Augen und stellte sich hinter Leo. Gemeinsam blickten sie in den Spiegel hinein, ihre Blicke trafen sich. Dabei flüsterte sie ihm ins Ohr:

»Ich glaube, ich sollte dich lieber Narziss nennen, das würde wohl besser passen.« Leo lächelte und wandte sich ihr zu, dabei warf er ihr einen gierigen Blick zu, ekstatisch strich er mit seinen Händen über ihre entblößten Brüste.

»Komm meine Schöne«, hauchte er mit bebender Stimme. Mit einem Ruck hob er sie hoch, trug sie auf das Bett und legte sie dort behutsam nieder. Bevor er sich ihr wieder zuwandte, nahm er noch einmal einen tiefen Zug aus der Pfeife. »Und jetzt, meine Göttin, werde ich dir das Hirn aus deinem hübschen Körper vögeln.«

Kapitel 24

Vorsichtig faltete Dolores den Brief auseinander, der Donna Louisas Buch beigelegt war.

Liebe Dolores,

so eine schriftliche Offenbarung hat mir damals auch meine Großmutter vermacht. So vermache ich dir nun auch diese Erfahrung. Sei nicht zu verwirrt, wenn du das hier liest, es dauert seine Zeit, bis du das alles verstehen wirst. Aber die Erfahrung wird dich lehren ... Meine liebe Dolores, ich bin überglücklich, eine Nachfolgerin gefunden zu haben. Ich hatte immer gehofft, dass Marisa diese Aufgabe zuteilwerden würde. Aber solche Dinge sind nicht beeinflussbar oder gar erzwingbar. Du hast eine ganz besondere Gabe, die nur wenige Menschen besitzen. Vielleicht bist du auch die Einzige, außer mir, mehr kann ich leider nicht sagen. Ich bin noch niemandem begegnet, der dieselbe Fähigkeit hat wie wir. Du besitzt die Gabe in anderer Menschen Träume zu reisen.

Darüber hinaus besitzt du auch die Fähigkeit, Menschen, die im Licht gefangen sind, wieder zurückzuholen, oder eben das Gegenteil: Menschen, die den Weg ins Licht nicht finden, dorthin zu begleiten. Bitte sei vorsichtig, solltest du jemals versuchen, jemanden aus dem Licht wieder zurückzuholen. Dann könnte es unter Umständen passieren, dass du dafür dortbleiben musst. Darum überlege immer gut, was du tust. Denn manche Entscheidung kann fatale Folgen mit sich bringen.

Das Buch, es ist eine Anweisung, wie du in die Träume anderer Menschen reisen kannst. Den Rest des Buches musst du selbst lernen zu verstehen. Denn nur, wenn du es verstehst, bist du bereit, um gewisse Dinge tun zu können. Aber sei gewiss, wenn die Zeit reif ist, wirst du auch verstehen.

Deine
Louisa Álveron

PS: Bitte sei aufmerksam, eines Tages wird auch dir jemand über den Weg laufen, indem du einen würdigen Nachfolger erkennst. Und so wie du am heutigen Tage von mir, wird diese Person von dir das Buch übergeben bekommen. Denn nur so kann alles im Fluss bleiben.

Entgeistert legte Dolores den Brief beiseite. Was hatte denn das Ganze schon wieder zu bedeuten? Sie hatte eine Gabe? Und wenn sie es richtig interpretiert hatte, dann konnte sie Tote wieder zurückholen? Musste aber selbst dafür dortbleiben, wenn sie Pech hatte? Ungläubig schüttelte sie ihren Kopf und fuhr sich mit beiden Händen durch die Haare. Dann nahm sie das Buch in die Hände und klappte es auf: ein Pentagramm, auf dem dieselben Zeichen wie auf dem Zettelchen abgebildet waren, das sie immer bei sich trug. Verwirrt starrte sie es an. Dann kamen mehrere Bilder von

Tunneln. Sie kamen ihr so bekannt vor, und sie begriff mit einem Mal, dass es die Tunnel waren, von denen sie immer wieder geträumt hatte. Eine leichte Gänsehaut breitete sich auf ihrem Körper aus. Das Ganze machte ihr Angst. Auch, wenn sie Donna Louisa sehr verehrte und ihr natürlich jedes Wort glaubte, bekam sie es nun doch etwas mit der Angst zu tun. Sie musste dringend mit jemandem reden. Deshalb holte sie ihr Handy aus der Tasche und wählte Ashoks Nummer. Erst nach dem sechsten Klingelzeichen meldete sich seine verschlafene Stimme.

Dolores hatte gar nicht mehr auf die Uhr geschaut und erst jetzt erschrocken festgestellt, dass es schon weit nach Mitternacht war.

»Dolores«, sagte er halb gähnend. »Ist alles okay? Ich hoffe, dir geht es gut.«

»Es tut mir leid, dass ich dich geweckt habe. Aber ich wollte einfach deine Stimme hören.«

»Ist wirklich alles in Ordnung? Du klingst so anders.«

»Ja, Ashok, wirklich alles in Ordnung, ich bin einfach etwas müde und wollte eben schlafen gehen. Aber du hast mir gefehlt.«

»Das ist süß. Ich mag das, wenn du mich vermisst.« Dolores lachte und antwortete:

»Und ich mag es, wenn du verschlafen bist. Schlaf schön weiter, wir hören uns morgen.« Ashok lächelte auch, sie erkannte es am Klang seiner Stimme:

»Bis morgen, mein Engel, und falls du wieder meine Stimme hören willst, ruf einfach an.«

»Mach ich«, antwortete sie. Nachdem sie sich noch ein paarmal eine gute Nacht gewünscht hatten, legten sie auf. Sie brachte es nicht übers Herz, von ihrer Problematik zu berichten, nachdem er sich so verschlafen angehört hatte. Trotzdem hatte es gutgetan, seine Stimme zu hören, jetzt fühlte sie sich etwas gefasster und würde bestimmt gut schlafen.

Müde lief sie ins Bad, sie wollte noch schnell ihre Zähne putzen, bevor sie sich schlafen legte. Als sie am Fenster vorbeilief, überkam sie schlagartig ein merkwürdiges Gefühl. Hatte sich etwas bewegt? Misstrauisch trat sie ans Fenster, um einen Blick in den Garten zu werfen. Zunächst schien alles wie immer und sie wollte sich schon wieder abwenden, als sie plötzlich eine Bewegung wahrnahm. Ein Schauer lief ihr über den Rücken, hatte sie sich das eingebildet? Oder stand dort jemand und beobachtete sie?

Sie schaltete das Licht aus und stellte sich ans Fenster. Der Fremde sollte nicht bemerken, dass sie ihn gesehen hatte. Und tatsächlich, dort unten stand jemand im Schutze der Dunkelheit und schaute zu ihr hoch. Blickte sie direkt an, sie konnte es unmittelbar auf ihrer Haut spüren. Unwillkürlich stellten sich ihre feinen Körperhärchen auf. Dolores tat einen tiefen Atemzug. Was sollte sie tun? Ashok hätte ihr bestimmt geraten, alle Fenster und Türen zu verriegeln und sofort die Polizei zu rufen.

Doch sie wäre nicht Dolores, wenn sie die Situation nicht mit eigenen Mitteln hätte lösen wollen. Sie lief wieder zurück an ihr Bett und bückte sich. Dort unten hatte sie eine geladene Waffe versteckt, ein Erbstück ihrer Mutter. »Wir sind zwei Frauen, die allein leben, und wir müssen uns schützen«, hatte sie stets als Argument aufgeführt, wenn Dolores die Waffe wieder einmal argwöhnisch beäugte. Doch in diesem Moment war sie froh, dass sie das Gewehr behalten hatte. Es handelte sich um ein altes Repetiergewehr aus dem Zweiten Weltkrieg. Routiniert entsicherte sie es und schlich lautlos die Treppe herunter. Sie hatte den Hinterausgang gewählt, so konnte sie sich besser von hinten heranschleichen. Sachte öffnete Dolores die Tür, schlich leise um das Haus herum und stürzte dann mit einem lauten Schrei in den Garten. »Hände hoch!« Doch mittlerweile war dort niemand mehr. Verdutzt schaute sie sich um und ließ die Waffe sinken. Die Person musste doch irgendwo sein! Oder war es nur Einbildung gewesen? Als sie plötzlich hinter sich ein Rascheln wahrnahm. Sofort hob sie die Waffe und visierte die Stelle an, aus der das Geräusch scheinbar gekommen war. Langsam lief Dolores darauf zu, sie war so angespannt, dass ihr Körper angefangen hatten zu frösteln.

»Wer ist da?«, rief sie eine Nuance zu laut, um den Eindruck der Furchtlosigkeit zu erwecken. Doch ihr Herz schlug bis zum Hals. Langsam umkreiste sie die Stelle, hatte sich dort jemand versteckt? »Hände hoch und rauskommen, oder ich schieße!«, schrie sie in die Richtung, aus der das Geräusch gekommen war. Doch es kam keine Reaktion und sie drückte ihr Gewehr fester an ihre Schulter. Jetzt hörte sie wieder ein Geräusch, das von weiter weg kam. »Dich erwische ich noch«, fluchte Dolores vor sich hin und tauchte noch tiefer in die unergründliche Dunkelheit des Waldes ein.

1968

Louisa war aufgeregt. Heute war ihr großer Tag. Ab heute würde sie Louisa Álveron de Silva heißen. Sie saß vor ihrer Poudreuse und betrachtete ihr Spiegelbild. Das hochgeschlossene Hochzeitskleid verlieh ihr eine fabelhafte, fast schon märchenhafte Aura. *Bin ich das wirklich?*, dachte sie und strich mit ihren Fingern ihr Spiegelbild nach. Sie fühlte sie sich wie eine Fremde. Noch nie hatte Louisa ein Hochzeitskleid getragen, und der Anblick machte ihr etwas Angst. Jetzt würde ein neues Leben beginnen. Die ganzen traurigen Erinnerungen, alles sollte verblassen. Sie würde jetzt die

Frau eines mächtigen Unternehmers und Mutter eines Kindes werden. Louisa würde nie wieder die unbedarfte, freigeistige Frau sein, die sie mal gewesen war. Jetzt begann das Erwachsenwerden. Bald würde sie gemeinsam mit Joaquin und der fachkundigen Hilfe ihres Mannes in die Führungsetage der Firma einsteigen. Alles hatte sich zu ihrem Vorteil entwickelt. Cristobals Wunsch war in Erfüllung gegangen. Und doch spürte sie einen Kloß im Hals. Ein Teil von ihr sehnte sich danach, die freie, unkonventionelle Louisa zu bleiben. Schlagartig musste sie lächeln.

»Ich glaub, ich habe Muffensausen«, sagte sie mehr zu ihrem Spiegelbild als zu sich selbst. »So geht es wohl den meisten«, dachte sie laut, als ein Klopfen sie aus ihren Gedankenspielereien holte. Mit hochgezogenen Augenbrauen wandte sie sich der Tür zu und rief »Herein«.

Alicia, die meist als stille Beobachterin fungierte, betrat mit leuchtenden Augen den Raum. »Du siehst einfach traumhaft aus. Wenn Vincente dich sieht wird er sich auf der Stelle noch mal in dich verlieben.« Sie nahm sich einen Stuhl und rückte ganz nah an Louisa heran. Verlegen senkte diese den Blick und dachte daran, dass es eigentlich keine Liebeshochzeit war. Sie mochte Vincente sehr, mittlerweile hatte sich eine fast kumpelhafte und sehr vertrauensvolle Beziehung daraus entwickelt. Aber ihre große Liebe, die war für immer entflohen. Sie blickte wieder auf und bedankte sich für das Kompliment. Alicia blickte sie mit warmen Augen an und fragte:

»Hast du Angst? Ich hatte eine Heidenangst zu meiner Hochzeit.«

Louisa schaute sie verlegen an. »Etwas schon, es ist alles so ungewohnt für mich.«

»Du brauchst keine Angst zu haben. Wenn du zurückblickst, wirst du diesen Tag als schönsten deines Lebens in Erinnerung behalten. Aber es ist auch völlig natürlich, dass man neuem gegenüber skeptisch ist. Warte.« Alicia öffnete ihre Pochette, holte eine kleine Schatulle hervor und reichte sie Louisa. »Das soll ich dir von Jo geben. Er wollte es dir eigentlich persönlich überreichen, aber du weißt ja, wie das ist, er kann momentan nicht weg von Vincente.«

Behutsam öffnete sie das Behältnis und ein kleines goldenes Kleeblatt kam zum Vorschein.

»Oh wie entzückend«, freute sich Louisa.

»Es soll dir Glück bringen und dich gleichzeitig vor allem Negativen beschützen.« Louisa öffnete ihre filigrane Kette mit dem kleinen Kreuzanhänger und hängte das Kleeblatt dazu.

»Hilfst du mir?«, bat sie Alicia. Dabei hielt sie sich mit den Händen die Kette um den Hals. Alicia eilte ihr, ohne zu zögern, zu Hilfe und hakte die Kette zusammen. Als sich ihre Blicke im Spiegel trafen, konnte Alicia Louisas glänzende Augen sehen. Ohne zu überlegen, schloss sie ihre Arme um Louisas Schultern und drückte sie fest an sich. Louisa war dankbar für die liebevolle Geste. So standen sie beide noch eine Weile da und genossen die Wärme und Nähe, die sie sich gegenseitig schenkten.

Feierlich schritten Louisa und ihr Vater in Richtung Kirche. Louisa hatte sich für ein A-förmiges Brokat-Kleid mit einer tiefen Kellerfalte und einer großen Schleife unter der Brust entschieden. Dazu trug sie einen langen Tüllschleier, den sie meterweit hinter sich herzog. Vincente erwartete, in einen schwarzen Smoking gekleidet und mit glänzenden Augen, seine wunderschöne Braut am Eingang. Nachdem Louisa und ihr Vater bei ihm angekommen waren, nahm er sie stolz in Empfang. Dann führte er sie unter den bewundernden Blicken der Gäste, die mit lauten Ah's und Oh's dem Ganzen Ausdruck verliehen, vor den Altar, wo der Pfarrer sie schon erwartete. Der Gottesdienst nahm einige Zeit in Anspruch, währenddessen fühlte sich Louisa die ganze Zeit über wie in einem Traum. Immer wieder zwickte sie sich, um sicherzugehen, dass alles der Realität entsprach.

Plötzlich ging dann doch alles ganz schnell. Sie hörte den Pfarrer nur noch sagen:

»Ich frage Sie: Sind Sie hierhergekommen, um nach reiflicher Überlegung und aus freiem Entschluss mit Ihrem Bräutigam den Bund der Ehe zu schließen?« Und als wäre es das Selbstverständlichste der Welt, antwortete sie:

»Ja, vor Gottes Angesicht nehme ich dich an als meinen Mann. Ich verspreche dir die Treue in guten und in bösen Tagen, in Gesundheit und Krankheit, bis der Tod uns scheidet. Ich will dich lieben, achten und ehren alle Tage meines Lebens.« Währenddessen steckte sie Vincente den Ring an den Finger.

Vincente wiederholte dieselbe Andacht und besiegelte damit ihre Ehe. Berauscht von der feierlichen Atmosphäre und der Tatsache, dass gerade etwas Heiliges geschehen war, versanken Louisa und Vincente in einen andächtigen Kuss. Die Menge applaudierte und ihre Ehe war nun vor Gott geschlossen.

Donna Louisa fasste sich wehmütig an die Brust, dabei strich sie sanft über das Kleeblatt, das sie seitdem so gut wie nie mehr abgelegt hatte.

So viele Jahre, dachte sie und stieß einen wehmütigen Seufzer aus.

Kapitel 25

Leo schlug blinzelnd die Augen auf. Das Tageslicht blendete ihn und er musste gähnen. Gleichzeitig streckte er sich, während er verwirrt den Raum fixierte. Es fühlte sich wie ein schwarzes Loch in seinem Kopf an. Er hatte keinen Schimmer, wo er sich befand. Sich umsehend ließ Leo seine Blicke durch den Raum gleiten und versuchte, sich zu erinnern. Als er unerwarteterweise neben sich eine Bewegung wahrnahm, fuhr er erschrocken zusammen und blickte hastig auf die andere Seite des Bettes. Dort lag unverkennbar Zoe, sie war in einen tiefen Schlaf versunken und schlummerte vor sich hin.

Natürlich, dachte er. *Wo Zoe ist, ist der Ärger nicht fern.* Vorsichtig richtete er sich auf, um gleich wieder mit voller Wucht umzufallen. *Verdammt, was stimmt nur nicht?* Ihm war schwindlig, sein Kopf schmerzte und seine Hände hatten wieder angefangen zu zittern. In diesem Moment wollte er nur noch nach

Hause, ein Aspirin einwerfen und schlafen. Er fühlte sich so unendlich müde, als wäre ihm seine ganze Energie abhandengekommen.

Leo richtete sich erneut auf, ihm war immer noch schwindlig, aber es klappte allmählich besser. Auch sein Erinnerungsvermögen kehrte schrittweise zurück und ihm wurde bewusst, dass sie die halbe Nacht Sex gehabt hatten. Behutsam sammelte er seine Kleidungsstücke auf, zog sich an und verließ unbemerkt das Haus. Er wollte Zoe unter keinen Umständen wecken.

Ungläubig schüttelte er seinen Kopf. Eigentlich hatte er Abstand gewinnen wollen, stattdessen vögelte er mit Zoe in der Weltgeschichte rum. Im wahrsten Sinne des Wortes. Er hatte sich doch tatsächlich Herkules genannt. Während der Fahrt überkam ihn plötzlich schlechte Laune und ein Gefühl der Unzufriedenheit machte sich in ihm breit. Genervt zwängte er sich durch den dichten Straßenverkehr und hoffte, bald zu Hause anzukommen. Er parkte seinen Wagen und stürmte in die Wohnung. José war glücklicherweise nicht zu Hause, Leo benötigte dringend ein Aspirin, sein Kopf drohte zu zerspringen. Er durchwühlte alle Schränke, Schubladen und sonstige Möbelstücke. Aber er konnte nirgends welche finden. Wie ein Besessener hetzte er durch alle Räume und durchstöberte sie gedankenlos. Verzweifelt raufte er sich die Haare, als er plötzlich Josés entsetzte Stimme hörte.

»Alter, was geht hier ab?« Leo blieb abrupt stehen und blickte sich in der verwüsteten Wohnung um. Überall lagen Sachen verstreut, die meisten Schubladen waren aufgerissen und der Inhalt auf dem Boden ausgeleert.

»Ich … ich habe Aspirin gesucht, konnte aber keine finden …«, stammelte er verlegen und fuhr sich dabei mit einer Hand durch seine Haare.

José blickte ihn entgeistert an. »Bro, was ist los mit dir? Hast du dich mal im Spiegel gesehen? Ich glaube, du solltest mal zum Arzt gehen. Und außerdem, wer räumt den ganzen Mist jetzt auf?« In Leo begann es plötzlich zu brodeln, am liebsten hätte er ihn angeschrien, schlimmer noch, er hätte ihm am liebsten eine reingehauen.

»José, kümmere dich einfach um deine Angelegenheiten!«, presste er wütend hervor, drehte sich um, rannte in sein Zimmer und schlug die Tür hinter sich zu. José blieb wie angewurzelt stehen und schaute ihm ungläubig hinterher.

Leo hatte sich auf sein Bett geworfen. Ihm war auf einmal schlecht geworden und er zitterte am ganzen Körper. Er versuchte, sich zu beruhigen, aber die innere Unruhe wuchs stetig. Was zum Teufel war nur los mit ihm? Er atmete tief ein und aus und versuchte, sich mit seinem Handy abzulenken, als er feststellte, dass Zoe ihm schon geschrieben hatte.

»Hey, warum bist du abgehauen? Ich glaub, ich habe noch was für dich.« Dahinter hatte sie einen rauchenden Smiley angefügt. Leo musste schlucken – sollte er wieder zu ihr fahren? Er probierte, sich zusammenzureißen, aber der Drang wurde immer heftiger. Irgendetwas in ihm zwang ihn dazu, er musste zu ihr.

Dolores hielt das Gewehr ganz dicht an ihren Körper gepresst. Angstschweiß lief ihr über die Stirn und brannte in ihren Augen. Doch sie traute sich nicht, die Waffe auch nur für einen Moment abzulegen. Die Dunkelheit hatte sie allmählich komplett eingenommen. Sie lief nur noch in langsamen Schritten und fuhr bei jedem Geräusch angstvoll zusammen.

»Warum muss ich immer alles selbst regeln, verdammt?« Mittlerweile hatte sie jede Orientierung verloren. Es war so dunkel, dass sie nicht einmal mehr ihre Hand vor Augen erkennen konnte.

Da hörte sie auf einmal ein Geräusch, sie konnte nicht definieren, um was es sich handelte. Es hörte sich an wie ein dumpfes Klopfen. Dolores blieb stehen und versuchte, sich zu konzentrieren. Vorsichtig lief sie dem Geräusch entgegen, langsam bewegte sie sich darauf zu. Das Klopfen wurde allmählich immer lauter.

»Was ist das? Mitten in der Nacht, in diesem verdammten Wald?« Sollte sie weitergehen? Sie spitzte ihre Ohren, sie müsste nur dem Verkehrslärm folgen, den sie nun entfernt wahrnehmen konnte, dann wäre sie wieder in Sicherheit. Einen Moment zweifelte sie noch.

»Scheiß drauf, ich habe schließlich eine Waffe.« Dolores nahm ihren ganzen Mut zusammen und lief energisch dem Klopfen entgegen. »Der Brunnen! Der uralte stillgelegte Brunnen!« Sie war sich jetzt so gut wie sicher, dass das Geräusch aus dem alten Wasserreservoir kam. Vielleicht war jemand hineingefallen?

»Hallo!«, rief sie. »Ist da jemand? Ich bin gleich da!« Das Klopfen hörte plötzlich auf, wurde dann aber schlagartig immer eindringlicher. Nun konnte Dolores auch besser wahrnehmen, wo das Geräusch genau herkam.

Sie nahm das Gewehr ab und lief schneller. Bedrohlich senkten sich die Äste der umliegenden Bäume über sie und zerkratzen ihr beim Vorbeilaufen ihre Stirn und die Arme. Doch Dolores bemerkte es nicht. Das Klopfen kam immer näher, gleichzeitig wurde es immer lauter und verzweifelter. Und dann stand sie davor. Das Klopfen war mittlerweile zu einem ohrenbetäubenden Geräusch angeschwollen. Dolores überlegte krampfhaft, was sie tun konnte. Dort unten musste jemand sein. Da fiel ihr Blick auf die Kurbel, das Seil mit dem Eimer war ganz heruntergelassen. »Hey, Sie da unten! Können Sie mich hören?« Es kam keine

Antwort. Vielleicht war die Person nicht in der Lage zu sprechen? »Hören Sie, ich werde versuchen, Sie hochzuziehen.

Wenn Sie mich hören, dann klopfen Sie bitte.« Dolores horchte und vernahm tatsächlich ein deutliches Klopfen. »Puuhhh, also gut. Bitte setzen Sie sich auf den Eimer. Ist das möglich, oder sind sie verletzt? Wenn es geht, klopfen Sie bitte einmal.« Dolores hörte wieder ein Klopfen. »Danke, lieber Gott«, stöhnte sie auf. Dann bewegte sich das Seil und aus den Tiefen des Brunnens drangen Geräusche zu ihr empor. »Wenn ich loslegen kann, dann klopfen Sie, ja?« Dolores horchte wieder, aber dieses Mal kam kein Geräusch. Dafür bewegte sich das Seil nun heftiger und sie konnte unten den Eimer scheppern hören. Ungeduldig lief sie hin und her. »Hallo …« Erleichtert hörte sie wieder das Klopfen. »Okay, ich zieh Sie jetzt hoch«, sagte sie, atmete tief ein, nahm ihre ganze Kraft zusammen und drehte, so fest sie konnte, an der Kurbel.

Unerwarteterweise war die Last geringer als im ersten Moment gedacht. Mit einer ungeahnten Leichtigkeit konnte sie den Eimer hochziehen. Vielleicht war es ein Kind? Von diesem Gedanken in Panik versetzt, kurbelte sie nun immer rasanter, bis sie ihr fast die Luft wegblieb. Als sie den Eimer endlich hochgezogen hatte, stellte sie entsetzt Fest, dass niemand mit hochgekommen war. »Das kann doch nicht wahr sein!«, rief sie. Dann nahm sie den Eimer in die Hand und blickte verzweifelt hinein. Doch bei dem Anblick, der sich ihr bot, blieb ihr fast das Herz stehen, sodass sie einen gellenden Schrei ausstieß.

Leo war auf dem Weg zu Zoe. *Ich bin doch keine verfluchte Marionette*, ging ihm wütend durch den Kopf. José hatte er einfach stehen lassen, nachdem dieser versucht hatte, mit ihm zu reden. Dafür war später Zeit, auch dafür, das Chaos zu beseitigen, das er hinterlassen hatte. Er musste jetzt einfach nur zu Zoe, das hatte

Priorität. Ungeduldig klingelte er Sturm, während er sich mit einer Hand an der Wand abstützte. Als endlich das erleichternde Summen ertönte, riss er die Haustür auf und stürmte hinein. Er konnte sie schon von Weitem sehen, sie saß im Wohnzimmer und hatte ihren Blick dem Flur zugewandt, von dem aus Leo auf zu sie zugelaufen kam.

Sie bedachte ihn mit einem kühlen Augenaufschlag und lächelte kalt. »Was ist los, Leo? Warum so aufgebracht?«

Nervös strich er sich durch die Haare. »Du weißt genau, was los ist.« Seine innere Unruhe ließ sein Herz bis zum Hals schlagen.

Zoe seufzte tief. »Na gut, du willst was von mir. Dann bekomme ich auch was von dir. Eine Hand wäscht die andere.« Leo schaute erstaunt auf. Was konnte sie von ihm wollen? Auf Sex hatte er momentan keine Lust, aber eventuell mit der richtigen Dosis …?

Zoe lächelte wieder kalt. »Leo, Leo … nein, ich möchte keinen Sex, deine Gedanken sind wie ein offenes Buch.« Sie schwieg einen Augenblick und fuhr dann fort. »Du musst einfach nur etwas für mich tun, sagen wir einen Gefallen. Aber dazu später. Jetzt bekommst du erst mal etwas, damit du dich beruhigst. Warte hier.« Mit geschmeidigen Schritten verließ sie den Raum.

Leo saß da und versuchte, nur einen klaren Gedanken zu fassen. Er würde alles für sie tun, das wusste er. Und sie wusste das auch. Wo hatte er sich da nur hineinmanövriert, fragte er sich, als er ihre klackenden Schritte näherkommen hörte. Und dann stand sie vor ihm und hielt ihm einen Joint hin.

»Nimm das, danach geht es dir besser.« Gierig entriss Leo ihr die Droge und nahm einen tiefen Zug. Unmittelbar danach spürte er, wie ein Gefühl der Entspannung und Ruhe seinen Körper durchflutete. Es tat so gut. Er schloss die Augen und lehnte sich zurück. Als er den nächsten wohltuenden Zug nehmen wollte, riss ihm Zoe die Tüte aus der Hand. Verwirrt wollte er danach greifen, aber Zoe trat einige Schritte zurück.

»Also, wie sieht es jetzt aus? Tust du mir den Gefallen?« Leo blinzelte durch die Rauchschwade, seine Aufmerksamkeit war nur auf den Joint gerichtet.

»Ich mach alles, was du willst, Zoe. Aber gib ihn mir.« Zoe blickte ihn eindringlich an. »Ich schwöre«, sagte Leo genervt und erwiderte ihren Blick.

»Na gut, wir reden nachher darüber. Aber merk dir eins, wenn du mir nicht hilfst, dann war's das mit uns«, entgegnete sie ernst und gab ihm den Joint wieder zurück.

Leo saß auf dem Boden und hatte seinen Kopf gegen die Wand gelehnt. Könnte er sich doch immer so fühlen. Er hatte die Augen fest geschlossen und lächelte entspannt, als er plötzlich das Scharren von Stuhlbeinen hörte. Doch er konnte nicht darauf reagieren, gedanklich schwebte er in anderen Sphären, am liebsten hätte er es sich gemütlich gemacht und einfach nur etwas geschlafen. Auf einmal spürte er eine unangenehme Nässe auf seinem Gesicht. Erschrocken fuhr er auf und wollte hastig den unerträglichen Wasserfluss, der auf sein Gesicht herabprasselte, stoppen. Aber je mehr er sich dagegen wehrte, umso nasser wurde er. Laut prustend versuchte er, Nase und Mund zu schützen, doch es gelang ihm nicht und er fing an zu husten. Dann hörte er Zoes Stimme:

»Stell dich nicht so an und wach auf, du pennst schon den ganzen Tag hier in der Ecke, wir müssen jetzt reden. Und beruhig dich, das ist nur Wasser.« Mit diesen Worten beendete sie ihre Quälerei.

Leo war sichtlich genervt, aber hellwach. »Verdammt, Zoe, was soll das? Du hättest mich auch normal wecken können.« Dabei wischte er sich nachdrücklich mit seinem Handrücken über das Gesicht.

»Bist du jetzt fertig mit jammern?«, fragte Zoe ungeduldig. Sie hatte mit verschränkten Armen vor ihm Platz genommen und blickte ihn gelangweilt an.

»Was ist? Willst du schon wieder vögeln? Ich kann jetzt nicht, wie du siehst …«

»Nein, ich will keinen Sex«, unterbrach Zoe ihn barsch. »War voraussehbar, dass du vergessen hast, worüber wir vorhin gesprochen hatten.« Zoe seufzte und fuhr fort: »Hör mir gut zu, und damit meine ich, merk dir jedes Wort, dass ich dir sage.« Leo nickte und machte mit seiner Hand eine Geste, dass sie fortfahren solle.

Kapitel 26

1973

»Fang mich doch!« Der kleine Junge in dem blauen Matrosenanzug rannte lachend durch den langen Flur, dabei schaute er sich immer wieder um.

»Alejandro Cristobal«, rief Louisa. Sie verfolgte ihn halb lachend und halb schimpfend. »Du kleiner Satansbraten, gib mir mein Portemonnaie sofort wieder zurück!« Bis sie nicht mehr konnte und erschöpft auf einen der zahlreichen Sessel sank. Susanna, das Kindermädchen, hatte sich seiner angenommen und Louisa konnte von Weitem hören, wie sie den kleinen Jungen zurechtwies und ihn aufforderte, seiner Mutter den ergatterten Geldbeutel zurückzugeben. Louisa musste lächeln, sie liebte Alejandro, doch hin und wieder brachte er sie mit seinem überschäumenden Temperament an ihre Grenzen.

Auf einmal vernahm sie Schritte und schaute hoch. Susanna kam mit dem kleinen Alejandro an der Hand auf sie zu.

»Mamita«, stammelte er und blickte dabei verlegen auf den Boden. Im Hintergrund hörte sie Susanna flüstern:

»Na komm schon, was habe ich dir vorher erklärt?«

Er setzte noch mal an: »Mamita, es tut mir sehr leid.« Dabei streckt er ihr seine Händchen entgegen. »Hier hast du dein Portemonnaie wieder zurück.« Louisa musste grinsen und antwortete:

»Das hast du aber schön gesagt, vielen Dank. Und nun gib der Mamita einen Kuss.« Artig trat der kleine Mann an seine Mutter heran, während sie ihm den Kopf zuneigte, und gab ihr wie gebeten einen feuchten Schmatzer auf die Wange. Dann drehte er sich um und rannte lachend davon.

Lange blickte sie Alejandro hinterher, während sie sich den Nacken massierte. Was würde nur aus ihm werden? Ein ungutes Gefühl machte sich in ihrer Magengegend bemerkbar. Sie sollte zu Vincente gehen, vergangene Nacht hatte sie einen merkwürdigen Traum gehabt, deshalb musste sie dringend mit ihm reden. Seufzend stand Louisa auf und machte sich auf den Weg in sein Büro.

»Vincente? Bist du da?«, fragte sie, während sie an seine Bürotür klopfte. Doch es kam keine Antwort. Daraufhin öffnete sie behutsam die Tür, um einen Blick hineinzuwerfen. Vincente saß mit gerunzelter Stirn an seinem Schreibtisch und starrte vor sich hin.

»Oh mein Schatz, was ist denn los?« Louisa eilte auf ihn zu und nahm seine Hände in ihre. Erst jetzt realisierte er, dass jemand den Raum betreten hatte.

»Louisa, verzeih«, sagte er mit seiner warmen Stimme. »Ich war so in Gedanken vertieft.« Louisa küsste seine Hand und strich über seine Wange.

»Vincente, was ist passiert? Dich beschäftigt doch etwas.« Vincente versuchte, ihrem Blick auszuweichen, aber Louisa blieb hartnäckig. »Ich hatte einen Traum.« Sie stand auf und lehnte sich an einen der Sessel, während sie ihre Arme verschränkte. »Es war furchtbar, mein Traum hatte kein gutes Ende. Irgendetwas stimmt nicht, Vince. Bitte sei ehrlich und sag mir, was los ist.«

Vincente tat einen tiefen Seufzer und blickte Louisa ernst an. »Du weißt, ich pflege enge Verbindungen zu Salvador. Ohne ihn hätten wir alles verloren, wir können von Glück reden, dass ich ihn gut kenne.« Louisa nickte stumm und schaute ebenso ernst in seine Richtung. »Aber momentan sieht es nicht gut aus für ihn. Gerüchten zufolge ist ein zweiter Putschversuch geplant. Es handelt sich zwar nur um Spekulationen, aber wenn Salvador wirklich gestürzt wird, dann könnte es gefährlich für uns werden.« Louisa riss entsetzt die Augen auf. Sie musste unwillkürlich an Alejandro denken. Besorgt schlang sie sich ihre Arme um ihren Körper. »Ich habe für euch vorgesorgt«, sagte Vincent.

»Was willst du damit sagen?« Allmählich machte sich Panik in Louisa breit. Vincente konnte ihre Angst spüren.

»Louisa, wenn irgendetwas mit mir passieren sollte, dann müsst ihr hier weg. Du musst sofort Alejandro packen und von hier verschwinden.« Ihre Augen blitzten verzweifelt auf, sie konnte und wollte nicht verstehen, was er meinte.

»Aber Vincente, was soll mit dir geschehen? Ich verstehe nicht …« Er kam auf sie zu und drückte sie fest an sich.

»Es tut mir leid, aber ich habe kein gutes Gefühl, deshalb hör mir jetzt gut zu.« Dabei schweifte sein Blick zufällig über den Kalender, der an der Wand hing. Es war der 9. September 1973.

Dolores riss die Augen auf, keuchend hielt sie sich die Hand an ihre Brust. Ihr Herz raste und im ersten Moment war sie orientierungslos. Verwirrt blickte sie sich um, in der anderen Hand hielt sie noch ihr Handy fest umklammert. Hatte sie wieder geträumt? Allmählich realisierte sie, dass sie auf ihrem Bett lag. Dennoch steckte ihr noch die Angst in den Knochen und der hektische Puls war deutlich zu spüren. Außerdem traute sie sich nicht, ihre Augen zu schließen – das schreckliche Bild hatte sich dermaßen in ihr Gehirn eingebrannt. Sie würde diesen grauenvollen Anblick nur schwer wieder vergessen. Die aufgerissenen Augen, der starre Blick. Dolores schluckte mühsam eine aufkommende Übelkeit herunter. Langsam versuchte sie, ihren Geist daran zu gewöhnen, dass alles nur ein Traum gewesen war. Ein sehr realistischer und schockierender Traum: Marisas abgetrennter Kopf, der blutüberströmt in dem Eimer lag. Aber das Schlimmste daran war das Wort, das auf der Stirn, der Toten eingeritzt war. »AYUDA« war mit großen Buchstaben auf Marisas Stirn geritzt worden. Für Dolores war jetzt ein für alle Mal klar. Marisa brauchte dringend ihre Hilfe.

Vielleicht konnte ihr das Buch der Träume weiterhelfen. Ungeduldig kramte sie es aus ihrer Tasche und schlug es auf. Als Erstes betrachtete sie das Pentagramm. Dolores dachte angestrengt nach, dann lief sie ins Bad und holte ihre Schminktasche. Mit einem Lippenstift versuchte sie umständlich, das Pentagramm abzumalen. Dieser brach ihr aber ständig ab, entnervt entschied sie sich dazu, ihren Eyeliner zu benutzen, und malte behutsam weiter.

Sie musste immer wieder nachspitzen, aber schlussendlich gelang es ihr, die Zeichnung fast originalgetreu zu übernehmen. Dann warf sie noch einen hastigen Blick in das Buch, um sicherzugehen, dass sie alles richtig gemacht hatte, und setzte sich in die Mitte ihres Werkes auf den Boden.

Dolores überlegte angestrengt, was sie tun konnte. Sie war sich sicher, dass sie es so anstellen musste, wie damals bei Meda. Es sollte ihr gelingen, ohne fremde Hilfe in einen meditativen Zustand zu gelangen. Sie schloss die Lider trotz der Vorstellung von Marisas abgetrenntem Kopf, die sie immer noch lebhaft vor Augen hatte. Dolores fing an, vor sich hinzusummen, immer intensiver. Langsam wurde ihr schwindlig, ihr Kopf begann, rhythmisch zu ihrem Summen mitzuschwingen, und allmählich driftete ihr Geist ab. Plötzlich meinte sie, Medas Stimme zu hören:

»Mein Sonnenkind, du bist nicht allein, nimm meine Hand und ich führe dich.« Dolores streckte die Hand nach ihrer unsichtbaren Begleiterin aus und versank dabei in immer tiefere Dimensionen.

Leo lief nervös in seinem Zimmer auf und ab. Wie sollte er das meistern, ohne dabei aufzufliegen? Im Lügen war er schon immer schlecht gewesen und er würde sich vermutlich tiefer in die prekäre Situation hineinmanövrieren, als ihm lieb war. Bis jetzt hatte sich noch niemand bei ihm gemeldet und so lange war er sicher. Aber es konnte jederzeit passieren. Oder er hatte Glück und würde verschont bleiben, was aber eher unwahrscheinlich war.

Zoe hatte ihm großzügigerweise die kleine Wasserpfeife mitsamt dem weißen Pulver mitgegeben, damit er sich beruhigen konnte, wenn der Drang zu groß wurde.

»Nur für den Notfall«, hatte sie gesagt. »Du hast es selbst in der Hand«, und ihm ein undurchsichtiges Lächeln geschenkt.

Momentan war seine Gier gestillt. Bevor er losgefahren war, hatte er sich bedient, und zwar in allen Kategorien. Sie hatten im Korridor noch eine schnelle Nummer geschoben, weil ihn plötzlich ein extremer Drang überkommen hatte. Außerdem war sie ihm das schuldig, nachdem, was sie von ihm verlangt hatte. Bei dem Gedanken daran wurde ihm wieder heiß in der Hose. Vielleicht sollte er selbst Hand anlegen? Es reichte schon, an Zoe zu denken, wie sie stöhnend in sein Ohr schrie. Nur allein der Gedanke daran versetze ihn wieder in einen leichten Rauschzustand, als er plötzlich von einem Geräusch abgelenkt wurde.

Benommen blinzelte er auf, bis ihm bewusst wurde, dass José unaufhörlich gegen die Tür klopfte.

»Leo, komm schon, Bro, mach die verdammte Tür auf!« Resigniert ließ er von sich ab und machte sich auf den Weg zur Zimmertür, die er vorsichtshalber abgeschlossen hatte. Lautlos drehte er den Schlüssel um und riss sie mit einem Ruck auf.

»Alter, was willst du? Ich wollte gerade schlafen gehen.«

José blickte ihn ungeduldig an. »Kann ich hereinkommen?«, fragte er zaghaft. Leo dachte kurz nach, dann fiel ihm ein, dass die Pfeife und das Pulver noch herumlagen.

»Warte kurz.« Er schloss eilig die Tür und versteckte die Utensilien in seinem Bad. Als er die Tür wieder öffnete, spürte er deutlich Josés Ungeduld. Dieser lehnte mit einer Hand am Türrahmen.

»Was ist jetzt? Hast du Beweismittel beseitigt? Darf ich jetzt hereinkommen?«

Leo fühlte sich ertappt. »Was meinst du mit Beweismittel?«

José fing an zu grinsen. »War doch nur Spaß, Mann. Du weißt schon, du hast mir gerade die Tür vor der Nase zugeschlagen.«

»Ach so, ja klar, sorry, hab nur etwas aufgeräumt«, lachte er unsicher und ließ José herein.

»Alter, was ist eigentlich mit dir los?«, fragte José und setzte sich auf Leos Bürostuhl, während er ihn direkt musterte. »Ich habe heute Mittag die ganze Scheiße, die du veranstaltet hast, aufgeräumt. Aber denk nicht, dass ich das wieder tue. Das war 'ne Ausnahme. Und außerdem, wie siehst du eigentlich aus, Mann? Hast du in letzter Zeit mal in den Spiegel geschaut? Wenn ich dich nicht besser kennen würde, dann würde ich behaupten, du siehst aus wie ein gottverdammter Junkie.« Gewissensbisse machten sich in Leo breit, doch er war nicht in der Verfassung, mit José darüber zu reden, zu misslich erschien ihm seine momentane Lage und er wollte José in nichts mit hineinziehen.

»Nein, José, es ist nichts, mir geht's gerade nicht so gut. Ich glaube, ich brüte was aus. Brauch einfach 'ne große Mütze Schlaf.« Dabei lächelte er emotionslos. José stand auf und blickte ihm eindringlich in die Augen, ohne dabei irgendwelche Anstalten zu machen, das Zimmer zu verlassen.

»Mann, Alter, ich will bestimmt nicht behaupten, du würdest lügen oder so. Aber ich nehm dir das nicht ab. Tut mir leid.« Leo seufzte, er versuchte fieberhaft, eine glaubwürdige Erklärung für sein Verhalten zu finden. Aber ihm fiel einfach nichts Plausibles ein. Stattdessen überkam ihn das unumgängliche Verlangen nach der Wasserpfeife. Er musste dringend José loswerden.

»Hör mal, José, was du glaubst oder nicht, spielt für mich keine Rolle. Ich denke einfach, ich werde krank, oder ich bin es schon. Und deshalb sollte ich mich jetzt dringend hinlegen und 'ne Runde pennen.«

José stand immer noch da und fixierte ihn eingehend. »Bruder, du weißt, was immer auch ist, du kannst mit mir über alles reden.«

Leo wurde immer unruhiger, er musste jetzt dringend einen Zug aus der Pfeife nehmen, sonst würde noch irgendetwas passieren. Ungeduldig schaute er in Josés Richtung, ohne ihn dabei direkt anzusehen.

»Alter, ich will jetzt einfach nur schlafen, wir können ja morgen weiterreden. Aber ich muss mich jetzt dringend hinlegen.« Damit lief er zur Tür, öffnete sie und signalisierte José, das Zimmer zu verlassen. Dieser bewegte sich nur widerwillig in Richtung Ausgang. Er schaute Leo noch mal an und zeigte mit einer Geste zuerst auf seine Augen und dann auf Leos, dabei sagte er:

»Ich seh, dich Bruder«, dann wandte er sich um und verließ den Raum. Erleichtert ließ Leo die Zimmertür zufallen, er blieb noch einige Sekunden stehen, dabei lauschte er an der Tür, um sicherzugehen, dass José außer Hör- und Sichtweite war. Dann rannte er eilig ins Bad und schnappte sich seine Utensilien, um sich eine beruhigende Dosis zu geben.

Kapitel 27

11.11.1973

Louisa konnte nicht einschlafen, Vincentes Unruhe übertrug sich auf ihr Gemüt und sie spürte überdeutlich seine Belastung. Es schlug genau vier Uhr morgens, als das Telefon im Schlafzimmer klingelte. Vincente hob sofort ab, so als hätte er nur die ganze Zeit darauf gewartet. Sie sah seinen ernsten Gesichtsausdruck und hörte ihn kurz und knapp sagen:

»Ja, ja, danke für den Anruf.« Er legte auf und blickte sie ernst an. »Steh auf und pack eure Sachen, es kann jederzeit losgehen.« Louisa erstarrte einen Augenblick, dann erwiderte sie seine Aufforderung mit einem kurzen Nicken.

Sie hatten sich alle im Wohnzimmer versammelt, der kleine Alejandro spürte die Anspannung der Erwachsenen und verhielt sich außergewöhnlich ruhig für seine Verhältnisse. Louisa hatte ihm gesagt, sie würden heute verreisen, und insgeheim freute er sich schon darauf. Susanna würde mitkommen, nur Papa musste noch bleiben, da er noch zu arbeiten hatte. Gelangweilt betrachtete er die Erwachsenen und konzentrierte sich dann lieber auf sein kleines Holzflugzeug. Bald würde er in einem echten sitzen und durch die Wolken fliegen.

Louisa hatte neben Susanna Platz genommen und sich eine Zigarette angezündet. Vincente stand neben den beiden und zog ebenfalls nervös an einer Zigarre, während alle drei wie gebannt auf den Fernseher starrten. Mittlerweile war es sieben Uhr dreißig und sie konnten Allende sehen, wie er den Präsidentenpalast »La Moneda« betrat und den Leuten immer wieder zuwinkte. Er wirkte müde, es war offensichtlich, dass er sich auf die Schnelle frisch gemacht hatte. Er musste in der Nacht überrascht worden sein. Die Stimmung war nun sehr angespannt, Angst hing in der Luft und jeder war sich mittlerweile bewusst, dass es kein gutes Ende geben würde. Louisa schaute nervös zum Fenster, würden es Joaquin und Alicia schaffen, zu ihnen durchzukommen?

Der Lärm der Unruhen drang deutlich zu ihnen hinein. Immer wieder fielen Schüsse und von Weitem waren Explosionen zu hören. Louisa zuckte jedes Mal zusammen.

»Wo bleiben sie nur?« Langsam wurde sie unruhig. Sie zündete sich eine Zigarette nach der anderen an. Als es plötzlich klingelte, erstarrten alle. Es war augenscheinlich, dass jeder dasselbe dachte. Sie verstanden sich ohne Worte, in diesem Moment kommunizierten sie nur über ihre Gefühle.

Schließlich brach Vincente das Schweigen. »Ich gehe schon«, und eilte zur Haustür.

Mit großen Augen starrten alle in Richtung des Eingangs, als sie Joaquins vertraute Stimme wahrnahmen. Erleichtert eilte Louisa ihm entgegen und erblickte die etwas mitgenommenen Gestalten von Joaquin und Alicia.

»Draußen ist die Hölle los«, hörte sie Joaquin sagen. »Überall Militär und Demonstranten. Wir haben das Auto einfach stehen lassen und sind zu Fuß weiter.« Louisa lief erleichtert auf beide zu und umarmte sie.

»Ich bin so froh. Habt ihr schon was von Mama und Papa gehört?«

»Ja«, antwortete Joaquin. »Wir haben vorhin noch schnell telefoniert. Sie bleiben fürs Erste in Buenos Aires und erwarten uns.«

»Gut«, erwiderte Louisa erleichtert. Weiter kam sie nicht, weil sie von Susannas gehetzter Stimme unterbrochen wurde.

»Kommen Sie schnell, Allende hält eine Rede!« Alle rannten ins Wohnzimmer, der Fernseher war nun ausgeschaltet, dafür lief das Radio auf voller Lautstärke. Allendes resolute Stimme erklärte, dass er nicht zurücktreten würde, wie vom Militär gefordert. Er denunzierte Verräter und warnte seine Anhänger, dass sie in Zukunft verfolgt würden. Wie er seine Ideale, für die er lebte, bis zu seinem letzten Atemzug vertreten würde, und für die er nun bereit war, sein Leben zu lassen. Für immer sollten diese Sätze unvergessen bleiben. Gebannt hingen sie an seiner Rede und mit seinen letzten Worten verschwand auch der letzte Hoffnungsschimmer, den sie in sich getragen hatten.

Weinend standen sie sich gegenüber. Louisa konnte es nicht fassen, alles war wie ein nicht endender Albtraum.

Vincente drückte sie fest an sich. »Sobald es möglich ist, komme ich nach, aber ich habe hier noch einiges zu erledigen. Mach dir keine Sorgen, ich werde untertauchen. Keiner wird mich finden.« Louisa konnte seinen Worten nicht wirklich Glauben schenken, aber ihr blieb nichts anderes übrig, als ihm blind zu vertrauen und zu hoffen, dass sie bald wieder vereint sein würden. Lächelnd hob er den kleinen Alejandro zu sich empor und gab ihm einen Kuss auf die Stirn. »Pass gut auf deine Mutter auf, tapferer Soldat.« Dann verabschiedete er sich noch von Joaquin und Alicia. Als sie in die Privatmaschine stieg, drehte sie sich noch ein letztes Mal um, und ihre Blicke trafen sich. Zaghaft winkte sie ihm zu. Es sollte ihr letztes Mal für eine sehr lange Zeit sein.

Dolores landete mit einem harten Aufprall, so fühlte es sich zumindest an. Sie hatte es geschafft. Sie war angekommen. In den unergründlichen Tiefen ihrer Seele. Unsagbare Erleichterung machte sich in ihr breit, vielleicht würde es ihr gelingen, mehr über Marisas Unglück zu erfahren. Vielleicht würde sie es sogar schaffen, Marisa zurückzuholen, in das Leben, zurück in diese Welt. Unsicher blickte sie sich um. Mit großen Augen betrachtete sie den riesigen Raum, in dem sie sich befand. Er glich mehr einer Halle als einem üblichen Zimmer. Schwarze, glänzende Wände umgaben sie. Obwohl es keine Lichtquelle gab, konnte Dolores sehen. Sie blickte nach oben und erkannte, dass die Mauern unendlich in die Höhe ragten. Über ihr schien sich eine endlose Schwärze auszubreiten, aus der es augenscheinlich kein Entrinnen gab.

Plötzlich nahm sie eine Stimme in ihrem Inneren wahr. Diese flüsterte ihr etwas zu. »Du bist die Schöpferin, erschaffe deine Welt.« Und da fiel es ihr wieder ein, sie musste sich einen Ausgang wünschen, sonst würde sie niemals hier herauskommen. Sie schloss ihre Augen, atmete tief ein und versuchte, ihren Wunsch zu manifestieren. Als sie sie wieder öffnete, schien immer noch alles unverändert. Verwundert blickte sie sich um. Was hatte sie falsch gemacht? Vielleicht sollte sie es noch mal versuchen. Doch in dem Moment, als sie ihre Augen erneut geschlossen hatte, nahm sie etwas wahr, ganz leise. Im ersten Moment konnte sie nicht erkennen, um was es sich handelte. Sie versuchte zu erahnen, wo die Geräuschquelle war. Doch so sehr sie sich auch anstrengte, es war undefinierbar.

Dolores erhob sich und lief auf eine der Mauern zu, um diese genauer zu untersuchen. Als sie auf einmal den Drang verspürte, ihre Hände daranzuhalten. Und plötzlich fühlte sie es: Das Gemäuer vibrierte. Erschrocken wich sie zurück, um sich im nächsten Moment wieder vorsichtig zu nähern. Sie fühlte es nochmals, ganz deutlich. Von der Neugier beflügelt hielt sie nun auch ihr Ohr daran. Tatsächlich konnte sie es jetzt ganz deutlich hören, es war Musik, die sie hinter der Wand wahrnahm. Auf seltsame Weise kam ihr die Melodie vertraut vor, im ersten Augenblick kam sie nicht darauf. Bis sie die Erkenntnis wie ein Blitz überkam. »La vie en rose«, das Lieblingslied ihrer Mutter. Das unsägliche Liebeslied von Edith Piaf, das die Liebe in einfachen, berührenden Worten beschreibt. Dolores schloss die Augen, wie lange hatte sie dieses Chanson nicht mehr gehört. Leise begann sie mitzusingen. »Je vois la vie en rose, Il me dit des mots d'amour …«

Erinnerungen kamen in ihr hoch und ihr Herz begann zu schmerzen. »Maman, ich vermisse dich so sehr. Geliebte Maman …«

Mit einem Seufzer wischte sie sich die Tränen aus dem Gesicht und versuchte, sich zu sammeln. Sie musste jetzt weitersuchen. Neugierig schaute sie sich um, vielleicht ergab es Sinn, eine der anderen Mauern zu inspizieren. Dolores lief auf die gegenüberliegende Seite und untersuchte diese eingehend. Erwartungsvoll streckte sie ihre Hand danach aus, und die Vibration war schon in der Luft deutlich spürbar. Ohne abzuwarten, hielt sie sofort ihr Ohr an die Wand, sie hatte fest damit gerechnet, wieder den romantischen Ohrwurm zu hören. Als sie von einer anderen Melodie überrascht wurde, die nicht minder romantisch war und die sie sogar auf Anhieb erkannte. »I'll Be Waiting« von Lenny Kravitz. Gänsehaut machte sich auf ihrem Körper breit und sie und schloss für einen Moment die Augen.

Es war ein sonniger Tag, die Vögel zwitscherten, sie hatte sich auf ihrer Decke ausgestreckt und versuchte, etwas zu dösen, als sie plötzlich Wasser auf ihrer Haut spürte. Erschrocken riss sie die Augen auf, dabei blickte sie in ein Paar dunkle, die von einem dichten Wimpernkranz umgeben waren.

»Benjamin«, schoss ihr durch den Kopf.

»Hallo«, hörte sie aus seinem Mund. »Ich habe dich vorhin runterlaufen sehen, und da dachte ich, ich schau mal, was du so machst.«

Verständnislos schüttelte sie den Kopf. »Und dann bist du auf die glorreiche Idee gekommen, mich anzuspritzen?«

Er lachte. »Es war einfach zu verlockend. Komm schon, es waren doch nur ein paar Spritzer.« Jetzt musste sie auch lachen. Benjamin war der Sohn ihres früheren Gärtners. Er war ein paar Jahre älter als sie, aber sie hatten sich immer gut verstanden, und insgeheim schwärmte Dolores für ihn.

Er lächelte sie an und sie wurde das Gefühl nicht los, dass er irgendetwas im Schilde führte. Was er eigentlich fast immer tat, weil es ihm ein teuflisches Vergnügen bereitete, sie zu ärgern. Sie setzte sich auf und blickte ihn an.

»Komm hoch«, sagte er, während er ihr seine Hand reichte. Dolores ließ sich nicht zweimal bitten. Als er sie hochgezogen hatte, hielt er ihre Hand länger fest, als es nötig gewesen wäre.

»Was hast du vor?«, fragte sie lächelnd. Er ließ von ihr ab und antwortete:

»Schließ die Augen.« Erwartungsvoll kam sie seinem Wunsch nach und hörte wenig später Musik. Ben hatte ihr seine Kopfhörer in die Ohren gesteckt. »I'll be waitin whenever you need me ...« Ein Song, der gerade überall lief und der von einem Liebesgeständnis und dem ewigen Warten auf die Eine handelt.

»Darf ich meine Augen jetzt öffnen?«, fragte sie ein wenig ungeduldig.

Plötzlich spürte sie an ihrer Wange eine sanfte Wärme aufsteigen und sog gleichzeitig einen herben, würzigen Duft ein. Ben strich vorsichtig über ihre Hand. Verwirrt drückte sie ihre Augen fester zusammen, was hatte Benjamin vor?

»Ben …«

»Entspann dich, Dolores«, unterbrach Benjamin sie. Dolores musste nervös schlucken. Sie ahnte, dass jetzt etwas Episches passieren musste, die Luft schien zu knistern und eine Gänsehaut überzog ihren ganzen Körper. Kaum war der Gedanke da, spürte sie schon Benjamins Lippen auf ihren. Und als ob es das Natürlichste der Welt wäre, reagierten ihre auf seine, und sie versanken zu ihrem allerersten Kuss.

Seufzend entfernte sich Dolores von der Wand. Was sollte das Ganze? Der zweite Song, der emotionale Erinnerungen in ihr auslöste. Einen Moment blieb sie noch stehen und schwelgte in süßen Gedanken. Ihre Neugier war nun geweckt, sie musste unbedingt die anderen beiden Wände inspizieren. Wer wusste, welche Erinnerungen noch hinter dem dunklen Gemäuer steckten.

Hastig rannte sie auf die andere Wand zu und drückte sofort ihr Ohr daran, doch wider Erwarten war nichts zu hören. Sie versuchte es noch mal an einer anderen Stelle, aber dort war auch kein Ton zu hören. Also lief sie zu der Mauer, die übrig geblieben war, um zu horchen, aber dort herrschte auch absolute Funkstille. Dolores glitt mit dem Rücken die Wand nach unten und setzte sich auf den Boden. Was hatte das nur zu bedeuten? Zwei Wände, aus denen zwei unterschiedliche Songs drangen. Und beide weckten rührende Erinnerungen an ihre Vergangenheit. Grübelnd saß sie eine Weile da, bis ihr einfiel, wie es beim letzten Mal gewesen war. Dort hatte sie sich zwischen unterschiedlichen Türklinken entscheiden müssen. So hatte sie die bitterliche Erinnerung an ihren Vater heraufbeschworen und wusste nun, warum dieser verschwunden war und weshalb sie die Erinnerung so tief in ihrem Unterbewusstsein versteckt hatte. Aber was hatte es mit den beiden Songs auf sich? Musste sie sich für einen entscheiden? Führte das dann letztlich, dass sie den Ausgang finden würde? Sie versuchte zu entscheiden, welche Erinnerung die bedeutsamere für sie darstellte. Ihr erster Kuss hatte sie sehr berührt und sie hatte ihn niemals vergessen.

Doch Ihre Mutter war gestorben und sie würden sich nie wiedersehen. Sie war damals im Krankenhaus eingeschlafen, einfach hinweggeglitten. Dolores hatte nie die Chance gehabt, sich von ihr zu verabschieden. Die Entscheidung stand fest. Sie sprach sie laut aus:

»Edith, du bist meine Favoritin, *la vie en rose*«. Erwartungsvoll blickte sie in die Richtung der Wand, aus der Edith Piaf ihr Liebeslied gesungen hatte. Schlagartig machte sich ein goldenes Flimmern bemerkbar, das sich allmählich zu einem Lichtstrahl bündelte und sich kurz danach zu einer kleinen goldenen Kugel formte, um anschließend auf der Wand zu landen und sich in einen Türknauf zu verwandeln. Dolores lächelte, sie hatte den Ausgang erschaffen. Entschlossen erhob sie sich und lief auf den Knauf zu.

Kapitel 28

Diese Nacht fühlte er sich zu Höherem berufen. Der Drang, sein selbstbewusstes Ich zu präsentieren, stellte jegliche Vernunft in den Schatten. Sollte er ausgehen? Im Stadtzentrum hatte ein neuer Club eröffnet. Er wollte tanzen, Frauen aufreißen und jedem zeigen, dass er der König der Welt war. Er verspürte das dringende Verlangen, seine sexuellen Bedürfnisse zu befriedigen. Seine Gelüste drohten ihn förmlich aufzufressen. Getrieben von seinen Begierden eilte er ins Bad, um sich frisch zu machen. Als sein Blick in den Spiegel fiel, stellte er unzufrieden fest, dass er nicht gut genug aussah. Seine Haut wirkte fahl mit rötlichen Flecken, die Augen trüb und glanzlos und von dunklen Ringen umgeben.

»Ich muss was dagegen tun«, seufzte er und machte sich in seinem Badschrank auf die Suche nach verschönernden Mitteln. Als er einiges an Bräunungscreme aufgetragen und Augentropfen eingeträufelt hatte, war er schließlich mit seinem Resultat zufrieden. Dann griff er nach der Wasserpfeife, die er mittlerweile vorbereitet hatte, und nahm einen tiefen Zug. Das schlechte Gewissen hatte sich unterdessen verabschiedet. Zoe hatte gemeint, der Vorrat sei für den Notfall. Doch Leos Gier war zu jeder Zeit ein Notfall. Jetzt konnte der Abend kommen.

Die laute Musik war schon von Weitem zu hören. Leo hatte sein Verdeck geöffnet und war auf der Suche nach einem Parkplatz. Er fühlte sich diese Nacht wie ein Held, war sich sicher, dass er heute jede haben konnte. Leo parkte seinen Wagen und stellte sich an die lange Schlange, die sich vor dem Club gebildet hatte. Langsam ging es vorwärts, doch wider Erwarten stand er bald vor dem gefürchteten Türsteher. Dieser bedeutete ihm mit einer lässigen Handbewegung, hineinzugehen. Leos Selbstbewusstsein steigerte sich ins Unermessliche. Tanzend lief er durch die verspiegelten Räume, blickte sich um und sog die ausgelassene Stimmung ein. Angelehnt an eine der zahlreichen Balustraden, die einen interessanten Kontrast zu der modernen Verspiegelung bildeten, blickte er sich abschätzend um. Die meisten Frauen waren in männlicher Begleitung und doch konnte er ihre heimlichen Blicke spüren. Als er plötzlich durch ein Klopfen auf seiner Schulter abgelenkt wurde. Verwundert wandte er sich um und blickte direkt in zwei ernste braune Augen.

Verdutzt starrte er in die Visage des Kommissars. »Was machen *Sie* denn hier?«, fragte er direkt.

Der Kommissar lächelte fast schon entschuldigend. »Wissen Sie, ich habe meine Tochter hier abgeliefert und da dachte ich, ich mach mir mal ein Bild von dem Schuppen. Außerdem ist der Türsteher einer meiner Neffen, sonst wäre ich wohl hier nie hereingekommen.« Leo lächelte kühl, was wollte der alte Knacker ausgerechnet hier von ihm? Eigentlich war er nicht in Stimmung auf Gespräche.

»Hören Sie«, sagte der Kommissar. »Ich würde Sie gern etwas fragen. Ich hoffe, Sie haben nichts dagegen. Ich könnte Sie natürlich auch ins Revier vorladen, aber wenn wir beide schon hier sind, dann bringen wir es doch am besten gleich hinter uns.« Leo überlegte, sollte er sich darauf einlassen, oder lieber das Weite suchen und das Gespräch auf einen anderen, passenderen Zeitpunkt verschieben? Andererseits schwebte er momentan auf einem absoluten Hoch und wäre in der Lage, dem Kommissar jede erdenklich plausibel klingende Antwort zu liefern.

»Na gut«, seufzte er theatralisch. »Schießen sie schon los.« Der Kommissar, sichtlich erfreut über die positive Entwicklung des Gespräches, schaute sich währenddessen nach einer ruhigeren Ecke um.

1976

Argentinien ähnelte in vielerlei Hinsicht Chile und Louisa war froh, dass sie dort lebte. Alejandro würde bald eingeschult werden. Ihre Eltern besaßen ein großes Haus, in dem sie alle zusammenwohnten. Vincente hatte ihr ein beträchtliches Vermögen zukommen lassen, damit sie abgesichert waren. Trotz allem schlummerte in ihr immer die Unruhe. Drei Jahre waren vergangen, seit sie Vincente das letzte Mal gesehen hatte. Er war untergetaucht; und da er als politischer Verfolgter galt, war es schwierig, den Kontakt zu ihm aufrechtzuerhalten. Sie musste täglich damit rechnen, dass ihm etwas zustoßen konnte. Die neue Regierung in Chile ging sehr unbarmherzig mit ihren Gegnern um.

Umso aufgebrachter war sie, als sie zitternd seinen Brief in den Händen hielt. Immer wieder las sie ihn durch. Deutschland, was sollte sie in Deutschland? Ihr Leben war doch hier, in Südamerika. Er hatte ihr geschrieben, dass er sie dort erwarten würde. Tatsächlich war es ihm gelungen, von einer Hilfsorganisation nach Deutschland ausgeflogen zu werden. Jetzt war er in Sicherheit und bereitete ein neues Leben vor. Aber was sollte sie tun? Sie musste gehen, er war ihr Mann und sie seine Frau, und sie hatten sich geschworen, in guten wie in schlechten Zeiten zusammenzuhalten. Doch die Entscheidung fiel ihr schwer, sie liebte ihre Eltern. Ihr Vater hatte nach den ganzen Verlusten einen Schlaganfall erlitten und saß jetzt im Rollstuhl. Ihre Mutter hatte mit den Jahren etwas von ihrer Unnahbarkeit eingebüßt. Sie war weicher geworden und kümmerte sich liebevoll um den kleinen Alejandro. Mit hängenden Schultern machte sie sich auf den Weg in den Wintergarten, wo ihre Eltern den Mittag zu verbringen pflegten.

Schnee, war der erste Gedanke, der ihr durch den Kopf schoss, als sie in Berlin aus der Maschine stieg. Es war bitterkalt und der Ostwind wehte durch ihr Haar. Fasziniert beobachtete sie die Schneeflocken, die in der Luft tanzten. Als sie Buenos Aires verlassen hatten, befanden sie sich im Hochsommer. Nach dem beinahe zwölfstündigen Flug waren sie mitten im Winter angekommen. Schweren Herzens schritt sie mit dem kleinen Alejandro an der Hand die Stufen aus dem Flugzeug hinunter. Immer noch konnte sie die feuchten Tränen ihrer Mutter an ihrer Schulter spüren, die sie beim Abschied hinterlassen hatte. Den klammen Händedruck ihres Vaters, der sie mit großen, traurigen Augen angeblickt hatte. Joaquins und Alicias Worte hören, die ihr alle möglichen Ratschläge mit auf den Weg gegeben hatten.

Allein, war der nächste Gedanke, der ihr durch den Kopf schoss. So allein wie in diesem Augenblick hatte sie sich noch nie in ihrem Leben gefühlt. Eingepfercht inmitten von Dutzenden von

Menschen stand sie im Bus, der sie zur Ankunftshalle bringen sollte. Alejandro hatte seinen kleinen Kopf fest an ihr Bein gepresst, in der anderen Hand hielt sie ihren Koffer mit den wichtigsten Habseligkeiten. »Alles andere können wir in Berlin besorgen«, hatte Vincente ihr am Telefon versichert. Sie tat einen tiefen Atemzug und eine Mischung aus den unterschiedlichsten Gerüchen stieg ihr in die Nase. Sie würde diesen Geruch niemals wieder vergessen. Es roch nach Neuanfang, aber auch nach Abschied.

»Mama, wann sind wir denn endlich da? Ich muss mal«, quengelte Alejandro ungeduldig.

»Mein Schatz, wir suchen sofort die Toilette. Papa muss auch gleich kommen, dann zeigt er uns, wo wir hinmüssen.«

»Aber ich halte es nicht mehr aus«, jammerte er weiter.

»Geduld, mein Kleiner, Geduld. Er muss jede Sekunde hier sein.« Dabei strich sie ihm über seine dichten Locken. Unsicher schaute sie sich um, hoffend, dass Vincente bald auftauchen würde. Und plötzlich entdeckte sie ihn, in dem ganzen Getümmel von Menschen hätte sie ihn fast übersehen. Er stand da und blickte sie an, seine Augen leuchteten, in den Händen hielt er einen Strauß weißer Kamelien. *Wo hat er die nur aufgetrieben?*, dachte sie im ersten Moment.

Und dann liefen sie aufeinander zu. Zuerst mit zaghaften Schritten, dann beschleunigten beide ihr Tempo. Immer wieder mussten sie Leuten ausweichen, die ihren Weg kreuzten, doch dann hatten sie es geschafft. Sie standen sich gegenüber und keiner brachte ein Wort heraus. Sie schauten sich einfach nur in die Augen, als würden sie darin etwas suchen, von dem sie glaubten, dass es verloren gegangen sei. Für Louisa war jegliches Gefühl des Alleinseins verflogen.

»Vincente«, sagte sie.

»Louisa«, lächelte er verlegen. Sie umarmten sich und versanken in eine nicht endend wollende Umarmung. Als sie von Alejandros anklagender Stimme aus ihrem Freudentaumel gerissen wurden.

»Mama«, jammerte er. »Ich habe mir in die Hose gemacht.« Louisa und Vincente ließen voneinander ab, schauten zu Alejandro und brachen in ein herzliches Lachen aus.

Dolores fühlte sich wie im Schlaraffenland. Es roch nach gerösteten Mandeln und Zuckerwatte. Auf Tischen verteilt standen Etageren mit den köstlichsten Spezialitäten. Die ganze Umgebung bot einen absoluten Kontrast zu dem dunklen Raum, in dem sich Dolores davor aufgehalten hatte. Von Weitem hörte sie Edith Piaf ihren Ohrwurm singen, und wenn sie in Richtung Horizont blickte, konnte sie die Spitze des Eiffelturms erkennen. Sie war in Paris, der Heimatstadt ihrer Mutter Cécile. Als Kind war sie zweimal dort gewesen, um ihre Großmutter Celeste zu besuchen. Als diese verstorben war, hatten sie jedoch die Besuche eingestellt. So hatte sie Paris in Erinnerung, bunt, lecker und voller Leben. Ganz anders als ihr Wohnort in Chile, der immer von Vogelgezwitscher und Ruhe erfüllt war. Ihre Großmutter hatte sie immer »ma petite chérie« genannt. Sie hatte ihr gern gruselige Geschichten über die Opfer der Guillotine erzählt sowie die über Hamida Djandoub, der es gewagt hatte, ein fünfzehnjähriges Mädchen zu entführen, um ihr schlimme Dinge anzutun. Und der deshalb in Frankreich das letzte Opfer der Guillotine geworden war. Sie hatte ihre Großmutter geliebt, auch wenn sie sich ein wenig vor ihren Gruselgeschichten gefürchtet hatte.

Verzaubert von der ganzen Umgebung lief sie von einem Stand zum anderen und naschte von allen Leckereien, die sie vorfinden konnte, trank von den köstlichsten Limonaden und genoss die märchenhafte Atmosphäre. Dann erblickte sie ein Karussell, wie gerne war sie als Kind damit gefahren. Es glich dem Manège 1913 im Jardin du Champ de Mars, dort war sie immer mit ihrer Großmutter gewesen und hatte viele Runden auf den historischen Rössern gedreht. Überwältigt von der Erinnerung nahm sie auf einem der Pferde Platz und drehte eine Runde nach der anderen, bis sie nicht mehr konnte. Als sie abstieg, begann sie müde zu werden, so ein kleines Nickerchen wäre nicht schlecht. Und kaum war der Gedanken da, stand sie vor einer überlebensgroßen Wolke aus rosa Zuckerwatte. Sollte sie sich dort reinplumpsen lassen? Zu verlockend schien ihr die Vorstellung. *Ist doch nur ein Traum*, dachte sie und ließ sich mit einem Satz hineinfallen. Wohlig, warm und gemütlich fühlte es sich an. Sie schloss die Augen und driftete in die tiefsten Ebenen ihres Unterbewusstseins ab.

Etwas kitzelte sie an ihrer Nase.

»Hör auf«, schimpfte Dolores, schlug wild um sich, aber es hörte einfach nicht auf. Als sie die Augen aufschlug, wurde sie von strahlendem Sonnenschein geblendet. Langsam streckte sie sich und gähnte, während sie ihre Augen rieb und dabei in die Sonne blinzelte. Unsicher schaute sie sich um und versuchte, sich zu erinnern, wie sie hierhergekommen war. Doch dann fiel es wieder ein, sie hatte geträumt. Träumte sie eigentlich immer noch? Und was hatte sie gekitzelt? Sie richtete sich auf und jetzt sah sie es: Sie saß auf einem Berggipfel, umgeben von wilden Blumen. Überall flogen Schmetterlinge umher und genossen den Nektar, der sich ihnen bot. Dolores schaute in die Ferne, der Himmel strahlte azurblau auf sie hinab, und sie war von saftigen, grünen

Bergkuppen umgeben. Von Weitem erblickte sie eine kleine Hütte. Sie wirkte so deplatziert hier inmitten der Natur, mit ihren grellroten Fensterläden und der knallgelben Fassade. Doch irgendetwas zog sie dorthin. Es war, als würde ein unbändiger Magnet von dieser Hütte ausgehen. Dolores stand auf, wischte sich ihre Hände an ihrer Hose ab und machte sich auf den Weg. Neugierig darauf, was oder wer sie dort erwarten würde.

Kapitel 29

Leo hatte es gewagt. Er hatte dem Kommissar in die Augen geschaut und ihn angelogen. Tief in seinem Inneren fühlte er ein leichtes Unbehagen. Doch die beiden Blondinen, die ihn die ganze Zeit über beobachtet hatten, boten eine willkommene Ablenkung. Bevor der Kommissar gegangen war, hatte er ihn eindringlich angeschaut und ihm noch ein paar gut gemeinte Worte mit auf den Weg gegeben: »Passen Sie gut auf sich auf.« Dann war er, ohne sich noch mal umzusehen, gegangen.

Leo lachte vor sich hin und rieb sich über die Augen. »Scheiß drauf«, und wandte sich den beiden Grazien zu. Die Frauen lächelten ihn schon erwartungsvoll an. Sie feierten, tanzten und tranken. Er trank wie noch nie zuvor in seinem Leben, doch der Alkohol schien keine Wirkung zu zeigen.

»Noch mal ein Bier, bitte.« Leo stand an der Bar und bestellte sich mittlerweile sein x-tes Bier.

»Du verträgst ja ganz schön viel«, hörte er eine Stimme neben sich sagen. Neugierig drehte er sich zur Seite und schaute in ein Paar belustigt dreinblickender Augen, die ihm im ersten Moment bekannt vorkamen, aber nicht einordnen konnte.

»Und das sagt wer?«, fragte er interessiert. Die kleine Brünette mit dem herzförmigen Gesicht und den vollen Lippen hatte etwas Gewitztes, Freches, das sein Interesse weckte.

»Isabella«, sagte sie und streckte ihm ihre Hand entgegen.

»Leo«, stellte er sich vor. »Machst du das öfter?«, fragte er amüsiert.

Sie lächelte und schaute ihm auffordernd in die Augen. »Was meinst du?«

Leo rückte ganz nah an sie heran, bis er mit seiner Wange ihre berührte, und sagte ihr ins Ohr: »Na, einfach so fremde Männer ansprechen.«

»Na ja, eigentlich nicht. Nur wenn sie mir irgendwie, sagen wir mal, besonders auffallen.«

Leo war im Begriff, etwas zu erwidern, als er plötzlich auf die Tanzfläche gezerrt wurde. Eine der Blondinen hatte sich an seinen Arm gekettet und ihn mit sich gezogen. Entschuldigend blickte er sich um und wollte Isabella signalisieren, dass es ihm leidtat. Doch sie war verschwunden. Suchend schaute er sich nach ihr um. Jedoch war sie nirgendwo zu sehen. Verwundert zuckte er mit seinen Schultern, um sich anschließend den zwei Blondinen zuzuwenden, als ihm jemand auf den Rücken klopfte. Neugierig drehte er sich um, und da stand sie wieder, sie blinzelte ihn mit großen Augen an.

Seine Tanzpartnerinnen waren schlagartig vergessen. »Du bist einfach verschwunden«, sagte er.

Isabella lächelte. »Das sagt gerade der Richtige.«

»Ja, ich weiß, aber es ging alles so schnell. Tut mir leid.« Er schaute ihr tief in die Augen. »Wo waren wir stehen geblieben?« Er überlegte einen Augenblick. »Ah, ich weiß. Du sprichst Männer nur an, wenn sie dir irgendwie besonders auffallen. Richtig?«

»Richtig«, lachte sie.

»Komm mit«, sagte er und zog sie in eine ruhigere Ecke. »Also, Was ist dir denn an mir aufgefallen?«

»Na ja, dass du ein Bier nach dem anderen trinkst und trotzdem einen total nüchternen Eindruck machst. Das ist schon extrem erstaunlich.«

»Ich vertrage eben viel, ich bin ein guter Esser und kann deshalb auch ganz schön was trinken.« In dem Moment musste er daran denken, dass er schon vor Ewigkeiten das letzte Mal etwas gegessen hatte. Komischerweise verspürte er kein Hungergefühl.

Isabella schaute ihn fragend an. »Alles okay?«

»Ja, klar. Mir ist nur eben etwas eingefallen.« Auf einmal beschlich ihn das unangenehme Gefühl, beobachtet zu werden. Die Blondinen standen mit leicht angesäuertem Gesichtsausdruck und verschränkten Armen am Nachbartisch und starrten zu den beiden herüber.

»Ich glaub, ich muss kurz was regeln. Stehen bleiben«, sagte er, »und zwar genau da, wo du jetzt bist. Ich bin gleich wieder da.« Auf dem Weg zu den beiden drehte er sich noch ein paarmal um. Er wollte sichergehen, dass sie sich nicht wegbewegte. Nach einem kurzen Gespräch mit ihnen zischten sie mit hocherhobenem Kopf und energischen Schritten davon.

Verwundert schaute Isabella ihnen hinterher „Was hast du denn zu ihnen gesagt?“ „Nichts weiter“, erwiderte Leo „Außer, dass ich mich jetzt lieber mit dir unterhalten möchte. Und, dass sie nicht sauer sein sollen. Aber sie müssen das irgendwie in den falschen

Hals bekommen haben. Dabei war ich doch ganz höflich.“ Isabella fing laut an zu lachen, „Und du denkst du bist höflich gewesen?“ „Naja zumindest habe ich ihnen die Situation erklärt. Ich hätte sie auch ignorieren können.“ lächelte er, während er sie eingehend musterte. Ihre welligen braunen Haare glänzten im Scheinwerferlicht, die dunkle Lederjacke und die schwarzen engen Jeans betonten ihre schlanke Figur und ihre großen dunklen Augen leuchteten geheimnisvoll. „Du kommst mir irgendwie bekannt vor. Ich komm einfach nicht darauf, woher. Bist du auch auf der Uni? Vielleicht sind wir uns dort schon mal begegnet?“

Sie schaute ihn an und nuckelte dabei an ihrem Strohhalm. »Nein, ich habe noch nicht angefangen zu studieren. Ich bin noch unentschlossen, welchen Studiengang ich belegen soll. Deshalb jobbe ich ein wenig rum. Mal hier, mal dort.«

»Gute Idee«, meinte Leo. »So kann man Erfahrungen sammeln.« Nach einer Weile des Schweigens fragte er: »Lust zu tanzen?«

»Na klar, warum nicht?« Leo legte seinen Arm um ihre Schultern und zog sie mit auf die Tanzfläche. Während sie sich zum Takt der Musik bewegten, blickten sie sich immer wieder in die Augen und mussten verlegen lachen.

Bis der DJ auf einmal eine Durchsage machte: »Hey, Leute, weil wir Retro so lieben und weil ich von hier oben so viele verliebte Pärchen sehen kann, spielen wir heute ausnahmsweise mal einen Stehblues! Auf die Achtziger!«

»Oh mein Gott!« Isabella hüpfte wild gestikulierend umher. »Davon hat mir meine Mutter immer erzählt.« Leo legte behutsam seine Arme um ihre Schultern und zog sie an sich, als schon die ersten Töne von Robin Becks Ohrwurm »First time« erklangen. Zaghaft drückte er Isabella an sich und sog ihren Duft ein. Sie fühlte sich so gut an, so zart und zerbrechlich. Ihn überkam das Gefühl, als müsste er sie vor allem beschützen. Er strich über ihre filigranen Arme und schloss dabei die Augen. Beide schienen wie berauscht von der jeweiligen Nähe des anderen, sie nahmen nur noch sich wahr. Alles andere existierte in diesem Moment nicht mehr.

Dolores lief und lief, auf den ersten Blick hatte der Weg zu der Hütte so nah gewirkt. Doch sie wurde den Eindruck nicht los, dass sie sich immer mehr von ihrem Ziel entfernte, je länger sie lief. Sie hielt einen Moment inne und überlegte. Es war ihr Traum und sie konnte bestimmen, was passieren sollte. Aber wie? Sollte sie es sich wieder von ganzem Herzen wünschen? Oder war es einfacher, nach einem logischen Sinn zu suchen? Sie ließ sich auf das Gras fallen und dachte nach. Dabei schweifte ihr Blick über das satte Grün der Wiesen, sie beobachtete die Schmetterlinge, während sie ihr synchrones Flügelspiel flogen und von Blüte zu Blüte wechselten. Immer von einer zur anderen, genau ihr Ziel fokussierend. Vielleicht sollte sie …? Dolores konzentrierte sich auf einen Schmetterling, folgte ihm und lief ihm von Blume zu Blume hinterher. Als sie aufblickte, hatte sie das Gefühl, der Hütte etwas näher gekommen zu sein. *Weiter*, dachte sie und folgte dem Schmetterling stetig. Und tatsächlich führte sie ihr Schmetterlingsweg immer näher an ihr Ziel.

Nach einem Spaziergang an den außergewöhnlichsten und apartesten Blumen vorbei stand sie auf einmal davor. Doch was von Weitem wie eine kleine Hütte gewirkt hatte, erschien jetzt wie ein riesiges majestätisches Gebäude. Dolores lief um das Haus herum. Je länger sie es betrachtete, desto vertrauter erschien es ihr. Sie entfernte sich einige Schritte davon, um es aus der Distanz zu betrachten. Ihre Augen weiteten sich und sie konnte vor Erstaunen ihren Mund nicht mehr schließen, als sie realisierte, wo sie sich befand.

Sollte sie es wagen, hineinzugehen? Sie hatte Angst, sie fürchtete sich vor dem, was sie dort erwartete. Es war schon lange her, dass sie das letzte Mal hier gewesen war. Ehrfürchtig lief sie auf das Gebäude zu, um dann langsam die Stufen vor dem Eingang hinaufzuschreiten. Als sie am Eingang angekommen war, blieb sie einen Moment stehen und holte tief Luft. Dann drückte sie mit zitternden Händen das schwere Eingangsportal auf. Ganz anders, als es von draußen wirkte, herrschte drinnen eine sehr geschäftige Atmosphäre. Verteilt im Eingangsbereich standen Leute, die sich unterhielten, andere kreuzten auf einem Rollstuhl ihren Weg sowie das Personal, das teilweise hektisch umherlief. Als sie in eine Richtung schaute, erblickte sie Señora Lopez, eine nette alte Dame, die ihre freie Zeit gerne im Wartebereich des Gebäudes verbrachte, strickte und dabei die Menschen beobachtete. Gerne bot sie jedem, der wollte, ein offenes Ohr, und man konnte ihr, ohne verurteilt zu werden oder dass mit dem Finger auf einen gezeigte wurde, sein Herz ausschütten.

Glücklich darüber, sie nach so langer Zeit wiederzusehen, ging Dolores auf sie zu. »Señora Lopez«, lachte sie und setzte sich zu ihr. Doch diese lächelte nur vor sich hin und strickte weiter. »Señora Lopez?«, fragte sie nun noch einmal eindringlicher. Aber die alte Dame nahm sie nicht wahr. Dolores wurde klar, dass sie nur als ausdrucksloser Beobachter ihres Unterbewusstseins fungierte. Etwas enttäuscht darüber, dass sie kein Schwätzchen halten konnten, machte sie sich auf den Weg. Sie wusste genau, wohin, aber ihr fehlte momentan noch der Mut. Sie verließ das Gebäude wieder und setzte sich auf die Treppe vor dem Eingang. Tief atmete sie die frische Luft ein und versuchte, sich zu sammeln.

Ein Wiedersehen würde sie einerseits freuen, andererseits viel Überwindung und Kraft kosten. Auf einmal hörte sie wieder die Stimme in ihrem Kopf: »Du bist nicht allein. Ich bin immer an deiner Seite, hab keine Angst, Sonnenkind.« Meda hatte wieder zu ihr gesprochen.

Von ihren Worten ermutigt beschloss Dolores, es zu tun. Sie würde diesen Schritt nun wagen. Mit einem Gefühl, als würde sie vor das Jüngste Gericht treten, machte sie sich auf den Weg. Sie spürte, wie sie ihrem Schicksal immer näher kam. Stufe um Stufe schritt sie hinauf. Nach jedem Stockwerk, das sie hinter sich ließ, merkte sie, wie ihr Herz schneller zu schlagen begann und sich in ihrem Magen ein flaues Gefühl ausbreitete. Mit feuchten Händen umklammerte sie das Geländer und versuchte, sich Mut zu machen. Dann stand sie vor der Tür, die sie in die Abteilung führte. Bedächtig öffnete Dolores sie und begann, den langen Korridor entlangzulaufen. Der altbekannte Geruch machte sich bemerkbar und schlagartig übermannten sie die ganzen Erinnerungen. Dolores wurde schlecht und sie musste sich einen Augenblick hinsetzen. Tränen traten ihr in die Augen, die Verzweiflung schien Besitz von ihr zu nehmen. Auf einmal spürte sie eine Hand auf ihrer Schulter, und als sie aufblickte, schaute sie in Medas warme Augen.

»Komm, stützte dich auf mich. Ich helfe dir.« Dolores stieß einen Seufzer der Erleichterung aus und legte dankbar ihre Hand in die von Meda. Nun liefen sie gemeinsam den Flur entlang, sie konnte von Weitem schon die besagte Tür sehen. Es fühlte sich an, als würde sie diese Tür zu sich rufen. Sie musste noch einmal heftig schlucken, bevor sie ihre zitternde Hand auf die Klinke legte, einen Augenblick hielt sie diese fest. Dann nahm sie ihren ganzen Mut zusammen und drückte sie in gefühlter Zeitlupe herunter.

Langsam öffnete sie die Tür und betrat mit ängstlichen Schritten den Raum. Als sie hineinblickte, stockte ihr für einen Augenblick der Atem. Wie sehr hatte sie sie vermisst. Wie lange war es her, dass sie sie das letzte Mal gesehen hatte? Dolores schlug sich die Hände vor das Gesicht und schüttelte ihren Kopf. Sie konnte es nicht fassen. Es fühlte sich an, als würden all ihre Emotionen, die sich die letzten Jahre aufgestaut hatten, mit einem Mal aus ihr heraussprudeln. Alles um sie herum schien vergessen. Meda war verschwunden, der Geruch spielte keine Rolle mehr. In diesem Moment gab es nur noch Licht und ein unendliches Gefühl von Liebe. Es fühlte sich an, als würde all die Liebe, die sie jemals empfunden hatte, in ihr zusammenkommen. Und sie schrie aus vollem Herzen »Mamita«, um anschließend in Tränen der Freude auszubrechen.

Kapitel 30

1976

Die anfängliche Euphorie war einem Grauen gewichen. Dicht aneinander gepfercht saßen sie auf einer Holzbank und warteten schon den ganzen unsäglichen Tag. Immer wieder holte man sie, um irgendwelche Formulare auszufüllen, dann wurden wiederholt Fotos geschossen. Gefühlte tausend Fragen mussten beantwortet werden, dann verwies man sie zurück auf die Holzbank. *»Hiermit fordern wir Sie auf, am 14.12.1976 um 8:00 Uhr im Bundessammellager für Ausländer Zirndorf zu erscheinen. Die genaue Adresse entnehmen Sie bitte dem beigefügten Schreiben.«* Sie war der Forderung nachgekommen, sich standesgemäß registrieren zu lassen, hatte aber nicht erwartet, dass es so eine Tortur werden, würde.

Alejandro quengelte die ganze Zeit. »Mama, ich habe Hunger. Mama, mir ist langweilig.« Louisa hatte sicherheitshalber etwas zu essen eingepackt und versorgte ihn nun damit. Erschöpfte Gesichter und lechzende Augen von Menschen, die nicht darauf vorbereitet gewesen waren, starrten sie gierig an. Unbeeindruckt fütterte sie ihren Sohn, aß selbst noch etwas und verstaute die restlichen Vorräte. Wer wusste schon, wie lange sie noch warten mussten.

Im Vorbeigehen raunte ihr jemand verbittert »Puta!« ins Ohr. Verärgert blickte sie ihm hinterher, während sie Alejandro fester an sich drückte. Wie lange würde das Ganze noch dauern? Die Kälte ging ihr durch Mark und Bein, und der warme Tee, den sie mitgebracht hatte, wurde immer kälter. Allmählich fielen ihr die Augen zu, doch das Einschlafen fiel ihr schwer. Zu unbequem war die Holzbank, auf der sie warten mussten. Alejandro weinte vor sich hin, er war am Rande der Erschöpfung. Louisa versuchte, ihn abzulenken, indem sie ihm Geschichten erzählte. Bis er irgendwann auf ihrem Schoß einschlief.

Am nächsten Morgen wurde sie harsch geweckt. Ein Mann schüttelte sie an der Schulter und forderte sie dazu auf, in sein Büro zu kommen. Behutsam weckte sie Alejandro und beide folgten mit müden Schritten seiner Anweisung. Als die Formalitäten erledigt waren, hörte sie endlich die erlösenden Worte des Beamten: »You can go now«. Erleichtert machte sie sich auf den Weg in das Hotel, in dem Vincente sie schon erwartete. Glücklich schloss er seine kleine Familie in die Arme. Sie waren jetzt alle offizielle Einwohner der BRD.

»Fasanenstraße«, stand auf dem Schild, an dem sie vorbeiliefen. Vincente hatte sich Zeit genommen, um mit Louisa eine kleine Sightseeingtour zu unternehmen. Alejandro war bei ihrer chilenischen Nachbarin geblieben, die den kleinen vergötterte. Sichtlich beeindruckt von dieser außergewöhnlichen Stadt überkam sie das Gefühl, als befänden sie sich in einer Oase der Unantastbarkeit. Umgeben von einer Mauer, die eine strenge Kälte ausstrahlte, hatte man das Gefühl, dass man im westlichen Teil Berlins sicher und beschützt war. Die Berliner hatten eine derbe Art an sich, und auch wenn sie die Sprache kaum verstand, spürte sie die raue Schale und den weichen Kern der Menschen, die hier lebten. Alles war ganz anders als in Chile, und doch fühlte Louisa sich wohl, zumindest, in dem Maße, in dem man sich wohlfühlen konnte, wenn man in ein fremdes Land gekommen war.

Plötzlich blieb Vincente stehen und lächelte Louisa gut gelaunt an.

»Warum gehen wir nicht weiter?«, fragte sie verwundert.

»Ich möchte dir etwas zeigen.« Er nahm Louisa an die Hand und betrat das elegante Gebäude, vor dem sie stehen geblieben waren. Louisa schaute sich neugierig um. Das Treppenhaus allein war schon imponierend, die breiten Stufen waren mit einem roten Teppich verkleidet, der ihre Schritte dezent dämpfte. Große Fenster schufen ein einladendes, sphärisches Ambiente. Vincente zog sie hinter sich her und lief schon fast im Eilschritt die Treppe hinauf.

Louisa lachte. »Vincente, was hast du vor? Wo gehen wir hin?«

»Wir sind gleich da«, erwiderte Vincente atemlos, dann stoppte er abrupt vor einer der großen, beeindruckenden Wohnungstüren. Louisa schaute ihn erwartungsvoll an. Bedächtig griff er in eine seiner Jackentaschen und holte einen Schlüssel hervor.

Verwundert hob Louisa ihre Augenbrauen, traute sich aber nichts zu sagen.

Mit einem leisen Knacken öffnete sich das Schloss und lautlos schwang die Tür auf. Vincente bedeutete Louisa mit einer Geste, als Erste die Wohnung zu betreten. Mit großen Augen lief Louisa durch die opulente Altbauwohnung. Ein großzügiges Entrée führte sie in die weitläufigen Zimmer. Das edle Eichenparkett im Fischgrätenverband knarrte unter ihren Füßen, die Flügeltüren ließen sich mit einer ungeahnten Leichtigkeit öffnen und die großen Fenster schenkten der ganzen Wohnung ein unverwechselbares Licht. Am beeindruckendsten aber erschienen Louisa die ganzen Ornamente, Zierleisten und Rosetten, die die Decken und teilweise auch die Wände schmückten. Behutsam fuhr sie mit ihren Fingern über die Dekore und wandte sich dann Vincente zu.

»Alles ist so wunderschön. Aber was machen wir hier?«

Vincente grinste verschwörerisch und legte seine Arme um ihre Schultern. »Das ist unser neues Zuhause.« Louisa hatte es geahnt, konnte es aber trotzdem nicht fassen.

»Aber wie können wir uns das leisten? Diese ganze Dekadenz, wir sind doch nicht mehr in Chile.«

Er lächelte sie vielsagend an und antwortete: »Das lass mal meine Sorge sein. Ich möchte nur, dass du glücklich bist und dich hier wohlfühlst.« Louisa wusste nicht, was sie antworten sollte, für sie war ein Traum wahr geworden. Endlich konnte sie wieder standesgemäß leben, so wie sie es gewohnt war.

»Wenn Alejandro das sieht, er wird sich so über sein neues Zimmer freuen. Genauso wie wir es in Chile immer hatten«, lachte sie vergnügt. Schlagartig nahm Vincente einen ernsten Gesichtsausdruck an. Louisa bemerkte die Stimmungsschwankung sofort. »Vincente, was ist los? Bis du wegen irgendetwas böse? Alejandro kann auch noch weiterhin bei uns schlafen, wenn dir …« Vincente ließ sie nicht weiterreden, sondern unterbrach sie mit einem bedeutenden Blick.

»Louisa, bitte hör mir zu, ich habe für Alejandro fantastische Pläne. Es wird ihm hervorragend gehen.« Louisa lächelte unsicher, sie verstand nicht, worauf er hinauswollte. »Ich habe für ihn schon alles organisiert, er wird die bestmögliche Schulbildung erhalten. Und er wird das beste Leben haben, das man sich für ein Kind nur wünschen kann.« Sie blickte Vincente mit großen Augen an, während er fortfuhr: »Die Schweiz ist ein wunderbares Land und die Internate dort sind einmalig. Alejandro kann in seiner Muttersprache unterrichtet werden und er wird Schüler aus der ganzen Welt kennenlernen. Ihm steht eine großartige Zukunft bevor.«

»In die Schweiz?« Louisas Augen begannen zu glänzen, sie sollte von Alejandro getrennt werden? Ungläubig schüttelte sie ihren Kopf. »Aber, aber …«

Vincente blickte sie ernst an, und zum allerersten Mal, seit sie sich kannten, erlebte sie, wie er ihr gegenüber seine pragmatische, geschaftsmäßige und dominante Seite offenbarte.

»Louisa es gibt kein Aber. Alejandro ist mittlerweile sieben Jahre alt. Er spricht kein Wort Deutsch und die Schulen hier lassen sehr zu wünschen übrig.« Entgeistert wollte Louisa ihm widersprechen, doch Vincente ließ keinen Widerstand zu. »Du weißt, es ist das Wichtigste für mich, dass du glücklich bist. Aber Alejandro liegt mir genauso am Herzen wie dir, und ich bestehe darauf, dass er die bestmögliche Schulbildung erhält, und deswegen dulde ich keine Widerrede.« Louisa überkam das

Gefühl, als würde sie keine Luft mehr bekommen. Eine Welt brach für sie zusammen.

Bis zum Morgengrauen hatten sie miteinander, getrunken, getanzt und sich alle erdenklichen Anekdoten über ihr Leben erzählt. Isabellas Eltern waren getrennt und sie war hauptsächlich wegen der Uni zu ihrem Vater gezogen. Sie war noch unsicher, was sie studieren sollte. Ihre Interessen und Talente waren einfach zu vielfältig. Deshalb versuchte sie, ihre freie Zeit mit unterschiedlichen Praktika zu verbringen. Leo hörte ihr gerne zu und beobachtete Isabella dabei, wie sie mit ihren Haarspitzen spielte oder mit ihrer Zunge ihre Lippen benetzte. Er war fasziniert von ihrer natürlichen Art. Sie machte keine Umschweife und erzählte einfach drauflos. Das alles gefiel ihm und es tat ihm gut, seine Zeit mit einem unkomplizierten Menschen zu verbringen. Doch er konnte immer noch die Auswirkungen seines Drogenkonsums spüren und wiederholt übermannte ihn beinahe die unbändige Lust. Es kostete ihn viel Kraft, sich zusammenzureißen, gerne hätte er sie wenigstens geküsst. Isabella jedoch machte keine Anstalten, auf seine Avancen einzugehen und distanzierte sich jedes Mal, wenn er sich näherte.

Der Club leerte sich allmählich, aber Leo und Isabella waren noch nicht bereit für eine Trennung. Als sie vor seinem Wagen standen, lächelte er. »Ich würde dich gerne nach Hause bringen.«

Isabella blickte ihn entsetzt an und meinte: »Du hast zu viel getrunken, eigentlich solltest du nicht mehr fahren. Es tut mir leid, Leo, aber ich denke, ich fahre lieber mit dem Taxi. Und du solltest das auch.« Er wollte ihr erklären, dass er sich absolut nüchtern fühlte, aber ihm war bewusst, dass es zwecklos war. Fieberhaft suchte er nach einer Lösung, er wollte sich noch nicht von ihr verabschieden.

»Und wenn wir zu Fuß gehen? Ich meine, so ein bisschen frische Luft schadet weder dir noch mir.« Leo konnte sehen, wie es in Isabella arbeitete.

»Das ist aber ein beträchtliches Stück bis zu mir nach Hause«, meinte sie skeptisch.

»Meine Füße können mich überaus weit tragen, du brauchst dir deshalb keine Gedanken zu machen«, entgegnete er ihr enthusiastisch. Sie zweifelte noch einen Augenblick, doch dann willigte sie ein, und sie machten sich gemeinsam auf den Weg.

Die frische Morgenluft erfüllte die ganze Stadt. Es waren kaum Menschen auf den Straßen und es schien, als wäre der Ort in einen tiefen Märchenschlaf gefallen. Leo und Isabella genossen die Atmosphäre, die schon fast ein Gefühl von Intimität vermittelte.

»Weißt du, noch als Kind erschien alles so selbstverständlich. Die Erwachsenen kümmerten sich um die wichtigen Dinge und man konnte einfach in den Tag hineinleben.« Isabella lächelte melancholisch.

Leo betrachtete ihr Profil. »Ja, da war alles noch so einfach und man musste sich keine Sorgen machen«, sagte er verständnisvoll. »Ist alles in Ordnung?«, fragte er leise.

»Ja, natürlich. Aber das Ganze hier, die Ruhe, die Einsamkeit, all das zeigt mir wieder, wie unbedeutend wir sind und dass wir uns oft selbst viel zu wichtig nehmen.« Leo hörte ihr aufmerksam zu. »Man sollte einfach nur sein, in solchen Momenten seine Maske abnehmen und versuchen, der Mensch zu sein, der man wirklich ist. Genauso wie damals als Kind, als wir noch sorgenfrei waren. Denn im Grunde sind wir in diesem großen, unendlichen Universum auch nichts anderes als zwei Glühwürmchen, die, nachdem sie verglüht sind, sterben und vergessen werden.« Leo musste lachen. *Sie hatte ihren Moralischen, es herrscht aber auch die passende Stimmung, um einen auf moralisch zu machen*, schoss ihm amüsiert durch den Kopf.

Isabella blieb auf einmal stehen und schaute ihn direkt an. »Na ja … wie gesagt, wir sollten einfach unsere Masken fallen lassen.« Mit einem Satz stand sie direkt vor ihm und legte ihre Lippen auf seine. Leo war im ersten Moment zu überrascht, um irgendeine Reaktion zu zeigen. Isabell trat einen Schritt zurück und sagte: »Das wolltest du doch den ganzen Abend schon, worauf wartest du denn noch?« Leo konnte zuerst nur ungläubig seinen Kopf schütteln, packte sie dann aber an ihrer Taille, zog sie fest an sich und küsste sie hingebungsvoll.

Den ganzen Weg lang küssten sie sich immer wieder, lachten und umarmten sich. Sie konnten es beide nicht fassen, dass sie einander gefunden hatten. Als Isabella vor einem kleinen Haus stehenblieb.

»Hier wohne ich.« Lächelnd schaute sie verlegen zu Boden. »Ich glaube, ich sollte jetzt reingehen. Mein Vater macht sich bestimmt schon Sorgen um mich.«

»Ja klar«, sagte Leo und scharrte dabei nervös mit seinem Fuß. Zu gerne wäre er noch mitgegangen. »Ich denke, wir sollten es für heute Morgen gut sein lassen. Aber vielleicht hast du heute Abend Zeit?« Mit großen Augen blickte sie ihn an. Leo überkam schlagartig eine immense Woge der Zärtlichkeit, ihm blieb keine Wahl, er musste sie einfach wieder küssen, als sie plötzlich von einem Räuspern unterbrochen wurden. Erschrocken fuhren sie auseinander und Leo hörte eine bekannte Stimme sagen: »Guten Morgen, Señor Casirelli.«

Kapitel 31

Sie schien tief und selig zu schlafen. Dabei hob und senkte sich langsam ihr Brustkorb, während ihr Gesicht ein friedliches Lächeln umspielte. Dolores setzte sich auf die Bettkante und beobachtete sie gerührt.

»Mamita«, flüsterte sie und strich ihr dabei zärtlich über die Wange. Traurig legte Dolores ihren Kopf auf den Brustkorb ihrer Mutter und versuchte dabei, dem Herzschlag zu lauschen. *Ein letztes Mal*, dachte sie. *Ein letztes Mal dein Leben fühlen*. Dabei schloss sie ihre Augen und sog den vertrauten Duft des Menschen ein, der sie bedingungslos geliebt und den sie für immer verloren hatte. Ein angenehmes Gefühl der Geborgenheit machte sich in ihr breit. Als sie plötzlich eine wage Veränderung wahrnahm. Unsicher blickte sie zu ihrer Mutter auf. Erschrocken registrierte sie, dass diese die Augen weit aufgerissen hatte und sie anstarrte.

»Mamita? Kannst du mich sehen?« Dolores richtete sich eilig auf und schaute ihre Mutter eindringlich an. Doch diese schien in die Leere zu starren. Sie versuchte es wiederholt, aber konnte keine Reaktion erkennen. Enttäuscht ließ sie ihre Schultern hängen und legte erneut ihren Kopf auf ihrem Brustkorb ab. Die körperliche Nähe schien ihr in diesem Moment unendlichen Trost zu spenden, als ihre Mutter wie aus dem Nichts zu sprechen anfing: »Dolores, Dolores …«

Erschrocken fuhr Dolores wieder hoch und starrte ihre Mutter verwirrt an. »Mutter, kannst du mich etwa sehen?« Sie schaute sie nun an. Dolores' Herz begann zu rasen und ihre Augen bewegten sich hektisch hin und her.

»Wo ist die Schwester? Ich möchte Dolores sehen«, krächzte sie mit schwacher Stimme.

»Mamita, ich bin hier, du hast mich doch eben gerufen.« Allmählich wurde Dolores verwirrter und sie spürte den Schmerz der Enttäuschung in sich hochkommen. Ihre Mutter jedoch wurde immer unruhiger und begann erneut nach der Schwester zu rufen, bis diese in ihr Krankenzimmer eilte. Dolores konnte nun deutlich spüren, wie sich Erleichterung in ihrer Mutter breit machte.

»Oh Schwester, bitte, bitte rufen Sie meine Tochter an. Ich habe das Gefühl, dass ich nicht mehr viel Zeit habe. Ich muss sie dringend sehen.«

Die Schwester tätschelte ihre Hand und lächelte dabei verständnisvoll. »Ich werde mein Bestes versuchen.«

Dolores konnte die Verzweiflung in den Augen ihrer Mutter lesen. »Oh Mamita, wenn du wüsstest, dass ich hier bin.« Sie fühlte sich in diesem Moment hilfloser denn je.

»Geben Sie mir bitte ein Blatt Papier und einen Stift«, bat sie leise. Die Schwester tat ihr den Gefallen und besorgte ihr umgehend die gewünschten Utensilien. Nachdem diese den Raum verlassen hatte, beobachtetet Dolores, wie ihre Mutter die ganze Kraft zusammennahm und sich aufrecht hinsetzte. Mit zitternden Händen begann sie zu schreiben.

Meine geliebte Dolores,

ich schreibe dir diesen Brief, weil ich tief in mir fühle, dass es bald aus ist mit mir und ich nicht weiß, wie lange ich noch durchhalte. Es gibt so viele Dinge, die ich dir zu gerne gesagt hätte. Unendlich viel zu erzählen. Aber das Wichtigste ist, dass du weißt, dass ich dich über alles liebe und dass ich hoffe, dass dein Vater irgendwann wieder auftaucht, damit du nicht ganz allein bist auf dieser Welt. Aber ich verspreche dir, dass ich immer über dich wachen werde, in welchem Zustand auch immer, ich werde immer bei dir sein ... Ich habe etwas gespart, es ist nicht allzu viel, aber als Polster für wichtige Anschaffungen oder kleine Wünsche, die du dir erfüllen möchtest, reicht es allemal. Die zweite Diele direkt unter meinem Bett, hebe sie hoch, dort findest du den Schmuck deiner Großmutter und meine Ersparnisse. Ich weiß nicht, warum ich dir das nicht schon früher gesagt habe. Ich muss es wohl vergessen haben im Eifer des Gefechts. Die Erkenntnis, dass man unheilbar krank ist, kann so lähmend sein und einem jegliche Energie rauben, dass man selbst zum Denken zu träge wird. Aber jetzt, wo es zu Ende geht, sehe ich plötzlich alles mit einer unbeschreiblichen Klarheit. Es ist, als würde ein Lichtlein in meinem Kopf brennen und mir zeigen, welchen Weg ich zu gehen habe. Es fällt mir so unendlich schwer, mich an den Gedanken zu gewöhnen, dass wir bald getrennt sein werden, mein geliebtes Kind, aber ich spüre, dass wir eines Tages wiedervereint sind. Ich möchte nicht schreiben »Leb wohl«, aber ich schreibe »auf Wiedersehen«. Auf ein Wiedersehen voller Trompetenklänge,

Posaunen und Engelsgesang. Ich weiß, dass du stark bist, und ich weiß, dass du eines Tages deine eigene Familie haben wirst, die dir Geborgenheit und Liebe schenken wird. Ich wünsche mir, dass du glücklich bist, denn du bist mein Mädchen und ein großer Teil von mir. Deshalb lebe deine Träume, meine kleine Lolo, und werde glücklich.

Dolores, auf Wiedersehen! Ich liebe dich unendlich, deine Mamita.

Mit großen Augen hatte Dolores mitgelesen und wusste nicht, was sie denken sollte. War es nur der Traum, der ihr suggerierte, dass es diesen Brief gab? Oder hatte es diesen Brief wirklich gegeben? Verwirrt und gleichzeitig traurig schaute sie zu ihrer Mutter. Sie wirkte auf einmal blasser als zuvor. Die langen blonden, goldschimmernden Haare waren ihr schon lange ausgefallen und sie trug stattdessen einen einfachen Turban. Die Augen, die früher, je nach Lichteinfall, in den hübschesten Blauvarianten geleuchtet hatten, waren von dunklen Augenringen umrandet und unter den schweren Lidern kaum mehr zu sehen. Ihr fahler Teint, den sonst rosige Wangen zierten, hatte einen gelblichen Schimmer angenommen. Sie wirkte wie ein Schatten ihrer Selbst.

Dolores nahm wieder auf der Bettkante Platz und wusste nicht, was sie tun sollte. Sie fühlte sich schwach und hilflos. Verzweiflung machte sich in ihr breit. Plötzlich fing ihre Mutter an zu keuchen.

Panik überkam Dolores. »Mamita, was ist los?« Sie atmete immer schwerer und hielt sich die Hand an die Brust, verzweifelt betätigte sie den Notknopf, während sie anfing, blau anzulaufen. Die Schwester kam in das Zimmer gerannt, verschaffte sich blitzschnell einen Überblick und schloss Dolores' Mutter in Windeseile an ein Sauerstoffgerät. Nach und nach schien sie sich zu beruhigen. Während sie erschöpft den Sauerstoff einatmete. Gedankenverloren legte ihre Pflegerin den Brief, der noch auf dem Bett lag, auf das Nachtschränkchen daneben, als schon der diensthabende Arzt eintraf und sie behutsam untersuchte. Mit ernsten Augen blickte er die Krankenschwester an und zog sie beiseite.

»Ihr Puls wird immer schwächer. Ich denke, dass in nächster Zeit Organversagen einsetzt. Informieren Sie bitte umgehend ihre Angehörigen.«

»Ich habe es schon versucht«, sagte die Schwester betroffen. »Sie hat nur eine Tochter und ich erreiche sie einfach nicht.«

»Verstehe. Versuchen Sie es weiter. Wir lassen sie am Sauerstoffgerät angeschlossen. Beobachten Sie sie bitte. Falls eine Verschlechterung ihres Zustands eintritt, verständigen Sie mich sofort. Ich hoffe, wir können sie noch so lange am Leben erhalten, bis ihre Tochter eintrifft.« Dann warf er noch einen besorgten Blick auf seine Patientin und verließ das Zimmer.

Leo saß in der Küche und konnte es immer noch nicht fassen. Ausgerechnet ihm musste das passieren. Unruhig kaute er an seinem Daumennagel. Wenn Blicke töten könnten, dann würde er jetzt nicht hier sitzen. Der Blick, den er heute Morgen vor Isabellas Haus abbekommen hatte, war mörderisch gewesen. Aber die Kleine hatte es ihm wirklich angetan, und jetzt wusste er auch, an wen sie ihn erinnerte. Sie war die Tochter dieses neugierigen Schnüfflers Muñoz, und ausgerechnet ihn hatte Leo auch noch angelogen. Wenn das rauskommen würde, dann wären sie geliefert. Er und Zoe. Leo befand sich momentan in einem Zustand der Klarheit. Er war an einem Punkt, an dem die Droge noch wirkte, aber die überschwängliche Euphorie nachgelassen hatte und der Entzug noch nicht einsetzte. Seit Langem wieder war er in der Lage, klar zu denken. Er erkannte deutlich, dass Zoe kein Mensch war, dem man vertrauen konnte oder der mit offenen Karten spielte. Irgendetwas stimmte nicht. Leo dachte nach, und da fiel es ihm wie Schuppen von den Augen. Er fasste einen Plan. Morgen nach der Uni würde er bei Ihr vorbeischauen und sie zur Rede stellen. Aber vorher musste er noch ein wichtiges Telefonat führen.

Leo war zufrieden, als er sich auf den Weg machte, um Isabella am vereinbarten Treffpunkt abzuholen. Er war sich sicher, dass sein Plan gelingen würde. Das Ganze verlieh ihm ein unheimliches Selbstvertrauen. Beflügelt von seiner Idee und glücklich, Isabella zu treffen, war er überzeugt davon, dass es ein unvergesslicher Abend werden würde.

Von Weitem konnte er sie schon sehen, sie lief auf und ab und war ganz in Schwarz gekleidet. »Das scheint wohl ihre Lieblingsfarbe zu sein«, ging es ihm durch den Kopf. Doch statt der Hose von gestern trug sie ein kurzes Kleid, einen Hut und ihre Lederjacke. Als er direkt an sie heranfuhr, blickte sie ihm ohne Umschweife in die Augen; und er bemerkte den bernsteinfarbenen Schimmer, der darin lag.

»Bei Tageslicht siehst du ja noch hübscher aus«, sagte Leo beeindruckt. Sie strahlte ihn direkt an, und dieser Blick barg etwas Unschuldiges, Verletzliches, aber auch eine gewisse Stärke. Fasziniert von diesem Wesen konnte er es kaum erwarten, sich darauf einzulassen.

»Steig ein«, sagte er gut gelaunt, lief um das Auto herum und hielt ihr die Beifahrertür auf. In dem Moment, als sie einsteigen wollte, nahm er sie an die Hand, zog sie an sich und küsste sie zärtlich. »Ich konnte einfach nicht anders«, hauchte er ihr ins Ohr.

Dann ließ er sie los, damit sie einsteigen konnte. Doch sie rührte sich nicht und erwiderte seinen Blick.

»Mir ging es eben genauso.« Dann erst stieg sie lächelnd ein. Leos Herz machte einen Satz und er fühlte ein Kribbeln in der Magengegend. Die letzte Dosis hatte er vor gut einer Stunde eingenommen. Er wollte sich gut fühlen. Doch ab morgen würde er damit aufhören, das hatte er sich geschworen.

»Ich hoffe, dein Vater hat dir nicht die Hölle heiß gemacht, nachdem er uns heute Morgen erwischt hat.«

Isabella lachte. »Du kennst meinen Vater nicht. Er macht sich permanent Sorgen und will nur das Beste für mich. Als wir uns über den Vorfall unterhalten haben, meinte er nur, ich soll auf dich aufpassen.«

»Du sollst auf mich aufpassen?«, fragte Leo verdutzt.

Sie seufzte. »Ach weißt du, ich war früher an meiner Schule so eine Art Drogenbeauftragte. Wegen der ganzen Geschichten, die ich meinem Vater immer erzählt habe, und natürlich in Verbindung mit seinem Job bei der Polizei, denkt er, dass alle jungen Leute Drogen konsumieren, bis zum Umfallen.« Sie lachte dabei aufmunternd. »Mach dir deshalb keinen Kopf. Er würde, dass bei jedem anderen auch sagen.« Leo musste heftig schlucken und verkrallte sich in sein Lenkrad. »Übrigens woher kennt ihr euch eigentlich? Mein Vater schweigt über seine Fälle. Wie ein Grab.« Leo war es sichtlich unangenehm, darüber zu reden, deshalb konzentrierte er sich krampfhaft auf den Verkehr. In knappen Worten erzählte er ihr von Marisas Schicksal und dass sie gut befreundet waren. Isabella war anfänglich sehr betroffen, wollte aber nicht zu neugierig erscheinen und wechselte deshalb das Thema.

Er hatte sich etwas Besonderes einfallen lassen. Laut Wettervorhersage würde es in der nächsten Stunde regnen, und das kam ihm sehr gelegen. Leo schaltete die Musik ein und startete eine zwanglose Unterhaltung. Sie unterhielten sich über alle möglichen Dinge. Mittlerweile hatte Leo herausgefunden, dass sie Sopaipillas, frittierte Kürbisbrötchen, in allen Varianten liebte. Ihre Lieblingsserie »Game of Thrones« war und sie es hasste, wenn sich jemand unnötig wichtigmachte. Allmählich hatte es zu regnen begonnen und Leo fuhr zufrieden in Richtung des Aussichtspunktes, den er zu besuchen beabsichtigte. Als sie dort angekommen waren, spannte Leo seinen Schirm auf und bat sie, dazuzukommen.

»Es ist nicht weit.« Er warf einen Blick auf seine Uhr, sicher, dass das Wetter in den nächsten Minuten umschwenken würde. Sie liefen ein Stück, bis Leo meinte, dass sie am richtigen Platz angekommen waren. Währenddessen hatte es tatsächlich aufgehört zu regnen.

»Was machen wir hier?«, fragte Isabella, während sie sich neugierig umschaute.

»Das wirst du gleich sehen«, lächelte Leo warm. Froh darüber, dass er nur eine geringe Menge der Droge konsumiert hatte. Somit befand sich sein Gemüt in einem ruhigen und nicht allzu aufgedrehten Zustand.

Sie standen am Rande eines Hügels. Vor ihnen lag ein weit ausgedehntes Wolkenfeld und im ersten Augenblick schien alles grau in grau. Als sie auf einmal fühlten, wie wohlige Wärme ihre Rücken berührte. Die Wolken wurden allmählich lichter und von hinten trafen die ersten Lichtstrahlen auf den Horizont. In wunderschönen Farben brach ein prachtvoller Regenbogen aus ihnen hervor. Kaum hatten sie vor Staunen die Augen aufgerissen, riss die Wolkendecke erneut auf und der zweite Regenbogen kam zu Vorschein. Isabella war sprachlos, noch nie zuvor in ihrem Leben hatte sie einen doppelten Regenbogen gesehen. Sie wirkten beide zum Greifen nah. Ein zarter Glanz legte sich auf ihre Augen und ihr Mund stand leicht offen. Für Leo strahlte sie mehr als beide Regenbögen zusammen und er schenkte ihr seine volle Aufmerksamkeit. In diesem Augenblick erschien sie ihm schöner als alle Regenbögen dieser Welt.

Kapitel 32

1977

Louisa hatte sich mittlerweile eingelebt, fühlte sich aber bisweilen einsam. Vincente konnte ihren Zustand spüren und versuchte, sich so oft, wie es ihm möglich war, Zeit für sie zu nehmen. Leider gelang ihm das nicht in regelmäßigen Abständen, da er parallel damit beschäftigt war, ein Unternehmen aufzubauen. Anfangs hatte sie noch an Treffen mit anderen chilenischen Frauen teilgenommen, doch mit der Zeit begann sie sich zu langweilen. Sie vermisste Alejandro unendlich, das Zusammensein während der Schulferien reichte ihr einfach nicht aus. Insgeheim machte sie sich Vorwürfe, dass sie es nicht geschafft hatte, sich gegen Vincente durchzusetzen. Sie verspürte auch keine Lust mehr, jeden Tag eine andere der zahlreichen Luxusboutiquen am

Kurfürstendamm zu besuchen. Ihr Kleiderschrank quoll über, war voll von eleganten Kleidern.

Außerdem fehlte ihr die chilenische Küche. In Berlin gab es weit und breit kein einziges chilenisches Restaurant, geschweige denn sonst noch irgendwelche chilenischen Etablissements. Deshalb hatte sie es sich zur Gewohnheit gemacht, mindestens einmal wöchentlich einen kulinarischen Tag einzulegen. Von *Alfajores:* mit einer Milch-Zucker-Creme gefüllte Kekse, über *Torta Tres Leches:* einem Kuchen, der mitunter aus drei unterschiedlichen Milcharten bestand, bis hin zu *Empolvados con dulce de leche:* Kekse mit einer Milch-Karamell-Füllung, backte sie alles, was ihr chilenisches Herz begehrte.

Wenn sie das Bedürfnis nach etwas Deftigen überkam, versuchte sie sich an *Empanadas:* Teigtaschen, die man mit Fleisch, Käse oder Muscheln füllte. Oder sie kochte sich eine *Cazuela:* ein kräftiger Eintopf mit Rind, Huhn, Mais, Reis und Kartoffeln – an diesen Tagen war Louisa im Glück. Liebevoll mischte sie die Zutaten, schmeckte diese ab, bis sie in ihren Augen den perfekten Geschmack erreichten, und dekorierte nach getaner Arbeit die ganzen Leckereien auf ihrem edlen Geschirr. Glückselig lag sie abends auf ihrer Chaiselongue und genoss bei einem Glas Cherry ihre Backkünste oder gönnte sich ein Glas Rotwein und nahm ein deftiges Mahl zu sich. Gelegentlich kam es vor, dass sich während ihrer Koch- und Backorgien ein unwiderstehlicher Duft im Treppenhaus verbreitete und sogar einige Nachbarn sich dazu erdreisteten, bei ihr zu klingeln, um sich interessiert nach dem Grund für den betörenden Geruch zu erkundigen. Als sie eines Tages wieder mit einer ihrer Nachbarinnen zusammensaß, brachte sie diese auf eine Idee.

Die Schlaghosen hatten Einzug gehalten, die Männer trugen ihre Haare länger und Plateausohlen waren allgegenwärtig. Außerdem produzierten ABBA einen Hit nach dem anderen. Es war aber auch eine tragische Zeit. Charlie Chaplin und Elvis Presley verließen diese Welt für immer und gingen endgültig in die Liste der unsterblichen Legenden über.

Louisa spürte die Veränderung, die in der Luft lag. Die Siebzigerjahre gingen ihrem Ende entgegen und sie fühlte genau, wie eine neue Ära anbrach. Auch sie sehnte sich nach Veränderung. Heute würde sie mit Vincente reden und ihn von ihrer Idee überzeugen. Doch erst mal war durchhalten angesagt. Er hatte sie mal wieder auf eine der zahlreichen Partys geschleppt, auf denen Geschäftsverbindungen geschlossen oder manchmal auch aufgelöst wurden. »Immer gute Laune zum bösen Spiel machen«, war ihre Devise. Sie machte sich nichts mehr aus Veranstaltungen wie diesen. Früher hatte sie es geliebt, sich in Schale zu werfen und mit ihrem Aussehen Eindruck zu schinden. Doch mittlerweile war sie es leid. Tief in ihrem inneren wünschte sie sich Abstand von dieser oberflächlichen Gesellschaft. Sie war glücklich, wenn sie am nächsten Morgen wieder in ihrem Bett lag und ihre Maskerade beenden konnte.

Mit dem gut gelaunten, beinahe euphorischen Vincente saß sie im Taxi nach Hause. Er hatte seinen Arm um Louisas Schultern gelegt und sprudelte über vor Freude. Der Deal war gelungen, er hatte einen Investor für seine Firma gefunden. Per Handschlag hatten sie ihre Partnerschaft besiegelt und jetzt musste nur noch der schriftliche Teil festgemacht werden.

Jetzt oder nie! Als sie in ihrem Apartment angekommen waren, holte Louisa eine Flasche Champagner aus dem Kühlschrank.

»Lass uns noch mal darauf anstoßen«, lockte sie ihn. Insgeheim dachte sie, dass es nicht schaden würde, ihn noch ein wenig mehr abzufüllen. Heiter nahmen sie auf dem mit weichem Leder bezogenen Art-Deco-Sofa Platz. Sie hatten sich bei der Wohnungseinrichtung als Kontrast zu dem pompösen Jugendstil, den die Behausung mit sich brachte, für den schlichten, modernen und oft plakatartigen Stil der Zwanziger- bis Vierzigerjahre entschieden.

»Du hast dir einen Traum erfüllt«, setzte sie an.

»Ja, das kann man wohl sagen«, entgegnete Vincente. Man konnte ihm am Funkeln seiner Augen genau ansehen, dass er überaus zufrieden war mit der Entwicklung seines Lebens. Louisa schenkte ihm noch mal nach und fuhr zaghaft fort.

»Ich habe da eine Idee.« Vincente blickte sie aufmerksam an und erwiderte ihr Lächeln.

»Alles, was du willst, meine Liebe. Wenn es um den Trip in die Schweiz geht, tu dir keinen Zwang an. Alejandro würde sich bestimmt sehr freuen, wenn du ihn besuchen kommst. Es gib vorzügliche Hotels dort, ich würde morgen gleich ein Zimmer für dich buchen.«

»Nein, Vincente, darum geht es nicht«, antwortete sie und musste schlucken. *Seit wann bist du so feige? Sag es endlich*, schalt sie sich im Inneren. »Ich möchte mich selbstständig machen.« Sie schluckte noch mal hastig. »Der Plan ist, einen kleinen chilenischen Feinkostladen zu eröffnen. Ich habe schon alles durchkalkuliert und auch die passende Lokalität gefunden. Es ist gleich hier um die Ecke. Ein leerstehendes Geschäft, es wäre perfekt.«

Schlagartig herrschte Stille im Raum. Louisa wusste nicht, was als Nächstes geschehen würde. In Vincentes Gesicht zeigte sich keine Regung. Plötzlich prustete er los, er konnte sich nicht mehr halten vor Lachen.

»Ist das dein Ernst, du möchtest arbeiten? Und das auch noch in einem Laden? Louisa, ist dir eigentlich bewusst, dass wir immer noch über ein erhebliches Vermögen verfügen und du es überhaupt nicht nötig hast zu arbeiten? Glücklicherweise konnte ich vor dem Putsch einiges an Geld in die Schweiz schaffen. Wir sind bald wieder Millionäre, und du willst in einem Lebensmittelladen stehen? Hör mal, im Ernst, wenn es dir langweilig ist, mach doch irgendetwas Karitatives, wie alle reichen Frauen hier in Berlin.«

Entsetzt blickte Louisa ihn an. »Ich bin aber nicht alle!«, schrie sie angewidert. »Es geht immer nur um dich! Hauptsache, du erfüllst dir deine Wünsche und du bist zufrieden. Alejandro ist weg, und ich sehe langsam keinen Sinn in dem Ganzen hier.« Ein tiefer Seufzer verließ ihre Lippen. »Dann versuche ich es eben allein, wenn du mich nicht unterstützen möchtest. Denk bloß nicht, ich wäre dazu nicht in der Lage.« Mit entschlossenen Schritten verließ sie den Raum.

Am nächsten Morgen saß Vincente allein am Frühstückstisch und versuchte, irgendwie sein Essen herunterzuwürgen. Die lange Nacht steckte ihm noch in den Knochen; und der Streit mit Louisa trug nicht gerade zu seinem Wohlbefinden bei. Obwohl er immer noch sehr zufrieden war mit den geschäftlichen Entwicklungen, wollte sich die gute Laune nicht einstellen.

»Ach, verdammt!«, fluchte er und riss sich eilig von seinem Stuhl hoch. Dann lief er schnurstracks in Richtung Gästezimmer. Louisa hatte dort die Nacht allein verbracht. Energisch klopfte er an die Tür.

»Louisa«, rief er. »Komm schon, beruhig dich wieder. Wir können doch über alles reden. Ich weiß, ich habe gestern unangemessen reagiert. Und wenn ich dich verletzt habe, dann tut es mir leid.« Er wartete einen Augenblick. Vincente wusste um ihre Sturheit. Als er im Begriff war, aufzugeben und wieder in das Esszimmer zu gehen, bemerkte er, wie sich die Türklinke bewegte. Louisa erschien, immer noch in den Kleidern der vergangenen Nacht und mit verquollenen Augen, am Türrahmen. Vincente schaute sie an und schloss sie reumütig in seine Arme.

»Es tut mir leid, mein Engel. Du kannst von mir aus alle Läden dieser Welt eröffnen. Hauptsache, du schläfst heute Nacht wieder bei mir.«

Dolores hatte ihren Kopf wieder auf den Brustkorb ihrer Mutter gelegt. Sie lauschte den immer langsamer werdenden Herztönen. Es war kaum zu ertragen – plötzlich hörte sie ein leises Klicken und mit einem Mal öffnete sich die Tür. Verwundert schaute sie auf, doch als sie feststellte, dass es sich um eine der Reinigungskräfte handelte, senkte sie ihren Kopf wieder herab. Dann wurde die Stille von einem Rascheln gestört. Erneut blickte sie sich um und sah, wie die Frau gebannt auf ein Blatt Papier starrte. Im ersten Moment dachte Dolores, es handelte sich vielleicht um etwas Persönliches. Doch irgendetwas an ihrem Verhalten machte sie stutzig. War es der Blick, der immer wieder verstohlen zu ihrer Mutter und dann zur Tür wanderte. Oder die hektischen Bewegungen, die die Frau machte, als sie in Windeseile ihre Arbeit verrichtete. Fast zu schnell. Sie wirkte so, als wolle sie möglichst eilig von hier verschwinden. Oder war es einfach die Tatsache, dass sie den Zettel in ihrem Büstenhalter hatte verschwinden lassen?

Dolores schaute sich um, wo war der Abschiedsbrief ihrer Mutter? Ihr Blick durchstreifte den gesamten Raum. Der Stift lag noch auf der Decke, doch der Brief war verschwunden. Und nun endlich ging ihr ein Licht auf. Deshalb also hatte sie diesen Brief nie erhalten. Wütend stand sie auf und war im Begriff, der Frau zu folgen, doch als sie ein paar Schritte gegangen war, wurde ihr auf einmal bewusst, dass ihre Mutter bald das Zeitliche segnen würde. Und sie hatte sich geschworen, ihr bis zur letzten Sekunde Beistand zu leisten. Eilig überholte sie die Raumpflegerin und las den Namen, der auf den Arbeitskittel eingestickt war. Diaz – diesen Namen würde sie niemals vergessen. Dann lief sie zurück und nahm wieder am Sterbebett ihrer Mutter Platz. Behutsam legte sie ihren Kopf erneut auf deren Brustkorb. Der Herzschlag hörte sich an, als würde er sich immer weiter entfernen, die Atmung wurde allmählich flacher. Dolores spürte mit allen Fasern, wie das Leben aus ihrer Mutter wich.

»Nur noch ein bisschen, Mamita, bleib noch eine Weile hier bei mir. Verlass mich nicht so schnell«, flüsterte sie mit tränenerstickter Stimme. Sie tat einen tiefen Atemzug und sog den geliebten Duft ein. Und dann plötzlich – Stille – Dolores konnte nichts mehr hören. Im ersten Moment ergriff sie eine tiefe Woge der Panik, schluchzend versuchte sie ihre Mutter zu schütteln und schrie, dass sie zurückkommen sollte. Doch sie blieb regungslos. Mamita war gestorben.

Bevor Dolores überhaupt reagieren konnte, wurde sie geblendet. Blinzelnd schlug sie ihre Augen auf und hielt sich die Hand vor das Gesicht. Warmes, helles Licht erleuchtete den Raum. Dolores fühlte sich magisch davon angezogen. Zuerst unsicher und zaghaft, dann immer zielstrebiger lief sie der Lichtquelle entgegen, als sie plötzlich die Statur ihrer Mutter erblickte. Staunend riss sie ihre Augen auf und blieb stehen. War das möglich? Umrandet von einer gleißenden, goldenen Aura erstrahlte ihr Antlitz über den ganzen Raum, und sie sprach mit sanfter Stimme:

»Hab keine Angst, meine Tochter. Ich werde immer bei dir sein. Denn ich bin du und du bist ich. Ich liebe dich.« Und für den Bruchteil einer Sekunde konnte Dolores die Hand ihrer Mutter auf ihrer spüren. Zärtlich berührten sich ihre Fingerspitzen und ein wohliges Gefühl der Glückseligkeit durchströmte ihren ganzen Körper.

Dann stand ihre Mutter auf einmal ganz dicht vor ihr. »Das da drüben, mein Kind, was du auf dem Bett liegen siehst, ist nur meine leere Hülle. Ich bin überall, im Himmel in der Sonne, sogar im Regen kannst du mich sehen. Immer wenn sich das Leben bei dir bemerkbar macht, dann denke an mich und sei dir gewiss, dass du nicht allein bist.« Dolores kam aus dem Staunen gar nicht mehr heraus. Mit offenem Mund stand sie da und war zu keinem Wort mehr fähig. »Auf Wiedersehen, meine kleine Lolo«, sagte sie und strich ihr noch einmal über den Handrücken. » Ich erwarte dich drüben im Licht, wenn deine Zeit gekommen ist. Aber noch ist es nicht so weit. Du wirst noch viel erleben, bis wir uns wiedersehen. Auf Wiedersehen«, flüsterte sie noch ein letztes Mal. Dann begann ihr Antlitz zu verblassen, bis nur noch ein Hauch von einem Schimmer übrig war.

Dolores wusste nicht, wie lange sie schon so dastand, die Finger noch ausgestreckt, versuchte sie, jede Facette dieses goldenen Lichtes einzusaugen, bis nur noch ein Flimmern zu spüren war. Anmutig wie eine strahlende Sternschnuppe war sie entschwunden, und doch konnte Dolores ihre Anwesenheit noch deutlich fühlen. Als plötzlich die Tür aufging und die Schwester, eilig gefolgt von einer blonden jungen Frau, die einen sehr blassen und traurigen Eindruck machte, den Raum betrat.

Immer noch in Fassungslosigkeit erstarrt, konnte Dolores nicht verstehen, was vor sich ging. Bis sie realisierte, dass sie es selbst war, die sie im Traum sah. Sie sah sich selbst, wie sie verzweifelt weinte und nicht wahrhaben wollte, dass ihre Mutter einfach ohne ein Wort des Lebewohls von ihr gegangen war. Voller Mitgefühl wurde sie stille Beobachterin des bisher größten Schicksalsschlages in ihrem Leben. Doch nun war sie endlich mit sich im Reinen. Jetzt wusste sie, ihre Mutter würde immer bei ihr sein, und eines Tages wären sie wiedervereint.

Schlagartig hörte sie Medas Stimme. »Sonnenkind, es ist Zeit, zu gehen. Du hast nun genug gesehen.« Dolores wollte noch bleiben, doch auch sie spürte, dass es an der Zeit war, zurückzukehren. Und genauso wie beim letzten Mal wurde sie in die Gegenwart katapultiert. Es fühlte sich wieder wie beim letzten Mal an, als würde Dolores rückwärts Achterbahn fahren und ihr ganzes Leben retrograd erleben. Und als sie mit einem gefühlt harten Aufprall ankam, wurde sie von einem beharrlichen lauten Klingeln, das sie zuerst nicht richtig einordnen konnte, in der Gegenwart empfangen.

Kapitel 33

Das Eis war endgültig gebrochen. Leo und Isabella hatten auf eine besondere Art und Weise zueinandergefunden. Isabella war zutiefst beeindruckt, dass er sich so etwas Besonderes hatte einfallen lassen. Leo hingegen fühlte sich sehr angezogen von ihr.

Sie saßen in einem Restaurant und unterhielten sich. Es tat beiden so gut, sie verstanden einander, ohne dass der eine dem anderen erklären musste, was er meinte. Sie lachten über dieselben Dinge und waren mit den meisten Ansichten einer Meinung. Es fühlte sich so an, als würden sie sich schon seit Ewigkeiten kennen und wären immer zusammen gewesen. Leo spürte es tief in seinem Inneren: Mit dieser Frau an seiner Seite würde er es schaffen, von dieser lästigen Sucht loszukommen.

Isabella war immer noch fasziniert von dem erlebten Naturspektakel. »Du musst mir das unbedingt noch mal erklären. Ich meine, wie ist das möglich, zwei Regenbögen zur selben Zeit?«

Leo lächelte und holte zu einer Erklärung aus. »Jeder Regenbogen ist eigentlich ein Doppelregenbogen, aber nur selten kann man über dem sogenannten Hauptregenbogen auch den Doppelgänger sehen. Beide Bögen entstehen auf die gleiche Weise: Wenn Sonnenlicht auf Regentropfen trifft, wird es gebrochen und anschließend an der Innenseite der Tropfen reflektiert. Der ganze Trick dabei ist, dass der eine Regenbogen in einem bestimmten Gradwinkel zum anderen stehen muss, damit es funktioniert. Eigentlich ganz einfach«, lächelte er verschmitzt.

Isabella schüttelte wieder ungläubig ihren Kopf. »Vielleicht sollte ich auch Meteorologie studieren«, meinte sie und biss genussvoll in ihr Steak.

»Na, ich weiß nicht, irgendwann wurde es mir zu langweilig und deshalb bin ich zu Kunstgeschichte gewechselt. Und dir würde es wahrscheinlich ähnlich gehen«, grinste er und stupste sie auf die Nase.

Der Restaurantbesitzer war damit beschäftigt, die leeren Stühle auf die Tische zu wuchten, als Leo beklommen auf seine Uhr blickte. Die Zeit war wie im Fluge vergangen und er wollte noch etwas davon mit Isabella verbringen.

»Lass uns doch an den Strand gehen«, schlug er deshalb vor. »Wir können ein wenig spazieren gehen.«

»Gute Idee.« Leo winkte den Kellner her, bezahlte, und sie machten sich auf den Weg.

Der Mond schien hell und erleuchtete das Meer mit seinem silbernen Schein. Es war ein milder Sommerabend und beide liefen nebeneinander am Strand entlang. Leo musterte Isabella immer wieder. Sie hatte ihren Hut abgenommen, ihre Haare wehten im Wind, ihre Augen glitzerten im Mondlicht und sie schien mit ihren

Gedanken weit entfernt. Plötzlich blieb sie stehen und schaute in den dunklen Horizont.

»Was siehst du?«, fragte er interessiert.

Isabella lächelte und schaute ihm in die Augen. »Ich sehe dich. Ich sehe einen liebenswürdigen Mann, der mich auf Händen trägt und mich zum Lachen bringt.« Sie stockte einen Moment, während Leo ihr aufmerksam zuhörte. »Außerdem spüre ich eine leichte Verzweiflung in dir, aber du versteckst sie gut.«

Was für ein mysteriöses, wunderschönes Mädchen, dachte er sich. Er zog sie an sich. Ihre Küsse waren leidenschaftlich und ungestüm, sie ließen sich einfach von ihren Gefühlen leiten. Atemlos schob Leo sie von sich, um sie mit beiden Armen hochzuheben und an einen ruhigeren Strandabschnitt zu tragen.

Besessen von ihren Lippen und ihrer weichen Haut wurden seine Küsse immer wilder. Erregt zog er ihr das Kleid runter und küsste ihre Brüste, dann glitt er keuchend mit seinen Händen an ihren Slip und wollte ihn herunterzureißen, als er ihre Hände auf seinen spürte.

»Nein«, sagte sie schwer atmend. »Heute nicht, es ist noch zu früh. Lass uns bitte noch warten.« Leo konnte spüren, wie schwer es ihr fiel, ihn abzuweisen. Stöhnend ließ er sich neben sie in den Sand fallen und atmete tief ein. Er musste sich erst mal sammeln, bevor er einen klaren Satz formulieren konnte. Nachdem er etwas ruhiger geworden war, blickte er sie an. Sie starrte nachdenklich in den Nachthimmel. Das schlechte Gewissen machte sich in ihm bemerkbar. Warum hatte er sich nur so unbeherrscht verhalten? *Diese verdammten Drogen*, dachte er. Es waren schließlich nicht alle Frauen wie Zoe.

»Es tut mir leid«, stammelte er verlegen. »Es war nur … es hat mich einfach überkommen und ich konnte mich nicht mehr beherrschen.« Erleichtert stellte er fest, dass Isabella ihn anlächelte. Sie hatte währenddessen ihr Kleid wieder angezogen.

»Ist schon gut, ich bin schließlich auch nicht ganz unschuldig an der ganzen Sache.« Für einen Augenblick herrschte peinliches Schweigen, bis beide anfingen zu lachen. Leo rückte näher an sie heran.

»Darf ich?«, fragte er höflich, während er seinen Arm um sie zu legen versuchte.

»Natürlich darfst du«, lächelte sie und drückte sich fest an ihn. Sie lagen eine Weile da und beobachteten den Sternenhimmel, während Leo immer wieder zu ihr herüberschielte.

Morgen, dachte er. Morgen würde sich alles ändern, morgen würde alles besser werden.

1980

Las Delicias De Louisa prangte in schön geschwungen Buchstaben über dem Eingang. Jeden Morgen, bevor sie den Schlüssel in die Ladentür steckte, warf sie einen stolzen Blick darauf. Danach ließ sie zufrieden ihren Blick über die saftigen Schinken schweifen, die im Schaufenster hingen, und betrat ihr Geschäft. Seit drei Jahren führte sie es nun. Angefangen hatte es mit einer Theke, in der sie schmackhafte Kleinigkeiten anbot. Von Oliven über Meeresfrüchte bis hin zu den unterschiedlichsten Spezialitäten, fast alles, was das chilenische Herz begehrte. Mit den Jahren waren auch ein paar Tische hinzugekommen, und was anfänglich als Feinkostgeschäft begann, hatte sich nun zu einem gemütlichen kleinen Restaurant mit familiärer Atmosphäre entwickelt. Sie besaß mittlerweile viele Stammkunden, die Louisas köstliche Küche liebten. Aber nicht nur das. Sie liebten auch Louisa selbst. Ihr freundliches und offenes Wesen, ihr elegantes

Erscheinungsbild und die liebevolle Art, mit der sie sich um alles und jeden kümmerte. Sie bot den Menschen ein zweites Wohnzimmer. Ihre besondere Herzenssache jedoch galt jedem ersten Samstag des Monats. Da lud sie eine der ärmeren Familien ein, diese durften den ganzen Abend über schlemmen, was ihr Herz begehrte und mussten nichts dafür bezahlen. Louisa war zufrieden, es erfüllte sie mit großer Genugtuung, etwas Eigenes erschaffen zu haben. Abends, wenn sie und Vincente nebeneinander im Bett lagen, hatten sie sich oftmals viel zu erzählen. Und es kam nicht selten vor, dass einer von beiden einschlief, bevor der andere zu Ende erzählt hatte. Doch das spielte keine Rolle, sie brachten Verständnis füreinander auf, da beide wussten, wie anstrengend so ein Arbeitstag sein konnte.

Es war wieder einer dieser besonderen Samstage. Heute hatte sie Familie Lehmann eingeladen. Eigentlich war es keine Familie im konventionellen Sinne, sondern es handelte sich um eine alleinerziehende Witwe, die ein paar Zwillinge großzog und Louisa im Haus aufgefallen war. Zuerst dachte sie, es wäre eine von den Nachbarinnen. Bis Marlene von der gegenüberliegenden Wohnung sich eines Tages mit ihr im Treppenhaus unterhielt und dabei erwähnte, dass ihre Reinigungskraft gleich kommen würde. Genau in diesem Moment kam Frau Lehmann die Treppe hochgelaufen. Sie war eine eher unauffällige Person, gewöhnlich trug sie Jeans und einen weiten Pullover. Ihr Haar war blond, mittellang und meistens mit einem Scrunchie zusammengebunden. Erst jetzt fiel Louisa auf, dass sie einen Walkman bei sich trug, dessen Kopfhörer um ihrem Hals lagen. Und seit Louisa sie neulich mit zwei kleinen Mädchen von ihrem Ladenfenster aus hatte vorbeihetzen sehen, beschloss sie, ihr etwas mehr Aufmerksamkeit zu widmen. Interessiert beobachtete sie diese nun immer öfter, und allmählich wurde ihr bewusst, dass diese Frau kein einfaches Leben hatte. Deshalb fasste sie sich eines Tages ein Herz und lud sie zum besagten Herzenssamstag ein. *Sabado del corazon* war das Motto dieser besonderen Tage. Frau Lehmann reagierte zuerst etwas verhalten und dachte, Louisa wolle sie auf den Arm nehmen. Bis Louisa sie einlud, sie in ihrem Restaurant zu besuchen. Am nächsten Tag stand Frau Lehmann da und spähte scheu durch die Glastür.

Als Louisa sie erblickte, empfing sie diese sofort mit offenen Armen. »Señora Lehmann, schön, dass Sie es einrichten konnten. Kommen Sie doch rein«, begrüßte Louisa sie freundlich mit ihrem spanischen Akzent.

Frau Lehmann schaute sie an. »Ditt find ick echt dufte von Ihnen, aba kieken Se mir doch mal an.« Dabei deutete sie auf ihre legere Kleidung. Louisa musste schmunzeln, sie hatte zwar nicht jedes Wort genau verstanden, aber konnte anhand ihrer Gestik nachvollziehen, was sie meinte. Louisa ließ sich nicht beirren, hakte sich bei ihr unter und zog sie in das Restaurant. Bei einem *café cortado* und einem Stück *pie de limón* gelang es ihr, sie zu überzeugen. Als Frau Lehmann das Restaurant verließ, klatschte Louisa glücklich in die Hände. Sie freute sich schon darauf, denn die Einladung war mit einer Überraschung verbunden. Sie feierte ihren vierzigsten Geburtstag. Es würde ein rauschendes Fest werden.

Der Tag begann hektisch. Matilda, die Aushilfe, hatte verschlafen, und Louisa hätte fast ihren Friseurtermin verpasst. Der Getränkelieferant, der für morgens angekündigt war, hatte unglücklicherweise einen Unfall und die Bestellung wurde erst knapp vor dem Eintreffen der Gäste geliefert. Die neuen Tischdecken waren unauffindbar. Bis Louisa siedend heiß einfiel, dass sie noch in ihrem hellblauen VW Käfer lagen. Darüber hinaus hatte der Musiker seine Noten vergessen und musste improvisieren, was dem Ganzen aber schlussendlich keinen Abbruch tat, da er gekonnt ablenkte, indem er die Gäste mit einbezog und diese selbst ihre Lieblingslieder auf seiner Gitarre spielen ließen. Alle saßen fröhlich beieinander und musizierten gemeinsam, während sie Wein tranken und Louisas köstliches Essen genossen. Selbst die zurückhaltende Frau Lehmann tanzte ausgelassen mit ihren zwei Mädchen fröhlich lachend Ringelreihen.

Es hätte ein unvergesslicher, wunderbarer Geburtstag werden können, wenn nicht eine Sache gewesen wäre. Vincente war nicht aufgetaucht. Louisa hatte zigmal in seinem Büro angerufen, aber es ging keiner ran. Allmählich begann sie sich Sorgen zu machen. Doch sie wollte den Leuten die Freude nicht verderben und versuchte, es sich nicht anmerken zu lassen. Die Gäste hatten wunderbare Geschenke mitgebracht, außerdem glich das ganze Restaurant einem Blumenmeer. Louisa war sichtlich gerührt von so viel Aufmerksamkeit. Und für einen kurzen Augenblick vergaß sie sogar Vincentes Abwesenheit. Die Lebensfreude und die positive Stimmung rissen sie mit. Sie tanzte, sang und trank mit ihren Freunden. Allmählich näherte sich die Feier ihrem Ende, Louisa war froh, dass sich niemand nach Vincente erkundigt hatte. Zu groß war das Taktgefühl, das ihr ihre Bekannten entgegenbrachten. Bis auf Matilda, die ihr ab und an besorgte Blicke zuwarf. Alle bedankten sich noch mal herzlichst für die Einladung, vor allem Frau Lehmann und ihre Mädchen waren sehr glücklich, dabei gewesen sein zu dürfen.

»Ick weeß ja jarnich, wie wa Ihnen danken solln«, sagte diese und umarmte Louisa, bevor sie und ihre Töchter die Feier verließen. Louisa war sehr gerührt von der Dankbarkeit, die ihr diese ganzen Menschen entgegenbrachten. Mit einer leichten Melancholie im Herzen schloss sie ab und machte sich auf den Weg nach Hause. Wo war Vincente? Warum hatte er ihren vierzigsten Geburtstag verpasst? Er musste einen triftigen Grund dafür haben.

Kapitel 34

»Ashok!«, sagte Dolores überrascht, als sie die Tür aufriss. »Was machst du denn hier?« Sie starrte ihn ungläubig an. Ashok fing an zu lachen. »Komm erst mal rein«, sagte sie immer noch verwirrt, und sie setzten sich in die gemütliche Wohnküche.

»Als du mich gestern Nacht angerufen hast, da dachte ich, dass irgendetwas nicht stimmt. Ich habe mich ins Auto gesetzt und bin die halbe Nacht, bis jetzt, durchgefahren«, sagte er müde. »Wenn ich dich so ansehe, hatte ich wohl nicht ganz unrecht.« Er betrachtete Dolores eingehend, ihre roten Augen, die zerzausten Haare und die Tatsache, dass sie eben aufgewacht sein musste, bestätigten seine Vermutungen.

»Oh Gott, ja, Ashok.« Sie nickte zermürbt. »Es war keine einfache Nacht für mich. Dein Dauerklingeln hat mich sozusagen aus dem Schlaf gerissen.« Sie warf einen Blick auf die Uhr, der

Zeiger lag bei kurz nach sechzehn Uhr. Sie hatte die ganze Nacht und den halben Tag in ihrer Traumwelt verbracht.

Nachdem sie kurz im Bad gewesen war und sich eine Tasse starken Kaffee aufgebrüht hatte, legten sie sich gemeinsam auf ihre Couch, und sie kuschelte sich geborgen in seine Arme. Dann erzählte sie ihm, was sie in dieser Nacht alles erlebt hatte. Aufmerksam hörte Ashok ihr zu und kam aus dem Staunen gar nicht mehr heraus.

»Dich darf man keine Sekunde lang allein lassen, schon passieren dir die haarsträubendsten Dinge«, meinte er, während er behutsam über ihren Kopf streichelte. Dolores konnte es selbst kaum glauben.

»Wir müssen morgen dringend diese Reinigungskraft zur Rede stellen, Diaz ist ihr Name. Sie hat mir meinen Abschied genommen und wahrscheinlich auch mein Erbe«, sagte sie, während ihre Augen wütend funkelten.

Ashok warf einen Blick auf seine Uhr. »Es ist fast sechs. Ich denke, heute wirst du keinen mehr antreffen, der dir weiterhelfen kann. Dein Rückflug geht morgen Abend. Wenn du ihn sausen lässt, könnten wir gemeinsam mit meinem Wagen zurückfahren. Dann hätten wir mehr Zeit.«

Dolores warf ihm einen langen Blick zu. »Ich verlasse diesen Ort hier nicht, bevor ich sie gefunden habe«, sagte sie entschlossen. »Und jetzt gehen wir hoch in das Schlafzimmer und schauen unter die Diele.«

Bedächtig betraten sie das Schlafzimmer, das früher einmal Dolores' Mutter gehört hatte. Es war noch genauso eingerichtet wie damals. Dolores hatte nichts verändert, das alte Massivholzbett stand noch vor dem Fenster. An den Wänden hingen noch immer die bunten Aquarelle, die ihre Mutter so gerne gemalt hatte. Und auf der Kommode standen hübsch eingerahmte Fotografien, von Dolores und ihr.

Sie sahen sich zum Verwechseln ähnlich, stellte Ashok fest, während seine Augen durch den Raum glitten und an den Fotos hängen blieben. Er hatte sich vorsorglich mit einem Brecheisen ausgerüstet und stand hinter Dolores. Mit klopfendem Herzen bückte sie sich und zählte die alten Holzdielen. »Eins, zwei …« Langsam ließ sie ihre Finger zwischen die Dielen gleiten, und mit einem Ruck löste sich besagte Diele und Dolores hob sie vorsichtig hoch. Währenddessen hielt sie die Augen geschlossen, sie traute sich nicht sofort, hineinzuschauen.

»Und?«, hörte sie Ashok, er hatte sich noch nicht gebückt. Diesen einen speziellen Augenblick wollte er ihr allein gewähren. Dolores öffnete ganz langsam ihre Augen und blickte hinein. Was sie sah, ließ sie für einen Augenblick erstarren.

»Das … das ist doch unmöglich«, stammelte sie.

»Dolores, was ist los? Nun sag schon.« Ashok bückte sich nun auch zu ihr herunter. In der Lücke unter dem Bett lag ein ganzes Bündel Geld und daneben eine große Schmuckschatulle. Hastig hob sie das Kästchen aus der Vertiefung und öffnete es. Dann breitete sie alles auf dem Boden aus. Dolores' Augen glitten hin und her, immer wieder nahm sie den Schmuck in die Hand und begutachtete ihn ungläubig.

»Dolores …«, setzte Ashok an.

»Es fehlt nichts«, unterbrach sie ihn mit großen Augen. »Der Schmuck ist komplett, das sind die Juwelen meiner Großmutter.« Sie schüttelte ihren Kopf. »Und das Geld, ich kann mir nicht vorstellen, dass etwas fehlt. Mehr hätte meine Mutter doch niemals sparen können.«

Ashok wollte erneut etwas erwidern, als das Telefon klingelte. Beide warfen sich einen fragenden Blick zu und Dolores stand eilig auf.

»Cruz«, meldete sie sich kurz angebunden.

»Dolores, ich bin es Louisa.«

»Oh, Donna Louisa«, sagte Dolores verwirrt. Sie war noch durcheinander nach dem unerwarteten Fund.

»Mein Kind, ist alles in Ordnung mit dir?«, fragte Donna Louisa besorgt.

»Ja, entschuldigen Sie bitte, ich war nur etwas abgelenkt. Mein Freund ist überraschenderweise aufgetaucht.«

»Ah, ich verstehe«, schmunzelte Donna Louisa hörbar am anderen Ende der Leitung. »Ich möchte auch nicht länger stören, aber ich hätte eine wichtige Frage an dich. Es betrifft Marisa und könnte mit ihrem Schicksal zusammenhängen.«

Dolores schaute Ashok mit großen Augen an und wiederholte Louisas letzte Aussage: »Mit Marisas Schicksal?«

»Möglicherweise«, seufzte Donna Louisa. »Sagt dir der Name Leon Casirelli etwas?«

Es ist alles meine Schuld, dachte Donna Louisa niedergeschlagen. *Hätte ich sie doch nur nicht dazu verpflichtet.* Als sie daran dachte, fühlte es sich an, als sei es gestern gewesen. Marisa musste fünfzehn oder sechzehn gewesen sein. Es war kurz vor dieser Party. Zufälligerweise hatte sie ein Telefongespräch ihrer Enkeltochter erhascht, dass sie zu dieser schwerwiegenden Entscheidung bewogen hatte.

»Nein, du weißt doch, er steht nicht auf so was. Jaja, klar, wir haben ein bisschen gefummelt«, hörte sie ihre Enkeltochter sagen. Donna Louisa hatte immer viel Wert darauf gelegt, dass jeder seine Privatsphäre hatte. Eigentlich wäre sie niemals auf die Idee gekommen, Marisa zu belauschen. Aber als sie das Wort »gefummelt« hörte, blieb sie wie erstarrt stehen und beobachtete ihre Enkeltochter durch den geöffneten Türspalt. Diese stand vor ihrem Spiegel und betrachtete sich von allen Seiten, während sie nichts ahnend telefonierte.

»Ich weiß, dass er ein Player ist. Aber diese Augen und die Küsse erst…« Marisa seufzte tief und ließ sich auf ihr Bett fallen. Nach einigen Sekunden stand sie wieder auf und besah sich wieder im Spiegel, während sie ihre Haare bürstete. »Was ich anhabe, willst du wissen?« Marisa kicherte, wie es nur Teenager in ihrem Alter taten. »Nein, ich schick dir jetzt kein Foto, überleg dir doch selbst, was du anziehst.« Unbeschwert zog sie noch etwas Lipgloss nach und schenkte sich eine lautlose Kusshand.

Marisas lange, braun gebrannten Beine steckten in kurzen Jeans-Shorts, dazu trug sie ein weites bauchfreies Shirt und beige Lederballerinas. Ihre dunklen langen Haare, die ihr für gewöhnlich in dichten Wellen über die Schultern fielen, waren heute glatt und seidig. Außerdem hatte sie sich ein Lederband um die Stirn gebunden. Als Donna Louisa genauer hinsah, musste sie pikiert feststellen, dass ihre Enkelin keinen BH trug. Sie konnte ihren Blick einfach nicht von ihr abwenden, als sie bemerkte, dass Marisa zu ihr herüberblickte. Sie hatte mittlerweile aufgelegt und war nun nicht mehr abgelenkt.

»Nana, was machst du denn hier? Beobachtest du mich etwa?«, fragte Marisa bestürzt. Sie verschränkte ihre Arme vor ihrem Oberkörper, da sie sich schlagartig ihrer unterschwelligen Nacktheit bewusstwurde.

Donna Louisa schaute sie ernst an. »Wir müssen reden, mein junges Fräulein, und zwar jetzt sofort.«

»Muss das denn sein?«, schmollte Marisa. »Ich komm doch zu spät auf die Party.«

»Oh ja, genau jetzt und keine Sekunde später. Wir gehen jetzt in mein Arbeitszimmer und dort hörst du mir genau zu. Sonst gibt es keine Party für dich. Außerdem wird dich unser Fahrer hinbringen und auch wieder abholen, und keine Widerrede.« Widerwillig folgte Marisa ihrer Großmutter und beide nahmen Platz. Louisa musterte Marisa eingehend. Wenn die Zahnspange nicht gewesen wäre, dann hätte man sie wirklich für älter halten können. Sie war jetzt schon eine Schönheit, wie würde das noch in den nächsten Jahren werden.

Seufzend blickte sie ihre Enkeltochter an, sie musste es tun. Auch wenn Marisa das jetzt wahrscheinlich nicht verstehen und vielleicht, nein, sogar sehr wahrscheinlich heimlich rebellieren würde. Es war an der Zeit, dieses Gespräch zu führen. Trotzig saß sie da, ein Bein über das andere gelegt und starrte auf ihr Handy.

»Bitte leg dieses Telefon beiseite«, sagte Donna Louisa im scharfen Ton. Marisa seufzte genervt und schob es in ihre Hosentasche. »Hör mir jetzt gut zu. Ich werde es dir nur einmal sagen. Und wenn du damit nicht einverstanden bist, dann wirst du mit den Konsequenzen leben müssen. Das bedeutet für dich Mädcheninternat, bis du volljährig bist.«

Marisa blickte sie entsetzt an. Was konnte ihre Großmutter von ihr wollen? Verbrachte sie zu viel Zeit mit ihrem Smartphone?

Aber eigentlich hatte sie hervorragende Noten in der Schule, sie gehörte zu den Besten ihrer Stufe. In Marisa machte sich ein ungutes Gefühl bemerkbar und sie begann leicht zu schwitzen.

Donna Louisa konnte die Unruhe spüren, die von ihrer Enkelin ausging. Sie registrierte auch, wie sie sich unruhig auf dem Sessel hin und her bewegte. Insgeheim hatte sie Mitleid mit ihr, doch dieses Gespräch war unausweichlich, sie wollte doch nur ihr Bestes.

»Marisa, du bist jetzt kein Kind mehr, sondern eine junge Frau.« Sie machte eine kurze Pause und Marisa blickte sie mit großen Augen an. »Und für gewöhnlich ist es so, dass sich Frauen in deinem Alter für junge Männer interessieren.« In Marisa schrillten alle Alarmglocken, sie musste das Gespräch belauscht haben.

Verdammter Mist, schoss es ihr durch den Kopf.

»Nun ja, mein Kind, wie ich aus eigener Erfahrung sagen kann, ist man in diesem Alter sehr unüberlegt.«

Marisa beobachtete ihre Großmutter mit Argusaugen, man konnte die Anspannung förmlich riechen, die Luft war zum Schneiden, Marisa lief bereits der kalte Schweiß den Rücken hinunter.

»Ich möchte mich kurzhalten, aber ich meine trotzdem, was ich sage. Es ist eine strikte Anweisung: Du wirst keinen Freund haben, bevor du deinen Universitätsabschluss gemacht hast. Und das ist mein voller Ernst. Die Konsequenz wäre das Mädcheninternat, und falls du denkst, dass du, sobald du volljährig bist, tun und lassen kannst, was du möchtest, dann hast du dich geirrt. Du wirst auf der Stelle enterbt und wirst keinerlei finanzielle Zuwendungen mehr erhalten.« Niemals würde sie Marisas entsetzten Gesichtsausdruck vergessen.

Nun saß sie in genau demselben Arbeitszimmer wie damals und grübelte vor sich hin. Sie hatte das Beste für Marisa gewollt, ihre Enkelin sollte nicht dasselbe Schicksal ereilen wie sie selbst. Sie wünschte sich, dass Marisa zu einer selbstverantwortlichen und unabhängigen Frau heranreifte. Dolores hatte ihr erzählt, dass dieser Leon – kurz Leo genannt – Marisas heimliche Liebe gewesen war, und dass sie sich aus Angst vor Konsequenzen nicht auf ihn eingelassen hatte. Louisa hasste sich in diesem Augenblick. Wäre sie nicht so streng gewesen, dann würde Marisa jetzt wahrscheinlich gesund und munter in ihrem Zimmer liegen und lautstark Musik hören. So, wie sie es meistens um diese Tageszeit getan hatte.

Leo und Marisa hatten gestritten, und wahrscheinlich hatte sie Schuld, dachte Donna Louisa traurig. Der Kommissar hatte es erwähnt, deshalb war sie zu besagter Adresse gefahren, die man nach genauen Auswertungen auf ihrem beschädigten Handy gefunden hatte. Er wollte eine Aussprache, aber Marisa war nicht aufgetaucht und er hatte dann eine Kommilitonin besucht. Aber wie hätte sie auch auftauchen sollen? Sie hatte schwer verletzt auf der Straße gelegen.

Kapitel 35

Leo lag, noch berauscht von der vergangenen Nacht, in seinem Bett. Er hatte zwar kaum geschlafen, doch er fühlte sich überraschenderweise so ausgeglichen und zufrieden, wie schon lange nicht mehr. Mittlerweile hatte er seit über zwölf Stunden keine Drogen mehr konsumiert. Isabella machte ihn glücklich, er konnte noch genau ihr Herz auf seinem spüren. Doch sein Glück wurde getrübt, er war sich bewusst, dass sich der Entzug jederzeit bemerkbar machen konnte. Nachdenklich hielt er den Rest des Pulvers in Händen. Die Sonne schien durch sein Fenster und warf ihre warmen Strahlen direkt auf die transparente Verpackung. Jetzt erst erkannte er, dass es wie Eiskristalle oder feine Glassplitter wirkte, fast wie hübsche kleine Strasssteine. *So schön und doch so gefährlich*. Er holte seinen Laptop und begann zu recherchieren.

Als er die Beschreibung der Droge in die Suchmaschine eingab, erschienen augenblicklich Begriffe wie Schweißausbrüche,

Schwindel, Muskelzittern und Krämpfe. Abhängigkeit nach einmaligem Konsum, Hirnschädigungen, Zahnverlust und noch etliche andere haarsträubende Auswirkungen. Nervös fuhr er sich mit seinen Händen durch die Haare. Immer wieder verglich er die Bilder aus dem Netz mit dem Pulver, das er in letzter Zeit konsumiert hatte. Es bestand kein Zweifel, er war abhängig von Crystal Meth. Schlagartig begann er unruhig zu werden, sein Herz klopfte nervös in seiner Brust und er wurde immer aufgewühlter. Wie sollte er nur davon loskommen? Leo war zum Weinen zumute. Er lehnte seinen Kopf gegen die Wand und versuchte, sich zu beruhigen. Langsam atmete er tief ein und aus. Was sollte er nur tun? Schweißausbrüche durchfuhren seinen ganzen Körper. Verzweifelt starrte er auf das Unglück bringende Pulver. »Verdammtes Teufelszeug«, fluchte er, während ihm Tränen in die Augen stiegen.

Er musste auf Entzug, sonst würde er niemals wieder ein normales Leben führen können. Als Erstes musste er mit Isabella reden. Er würde sie anrufen und ihr sagen, dass er morgen dringend nach Palermo fliegen müsste, aus familiären Gründen, und für zwei Wochen. Das sollte reichen, um einigermaßen wieder clean zu werden. Dann würde er Zoe zur Rede stellen. Dieses verdammte Miststück, was hatte sie nur aus ihm gemacht? Und dann war da noch José, er musste mit ihm sprechen, und zwar von Mann zu Mann. Er würde ihm alles erzählen und darauf hoffen, dass er ihm beistand. Leo wollte sich für zwei Wochen zu Hause verbarrikadieren, um wieder clean zu werden. Egal wie hart der Entzug würde. Er musste es schaffen. Doch um stark zu sein, brauchte er eine letzte Ladung. Nach dieser niederschmetternden Erkenntnis würde er es niemals schaffen, ein Konfliktgespräch mit Zoe durchzuhalten. Er musste einen letzten Zug nehmen, um alles durchzustehen, was er sich heute vorgenommen hatte, und danach konnte die Sintflut kommen.

Angespannt stand er vor Zoes Haustür und klingelte. Der Türsummer wurde betätigt, Leo holte noch einmal tief Luft und betrat das Gebäude.

Zoe erwartete ihn schon im dunklen Flur. Die Arme überkreuzt und an die Wand gelehnt lächelte sie ihn kalt an. In ihrem engen schwarzen Lederkleid und den roten High Heels kam sie lasziv auf ihn zu während, sie ihm tiefe Blicke zuwarf.

»Leo, was für eine Überraschung«, hauchte sie ihm entgegen. Ihre Augen glänzten diabolisch und sie fuhr sich, ähnlich einer Katze, mit ihrer Zunge über ihre kirschroten Lippen. Dabei stützte sie eine Hand gegen die Wand, mit der anderen berührte sie seinen Schritt.

»Zoe, lass das«, entfuhr es ihm nervös. Überrascht sah sie ihm hinterher, während er entschlossen ins Wohnzimmer lief. Skeptisch blickte sie in seine Richtung, folgte ihm aber. »Wir müssen reden«, sagte er und wandte sich ihr zu.

»Dann reden wir eben. Ich würde zwar lieber was anderes machen, aber tu dir keinen Zwang an.« Sie blickte ihn abwartend an.

»Verdammt, Zoe«, rief er verzweifelt. »Wie konntest du das nur tun?«

»Wie konnte ich was tun?« Erstaunt hob sie ihre Augenbrauen.

»Du weißt genau, wovon ich spreche, und jetzt tu nicht so scheinheilig!«, warf er ihr vor, während seine Wut immer weiter in ihm hochbrodelte.

»Ich weiß nicht, was du meinst«, behauptete sie und klang dabei fast schon beleidigt.

Leo schluckte hart, seine Hände hatten sich in seinen Hosentaschen zu Fäusten geballt. Er versuchte, seine Wut im Zaum zu halten, sonst würde noch irgendetwas passieren.

»Ich weiß nicht, wo ich anfangen soll, Zoe. Es ist einfach zu viel. Aber warum willst du mein Leben ruinieren? Was habe ich dir getan?«

»Dein Leben ruinieren? Leo, ich glaube, du hast Wahnvorstellungen. Glaubst du, ich fick mit jedem?« Hysterisch fing sie an zu lachen. »Glaubst du wirklich, jeder darf, was du darfst? Leo, das zwischen uns, das ist etwas Besonderes.« Langsam ging sie auf ihn zu und blickte ihn aus der Nähe an. »Leo, fühlst du das nicht auch? Ich werde schon feucht, nur wenn ich deiner Nähe stehe.«

Er blickte sie ungläubig an und schüttelte den Kopf. »Du bist einfach nur krank. Und ja, du fickst mit jedem.« Er lief einige Schritte von ihr weg, dann drehte er sich um. »Ich habe übrigens mit Richard telefoniert.«

Zoe konnte den Mund nicht mehr schließen, bevor die Worte aus ihr heraussprudelten: »Was erlaubst du dir eigentlich! Was denkst du, wer du bist? Du hast mit Richard telefoniert, diesem Heuchler? Natürlich gibt er mir die Schuld, er will seine Hände in Unschuld waschen. Du glaubst eher einem dahergelaufenen Heuchler als mir, die alles für dich tut!« Entrüstet atmete sie ein und aus.

Leo fixierte sie. »Ich glaube dir kein Wort«, schrie er. »Der Mann war dermaßen verunsichert und verängstigt am Telefon, ich weiß nicht, was du mit ihm getan hast, aber du bist in meinen Augen total irre.« Leo wandte sich wieder ab und betrachtete die Aussicht. »Außerdem hast du mich gezwungen, den Kommissar anzulügen. Warum? Hast du Marisa geschrieben? Von wegen du möchtest in nichts reingeraten. Und jetzt erzähl mir nicht, du wüsstest von nichts. Wir beide waren die Einzigen, die von diesem Treffen wussten. Ich war es nicht, also musst du es gewesen sein.« Dann wandte er sich wieder Zoe zu. »Ich werde dem Kommissar die Wahrheit sagen, ich bin kein Lügner und Betrüger, so wie du.«

Zoe setzte an: »Leo, ich …«

»Ich bin noch nicht fertig«, unterbrach Leo sie forsch. »Und dann noch diese gottverdammte Droge. Zoe, was zum Teufel sollte das? Du hast mich abhängig gemacht von dir, deinem Körper, Crystal Meth. Dafür wirst du bezahlen.« Blanke Wut spiegelte sich in seinen Augen wider.

Zoe hatte an einem Schreibtisch Platz genommen und spielte mit einem Bleistift. Sie wirkte auf einmal ruhig und gefasst.

»Na gut, Leo, du hast mich durchschaut«, lächelte sie kalt. »Aber du wirst dem Kommissar gar nichts sagen. Und Richard, sagen wir mal so …« Sie schaute auf die Uhr. »Mhh ..., ich glaube, in ein paar Stunden oder vielleicht auch Tagen – so genau kenne ich die Gesetze in den USA leider nicht – wird er in die Psychiatrie eingeliefert. Er hätte doch einfach nur seinen hässlichen kleinen Mund halten sollen. Na ja, im Bett war er nicht schlecht. Natürlich nicht annähernd so gut wie du, mein süßer Leo. Aber du bist auch viel selbstverliebter als er. Das kann manchmal helfen.« Im selben Moment ließ sie den Stift auseinanderbrechen. Leo blickte sie verwirrt an, er verstand nicht, auf was sie hinauswollte. »Setz dich«, sagte sie gelassen, fast schon gelangweilt.

»Nein, danke. Ich stehe lieber. Was soll dieses Spielchen? Bist du jetzt komplett übergeschnappt?«

Zoe seufzte theatralisch und zuckte nur mit den Schultern, dann holte sie eine Fernbedienung und visierte damit die Wand an. Auf einmal öffnetet sich eine Luke und ein Beamer erschien in der

Öffnung. Wie von Geisterhand schlossen sich die Jalousien und für einen Augenblick herrschte Finsternis in dem Raum.

»Zoe«, schrie Leo aufgeregt. »Was soll das?«

»Ach Leo«, lächelte sie bitter, »du bist so leicht zu verwirren.« Und dann sagte sie in einem kalten emotionslosen Ton: »Ich an deiner Stelle würde mich lieber setzen«, und schaltete den Beamer ein.

Dolores und Ashok machten sich auf den Weg. Davor hatten sie das Erbe anderweitig versteckt. »Sicher ist sicher«, meinte Ashok. Währenddessen stattete ihnen der Nachbarskater Michele noch einen Besuch ab. Dolores hatte den kleinen Kerl vermisst und ihm ihre letzte Thunfischdose angeboten. Ashok musste schmunzeln bei so viel Tierliebe. Er musste dabei an seine Katzenfreundin Esmeralda denken, die sich mit Howi angefreundet hatte und inzwischen bei ihm lebte. Während der Fahrt redete Dolores unentwegt. Ashok konnte ihre Aufregung fühlen, es würde bestimmt kein einfaches Unterfangen werden. Aber wie es auf den ersten Blick gewirkt hatte, war nichts entwendet worden. Tatsache jedoch war, dass Dolores der Brief vorenthalten worden war. Aber das wollte sie unter keinen Umständen auf sich sitzen lassen.

Die Klinik befand sich etwas außerhalb. Als sie sich näherten, konnte man das hellgelbe Gebäude schon aus der Entfernung erkennen. Es war in einem dezenten Farbton gehalten, und nicht – wie in Dolores' Traum – leuchtend gelb. Darüber hinaus war es im typischen Bauhausstil der Vierzigerjahre erbaut, nüchtern, schnörkellos mit reduzierten Elementen. Ashok und Dolores betraten den Eingang und gingen direkt zum Informationscenter der Klinik. Dieser war ebenso im minimalistischen Stil mit viel Glas und Beton gehalten. Eine Frau mittleren Alters saß auf einem

Bürostuhl und tippte konzentriert auf eine Tastatur. Beide näherten sich, sie schaute auf und begrüßte sie freundlich. Dolores war etwas nervös, da ihr bewusst war, dass es nicht einfach würde, an Personaldaten heranzukommen.

»Ähm, einen wunderschönen guten Tag«, sagte Dolores überfreundlich. »Ich hätte eine Frage bezüglich einer Angestellten.« Die Frau schenkte ihr einen aufmerksamen Blick. »Ihr Nachname ist Diaz und sie arbeitet als Reinigungskraft. Ich würde gerne etwas mit ihr besprechen.«

»Und inwiefern kann ich Ihnen weiterhelfen?«

»Könnten Sie mir vielleicht sagen, wo und wann ich sie finden kann?«

Die Angestellte räusperte sich und rückte ihre Brille zurecht. »Es tut mir leid, aber aus datenschutzrechtlichen Gründen darf ich keine Auskünfte über unser Personal erteilen. Dabei warf sie ihr einen speziellen Blick zu, den Dolores auf Anhieb nicht deuten konnte.

»Gibt es denn gar keine Chance, sie persönlich zu sprechen?«, fragte Dolores in beinahe flehendem Ton.

Die Frau ließ sich nicht erweichen: »Tut mir leid, aber ich darf nicht gegen die Vorschriften verstoßen.« Wieder bemerkte sie diese merkwürdige Art, mit welcher sie sie anblickte, verstand aber immer noch nicht was sie damit andeuten wollte.

Dolores seufzte. »Einen Augenblick.« Sie zog Ashok zur Seite. »Was machen wir denn jetzt? Sie rückt mit keiner Information raus.«

Ashok überkam eine gewisse Vorahnung. »Warte«, sagte er und lief zu der Frau. Nach ein paar Minuten kam er wieder zurück. »Dritter Stock, Gynäkologie.«

Dolores klappte die Kinnlade runter. »Wie hast du denn das gemacht?«

Ashok lächelte. »Tja, jeder hat seinen Preis.« Sie liefen zum Aufzug, auf dem Weg dorthin warf Dolores der Frau vielsagende Blicke zu, doch diese schien es nicht zu bemerken. Als sie ausstiegen, begannen sie sofort zu suchen. Sie gingen jede Abteilung durch, Raum für Raum, aber die Putzfrau war nirgends zu entdecken.

»Bist du sicher, dass sie dir die Wahrheit gesagt hat?«

»Wenn nicht, dann hole ich mir mein Geld wieder zurück«, sagte Ashok ernst.

Plötzlich blieb Dolores stehen und zog ihn hinter eine Pflanze. »Ich glaube, da ist sie«, flüsterte sie, während sie zwischen den Blättern hervorlugte.

Kapitel 36

1980

Zaghaft steckte Louisa den Schlüssel in die Wohnungstür, ihr Herz klopfte. Was würde sie erwarten? Vincente war zu Hause, auf ihrem Heimweg konnte sie von der Straße aus das hell erleuchtete Wohnzimmer sehen. Im ersten Augenblick musste sie an Sebastião denken, er hatte sie, als sie ihn am dringendsten gebraucht hatte, betrogen und sie maßlos im Stich gelassen. *Vincente ist nicht Sebastião*, mahnte sie sich, es muss einen plausiblen Grund für sein Verhalten geben. Erwartungsvoll fiel Ihr Blick in das Entree, zu ihrer Überraschung musste sie feststellen, dass der gesamte Raum mit weißen Kamelien übersät war. Louisa war im ersten Moment überwältigt, sie kam kaum vorwärts vor lauter Blumen. Und um das Ganze abzurunden, leuchteten lauter weiße Kerzen zwischen den Blumen. Schlagartig fühlte sie sich wie benommen. Als sie aufblickte, traute sie ihren Augen nicht. Alejandro stand an der Türschwelle und grinste über beide Backen, während Vincente seinen Arm um ihn gelegt hatte.

»Mama«, lachte er. »Das haben wir beide zusammen gemacht, aber ich habe die meisten Kerzen angezündet.« Dabei schaute er zu Vincente hoch. Dieser nickte nur bestätigend und ließ ihn weiterplappern. »Alles Gute zu deinem Geburtstag, Mama!« Freudestrahlend lief er seiner Mutter entgegen.

»Mein kleiner, kleiner Schatz«, sagte sie und umarmte ihn. »Du bist so groß geworden!« Sie lachte und gleichzeitig flossen ihr Tränen der Freude über die Wangen. Dann nahm sie ihn an der Hand und lief zu Vincente. »Ich dachte schon, du hast mich vergessen.«

Vincente schloss ihr Gesicht in seine Hände. »Wie könnte ich? Louisa, herzlichen Glückwunsch.«

Für die nächsten Stunden gab es nur sie drei. Sie aßen Kuchen, spielten Spiele, erzählten sich lustige Geschichten, mit denen sie Alejandro zum Lachen brachten, und waren sich so nahe wie schon lange nicht mehr. Doch Louisa konnte das leichte Unbehagen spüren, das von Vincente ausging. Es verfolgte sie, die ganze Nacht über, wie eine leichte Schleierwolke, die immer wieder den Sonnenschein trübte. Auf den ersten Blick nahm man es nicht wahr, doch wenn man genauer hinsah, bemerkte man die verdunkelten Sonnenstrahlen.

Als sie Alejandro ins Bett gebracht hatten, stellten sie sich ans Fenster und betrachteten den Sonnenaufgang. Berlin schlummerte noch und alles wirkte so unendlich friedlich. Louisa blickte zu ihrem Mann. »Vince, was ist los? Ich spüre genau, dass etwas nicht stimmt. Alejandro ist doch nicht der Grund, weshalb du nicht gekommen bist«, sagte sie sanft und legte ihren Kopf an seine

Schulter. Vincente hielt ein Glas in der Hand und blickte hinein, es war ihm anzumerken, dass es ihm schwerfiel, sich anzuvertrauen.

»Ich weiß nicht, wie ich es sagen soll«, setzte er an. Schließlich nahm er seinen ganzen Mut zusammen. »Joaquin … er ist verschwunden.«

Louisa schaut ihn mit großen Augen an. »Was meinst du damit? Er kann doch nicht einfach so verschwinden.« Ihr Blick suchte seinen und er konnte die Verwirrung darin erkennen.

»Louisa, es tut mir so leid, aber ich weiß nichts Genaueres. Dein Vater hat heute angerufen, es geht ihm nicht gut. Aber er wollte es dir an deinem Geburtstag nicht sagen.« Louisas Herz begann heftig zu klopfen und ein Gefühl der Beklemmung machte sich in ihr breit.

»Vater geht es schlecht, und Joaquin ist verschwunden«, sagte sie mehr zu sich selbst als zu Vincente.

Sie setzte sich auf einen der Stühle und überkreuzte ihre Arme. »Aber wo ist Joaquin verschwunden und wann?«, flehend blickte sie zu Vincente.

»Louisa, ich glaube, vor zwei Wochen ungefähr. Er ist heimlich nach Chile gereist und seitdem hat keiner mehr etwas von ihm gehört.«

»Vielleicht kommt er wieder. Vielleicht ist alles nur ein Missverständnis und er hat einfach nicht daran gedacht sich bei euch zu melden, vielleicht …« Als ob sie mit einem Mal ein Schauer der Erkenntnis übermannte, riss sie die Augen auf und fing bitterlich an zu weinen. »Er meldet sich bestimmt noch. Er hat bestimmt nur nicht daran gedacht.« Sie schluchzte fassungslos.

Vincente eilte zu ihr und nahm sie in die Arme. »Es tut mir so leid«, flüsterte er ihr ins Ohr. »Es tut mir so unendlich leid.«

Leo konnte im ersten Moment nicht nachvollziehen, was er dort sah. Er fühlte sich, als hätte ihm jemand mit ganzer Wucht in den Magen geschlagen, die Farbe war ihm aus dem Gesicht gewichen und seine Hände hatten angefangen zu zittern. Mit aufgerissenen Augen blicke er zu Zoe. Diese saß an ihrem Schreibtisch und sagte im sachlichen Ton :

»Es sieht sehr danach aus, als hättest du großen Spaß daran, Sex mit Männern zu haben. Aber Carlos ist auch wirklich nicht zu verachten. Das muss man schon sagen.« Sie machte eine kurze Pause. Dann fuhr sie fort: »Willst du immer noch nicht sitzen?« Dabei warf sie einen prüfenden Blick auf ihre Fingernägel. Leo war sprachlos, mechanisch setzte er sich auf einen der Stühle und schüttelte seinen Kopf.

»Warum Zoe, warum ...?« Es fiel ihm sichtlich schwer, ein Wort zu sagen. Benommen starrte er ins Leere. Zoe blickte von ihren Fingernägeln auf und Leo mit ausdruckslosen, kalten Augen an.

»Mmh, warum? Es gibt viele Gründe. Aber wenn ich hier alle aufzählen müsste, das würde lange dauern. Ich belasse es dabei und halte mich lieber bedeckt. Irgendwann wirst du es schon erfahren.« Leo stützte seinen Kopf auf seine Hände und schüttelte ihn, dann strich er sich über die Augen und schaute sie mit verklärtem Blick an.

»Und was willst du jetzt von mir?« Zoe schmunzelte. Leos Knie wurden weich, er fühlte genau, dass nichts Gutes kommen würde. Zoe stand auf und lief um den Tisch herum, dann lehnte sie sich daran und hielt etwas in der Hand, aber Leo konnte auf den ersten Blick nicht erkennen, um was es sich genau handelte.

»Nun, wenn du schon danach fragst«, sagte sie weiterhin in sachlichem Ton. Dabei spielte sie mit dem Gegenstand, den sie in der Hand hielt. Sie löste sich vom Schreibtisch und kam einige Schritte auf ihn zu. »Siehst du dieses Mittel hier?« Zoe hielt ihm ein Fläschchen, das eine transparente Flüssigkeit enthielt, vor das Gesicht.

»Was ist damit?«

»Batrachotoxin«, sagte Zoe und warf ihm einen ernsten Blick zu. »Besser bekannt als indianisches Pfeilgift, auf gesunder Haut haben Batrachotoxine keine Wirkung, jedoch verursachen sie bei kleinsten Verletzungen einen starken, langanhaltenden Schmerz. Die toxischen Wirkungen der Batrachotoxine äußern sich unter anderem in Herzrhythmusstörungen, Kammerflimmern und schließlich Herzversagen«, erklärte sie ruhig. Leo warf ihr einen ungeduldigen Blick zu. Ihm war schleierhaft, worauf sie hinauswollte, spürte aber deutlich die Bosheit, die hinter ihrem gradlinigen Verhalten steckte. Sie lächelte schief, als sie Leos Blick bemerkte. Dann öffnete sie mit einem Klick eine Schachtel, die auf dem Schreibtisch stand und holte zwei lange Nadeln heraus. Leo war die Schachtel davor nicht aufgefallen, misstrauisch schenkte er Zoe weiterhin seine Aufmerksamkeit. Entschlossen stach sie mit den Nadeln in die Kappe der Flasche und steckte alles wieder in das dafür vorgesehene Behältnis. Dann schaute sie ihm in die Augen und teilte ihm die schlimmste Nachricht seines Lebens mit.

Louisa war allein, das Restaurant hatte Ruhetag und Vincente war mit Alejandro in den Park gegangen. Sie wollte die Gunst der Stunde nutzen und versuchen, mit Joaquin Kontakt aufzunehmen. Dafür musste sie in den Keller, dort hatte sie das Buch in ihrem alten Koffer versteckt. Als sie ihn öffnete, fiel ihr Blick sofort auf ein paar Briefe, die sie anfänglich im Wechsel von Joaquin und Alicia bekommen hatte. Der kontinuierliche Briefverkehr wurde aber mit der Zeit immer rarer, bis er schließlich ganz verebbte. Mittlerweile telefonierten sie lieber, aber durch Louisas Berufstätigkeit war die Zeit dafür immer sehr knapp, sodass auch die Telefonanrufe immer seltener wurden. Louisa fühlte einen Stich im Herzen. *Hoffentlich ist das nicht die letzte Erinnerung an ihn*, ging es ihr durch den Kopf. Dabei streichelte sie sanft über die Briefe, auf denen Joaquins unverkennbare, markante Handschrift zu erkennen war.Louisa hatte beschlossen, im Keller zu bleiben. Sie befürchtete, dass Vincente und Alejandro früher nach Hause kommen würden und sie frühzeitig weckten. Bedächtig malte sie das Pentagramm auf den Kellerboden, exakt kopierte sie die drei Sinneszeichen in das Symbol hinein und setzte sich dann auf ein Kissen in die Mitte ihres Werkes. *Es ist wie Radfahren*, dachte sie, *wenn man es einmal gelernt hat, dann verlernt man es nie wieder.* Angestrengt versuchte sie, sich zu konzentrieren, gleichmäßiger zu atmen und ihre Gedanken freizumachen. Doch es wollte ihr einfach nicht gelingen. Allmählich begann sie zu frieren. Die Ungemütlichkeit des Kellers und die Gewissheit, dass ihr jederzeit eine Maus oder, noch schlimmer, eine dicke Spinne über die Füße laufen könnte, waren auch nicht förderlich. Es hatte keinen Sinn, sie brach ab und ging wieder in ihre Wohnung. Es sah so aus, als wäre sie noch allein. *Sehr gut*, dachte sie und schrieb einen Zettel, den sie an die Tür des Gästeschlafzimmers klebte.

Hallo, ihr zwei,
wundert euch bitte nicht. Ich war so müde und so aufgedreht von der unbeschreiblichen Nacht. Deshalb konnte ich heute Morgen einfach nicht einschlafen. Ich versuche, nun etwas davon nachzuholen. Bitte weckt mich nicht. Dann bin ich nachher wieder fit für euch.

Hab euch lieb, Mama

Verständnislos blickte sich Louisa um. Weshalb war sie wieder im Keller? Hatte sie nur geträumt, dass sie zurück in ihre Wohnung gegangen war? Resigniert erhob sie sich und öffnete das Gitter ihres Kellerabteils. Dunkelheit kam ihr entgegen, Louisa suchte den Lichtschalter, konnte ihn aber nirgendwo ertasten. Sie schaute sich verwundert um, so dunkel hatte sie den Keller nicht in Erinnerung. Sie wusste, dass es einige Abteile gab, die kleine trübe Fenster hatten, von denen aus man auf die Straße sehen konnte. Aber hier herrschte eine abgrundtiefe Dunkelheit, wie sie es noch nie erlebt hatte. Unsicher blickte sie sich um, aus der Entfernung konnte sie ein grünliches Flimmern erkennen. *Das könnte das Ausgangsschild sein,* redete sie sich ein. Entschlossen machte sie sich auf den Weg dorthin.

Es wurde immer kälter. Wie tausend kleine Nadelstiche breitete sich Gänsehaut auf ihrem Körper aus, und sie fing an zu zittern. *Ich träume,* stellte sie erleichtert, aber nicht mit einem gewissen Unbehagen fest. Mittlerweile hatten sich ihre Augen an die Dunkelheit gewöhnt und sie konnte erkennen, dass sie an einer Reihe eiserner Gitter vorbeilief. *Was sich wohl dahinter verbirgt?*

Wie ein Schleier, der sich nach und nach um ihren Körper legte, spürte sie ein zutiefst beunruhigendes Gefühl in sich hochkommen.

Plötzlich sprang sie zur Seite. »Was war das?«, schrie sie erschrocken. Irgendetwas hatte sie berührt. Sie lief etwas schneller. *Ich muss zu dem Licht, und zwar schleunigst.* Intuitiv wusste sie, dass dort die Lösung wartete. Mit einem Mal fiel sie ihn. Ein stechender Schmerz durchfuhr ihr Bein. Louisa musste mit ihrem Fuß hängen geblieben sein. »So ein Mist!«, fluchte sie und rieb sich das schmerzende Knie. Wütend schaute sie sich um.

Louisa hatte solche Augen noch nie gesehen. Hinter den Gittern saß ein Mann, auf dem ersten Blick wirkte er verwahrlost und alt.

Doch wenn man ihn genauer betrachtete, konnte man erkennen, dass sich hinter dem verlotterten Zustand ein relativ junger Mensch verbarg. Die langen zotteligen Haare hingen ihm in wilden Strähnen über die Schultern. Der leicht geöffnete Mund offenbarte viele Zahnlücken, und seine Kleidung war fleckig und wies unzählige Löcher auf. Seine Fingernägel waren schwarz und teilweise eingerissen. Aber das Erschreckendste waren seine Augen, sie spiegelten so viel Furcht und Leid wider. *Dieser Mensch musste Höllenqualen erlitten haben.* Es war, als wollte er etwas zu ihr sagen, seinem Mund jedoch entwich kein Wort. Stattdessen schienen seine Augen Worte zu formen.

Worte des Leids, der Pein, und des unendlichen Schmerzes entwichen ihnen. Louisa überkam mit einem Mal ein merkwürdiges Gefühl, daraufhin blickte sie sich um.

»Grundgütiger!«, entfuhr es ihr und sie bekreuzigte sich. Was sie sah, würde sie wohl niemals wieder vergessen. Der ganze Flur bestand aus Zellen, in denen Menschen saßen. Frauen, Männer sogar Kinder. *Wer seid ihr nur?,* dachte sie erschrocken. Keiner sagte etwas, doch alle blickten sie mit denselben gequälten Augen an. Angst, Schmerz und Pein schienen sie ihr entgegenzuschreien. Ein solches Ausmaß an Elend hatte sie noch nie gesehen. Louisa bekam es mit der Angst zu tun, panisch fing sie an zu rennen, immer schneller, trotz der Knieschmerzen. Sie musste zu dem Licht, weg von hier, sonst würde die Finsternis sie mit sich reißen.

Kapitel 37

»Was hast du jetzt vor?«, fragte Ashok. Dolores schaute zuerst zu ihm, dann blickte sie in Richtung der gesuchten Person.

»Das wirst du gleich sehen«, erwiderte sie direkt und lief entschlossen auf die Frau zu. Ashok wusste nicht, wie ihm geschah, er hatte sie noch zurückhalten wollen, um vorher noch eine vernünftige Strategie zu besprechen. Doch Dolores agierte wie gewöhnlich, ihrer Intuition folgend, und wollte alles auf direktem Weg klären.

»Entschuldigen Sie bitte!« Dolores stand einige Meter von ihr entfernt und hielt ihre Arme verschränkt. Die Frau drehte sich um und blickte sie an.

»Ja?«, fragte sie knapp. Mit ihrer einfachen Antwort wollte sie signalisieren, dass sie hier nur für die Reinigung zuständig war und nicht, um irgendwelche Informationen weiterzugeben.

»Guten Tag, mein Name ist Cruz, Dolores Cruz. Sie sind Señora Diaz, wenn ich richtigliege.« Dabei schaute sie demonstrativ auf das Namensschild.

Die Frau zuckte mit den Schultern. »Na, das kann man doch wohl lesen. Was wollen Sie von mir?«, fragte sie mit ihrer rauen Stimme, die sehr stark an eine Kettenraucherin erinnerte. Dolores schien zu überlegen. »Hören Sie, ich muss weiterarbeiten, ich weiß nicht, was Sie von mir wollen, aber ich habe nicht ewig Zeit.« Die Frau wurde immer ungeduldiger.

Dolores ging langsam zum Angriff über. »Es ist bald ein Jahr her. Meine Mutter war Patientin hier. Sie hieß Cécile Bernard. Das müsste Ihnen doch ein Begriff sein, so viele französische Patientinnen haben Sie doch bestimmt nicht.« Die Frau zuckte nur mit den Schultern. »Übrigens, sie ist hier gestorben. Vielleicht hilft Ihnen das ja etwas auf die Sprünge.«

»Hier sterben jeden Tag irgendwelche Leute«, antwortete die Frau trocken und griff nach ihrem Besen.

»Und von wie vielen Leuten klauen Sie die Abschiedsbriefe und verstecken diese in Ihrem Büstenhalter?«, sagte Dolores in scharfem Ton. Die Frau starrte sie ungläubig an, ihre Pupillen weiteten sich und man konnte ihr genau anmerken, wie die Erinnerung nach und nach in ihr hochkam.

»Woher …«, stammelte sie. Dann wandte sie sich um. »Ich weiß nicht, wovon Sie reden. Ich muss jetzt gehen.«

Dolores stellte sich mit einem Satz vor sie. »Schauen Sie mir in die Augen und sagen Sie mir, dass Sie nichts davon wissen. Ich weiß nämlich ganz genau, dass Sie lügen. Und jetzt geben Sie zu, dass sie mir meinen Abschied genommen haben.«

Die Frau hielt wie erstarrt die Luft an, es war ihr deutlich anzumerken, dass sie keinen Ausweg wusste. Schließlich starrte sie auf den Boden. »Es tut mir leid, es tut mir so leid.« Sie fing an zu schluchzen. »Es war so verlockend. Ich dachte, ich könnte an das schnelle Geld kommen. Mein Mann hat mich sitzen lassen und ich bekomme einen Hungerlohn. Zu diesem Zeitpunkt wusste ich weder ein noch aus.« Sie schluchzte weiter. »Es war ein Fehler. Ich weiß, ich hätte das nicht tun dürfen Ich bin sogar ein paar Mal dort gewesen, aber jedes Mal hat mich der Mut verlassen. Ich konnte es einfach nicht und bin unverrichteter Dinge wieder gegangen.« Ashok stand immer noch bei der Pflanze und beobachtete mit offenem Mund das ganze Szenario. Dolores atmetet tief ein und musterte die Frau eingehend. Dabei fiel ihr Blick auf ihre abgearbeiteten Hände, sie waren voller Furchen und man konnte erahnen, wie rau sie sich anfühlen mussten.

Ein Funke des Mitgefühls entsprang Dolores' Herzen. Sie holte ein Taschentuch aus ihrer Hosentasche. »Hier.« Sie hielt es ihr unter die Nase. »Nehmen Sie schon.«

Die Frau schaute sie zuerst irritiert an, nahm aber dankbar das Taschentuch entgegen und schniefte lauthals hinein. Dolores fuhr sich durch die Haare und seufzte.

»Tun Sie so etwas nie wieder, hören Sie?« Die Frau nickte nur stumm und schniefte weiter. Dann schaute sie schlagartig auf.

»Aber woher wussten Sie, dass ich es war?«

Dolores schaute sie nur an. »»»Ich habe Sie gesehen.« Dann drehte sie sich um. »Ashok, lass uns gehen, wir müssen nach Corazon.«

Leo saß in seinem Wagen und weinte. Er weinte Tränen der Ernüchterung, der Wut und der Angst. »Warum, warum, warum …?«, schrie er immer wieder und schlug verzweifelt gegen sein Lenkrad. Zoe hatte sein Leben ruiniert. Für immer. Er würde niemals wieder ein normales Leben führen können. Sie hatte ihn in der Hand. Wie sollte er nur? Wie sollte er das nur tun? Immer wieder fiel sein Blick auf das Kästchen mit dem Gift. Am liebsten hätte er es meilenweit aus seinem Fenster geschleudert und wäre abgehauen. Jetzt verstand er auch, weshalb Richard so verängstigt und verunsichert am Telefon gewesen war. Er hatte ihn gewarnt, doch Leos siegessicheres Gefühl hatte ihn alle Warnungen in den Wind schießen lassen. Jetzt hatte er den verdammten Schlamassel. Zoe war sogar so dreist, ihm noch mal ein Tütchen von der verdammten Droge mitzugeben, damit er entspannen konnte. Zitternd hielt er es in den Händen. Er würde niemals davon loskommen. Das stand jetzt fest.

Was blieb ihm noch von seinem Leben? Er musste noch ein letztes Mal Isabella sehen. Einen letzten Augenblick ihre Nähe fühlen. Danach würde er den Kontakt abbrechen. Was sollte sie mit ihm? Sie war zu gut für ihn. Sie hatte jemand Besseren verdient. Keinen schwachen, dummen, manipulierbaren Idioten wie ihn. Er schluckte hart, versuchte, sich zusammenzureißen, und wählte ihre Nummer. Nach ein paar Klingeltönen meldetet sich ihre glockenhelle Stimme.

»Leo, wie schön, dass du anrufst. Ich habe eben an dich gedacht«, lachte sie fröhlich. Für Leo fühlt es sich an wie ein Messerstich in sein Herz. Er würde sie unendlich vermissen. »Leo?«, fragte sie unsicher. »Kannst du mich hören? Oder ist was mit der Leitung?«

»Hi«, antwortete er endlich. »Sorry, aber die Verbindung ist schlecht.«

»Ach so.« Er konnte sie lächeln hören.

»Ich wollte fragen, was du heute Abend machst, vielleicht hast du ja Lust, den gestrigen Abend zu wiederholen?« Er versuchte, sich so normal wie möglich anzuhören.

»Eigentlich wollte ich heute Abend ein paar Bewerbungen schreiben für eine neue Praktikumsstelle, aber das kann ich auch auf morgen verschieben. Du fliegst doch morgen nach Palermo. Dann wieder um sieben, wie gestern?«

»Ja«, sagte er. »Wie gestern.« Und insgeheim dachte er: *Ein Morgen wird es nicht geben.*

Leo stand vor seinem Spiegel, es war das letzte Mal, dass er sich für ein besonderes Mädchen zurechtmachen würde, das wusste er. Deshalb gab er sich ausgesprochen viel Mühe. Er rasierte sich, frisierte sich sorgfältig. Seine Kleidung hatte er mit Bedacht gewählt. Ganz in Schwarz, passend zu Isabella, passend für eine Beerdigung. Er setzte seine schwarze Sonnenbrille auf und machte sich auf den Weg. Sie wartete wieder am selben Treffpunkt. Wie immer trug sie ihre schwarze Lederjacke, drunter ein schwarzes T-Shirt und einen kurzen schwarzen Rock. Ihre Füße zierten schwarze Springerstiefel. Leo brannte es in der Magengegend, als er ihren fröhlichen Augenaufschlag erblickte. Er lächelte schwach, dabei hätte er sie am liebsten an sich gerissen und für immer festgehalten. Er stieg aus, um ihr die Beifahrertür aufzuhalten, doch wie schon beim letzten Mal überkam ihn das dringende Gefühl sie zu küssen. Doch dieses Mal war es kein harmloser Kuss, sondern der eines Ertrinkenden, der sich hilflos an einem Rettungsring festzuhalten versuchte.

Isabella war überwältigt. »Hui, was war das denn? Wenn du immer so küsst, dann werden sich unsere Treffen in Zukunft wohl nur noch aufs Knutschen beschränken«, sagte sie amüsiert. Leo schaute sie nur an und fuhr los. »Was ist heute mit dir los?«, fragte sie. »Du wirkst irgendwie anders als sonst. Außerdem siehst du heute auch so anders aus, verdammt gut, muss ich sagen.« Sie schenkte ihm ein bewunderndes Lächeln.

Leo lachte, auch wenn ihm überhaupt nicht danach zumute war. »Es ist unser Abend, er soll besonders und unvergesslich werden. Als wäre es unser letzter«, sagte er und drückte auf das Gaspedal.

Sie waren in einem Restaurant am Meer, schlemmten stundenlang, tranken die besten Weine. Isabella war es anfänglich unangenehm, als sie die Preise bemerkte, doch Leo überzeugte sie, alles das zu essen, worauf sie Lust hatte. Er wollte, dass sie diesen Abend niemals vergessen würde. Als die Musik anfing zu spielen, hielt er sie in seinen Armen und hätte sie am liebsten niemals wieder losgelassen. Im Hintergrund konnte man das Rauschen des Meeres hören, und die Sterne leuchteten hell. Isabella spürte seine Anhänglichkeit, doch es fühlte sich nicht besitzergreifend an, sondern eher, als wolle er gerettet werden, und sie wäre sein Anker. Sie war verwirrt und gleichzeitig fühlte sie eine unbändige Anziehung, die sie an ihn band. Als sie eine Weile getanzt hatten, blickte sie ihn an und sagte:

»Lass es uns tun.« Leo verstand zuerst nicht. Dann flüsterte sie ihm ins Ohr. »Ich will dich, heute Nacht.« Leo schenkte ihr einen langen, ernsten Blick. Dann flüsterte er:

»Ich will gerettet werden, aber keiner kann mich retten.« Isabella verstand nicht, worauf er hinauswollte. Doch sie hatte keine Gelegenheit, zu fragen. Leo umschloss sie fester und küsste sie mit einer Leidenschaft, die alles von ihm auf sie übertrug. Isabella war zu keinem klaren Gedanken mehr fähig.

Sie waren wieder zu der Stelle gefahren, wo sie die Regenbögen gesehen hatten, und saßen im Auto. Beide schwiegen. Leo wollte nichts falsch machen. Isabella hingegen wusste nicht, ob sie einfach den ersten Schritt wagen sollte. Um die Situation etwas aufzulockern, suchte Leo einen Sender, der etwas passendere Musik spielte. Dann wandte er sich Isabella zu. Sein

Gesicht näherte sich ihrem, dabei ließ er den Blick nicht von ihren Augen abgewandt. Er streichelte behutsam über ihre Wangen. Isabella erschauderte und atmete scharf die Luft ein. Sanft streifte er mit seinen Lippen über ihre zarte Haut und küsste ihren Hals, bis seine Lippen ihre berührten.

»Bist du sicher?«, fragte er, während er seine Stirn an ihre lehnte. Louisa schaute ihn aus ihren großen Augen an.

»Ja«, hauchte sie. »Ich will dich.« Diese Worte waren für beide die Eintrittskarte in eine leidenschaftliche und unvergessliche Nacht. Jeder gab von sich alles. Sie liebten sich, als gäbe es kein Morgen mehr. Sie wurden immer wieder eins, als würden ihre Seelen ineinander verschmelzen. Isabella spürte seine Verzweiflung und wollte ihn mit Haut und Haaren einsaugen. Für Leo war es der letzte Akt der Liebe in seinem Leben, deshalb wollte er ihr sein ganzes Herz schenken. Für sie kehrte er sein Inneres nach außen. Es sollte eine unvergessliche, schicksalsträchtige Nacht werden.

Donna Louisa saß an Marisas Bett und streichelte zärtlich ihre Hand. »Bald ist es so weit, nicht mehr lange, und du wirst wieder frei sein.« Plötzlich begannen Marisas Lider unkontrolliert zu zucken. Donna Louisa ließ erschrocken ihre Hand fallen und wich zurück. Marisa murmelte etwas, wobei sich ihre Augenlider immer heftiger bewegten. Aufgeregt drückte sie den Rufknopf für die Krankenschwester.

»Großer Gott, Marisa, du kehrst wieder zu uns zurück? Das wäre so wunderbar!« Als die Schwester den Raum betrat, hatte sich Marisa schon wieder beruhigt und schien ruhig zu schlafen. »Oh Schwester, gut, dass Sie da sind. Meine Enkeltochter hat plötzlich angefangen, wie wild mit ihren Lidern zu zucken, und für einen Moment hat sie ihre Augen sogar geöffnet. Ich dachte, sie würde erwachen.« Die Schwester kontrollierte alle Geräte und untersuchte Marisa kurz.

»Es tut mir leid, wenn ich Sie enttäuschen muss, aber diese Art von Reaktionen kommen bei Komapatienten öfter mal vor. Vielleicht hat sie geträumt.« Sie warf Donna Louisa noch einen warmen Blick zu und verließ den Raum. Enttäuscht nahm sie wieder an Marisas Seite Platz. Nach kurzem Überlegen lächelte sie. Marisa musste sie gehört haben.

Kapitel 38

1980

Louisa hatte es geschafft, sie war an der Tür mit dem grün beleuchteten Schild angekommen, auf dem ihr in großen Leuchtbuchstaben das Wort EXIT entgegenstrahlte. Erleichtert lehnte sie sich gegen die Tür und ließ sich zu Boden gleiten. *Was haben diese unglücklichen Menschen zu bedeuten? Was suchen sie in meinem Traum?* Nachdenklich fuhr sie sich durch die Haare, dann beschloss sie, ihren Weg fortzusetzen. Sie stand auf und wischte sich die feuchten Hände an ihrer Hose ab, fasste nach dem ringförmigen Türgriff und zog mit aller Kraft daran. Ein lautes Knarren war zu hören, als sie unter großer Kraftanstrengung die Tür öffnete.

Louisa hielt sich schützend die Hand vor das Gesicht, geblendet von der ungewohnten Helligkeit, knallte die Sonne unbarmherzig auf sie nieder. Blinzelnd schaut sie sich um, aber weit und breit waren nur Sand und blauer Himmel zu sehen. Außerdem umspielte ein warmer Wüstenwind ihren Körper. Sie überlegte, in welche Richtung sie laufen sollte, dann entschied sie, einfach loszugehen, sie würde schon irgendwo ankommen. Während ihres Fußmarsches wurde es immer heißer, sie schwitzte und ihre Kleidung klebte allmählich an ihr fest. Nichtsdestotrotz blieb sie auf ihrem Weg. Es herrschte ein drückendes, fast schon lähmendes Klima. Immer wieder kam sie an skelettierten Tierkadavern vorbei, die unheimlich aus dem Sand der Wüste ragten. Raben, die düster krächzten, begleiteten sie auf ihrem Marsch. Schwere makellos geformte Dünen säumten ihren Weg. Der Himmel wurde immer trüber, langsam verdunkelte er sich. Als sie aufsah, stellte sie bestürzt fest, dass er sich blutrot gefärbt hatte. *Bluthimmel,* schoss es ihr entsetzt durch den Kopf.

Doch sie ließ sich nicht beirren, lief immer weiter, Stunde um Stunde, es kam ihr vor wie eine Ewigkeit. Louisa war dem Verdursten nahe, der Schweiß lief ihr in Bächen über den Körper, und sie hatte das Gefühl, als würde sie bei lebendigem Leib gegrillt werden. Erschöpft blieb sie stehen, sie atmete schwer und war kurz davor, aufzugeben, als sie in der Ferne etwas zu erkennen meinte. Sie riss ihre letzte Kraft zusammen und machte sich auf den Weg. Allmählich realisierte sie, dass es eine menschliche Gestalt war. Konnte es Joaquin sein? Beflügelt von dem Gedanken, beschleunigte sie ihren Gang und schien an Energie zu gewinnen. Sie kam immer näher, doch das Wesen hatte ihr den Rücken zugewandt. Es trug eine dunkle lange Kapuzentunika, die alles verbarg. Louisa konnte nicht erkennen, ob es wirklich Joaquin war. *Aber wer sollte es sonst sein?* Beim letzten Mal war es auch Cristobal gewesen. Erleichtert hatte sie ihr Ziel erreicht und rief:

»Joaquin«, bist du das? Die Gestalt reagierte nicht. Louisa versuchte es wieder und wieder, aber ihr Gegenüber blieb still.

Sie riss ihren ganzen Mut zusammen und wagte es, die Gestalt an der Schulter zu berühren. Augenblicklich wurde sie von einem orkanartigen Gefühl übermannt – für einen kurzen Moment blieb ihr die Luft weg, als würde sie mit aller Wucht in einen mächtigen Taifun gerissen. Eine tiefe innere Kälte durchfuhr sie und ließ ihr das Blut in den Adern gefrieren. In ihr kam ein Gefühl hoch, als würde sie alles Elend, jegliche Traurigkeit und alle Schmerzen, die es auf der Welt gab, in sich aufnehmen. Blitzartig ließ sie ihre Hand sinken und landete mit einem heftigen Ruck im Sand. Ihr Herz klopfte bis zum Hals, doch innerlich fror sie. Nur allmählich gewann sie an innerer Wärme zurück. Die Gestalt stand immer noch mit dem Rücken ihr zugewandt und rührte sich keinen Millimeter. Sie schien wie zu einer Salzsäure erstarrt. Doch Louisa konnte die unheimliche Stimme in ihrem Inneren hören:

»Mein Blick ist dem zugewandt, dessen Seele dem Abschied geweiht, nun geh hinfort und suche, bevor verrinnt die Zeit..« Louisa begriff schlagartig, mit wem sie es zu tun hatte: Sie war dem Tod von der Schippe gesprungen.

»Warum nach Corazon?«, fragte Ashok verwundert. »Ich dachte, Meda erwartet dich.« Sie waren eben eingestiegen und saßen in Ashoks Lieferwagen.

»Wie soll ich das erklären?«, seufzte Dolores. »Meda ist in mir. Ich brauche sie nicht zu besuchen. Sie ist in meiner Seele und leistet mir in meinen Träumen Beistand.« Ashok hörte aufmerksam zu, während Dolores ihm schilderte, wie sehr Meda sie unterstützt hatte, als sie ihrer Mutter begegnet war. »Und deshalb weiß ich, dass sie immer bei mir ist. Ich kann sie fühlen. Und ich weiß, die

Lösung finden wir auf Corazon. Dort hat alles begonnen und dort wird auch alles enden.«

Ashok nickte. »Ich verstehe. Dann lass uns losfahren, wir haben noch eine lange Strecke vor uns.« Dolores war unendlich dankbar, ihn an ihrer Seite zu haben. Sie wusste, er würde sie nie im Stich lassen.

Die Fahrt zog sich, sie waren zu einer ungünstigen Zeit losgefahren und steckten schon seit einigen Stunden im stockenden Verkehr fest. Brütende Hitze hatte sich breit gemacht. Dolores wurde allmählich müde. Ashok ging es nicht besser. Er hatte sich von der vorherigen Fahrt noch nicht richtig erholt, und allmählich fing es an zu dämmern.

»Sollen wir rausfahren und irgendwo übernachten?« Dolores überlegte, eigentlich wollte sie so schnell wie möglich auf Corazon sein. Aber als sie Ashoks müde Augen bemerkte, die mittlerweile ganz rot waren vor Anstrengung, brachte sie es nicht übers Herz, ihm zu widersprechen.

»Na klar, lass uns an der nächsten Pension haltmachen.« Sie konnte seine Erleichterung spüren und musste schmunzeln.

Eine ältere, freundliche Dame zeigte ihnen ihr Zimmer, wünschte eine gute Nacht und ließ sie allein. Dolores schaute sich um, das Zimmer wirkte sehr spartanisch und sauber.

»So, da sind wir jetzt.« Es war das erste Mal, dass sie mit Ashok in einem Bett übernachten würde.

»Ja«, lächelte er. »Wenn du willst, kann ich auch dem Sofa schlafen, falls …«

»Nein, Ashok, nein. Irgendwann müssen wir es ja tun.« Sie stockte einen Augenblick. »Ich meine, in einem Bett schlafen.« Unbemerkt musste sie schlucken. Ashok kam auf sie zu und hielt sie sanft an ihren Schultern fest, dabei blickte er ihr tief in die Augen.

»Du warst unglaublich heute, dort in dem Krankenhaus.« Dolores senkte schüchtern ihren Blick, dann sah sie wieder auf.

»Du aber auch. Ohne dich hätten wir sie wahrscheinlich nie gefunden.« Sie machte eine kurze Pause und fuhr dann fort: »Danke, Ashok, danke, dass du immer für mich da bist. Du weißt gar nicht, was mir das bedeutet.« Ashok war gerührt von ihren Worten und schaute ihr lange in die Augen, in diesem Augenblick war sie für ihn alles. Zunächst zaghaft, doch dann immer brennender berührten sich ihre Lippen. Bis Ashok atemlos stoppte.

»Du bist so wertvoll für mich, das Wertvollste, das ich jemals in meinen Armen gehalten habe.« Dann küsste er sie wieder, doch dieses Mal war es ein liebevoller, zärtlicher Kuss. »Lass uns schlafen, mein Engel. Wir haben morgen einen langen Tag vor uns.« Dolores nickte dankbar, auch sie konnte die Anstrengung des Tages in sich fühlen.

Sie lag in seinen Armen und schlief. Leo konnte sich einfach nicht satt sehen. Melancholisch strich er ihr eine Strähne aus dem Gesicht, dann legte er seinen Kopf in ihren Schatten und sog ihren wunderbaren Duft ein. Es würde das erste und das letzte Mal sein, dass er sie so in seinen Armen hielt. Er schoss noch schnell ein Foto von ihrem schlafenden Antlitz.

Wie ein wunderschönes Dornröschen, durchfuhr es ihn in diesem Moment. Ein letztes Mal warf er ihr noch einen Blick zu. Dann schob er sie behutsam auf die Seite. Er musste langsam Abschied nehmen, sonst würde es immer schwerer werden. Fürsorglich bedeckte er sie mit der Decke, die er immer in seinem Wagen liegen hatte, und fuhr los. Als er sein Ziel erreicht hatte, weckte er sie behutsam.

Verschlafen schlug sie ihre Augen auf und gähnte. »Wo bin ich?« Müde blickte sie sich um.

»Du bist hier bei mir«, Leo lächelte sie liebevoll an. »Du musst dich jetzt anziehen. Sonst verpasse ich meinen Flieger nach Palermo.« Er musste sich zusammenreißen, um glaubhaft zu lügen.

»Oh ja, stimmt. Wir sehen uns ja zwei Wochen nicht.« Sie gähnte noch einmal herzhaft und richtete sich auf. In diesem Moment rutschte ihr die Decke vom Körper und entblößte ihren nackten Oberkörper. Leo sog scharf die Luft ein.

»Uups«, kicherte Isabella. »Ich habe gar nicht gemerkt, dass ich nichts anhabe.«

»Isabella, bitte!« Leo war angespannt. »Hier laufen Leute vorbei.« Er war kurz davor, die Beherrschung zu verlieren.

»Ist schon gut«, murmelte sie grinsend und zog die Decke wieder hoch, um sich drunter anzukleiden.

Leo hätte sie am liebsten für immer bei sich behalten. Es fiel ihm so unendlich schwer, Abschied zu nehmen. Sein Herz brannte und in seinem Magen hatte sich ein schwerer Knoten gebildet.

»Es war wunderschön heute Nacht«, hauchte sie ihm ins Ohr.

»Ja, das war es. Es war eine unvergessliche Nacht, mein wunderschönes Dornröschen.« Er konnte seine Augen nicht von ihren losreißen.

Isabella seufzte. »Ich geh dann lieber mal. Wäre schön, von dir zu hören, wenn du gelandet bist.«

Leo kratzte sich am Kopf. »Ja klar, ich ruf an.« Für einen Moment verlor er die Beherrschung und riss sie an sich. Er küsste sie mit einer derartigen Leidenschaft, wie es nur jemand konnte, der wusste, dass es das letzte Mal sein würde.

»Wow«, Isabella war sichtlich beeindruckt. »Als gäbe es kein Morgen mehr.«

»Jetzt geh endlich. Sonst lass ich dich nie wieder los.« Leo wurde immer unruhiger.

»Was wäre daran verkehrt? Für immer zusammen.« Sie lächelte versonnen.

»Überhaupt nichts.« Leo warf ihr einen traurigen Blick zu. Isabella erwiderte ihn, indem sie ihn fragend ansah. Doch im selben Moment spürte sie auch, dass es an der Zeit war zu gehen. Noch einmal berührte sie seine Hand, während er zum letzten Mal ihren betörenden Duft einsog. Leo ertrug es nicht mehr. Ohne sie auch nur noch eines Blickes zu würdigen, trat er aufs Gas und raste vor ihr davon. Isabella hingegen blieb noch eine Weile auf der Straße stehen und schaute ihm nachdenklich hinterher.

Was sollte er tun? Er wollte weit, weit, weg sein von allem. Er wollte vergessen und vergessen werden. *In Luft auflösen,* wäre das Beste gewesen. Er wusste nicht mal, wo er sich befand. Leo war einfach gefahren, bis er das Gefühl hatte, weit genug von allem zu sein. Seufzend holte er das Kästchen aus dem Handschuhfach und betrachtete es. Bis Mitternacht hatte er Zeit. Danach wäre er ein Mörder, oder die ganze Welt würde erfahren, dass er es gern mit Männern trieb und ein Junkie war. Wieder stiegen ihm die Tränen in die Augen. Was sollte er nur tun? Wenn Isabella das Video zu sehen bekäme, er könnte ihr niemals wieder unter die Augen treten. Und Marisa? Er war kein Mörder, Marisa hatte es verdient, zu leben. Sie durfte nicht für seine Fehler büßen. Leo war geplagt von seinen Gedanken. Er hatte sein Herz verloren, für immer. Mit glänzenden Augen betrachtete er das Foto, das er heute Morgen von Isabella gemacht hatte. Sie war das Beste, was ihm in letzter Zeit über den Weg gelaufen war. Mit seinen Fingern strich er zärtlich über das Display. *Verzeih mir,* dachte er. Dann kam ihm wieder Zoe in den Sinn. Sie sollte dafür bezahlen, was sie ihnen allen angetan hatte.

Wenn sie Marisa an dem besagten Tag keine Nachricht geschickt hätte, um sie eifersüchtig zu machen, dann wäre sie jetzt gesund und würde nicht in diesem verdammten Zustand vor sich hinvegetieren. Wenn sie ihn nicht verführt und körperlich sowie seelisch von sich abhängig gemacht hätte, dann wäre er jetzt nicht drogenabhängig.

»Hätte, wäre, wenn und aber«, schrie er vorwurfsvoll aus sich raus. »Zoe Dominguez, so wahr ich hier stehe: Du wirst nicht ungeschoren davonkommen. Du gottverdammtes Miststück.« Leo wusste jetzt genau, was er zu tun hatte. Er musste noch ein paar wichtige Telefonate hinter sich bringen. Sie würden ihm wohl viel Kraft abverlangen. Doch er wollte die Menschen, die er liebte, noch ein letztes Mal hören, bevor er seinen Plan durchzog. Und dieses Mal würde er gelingen. Da konnte Zoe Gift drauf nehmen. Im wahrsten Sinne des Wortes.

Kapitel 39

1980

Louisa wusste, sie war auf dem richtigen Weg. Es musste einfach so sein. *Mein Blick ist dem zugewandt, dessen Seele dem Abschied geweiht, nun geh hinfort und suche, bevor verrinnt die Zeit.* Das waren seine Worte gewesen. Sie lief in die Richtung, in die er geschaut hatte. Dort musste Joaquin sein. Vielleicht konnte sie ihn noch retten. Würde ihr das gelingen, was sie bei Cristobal nicht geschafft hatte? Hoffnungsvoll lief sie ihren Weg weiter. Die Kälte saß ihr noch in den Knochen und so schnell würde sie sie wohl nicht mehr abschütteln. Dennoch, der Hoffnungsfunke, der tief in ihr brannte, schien sie nach und nach davon zu erlösen. Es war ein zwiespältiges Gefühl. Von außen brannte unbarmherzig die Sonne auf sie nieder, von innen fühlte sie die Kälte des Todes.

Der Fußmarsch schien nicht enden zu wollen. Seit Stunden irrte sie in der Wüste umher. *Verdammt, er muss doch hier irgendwo sein.* Allmählich schwand ihre Hoffnung, vielleicht hatte sie etwas falsch gemacht?

Da bemerkte sie in der Ferne einen Schatten. Louisa rieb sich die Augen, es war schwer zu erkennen, um was es sich handelte. Blinzelnd starrte sie in die Richtung, doch die Sonne knallte dermaßen nieder, dass alles zu flimmern begonnen hatte. Sie kam dem dunklen Punkt immer näher, und aus dem anfänglich schemenhaften Gebilde entwickelte sich langsam eine Pflanze, aus der nach und nach eine Palme zu werden schien. Als Louisa endlich erkannte, um was es sich handelte, stieß sie einen Freudenschrei aus. *Endlich Wasser, klares, reines Wasser.* Sie rannte auf die Oase zu. Umringt von einer Unzahl Dattelpalmen, die alle voll bestückt mit süßen leckeren Früchten waren, strahlte ihr das glasklare, erfrischende Wasser entgegen. Durstig eilte sie dorthin, bildetet mir ihren Händen eine Kuhle und trank, bis ihr Durst völlig gestillt war. Erfrischt und wieder energiegeladen genehmigte sie sich noch ein paar Datteln, die ihr einladend und verlockend entgegenhingen.

Sie wollte sich schon wieder auf den Weg machen. Spontan entschied sie sich dagegen, sie würde noch eine kurze Pause einlegen, damit sich ihr Körper von den Strapazen erholen konnte. Bequem lehnte sie sich gegen eine der Schatten spendenden Palmen und ließ ihren Blick über den halbmondförmigen See schweifen. Von hohen Dünen umringt, bot der Anblick die perfekte, entspannende Umgebung. Der anfängliche Elan wich nun einem tiefen Gefühl der Müdigkeit und Louisa fielen allmählich die Augen zu.

Sie waren früh aufgebrochen, um noch am selben Tag anzukommen. Dolores hatte das dringende Gefühl, dass sie so schnell wie möglich dort sein musste. Dieses Mal war der Verkehr ruhiger und sie kamen, bis auf ein paar kleinere Staus, gut voran. Dolores fühlte sich wohl an Ashoks Seite. Er war ein hervorragender Fahrer, außerdem gab er ihr das Gefühl, wichtig zu sein.

»Darf ich dich etwas fragen?« Ashok schaute konzentriert auf die Straße. Dolores hatte ihren Kopf an seinen Arm gelehnt und döste vor sich hin.

»Alles«, gähnte sie wohlig müde. Dabei drückte sie sich noch fester an seinen Arm. Ashok räusperte sich und Dolores fühlte, dass ihm die Frage nicht ganz leichtfiel.

»Auf Corazon, ich meine in dem See. Also, was hast du mit deinem Vater vor?« Dolores richtete sich auf, ihre Müdigkeit war mit einem Mal verflogen.

»Ich weiß es nicht, die Gedanken habe ich mir auch schon gemacht. Ich glaube, ich werde ihn einfach dort lassen.«

Ashoks Blick glitt für einen kurzen Augenblick zu ihr herüber. »Willst du das wirklich? Meinst du nicht, dass er eine standesgemäße Beerdigung verdient hat?«

Dolores seufzte. »Das hat er wahrscheinlich schon, aber weißt du, er hat diesen Platz genau so sehr geliebt wie ich. Deshalb denke ich, dass es in seinem Sinne wäre, ihn dort zu lassen.«

Ashok lächelte mit einem Mal. »Ja, vermutlich hast du recht. Es war seine Entscheidung.«

1980

»Wo zum Teufel bin ich?« Verwundert schaute sie sich um. Sie musste eingeschlafen sein. Unter ihren Füßen knarrte der

Holzboden, auf dem sie auf einmal saß. Die ganze Umgebung kam ihr seltsam bekannt vor. Aber von der Wüste war keine Spur mehr zu sehen. Dafür fühlte sie etwas in ihrer Hand. Als sie sie öffnete, stellte sie erstaunt fest, dass sie noch einen Dattelkern in der Hand hielt. Eilig schob sie ihn in ihre Hosentasche und stand auf. Neugierig ließ sie ihren Blick durch das Zimmer gleiten. Der Raum war spartanisch eingerichtet. Gleichzeitig wirkte alles sehr heimelig und gemütlich. Sie schnappte sich einen der Äpfel, die auf dem Holztisch lagen, und trat ans Fenster. Schlagartig erkannte sie, wo sie sich befand.

»Der Pferdestall«, dachte sie laut. Wie von der Tarantel gestochen ließ sie den Apfel fallen, rannte die Treppe hinunter, riss die Haustür auf und hastete zu den Pferden.

Als sie den Stall betrat, kamen wieder alte Erinnerungen in ihr hoch. Großmutter Florencia, wie sie hingebungsvoll die Pferde striegelte und dabei lächelte. Die jüngeren Varianten von Cristobal, Joaquin und ihr selbst, die zwischen den einzelnen Boxen hin und her rannten, sich gegenseitig ärgernd. Sie war die Jüngste der Geschwister und ihre Brüder ließen ihr oftmals den Vorrang. In ihren Ohren hallte noch ihr ausgelassenes Lachen, als wäre es gestern gewesen. Es war eine unbeschwerte Zeit, voller Unschuld. Langsam lief sie an den einzelnen Boxen entlang, alle waren verschlossen, und als sie hineinblickte, stellte sie fest, dass sich keine Pferde darin befanden. Allmählich kam sie näher. Sie hatte sich nicht getäuscht, es war die einzige Box, die offen stand. Estrellas Box. Sie war Joaquins Lieblingspferd gewesen, eine wunderschöne Araberstute. Stundenlang war er mit ihr ausgeritten, sie gehorchte ihm wie keinem anderen sonst. Sie waren miteinander aufgewachsen und dadurch einander sehr verbunden. Bis zu jenem schrecklichen Tag. Estrella hatte schlagartig angefangen zu lahmen. Der Tierarzt hatte nur noch einen Splitterbruch diagnostizieren können, und sie war auf der Stelle eingeschläfert worden. Joaquin hatten immense Schuldgefühle geplagt. Er hatte es nie wirklich überwunden. Louisa konnte sich noch gut erinnern, wie sehr ihn dieser Vorfall schmerzte. Das ging so weit, dass er seinen einst geliebten Reitsport aufgegeben hatte.

Nachdenklich betrachtete sie die leerstehende Box. Bis ein unerwartetes Geräusch sie aus ihren Gedanken riss.

Sie waren nicht mehr weit entfernt von ihrem Ziel. Dolores konnte schon die vertrauten Umrisse der Umgebung erkennen und war froh, endlich wieder zurück zu sein. Hier fühlte sie sich zu Hause. Ashok lächelte sie immer wieder an. Ein leichtes Unbehagen machte sich in ihr breit.

»Was ist los? Du heckst doch nicht irgendetwas aus?«

Ashok musste schmunzeln. »Wie kommst du denn darauf?«

»Na, du grinst mich unentwegt an, und zwar auf so eine bestimmte Art und Weise«, erwiderte sie lachend.

»Ich freu mich einfach nur, wieder zu Hause zu sein. Mit dir.« Und um dem Ganzen mehr Ausdruck zu geben, streichelte er ihr zärtlich über das Bein. Dolores' Herz machte einen Sprung und sie legte ihre Hand auf seine. In diesem Moment kribbelten Tausende von Schmetterlingen in ihrem Bauch.

Als sie an der Auffahrt zu Corazon ankamen, ging es nicht weiter. Sie hatten keine Chance, mit Ashoks Lieferwagen durch das Dickicht zu kommen. Deshalb stiegen sie aus und liefen das letzte Stück zu Fuß.

»Weißt du eigentlich, warum hier keiner mehr lebt?« Dolores brannte diese Frage schon seit Längerem auf der Zunge, sie war nur noch nicht dazu gekommen, nachzufragen.

Ashok zuckte mit den Schultern. »Ich glaube, das Ehepaar, das es damals gekauft hat, … vielleicht kannst du dich ja noch an sie erinnern … Gerüchten zufolge muss der Mann schwer krank geworden sein.« Das erklärte jetzt einiges. Dolores konnte sich noch allzu gut an den Tag erinnern, als das ältere Ehepaar das Grundstück besichtigt hatte und so begeistert gewesen war, dass sie sich dazu bereit erklärten, eine deutlich höhere Summe zu bezahlen, als es der Marktpreis verlangte. Sie wollten sich hier ihr persönliches kleines Feriendomizil errichten. Doch das Schicksal hatte ihnen einen Strich durch die Rechnung gemacht. Für ihre Mutter war es ein Glücksfall gewesen. Für Dolores einer der traurigsten Tage in ihrem Leben.

Ashok zog sie an ihrer Hand. »Lass uns doch zum See hinuntergehen. Ich würde gerne einen Blick darauf werfen.« Dolores war im ersten Moment verunsichert, sie hatte Angst, dass alte Wunden wiederaufgerissen würden. Ashok fühlte ihre Unsicherheit »Wir müssen dort nicht hin, wenn du dich dabei nicht gut fühlst.«

Dolores atmetet tief ein. »Nein, nein schon gut. Irgendwann muss ich mich ja dem Ganzen stellen.« Entschlossen liefen sie den Pfad hinunter, bis sie ans Seeufer gelangten.

»Ashok!« Dolores traute ihren Augen nicht. »Du bist unglaublich! Wie, wie hast du das gemacht?« Ashok konnte sich ein Lachen kaum verkneifen. Dolores blickte ihn an, in ihren Augen schimmerte das Licht der Erkenntnis.

»Deine ungestörten Telefonate! Oh Ashok, ich danke dir!« Tränen der Rührung flossen ihr die Wangen herunter.

»Howi«, setzte Ashok an. »Er war meine größte Hilfe, du kannst dich bei ihm bedanken. Mir ist eingefallen, dass wir noch ein altes Floß im Schuppen haben, und mit ein paar hübschen Blumen hat er ein wunderschönes Arrangement drapiert.«

Dolores war unendlich gerührt. »Du tust so viel für mich, ich weiß nicht, wie ich das jemals wiedergutmachen soll. Danke, Ashok, danke.« Sie küsste ihn ergriffen. Dann wandte sie sich wieder dem Floß zu. Daneben lagen noch ein paar Kerzen und eine Packung Streichhölzer. Bedächtig zündete sie diese an und stellte sie zu den Blumen. Dann gab sie dem Floß einen kräftigen Stoß und fing an, ein altes Kinderlied zu singen, das sie mit ihrem Vater oft gemeinsam gesungen hatte. *»Arrorró mi niño, arrorró mi sol, arrorró pedazo, de mi corazón, arrorró mi niño, arrorró mi sol, arrorró pedazo, de mi corazón.«* Sie setzte sich an das Ufer des Sees und schloss die Augen. Voller Liebe dachte sie: *Leb wohl, Papito.*

»Ihr Zustand ist unverändert.« Donna Louisa hatte um ein Gespräch mit dem Oberarzt gebeten.

»Aber sie hat heute geredet, ich meine, sie hat etwas genuschelt. Außerdem hat sie wie verrückt mit ihren Lidern gezuckt«

Der Arzt blickte sie seufzend an. »Ihre Enkeltochter liegt in einem tiefen Koma, sie muss invasiv beatmet werden und ist knapp einem Mordanschlag entkommen. Das sind alles schwerwiegende Faktoren.« Er rückte seine Brille zurecht. »In diesem Stadium sind solche Reflexe nichts Außergewöhnliches.« Dann lächelte er verständnisvoll. »Ich kann es sehr gut verstehen, dass Sie sich Hoffnungen machen, mir würde es an Ihrer Stelle wohl genauso gehen. Laut den Befunden hat sich wirklich nichts an ihrem Zustand verschlechtert, aber leider auch nichts verbessert.« Donna Louisa hörte ihm aufmerksam zu. »Geben Sie ihr Zeit, seien Sie für sie da und haben Sie Geduld.«

Sie nickte langsam, nun hatte sie absolute Gewissheit und wusste, was zu tun war.

Bedächtig stieg sie aus ihrem Wagen, während der Fahrer ihr die Tür aufhielt. Sie ließ ihren Blick wehmütig über die Hausfassade gleiten. Dann nahm sie, auf dem Stock gestützt, ihre ganze Kraft zusammen und trat ihren Gang an. Mit erhobenem Haupt und ausgestreckter Brust erklomm sie die Treppe, die zur Villa führte. In diesem Moment war sie jede Louisa ihres Lebens: Sie war das Kind, das verspielt die Treppe rauf und runter rannte. Sie war die junge Frau, die neugierig auf das Leben in die Welt hinausrannte. Sie war Louisa, die nach langer Abwesenheit nach Hause zurückkehrte. Und jetzt war sie Donna Louisa, die Frau, die ihren letzten Gang beschritt und zu jeder geworden war.

Behutsam legte sie ihren Mantel auf einen der Sessel und setzte sich in ihr Arbeitszimmer. Auf diesem Sessel hatten sie schon alle gesessen. Ihr Vater, Cristobal, Joaquin, Vincente und nun sie selbst. Irgendwann würde auch Marisa hier sitzen. Fast schon zärtlich strich sie mit ihren Fingern über den dunklen Mahagonitisch. Sie lächelte und schenkte sich ein Glas Pisco ein, das sie auf einmal leerte. Sie strich mit ihrer Hand über ihre Dattelpalme, das einzige Überbleibsel, das sie aus Berlin mitgenommen hatte. Louisa legte eine ihrer alten Platten auf, sie schloss die Augen und erinnerte sich, wie sie das erste Mal mit Sebastião getanzt hatte. Für einen Moment fühlte sie sich in die Vergangenheit zurückversetzt. Sie sah sich: jung, schön, lachend in einem traumhaften Kleid, und der gutaussehende Sebastião, wie sie gemeinsam über das Tanzparkett schwebten. Er blitzte sie mit seinen grünen Augen an und hauchte ihr ein »Ich liebe dich« ins Ohr.

Wehmütig riss sie sich aus ihren Erinnerungen. Sie musste nun agieren, es war an der Zeit, sie fühlte es tief in ihrem Inneren. Behutsam öffnete sie das Kästchen, in dem sie immer ihr Buch verwahrt hatte, das nun Dolores gehörte, und holte ihren Kreidemalstift raus, den sie seit jeher dafür benutzte. Ohne auch nur eine Sekunde nachdenken zu müssen, zeichnete sie das Pentagramm auf den Boden, holte ihr Kissen, legte es darauf und nahm Platz. Sie würde noch etwas warten, vielleicht meldete sie sich ja noch. Kaum war der Gedanke zu Ende, klingelte ihr Telefon. Ungelenk stand sie wieder auf und hob den Hörer ab.

Eine bekannte Stimme am anderen Ende der Leitung sagte: »Es geht gleich los.« Donna Louisa lächelte zufrieden. *Dolores ist ein gutes Mädchen.*

Kapitel 40

»Sie ist fort.« Joaquin stand am Stalleingang und warf Louisa einen ernsten Blick zu.

»Joaquin!« Louisa machte einen Satz und rannte auf ihn zu. Lange umarmten sie sich.

»Es tut so gut, so verdammt gut«, raunte er ihr ins Ohr. Dann schob er sie von sich und betrachtete sie. »Du siehst etwas erschöpft aus, Louisa. Es muss beschwerlich gewesen sein, in meinen Traum zu gelangen.«

Louisa nickte. »Ich habe Dinge gesehen, die ich lieber nicht hätte sehen wollen.« Sie machte eine kurze Pause. »Es tut mir leid, dass Estrella fort ist. Aber lass uns über Schöneres sprechen. Wie geht es dir, Joaquin?« Sie lachte und hakte sich bei ihm unter. »Wir müssen einen Plan schmieden, wie wir dich hier wieder herausholen. Du weißt, dass ich die Gabe habe, Menschen mitzunehmen.«

Joaquin blieb abrupt stehen und zog sie zu sich. »Louisa, es tut mir leid, aber ich gehe nicht mit.« Mit großen Augen blickte sie ihn an. Joaquin konnte die Ungläubigkeit darin erkennen.

»Was meinst du damit?«

Ein mitleidiges Lächeln umspielte seine Lippen. »Ich kann nicht, Louisa. Es ist unmöglich. Wenn ich zurückgehe, dann lande ich wieder in diesem Kerker. Ich sterbe lieber, als jemals wieder dort hinzugehen.«

»Aber Joaquin, das kannst du mir und auch den anderen nicht antun. Vater geht es schlecht. Alicia, denk doch an Alicia. Du kannst sie nicht allein lassen. Ich bitte dich, komm zurück.«

»Nein, ich kann nicht, Louisa. Es tut mir unendlich leid aber, ich kann nicht!« In Louisa fing es an zu brodeln, gleichzeitig fühlte sie Hoffnungslosigkeit in sich aufsteigen.

»Joaquin, bitte!« Ihre Augen blickten ihn flehend an.

Joaquin fuhr sich verzweifelt durch seine Haare. »Louisa, lass uns ein Stück gehen, dann erzähle ich dir alles. Vielleicht verstehst du mich dann besser.«

Der Himmel hatte sich inzwischen verdunkelt, ein leichter Wind umwehte ihre Haare, und Louisa konnte ein ungewohntes Zittern in Joaquins sonst so selbstsicherer Stimme hören.

»Wir haben uns so sicher gefühlt, es schien alle so einfach und klar Die Route nach Chile galt als bombensicher. Mittelsmänner haben uns Schlafmöglichkeiten besorgt und am Anfang lief auch alles nach Plan. Wir trafen uns heimlich und besprachen die Lage. Es waren viele. Frauen, Männer, Jugendliche. Sie bildeten eine Einheit, verfolgten ein Ziel. Es fühlte sich alles so richtig an.« Joaquin schluckte und lief schneller. »Verdammt, und dann ist Francisco nicht aufgetaucht. Es hieß, wenn derjenige nicht zum ersten und zum zweiten Treffpunkt erschien, dann war er in

Gefahr. Ich wusste, dass es gefährlich werden könnte, aber ich bin trotzdem zum dritten Punkt gegangen. Ich hätte verdammt noch mal nicht hingehen sollen«, er schüttelte seinen Kopf und fuhr sich über die Augen. »Es war eine Falle, ich erkannte es zu spät. Ich habe zu spät gesehen, dass er verletzt war. Sie hatten ihn gefoltert, damit er auspackte und uns verriet.« Er stockte einen Augenblick »Damit er *mich* verriet.«

Louisas Herz drohte zu bersten, sie hatte ihren sonst so souveränen Bruder noch nie zuvor in einem dermaßen desolaten Zustand gesehen.

»Sie umkreisten uns mit ihren Autos, ich versuchte wegzulaufen, doch es war unmöglich. Dann wurden mir die Augen verklebt und sie stießen mich in einen ihrer Wagen. Ich weiß nicht, wo ich die letzten Tage war. Ich weiß nur, dass ich nie wieder der Alte sein werde, Louisa. Sie haben mich gebrochen, sie haben meine Seele und meinen Körper zerstört.« Er blickte sie mit großen verstörten Augen an. »Ich kann nicht mehr zurück. Das, was sie uns antun, Louisa … Es ist bestialisch. Das sind keine Menschen, sie haben keine Seele. Dort, wo ihr Herz sein sollte, ist ein Loch ein tiefes schwarzes, dreckiges Loch.«

Sie hatte ihn gehen lassen. Ohne den geringsten Widerstand zu leisten. Louisa konnte es sehen, sie konnte in Joaquins Augen dasselbe Leid und denselben Schmerz erkennen, den sie zuvor bei den Gefangenen im Keller gesehen hatte. Ein letztes Mal hatte sie ihn umarmt. »Finde deinen Frieden, Joaquin.« Dann hatte sie ihn gehen lassen.

Zitat Google

Insgesamt wurden vermutlich etwa 3197 (gesicherte Anzahl der Opfer) bis 4000 Menschen während der Diktatur ermordet, der Großteil davon in den Wochen nach dem

Putsch. Etliche Menschen verschwanden spurlos und auf bis heute ungeklärte Weise.

In Chile wurde mindestens vom Morgen des 11. Septembers 1973 bis zum 10. März 1990 gefoltert, zehn Tage vor dem Abgang Pinochets, fast 17 Jahre lang. Die Valech-Kommission hat 27.255 politische Gefangene anerkannt, darunter 13 % Frauen, wobei die tatsächliche Zahl einige 10.000 Opfer mehr betragen könnte.

Leo hatte alles hinter sich gebracht. Es war ihm unglaublich schwergefallen, alle zu täuschen, doch er durfte sich keinen Fehler erlauben. Zu groß war die Gefahr, dass jemand einschritt und ihn an seinem Vorhaben hinderte. Jetzt saß er wieder in seinem Wagen, unterwegs zu der Stelle, an der er sein Herz verloren hatte. Er hatte die Musik auf volle Lautstärke gedreht, sein Verdeck geöffnet und das Gaspedal durchgetreten. Er wollte ein letztes Mal fühlen. Das Leben, den Wind in den Haaren, die Sonne in seinem Gesicht. Was würde danach kommen? Er hatte seine Entscheidung getroffen. Leo wusste, dass es vielleicht nicht die klügste war. Aber er sah keinen Ausweg, keine andere Lösung. Isabella, warum war sie ihm nur nicht früher über den Weg gelaufen? Zoe wäre dann bedeutungslos für ihn gewesen und es wäre niemals so weit gekommen. Er nahm einen tiefen Zug aus seiner Bong, die er zwischen seinen Beinen eingeklemmt hielt. Einen kleinen Moment fühlte er sich frei und unabhängig, und es kamen ihm Zweifel. Doch dieser Moment währte einen zu kurzen Augenblick, um alles noch mal zu überdenken. Es war zu spät, die Entscheidung war getroffen, es gab keine Rückkehr mehr. Zoes Kästchen mit dem Gift hatte er sichtbar auf seinem Autositz deponiert. Er machte sich auf den Weg. In einer Hand die Bong in der anderen sein Handy. Er musste noch Isabella informieren. Zoe durfte unter keinen

Umständen ungeschoren davonkommen. Er nahm auf einem kleinen Felsen Platz und überlegte, wie er ihr alles glaubwürdig beibringen sollte. Nach reichlicher Überlegung und diverser Tippversuche fand er schließlich die passende Formulierung.

Allmählich begann es zu dämmern. Ein Blick auf seine Uhr offenbarte ihm, dass er noch fünf Stunden Zeit hatte, er entschied sich jedoch, nicht bis zur letzten Minute zu warten. *Noch zwei Stunden,* schoss es ihm durch den Kopf. In zwei Stunden würde sich sein Leben ändern, dann wäre alles anders. Er vergewisserte sich noch einmal, dass das Gift sichtbar dalag, und nahm noch mal einen tiefen Zug aus der Wasserpfeife. Langsam wurde er immer konfuser, je öfter er zog, desto unrealistischer nahm er seine Umgebung wahr. Schlagartig fühlte er sich beobachtet, wie im Wahn schaute er sich suchend um und plötzlich entdeckte er sie. Zoe! Sie stand an sein Auto gelehnt und präsentierte ihr typisches laszives Lächeln. Leo fing an hysterisch zu lachen, er lachte Tränen, und während er das tat, schrie er:

»Du kriegst mich nicht, niemals, ätsch-bätsch!« Dabei entblößte er sein Hinterteil. Doch das Lachen verwandelte sich nach und nach in ein bitterliches Weinen. Tränen rannen ihm in Bächen über das Gesicht. Er legte sich in Embryonalstellung auf den Boden und ließ seiner Traurigkeit freien Lauf. Nur langsam beruhigte er sich wieder, schniefend warf er einen Blick auf seine Uhr. Zu seinem Erstaunen stellte er fest, dass schon mehr als die geplanten zwei Stunden vergangen waren. Er wischte sich die Tränen aus dem Gesicht und wurde mit einem Mal ganz ruhig. *Es ist so weit,* wurde ihm bewusst. Er stand auf, schluckte hart und drückte zitternd auf den Absende-Button mit Isabellas Namen. Dann machte er sich auf den Weg.

»Bitte pass gut auf dich auf!« Ashok hielt Dolores fest umarmt. »Ich möchte, dass du heil wiederkommst.« Sie küssten sich innig.

»Mach dir keine Sorgen, es ist alles nur ein Traum, mir wird nichts passieren.« Er fuhr ihr durch das seidige Haar, während er ihr Gesicht betrachtete. »Du solltest mich jetzt lieber allein lassen. Ich glaube, ich wäre zu abgelenkt und könnte mich nicht konzentrieren.« Sie küssten sich noch einmal, es fiel beiden unendlich schwer, sich zu trennen.

Ashok lächelte. »Wenn du das hier hinter dir hast, dann verspreche ich dir, werden wir uns ein paar schöne Tage machen, nur du und ich.«

Dolores blickte ihn mit glasigen Augen an. »Geht jetzt lieber, sonst wird das hier nichts mehr.«

Ashok strich ihr noch einmal über ihre Wangen. »Ich warte vor der Tür.« Nachdem er den Raum verlassen hatte, holte Dolores tief Luft und spritzte sich etwas Wasser aus ihrer Trinkflasche ins Gesicht. Dann holte sie ihr Handy aus der Tasche. »Donna Louisa, guten Abend, ich bin es: Dolores, gleich geht es los.«

Wieder befand sie sich in einer tiefen, alles verschlingenden Dunkelheit. Doch dieses Mal war sie nicht von Mauern umgeben, heute fühlte es sich anders an – wie das absolute Nichts. Als sei sie in einer Art gähnender Leere gestrandet. Sie wusste nicht, ob sie stand oder lag. Schwerelos glitt sie durch die Finsternis, bedrohlich legte sich diese um Dolores' Körper.

So muss sich ein schwarzes Loch anfühlen. Beklemmung machte sich in ihr breit. *Konzentriere dich,* versuchte sie sich zu beruhigen. *Atme tief ein und aus.* Leichte Panik stieg in ihr auf. Es war eine ungewöhnliche Erfahrung, einen derartigen Kontrollverlust zu erleben. Unwillkürlich fing sie an zu zittern. *Meda, wo bist du? Lass mich nicht allein.* Hoffnungsvoll richtete sie ihre Gedanken an die Seherin. Doch es kam keine Reaktion. Dolores wurde immer aufgeregter. *Reiß dich zusammen, du hast doch gelernt, wie man das macht.* Das Herz schlug ihr mittlerweile bis zum Hals und sie atmete immer heftiger. *Verdammt noch mal, es ist nur ein Traum.* Und mit einem Mal hörte sie wieder Medas beruhigende Stimme. »Sonnenkind, du trägst das Licht in dir, lass zu, dass es die Dunkelheit erhellt. Verliere nicht den Glauben an dich, denn du trägst die Sonne in deinem Herzen.« Augenblicklich beruhigte sich ihr Zustand. *Danke, Meda,* dachte sie nun etwas zuversichtlicher. Die Dunkelheit machte ihr zwar immer noch etwas zu schaffen. Doch fühlte sie sich nun viel ruhiger. Sie ließ ihre Augen zufallen, und nun konnte sie Medas beruhigendes Antlitz sehen. Und in diesem Moment durchfuhr sie eine Woge der Wärme und Glückseligkeit wie flüssiges Gold, das sich in Licht verwandelt. Ihre ganze Umgebung wurde in eine warme, strahlende Helligkeit getaucht. Und Dolores erkannte mit einem Mal, wo sie sich befand.

Sie war im Himmel. Mit großen Augen betrachtete sie die azurblaue Umgebung und die dicken, watteähnlichen Wolken. Es war, als würde sie durch die Luft fliegen, ohne Flügel zu besitzen. Dolores musste lächeln, sie fühlte sich glücklich und voller Liebe, konnte es kaum erwarten, endlich Marisa zu treffen. *Zu abgefahren,* entfuhr es ihren Gedanken. *Doch wo muss ich als Nächstes hin?* Suchend blickte sie sich um, während sie schwerelos durch die Wolken trieb. Einem Impuls folgend bewegte sie sich in eine bestimmte Richtung. Langsam begann sie, die himmlische Umgebung hinter sich zu lassen, und vor ihr erstreckte sich eine atemberaubende Berglandschaft, deren schneebedeckten Gipfel eindrucksvoll in die Wolken hineinragten. *Die Anden, meine Heimat,* dachte sie stolz. Sie war in Chile.

Dolores verlor langsam an Höhe, allmählich kam sie dem Erdboden immer näher. Und mit einem sanften Aufprall landete sie auf der Erde. Verwundert, dass sie fast nichts gespürt hatte, richtete sie sich auf und blickte sich um. Sie war von einer kargen Felslandschaft umgeben. Ein kühler Wind pfiff durch die Berge und Dolores begann zu frösteln. *Ich sollte weitergehen,* sie rieb sich über ihre nackten Arme und schaute sich suchend um, während sie lief. Als sie auf einmal an einem Felsen eine Art Eingang erspähte. Neugierig lief sie dorthin, blieb aber unsicher davor stehen. Sollte sie es wagen, hineinzugehen? Unentschlossen stand sie vor der Öffnung, doch einer Intuition folgend, entschied sie sich, das Wagnis einzugehen. Entgegen ihren Befürchtungen, schlug ihr eine angenehme Wärme entgegen. Erleichtert, diese Entscheidung getroffen zu haben, lief sie immer tiefer in die Höhle hinein. Die Wände waren zu Dolores' Erstaunen holzvertäfelt, alles wirkte sehr einladend und motivierte sie dazu immer tiefer hineinzulaufen. Sie lief durch unendlich lange Tunnel, die immer wieder abzweigten und dann in anderen Tunneln mündeten. Verblüfft stellte sie fest, dass das ganze Innenleben einem Labyrinth ähnelte, bis sie schließlich an eine Tür kam. Was verbarg sich dahinter? Behutsam drückte sie Klinke herunter.

Kapitel 41

»Du siehst irgendwie glücklich aus.« Kommissar Muñoz stand am Küchentresen und hatte sich eine Zigarette angezündet. Forschend musterte er seine Tochter. Sie wirkte ausgeglichener als sonst. Irgendwie … Er wollte lieber nicht darüber nachdenken. Bestimmt hatte es was mit dem jungen Casirelli zu tun.

»Papa, du sollst doch nicht in der Küche rauchen.« Isabella stand auf und riss ihm die Zigarette aus der Hand.

»Hey, was soll das? Bist du von allen guten Geistern verlassen?« Er versuchte, die Zigarette zu retten, aber Isabella war schneller und ließ sie im Waschbecken verschwinden.

»Papa, was hatten wir besprochen? Du wolltest doch weniger rauchen. Und in der Wohnung schon gar nicht.« Genervt stemmte sie ihre Hände in die Hüften und blickte ihn tadelnd an. Der Kommissar murrte nur und verließ die Küche, um sich auf der Veranda die nächste anzuzünden.

Die Kleine wird langsam erwachsen, dachte er, während er an seiner Zigarette zog. Dann hörte er hinter sich schon ihre Schritte.

»Du bist einfach unverbesserlich.« Isabella hatte sich neben ihn gestellt und hielt ihm grinsend einen Aschenbecher hin.

»Was ist mit dir und diesem Casirelli, diesem Halbitaliener?« Er blickte in die Ferne, während er den Rauch von sich blies.

»Was soll mit uns sein? Er ist ganz nett.«

»Ganz nett nennst du das?« Der Kommissar schmunzelte. Dann schaute er sie an. Er konnte das Funkeln in ihren Augen erkennen und ihm wurde bewusst, dass seine Kleine über beide Ohren verliebt sein musste. Er schnipste seine Zigarette weg und wandte sich ihr wieder zu, dabei konnte er ihre Entrüstung sehen, weil er nicht den Aschenbecher benutzt hatte. Doch mit einem Satz nahm er ihr sogleich den Wind aus den Segeln.

»Lass dir nicht dein Herz brechen. Sonst breche ich ihm seins.« Dann drehte er sich um und ließ die verdutzt schauende Isabella stehen.

Donna Louisa ahnte, was auf sie zukommen würde. Sie musste einen langen beschwerlichen Weg gehen, bevor sie ihr Ziel erreichte. Stürmischer Wind und Regen hatten sich ihr entgegengestellt. Sie hielt sich ihren schwarzen Schal schützend vor das Gesicht und versuchte verzweifelt, gegen die Naturgewalten anzukommen, doch es fiel ihr unendlich schwer. Mittlerweile war sie völlig durchnässt, sie brauchte dringend einen Unterschlupf, sonst würde sie schon am Anfang ihrer Odyssee versagen. Aus einiger Entfernung erblickte sie einen kleinen Holzschuppen, erleichtert lief sie darauf zu und stellte sich unter den Vorsprung. Zitternd vor Kälte blickte sie durch das Fenster und musste zu ihrem Erstaunen feststellen, dass im Inneren ein Feuer brannte. *Ich sollte warten, bis sich das Unwetter beruhigt.* Sie trat ein und begab sich direkt an die wärmende Stelle. Wohlig durchflutete sie ein angenehmes Gefühl, sie entledigte sich ihrer nassen Kleidung, nahm einen Stuhl und setzte sich in die Nähe des Kamins. Als sie auf einmal ein unerwartetes Geräusch hörte. Verwundert schaute sie sich um, und wie aus dem Nichts kam ein Schatten auf sie zu.

Donna Louisa traute ihren Augen nicht. »Wer, wer bist du? Und was suchst du hier?« Nur mit ihrem Unterkleid bedeckt, fühlte sie ein leichtes Unbehagen in sich aufkommen. Unbewusst verschränkte sie dabei ihre Arme.

»Nur keine falsche Scham, Großmutter!« Die Person trat aus dem Schatten und lächelte Donna Louisa kalt an.

Eisige Kälte schlug ihr entgegen, als sie den höhlenartigen Raum betrat. Ihre Blicke schweiften über die spiegelbesetzten Wände. *Spiegel, was hat das zu bedeuten?* Dolores drehte sich einmal um ihre eigene Achse. Die Wände bestanden aus unterschiedlichen Spiegeln in diversen Größen. Als ihr Blick auf die Stelle fiel, an der sich die Tür befunden hatte, musste sie feststellen, dass sie verschwunden war. Stattdessen hing dort ein großer goldumrandeter Spiegel. Sie fuhr sich durch die Haare. *Was soll das jetzt?* Seufzend ging sie auf einen der Spiegel zu und schaute hinein. Es war, als würde sie in eine Parallelwelt eintauchen. Überwältigende Wolkenkratzer, hektisch hupende Autos und riesige Menschentrauben drängten sich durch die Straßen. Dolores betrachtete fasziniert die Umgebung, sog die urbane Atmosphäre in sich ein. Als sie an einem Hochhaus mit etlichen Leuchtreklamen vorbeikam, glaubte sie im ersten Moment, nicht richtig zu sehen.

Marisas Gesicht blickte sie in allen möglichen Varianten an. Einmal mit Lockenwicklern im Haar, dann biss sie genussvoll in einen Burger, Marisa mit einem Hund auf dem Schoß. Marisa, wie sie sich die Fingernägel lackierte. Die Bilder zogen sie immer mehr in ihren Bann, wie erstarrt betrachtete sie Marisas unterschiedliche Persönlichkeiten. Plötzlich hatte sie den Eindruck, als würde sie mit ihr reden. Dolores ging näher an sie heran.

»Rette mich, nur du bist dazu in der Lage. Hol mich hier raus.« Alle Versionen von Marisa schauten sie flehend an und drückten ihre Hände gegen das Glas, als beabsichtigten sie, auszubrechen. Erschrocken wich Dolores zurück, sie zeigte mit dem Finger auf die Reklamen, wollte intuitiv die anderen Menschen darauf aufmerksam machen. Doch als sie sich umwandte, war sie plötzlich allein. Alles war verschwunden. Von den Wolkenkratzern, über die ganzen Autos und auch von anderen Menschen keine Spur. Das Einzige, was sie sah, war ein kleines Geschäft, auf dem in verschnörkelten Buchstaben, das Wort Antiquitäten zu lesen war. Verwirrt wandte sie sich wieder Marisas Leuchtreklamen zu. Doch sie waren nicht mehr da. Leere Bildschirme starrten sie an. Dolores wusste zuerst nicht, was zu tun war, dann tat sie das einzig Mögliche. Sie rannte auf das Antiquitätengeschäft zu und riss die Tür auf. Hektisch blickte sie sich um, bis sie fand, was sie gesucht hatte. Einen Spiegel. Erleichtert schritt sie auf diesen zu. Kaum hatte sie einen Blick hineingeworfen, wurde sie wieder in die Höhle gezogen.

Unbequem landete sie auf dem Boden. »Aua!« Sie rieb sich ihr Steißbein und stand schnell auf, um nicht noch länger auf dem unbequemen Fußboden zu verbringen. *Das war wohl der falsche Spiegel.* Dolores betrachtete sie nachdenklich. Sie wollte nicht noch mehr Zeit damit verplempern, falsche Spiegel zu erkunden. Dieses Mal würde sie die gründlicher inspizieren, bevor sie wieder unbedarft handelte. Aber sie konnte nichts erkennen, in ihren

Augen waren es einfach nur Spiegel. Sie wunderte sich nur, dass sie sich ständig anders fühlte. Von himmelhochjauchzend bis zu Tode betrübt. Ihre Gefühle fuhren Achterbahn. Dolores schüttelte sich. *Was ist nur los?* Sie wollte weitermachen, doch jedes Mal, wenn sie in eine Richtung lief, fühlte sie einen inneren Gefühlsaufruhr. Allmählich ging ihr ein Licht auf. Dieses Mal lief sie langsam von einem Spiegel zum anderen, sie probierte es noch einmal. Tatsächlich, sie hatte sich nicht getäuscht. Aus ihrer Hosentasche holte sie das Zettelchen raus, dass sie immer bei sich trug. Ein Herz, ein Ohr und ein Auge. Sie lächelte, jetzt war das Herz dran. Sie musste auf ihr Gefühl hören.

Am besten der Reihe nach. Und so arbeitete sie sich von einem Spiegel zum anderen. *Mist, wie soll ich mir merken, welcher was in mir auslöst?* Dolores überlegte, dann hatte sie einen Einfall. Sie schaute sich nach einem spitzen Gegenstand um, bis sie einen Stein sah, der passend wirkte. Sie ritzte in jeden Rahmen der Spiegel eine Markierung, bei dem sie sich gut fühlte. Einer nach dem anderen arbeitete sie sich durch. Als sie ihr Resultat begutachtete, stellte sie fest, dass genau zehn Spiegel markiert waren. Sie konzentrierte sich nun auf diese restlichen Spiegel und versuchte, sich so gut wie nur möglich von ihren Emotionen leiten zu lassen. Dann waren es nur noch drei. *Einer von diesen muss der richtige sein.* Dolores atmete tief durch und stellte sich vor den ersten. Sie nahm ihren ganzen Mut zusammen und blickte hinein.

Wieder wurde sie in eine andere Welt hineingezogen. Marisa raste auf ihrem Fahrrad an ihr vorbei. »Hey, warte!« Dolores rannte ihr hinterher. Dabei erkannte sie, dass sie sich in ihrer Straße befand. Von Weitem konnte sie ihr Wohnhaus sehen, sie rannte immer schneller. Bis sie bemerkte, dass Marisa davor haltgemacht hatte und ihr Fahrrad abstellte. Dolores blieb fasziniert stehen und beobachtete sie dabei, wie sie ungeduldig klingelte und dann mit der Nachbarin sprach. Marisa schwang sich wieder auf ihr Rad, warf noch einen längeren Blick auf ihr Handy und fuhr los. Dolores sprintete hinterher. Sie konnte fast nicht mithalten und war froh über jede rote Ampel, an der Marisa hielt. Bis zur letzten, die Marisa zum Verhängnis werden sollte.

Dolores konnte alles beobachten. Leo, der in seinem Wagen saß, ausstieg und dann zu einem luxuriösen Gebäude lief, um zu klingeln. Zoe, die ihn halb nackt, nur in einen roten Hauch von Nichts gehüllt empfing. Marisas ungläubigen Gesichtsausdruck, als sie bemerkte, dass ihn Zoe umarmte. Und dann der Unfall. Marisa flog meterweit über den Bordstein. Entsetzt sah Dolores sie dort liegen. Blutüberströmt, hilflos wie ein verletztes Rehkitz, das dringend Hilfe brauchte. Dolores lief auf sie zu und kniete sich zu ihr herunter. Tränen liefen ihr über die Wangen.

»Ich werde dich hier herausholen. Das verspreche ich dir.«

Kapitel 42

Donna Louisa betrachtete argwöhnisch die Gestalt, die sich ihr näherte. »Was möchtest du von mir? Und warum nennst du mich Großmutter? Ich kenne dich überhaupt nicht.«

Die Person trat näher und blickte ihr dabei in die Augen. »Bist du sicher, dass du mich nicht kennst? Komme ich dir denn nicht irgendwie bekannt vor? Die Leute sagen immer, wir würden uns dermaßen ähnlichsehen.« Wie ein eiskalter Regenschauer überkam Donna Louisa die Erkenntnis. Bebend legte sie ihre Hand auf die Brust und ließ sich von der Erinnerung übermannen.

1990

Der Mauerfall war mittlerweile über ein halbes Jahr her und die anfängliche Euphorie hatte sich etwas gelegt. Berlin war im Wandel, noch standen die ganzen grauen Gebäude der Vorzeit, doch es lag Veränderung in der Luft, der Duft der Freiheit war allgegenwärtig. Berlin hatte viel von seiner Heimeligkeit eingebüßt, dafür aber an Urbanität und Weitläufigkeit dazugewonnen.

Louisa machte früher Feierabend. Alejandro hatte sich angemeldet und sie freute sich schon auf seinen Besuch. Ihr Verhältnis hatte sich in den letzten Jahren verändert, aus der früheren engen Mutter-Kind-Bindung entwickelte sich mit den Jahren eine Beziehung des Respekts, aber auch der Unnahbarkeit. Alejandro wurde seinem Vater immer ähnlicher. Er hatte das hervorragende Aussehen seines Vaters und die anmutige Ausstrahlung seiner Mutter geerbt. Er wusste genau, wie man seine Mitmenschen gekonnt um den Finger wickelte. Louisa konnte ihren Sohn nicht mehr erreichen. Das belastete sie. Jedes Mal, wenn sie versuchte, Nähe aufzubauen, artete es in eine Qual aus, da Alejandro das nicht zulassen wollte. Louisa gab sich die Schuld, sie hätte verhindern müssen, ihren Sohn in die Schweiz zu geben. Doch nun war es zu spät. Alejandro hatte sich zu einem egozentrischen, unnahbaren Menschen entwickelt. Dennoch liebte ihn Louisa sehr, er war immer noch ihr Sohn.

Freudestrahlend öffnete sie die Wohnungstür, sie konnte Alejandro schon im Salon stehen sehen. »Alejandro!« Mit ausgebreiteten Armen lief sie auf ihn zu. Zu spät bemerkte sie, dass er nicht allein war. Er schenkte ihr eine kurze Umarmung, um sich sofort wieder von ihr zu lösen.

»Mutter, wenn ich vorstellen darf: Alina Dominguez.« Alejandro lächelte charmant. »Der Name ist Programm, nicht wahr?« Der Name Alina steht im Spanischen für Schönheit. Louisa betrachtete die junge Frau. Langes, dunkles, glänzendes Haar umrahmte ihre zarten Gesichtszüge und verliehen dem fast noch kindlich anmutenden Gesicht, das im Kontrast zu ihrem weiblichen Körper stand, einen edlen Rahmen.

»In der Tat«, stimmte sie ihm zu. »Eine wahre Schönheit.«

Abgelenkt von Vincents Erscheinen vergaß sie, sich weiter um ihren Gast zu kümmern. Er hatte soeben die Wohnung betreten und warf ihnen einen ernsten Blick zu.

»Alejandro.« Mit einem knappen Handschlag schenkte er ihm eine Begrüßung, gab Alina noch einen flüchtigen Handkuss und wandte sich dann an Louisa: »Wir müssen heute Abend unbedingt reden, es ist dringend.« Dann schenkte er Alejandro wieder seine Aufmerksamkeit: »Mein Junge, ich hoffe, du hast Verständnis dafür, dass ich deine Mutter heute Abend entführen muss.« Er wartete keine Antwort ab, sondern sagte in knappen Worten: »Entschuldigt mich bitte, ich habe noch eine geschäftliche Besprechung«, und verließ den Raum.

Louisa blickte ihm perplex und gleichzeitig enttäuscht hinterher. Sie wandte sich ihrem Sohn zu.

Der lächelte nur. »Mutter, wenn du uns auch entschuldigst. Wir haben noch eine Verabredung in der Stadt.« Er hauchte ihr noch einen zarten Kuss auf die Wange, und sie verließen den Raum. Louisa saß nun ganz allein im Salon. In diesem Moment wurde sie sich ihrer Einsamkeit bewusst. Alejandro brauchte sie nicht mehr. Vincente war nur noch mit seiner Arbeit beschäftigt. Traurig senkte sie den Kopf.

»Und hat's klick gemacht?«, fragte die Unbekannte, während sie dabei fast schon höhnisch lächelte. Donna Louisa hatte sich mittlerweile wieder angezogen und saß nachdenklich auf dem Stuhl.

»Ja, du erinnerst mich an jemanden, aber es ist schon so lange her. Ich weiß es nicht mehr genau.«

»Oh, Großmutter kann sich nicht mehr erinnern. Tja, wie soll ich dir nur auf die Sprünge helfen? Ich glaube, mir fällt gerade nichts Passendes ein. Dann wirst du wohl den Rest deiner Zeit hier verbringen müssen. Bis deine andere Enkeltochter im Licht verschwunden ist.« Donna Louisa horchte entsetzt auf. »Du glaubst doch wohl, ich weiß nicht, warum du hier bist?« Sie zeigte wieder ihr eiskaltes Lächeln. Donna Louisa stand auf und wollte gehen, doch sie versperrte ihr den Ausgang. »Oma, setz dich, du gehst nirgendwohin!« Verzweifelt starrte Louisa sie an. Sie würde niemals gegen so viel Wut und Zorn ankommen. Resigniert nahm sie wieder auf dem Stuhl Platz. Dolores musste sich beeilen.

Dolores stand nun vor dem zweiten Spiegel. *Hoffentlich ist das jetzt der richtige.* Angespannt blickte sie hinein, in der Hoffnung, keinen Fehler zu machen. Langsam glitt sie in einen hellen Raum, alles war strahlend erleuchtet. Sie blinzelte, bis sich ihre Augen an die Helligkeit gewöhnt hatten. Schließlich erkannte sie mit einem Mal, wo sie sich befand. Dolores tat einen tiefen Atemzug, sogleich stieg ihr der typisch medizinische Geruch in die Nase, der in Krankenhäusern meist vorherrschte. Suchend schaute sie sich um, als sie das Fenster erkannte, das in Marisas Krankenzimmer eingelassen war. Zögernd lief sie darauf zu. Was erwartete sie dahinter?

Langsam richtete sie ihren Blick durch das Fenster. Alles war unverändert. Marisa lag dort an die lebenserhaltenden Maschinen angeschlossen. Dolores beobachtete, wie sich ihr Oberkörper ruhig hob und senkte. Tiefes Mitgefühl machte sich in ihr breit, ihre beste Freundin, deren Leben an einem seidenen Faden hing. Auf einmal nahm sie eine Veränderung wahr, die Atmosphäre schien nicht mehr so friedlich wie einen Augenblick zuvor. Dolores ließ ihren Blick zur Seite gleiten und bemerkte eine Bewegung, dann sah sie es. Ein schwarz gekleideter Mann, der sich immer wieder verstohlen umschaute, öffnete vorsichtig die Tür zu Marisas Zimmer und trat ein. Dolores konnte an seinen Bewegungen erkennen, dass er nichts Gutes im Schilde führte. Blitzartig zog er eine Spritze aus seinem Ärmel und jagte sie in einen der Schläuche. Dolores stockte der Atem. Das also war der Mordanschlag. Sie eilte in den Raum, bevor er entwischen konnte. Sie wollte sein Gesicht sehen. Dolores wollte erfahren, wer das Leben ihrer besten Freundin auf dem Gewissen hatte. Fast wäre er in sie reingelaufen, nun sah Marisa das Gesicht klar und deutlich. Ungläubig riss sie ihre Augen auf, das konnte nicht sein, das war unmöglich. Aber warum? Was war das Motiv? Im nächsten Moment betrat eine Krankenschwester den Raum, die skeptisch die Patientin musterte. Dolores konnte an ihrem Gesichtsausdruck blankes Entsetzen erkennen. Dann ging auf einmal alles rasant. Die Schwester drückte auf den Notfallknopf, riss Marisa die Schläuche vom Körper und spritzte ihr eine Flüssigkeit. Ärzte und Schwestern hetzten an ihr vorbei und hantierten hektisch an ihr herum. Für Dolores war er es nun an der Zeit, zu gehen. Sie wusste nun, wer Marisa nach dem Leben trachtete.

Isabella hatte es sich vor ihrem Schreibtisch bequem gemacht und war im Begriff, das Internet zu durchforsten. Als ihr auffiel, dass ihr Handy blinkte. Jemand hatte ihr eine Nachricht geschickt. Sofort musste sie an Leo denken, aber er konnte es nicht sein. Um diese Uhrzeit saß er sicher noch im Flieger auf dem Weg nach Palermo. Gelangweilt holte sie das Handy von ihrer Nachttischkommode und tippte auf ihre Nachrichten-App. Verblüfft stellte sie fest, dass der Name Leo aufpoppte. Mit gemischten Gefühlen öffnete sie die Nachricht, sie musste erst in der letzten halben Stunde abgeschickt worden sein.

Isabella musste heftig schlucken. Im ersten Moment dachte sie, es sei alles nur ein Scherz. Ihr Herz fing heftig an zu klopfen und sie las mit zitternden Händen weiter. Immer wieder las sie die letzten Zeilen. Sie konnte es nicht glauben, sie *wollte* es nicht glauben. Das konnte nicht wahr sein, jemand musste sich einen Scherz erlaubt haben. Leo saß doch im Flugzeug. Doch je öfter sie die Zeilen las, desto überzeugter wurde sie, dass es kein Scherz war. Isabella ließ ihr Handy fallen und verlor die Kontrolle über sich. Schockiert hielt sie sich die Hand vor den Mund und fing an, hemmungslos zu schluchzen, immer stärker, bis sie sich in einen heftigen Weinkrampf hineinsteigerte. Verzweifelt rannte sie durch das ganze Haus.

»Papa, Papa!« Atemlos durchsuchte sie jedes Zimmer. Aber er war nicht da. »Ich muss ihn aufhalten!«, rief sie verzweifelt, schnappte sich den Schlüssel und rannte zum Auto. Während der ganzen Fahrt versuchte sie, ihren Vater zu erreichen, doch er ging nicht ans Telefon. Tränen liefen ihr über das Gesicht, während sie immer mehr an Geschwindigkeit zulegte.

Donna Louisa verfiel ins Grübeln. Sie war wie an diesen Stuhl gefesselt und alte Erinnerungen kamen wieder in ihr hoch.

1990

Vincente hatte einen diskreten Platz in ihrem Lieblingsrestaurant reserviert. Während sie die Karte studierten, warf Louisa Vincente einen unbemerkten Blick zu. Er wirkte angespannt, immer wieder fuhr er sich nervös über sein Handgelenk. Andererseits hatte er sich in letzter Zeit verändert. Sein Haar wirkte nicht mehr ganz so grau und es war länger geworden. Louisa vermutete, dass er es heimlich färbte. Seine Haut strahlte in einem gesunden Braunton, was ungewöhnlich war, da sie dieses Jahr noch nicht im Urlaub gewesen waren und das gute Wetter auch zu wünschen übriggelassen hatte. Selbst sein Modegeschmack hatte sich verändert. Vincente hatte den klassischen Kleidungsstil fast schon intus gehabt, bevorzugte aber in letzter Zeit eine etwas legerere Art. In Louisa keimte ein gewisser Verdacht. Schnell verdrängte sie die Gedanken und lächelte.

»Was möchtest du mir denn Wichtiges sagen?« Vincente räusperte sich.

»Ich weiß nicht, wo ich anfangen soll.« Nervös fuhr er sich durch die längeren Haare. Louisa schaute ihn erstaunt an. War er doch immer der Gefasstere und Selbstbewusstere von ihnen beiden, entdeckte sie auf einmal eine schwache, unsichere Seite an ihm.

»Tu dir keinen Zwang an, fang einfach von vorne an. Wir haben doch Zeit.« Sie lächelte geduldig und versuchte, ihm zu signalisieren, dass sie für alles Verständnis aufbrachte.

Er seufzte. »Du weißt, ich habe mir immer eigene Kinder gewünscht.«

Louisa hob erstaunt die Augenbrauen, dieses Thema hatten sie schon oft diskutiert. Aber für sie war es mittlerweile zu spät. Das wusste er, deshalb verstand sie nicht auf Anhieb, auf was er hinauswollte.

»Und die biologische Uhr tickt auch für mich, ich werde bald sechzig.« Er blickte sie eindringlich an. »Na ja, du kennst doch Iris, meine langjährige Sekretärin und Vertraute, wir beide…«

Für Louisa stand einen Moment die Zeit still. Sie konnte ihn nicht mehr hören. Sah nur noch, wie sich seine Lippen bewegten und er verlegen auf den Tisch schaute, während er sprach. Ein Gefühl der Ohnmacht stieg in ihr hoch.

Scharf sog sie die Luft ein. »Spuck es schon aus, Vince, und rede nicht so lange um den heißen Brei rum. Du hast dir eine andere gesucht. Eine Jüngere, Gebärfreudigere.« Sie lachte hysterisch.

»Es ist nicht, wie du denkst«, versuchte er einzulenken.

Louisa unterbrach ihn harsch: »Wie oft habe ich diesen Spruch schon gehört, dabei ist es immer so, wie man denkt.« Louisa ließ ihr Besteck fallen und stand abrupt auf.

»Louisa, warte bitte…« Doch sie verließ, ohne ein weiteres Wort zu sagen und ohne sich noch mal umzudrehen, das Lokal.

Wie betäubt lief sie durch die Nacht. Während ihr Leben wie ein innerer Film an ihr vorbeispulte. Sie hatte Cristobal verloren, Sebastião hatte sie nach Strich und Faden betrogen. Sie hatte Joaquin gehen lassen, um ihn von seinen Qualen zu erlösen. Und nun gestand Vincente ihr, dass er sich eine andere Frau gesucht hatte. Louisa rannte ohne Ziel, so, wie sich ihr Leben momentan anfühlte. Ohne Ziel. Sie hatte keine Tränen mehr, sie fühlte sich, als hätte sie alle Tränen dieser Welt geweint und nun waren sie versiegt. Von Weitem konnte sie den Fernsehturm leuchten sehen, ein Obdachloser fragte nach Kleingeld. Doch Louisa war gefangen – gefangen in ihren Gedanken, sie konnte nicht reagieren. Sie wurde getrieben. Durch die Nacht. Mit traurigen Augen betrachtete sie die Lichter der Großstadt. Wie sie alle in ihren heimeligen Wohnungen saßen, hinter vorgezogenen Gardinen. Glücklich, ein Zuhause zu haben, in dem sie sich wohlfühlten. Was taten all diese Menschen? Sie stellte sich vor, wie sie ihren Kindern Gutenachtgeschichten vorlasen oder vor dem Fernseher saßen und sich die Tagesschau ansahen. Wie sie sich liebten oder Abendbrot aßen. Wie sie ihr Leben in ihrer Blase der Glückseligkeit lebten, in ihrer kleinen großen Welt.

Doch sie war allein. Nachdenklich stand sie am Spreeufer und ließ sich den Wind durch die Haare wehen. Louisa fasste einen Entschluss. Sie würde nach Chile zurückgehen. Die Diktatur war Vergangenheit. Pinochet besaß keine Macht mehr. Sie würde zurückgehen, das war sie ihnen schuldig: Cristobal, Joaquin und auch ihrem Vater. Sie würde es für sie tun. Ein letztes Mal warf sie einen Blick auf die Spree. Dann wandte sie sich um. Es war das letzte Mal, dass sie an diesem Ufer gestanden hatte.

Kapitel 43

Angsterfüllt eilte sie aus ihrem Wagen, sie hatte schon aus der Ferne sein Auto erkannt.

»Leo!« Während sie immer wieder seinen Namen schrie, riss sie hektisch die Autotür auf. Doch er war nicht da, bis auf das Kästchen, das er in seiner Abschiedsnachricht erwähnt hatte. Aber in diesem Moment interessierte sie das nicht. Sie musste Leo finden. Isabella fing an zu suchen, immer wieder rief sie seinen Namen.

»Leo, verdammt, wo bist du?« Sie suchte das ganze Gelände ab. Er musste doch irgendwo stecken. In ihrer unendlichen Verzweiflung bemerkte sie die Blaulichter nicht, die hinter ihr aufleuchteten. So stand sie am Felsenrand und weinte. Sie konnte ihn spüren, sie wusste, dass er in der Nähe sein musste, als sie plötzlich jemand an der Schulter packte und sie von dem Abgrund wegzog.

»Isabella!« Er zog sie an sich und drückte sie fest an seinen Oberkörper. »Isabella, meine Kleine. Es tut mir so leid.« Dabei streichelte er liebevoll über ihren Kopf. »Aber ich glaube, wir sind zu spät.« Zuerst blickte sie ihren Vater mit großen Augen an, dann schaute sie auf den reißenden Fluss hinunter.

»Nein, Papa, das ist es nicht. Ich kann es fühlen.«

Dolores stand mit klopfenden Herzen vor dem Spiegel. Es ging um alles, sie musste Marisa um jeden Preis dort herausholen. Sie nahm einen tiefen Atemzug und blickte in den letzten der drei Spiegel. Mit einem heftigen Ruck wurde sie hineingezogen. Es regnete in Strömen und ein kalter Wind wehte ihr entgegen. *Verdammt, wenn ich das gewusst hätte.* Sie fing an zu zittern und allmählich spürte sie auch, wie ihre Kleidung durchnässte. Was sollte sie nur tun? Als sie plötzlich aus der Entfernung eine kleine Holzhütte erblickte. Erleichterung machte sich in ihr breit, sie würde dort warten, bis sich der Sturm gelegt hatte. Dolores beeilte sich, unter das Vordach zu gelangen. Fröstelnd rieb sie sich die Arme und überlegte, was sie als Nächstes tun sollte. *Am besten, ich gehe jetzt einfach mal rein. Vielleicht finde ich ein paar Decken oder sogar wärmere Kleidung.*

Sie wollte eben die Türklinke berühren, als sie mit einem Mal ein Geistesblitz durchfuhr. Medas weise Augen erschienen ihr.

»Geh nicht! Sieh zum Fenster hinein.« Dolores tat, wie ihr geheißen . Was sie dort sah, irritierte sie. Donna Louisa saß auf einem Stuhl, und eine Frau, die sie auf den ersten Blick nicht erkannte, schien auf sie einzureden. Sie konnte klar und deutlich erkennen, dass Donna Louisa sich nicht wohlfühlte. Sie wirkte mitgenommen und verängstigt. Dolores wusste nicht, wie sie helfen sollte. Sie beobachtete noch eine Weile das Szenario und überlegte, was sie tun konnte. Plötzlich machte die Frau eine Halbdrehung und Dolores erkannte nun ihr Gesicht.

»Oh mein Gott«, entfuhr es ihr. Die Person drehte sich blitzartig um und warf einen Blick auf das Fenster. Doch Dolores war schneller. Sie bückte sich in Windeseile und rannte, so schnell sie konnte, hinter einen der Bäume.

Angespannt schielte sie hinter dem Baumstamm hervor. Langsam öffnete sich die Haustür und sie konnte das Gesicht nun deutlich erkennen. *Heilige Scheiße, das ist sie wirklich.* Gänsehaut überzog ihren ganzen Körper, nicht vor Kälte, sondern weil sie sich nun wirklich Sorgen machte. Schnell verkroch sie sich wieder hinter dem Baumstamm. Das Wetter schien sich allmählich zu beruhigen. Dolores war zwar mittlerweile komplett durchnässt. Aber das war in diesem Moment nicht wichtig. Sie musste Louisa dort herausholen und dann Marisa retten. Nervös fuhr sie sich durch die Haare, sie war ratlos. Sie brauchte dringend Hilfe. Vielleicht … *Warum eigentlich nicht? Gemeinsam sind wir stärker.* Sie musste als Erstes Marisa finden, und dann würden sie gemeinsam Donna Louisa retten. Sie warf noch einen letzten Blick auf die Hütte und machte sich auf den Weg.

Donna Louisa saß zitternd auf dem Stuhl. Wenn sie Dolores auch noch erwischen würde, dann wäre es vorbei mit Marisas Rettung. Erleichtert stellte sie fest, dass ihre Entführerin allein wieder zurückkehrte. Ihre Blicke schienen sie zu durchdringen.

»Weiß sonst noch jemand, dass du hier bist?« Donna Louisa versuchte, sich nichts anmerken zu lassen, sie durfte auf keinen Fall herausfinden, dass es noch jemanden gab, der in Marisas Traum getaucht war.

»Nicht dass ich wüsste. Es kann auch nicht jeder mir nichts, dir nichts in die Träume anderer Menschen schlüpfen.«

Ihr Gegenüber verschränkte die Arme. »Ich hoffe für dich, dass du die Wahrheit sagst, Großmutter.«

Dolores lief entschlossen durch die karge Landschaft, alles wirkte sehr morbide und Furcht einflößend. Das Unwetter hatte sich gelegt, aber dennoch schien der Himmel grau auf sie hinab. Ausgetrocknetes Gras und verdorrte Bäume, die gespenstisch in den Himmel ragten, säumten ihren Weg. Dolores fühlte sich unwohl, die düstere Atmosphäre schien sie wortwörtlich zu verschlucken und schlug ihr aufs Gemüt. Mystisch legte sich ein dichter Nebel um sie und umfing sie wie eine Art Schleier. Sie wusste nicht mehr, wo sie war, konnte ihre eigene Hand nicht mehr vor Augen sehen. Was sollte sie tun? Einfach weitergehen oder stoppen und warten, bis der unheimliche Nebel verschwand? Sie musste weiter. Es hatte alles keinen Sinn. Zwei Menschen waren in Gefahr. Und sie konnte sie als Einzige retten.

Allmählich lichtete sich der Nebel. Dolores schaute sich um, sie befand sich in einem kargen Wald. Unzählige nackte Baumstämme standen in der Düsternis und formten einen bedrohlichen Ort. Doch als Dolores genauer hinsah, bemerkte sie eine Art Pfad. Er war nur schemenhaft zu erkennen, wirkte wie ein zarter Lichtstrahl inmitten der Dunkelheit. Doch er wies ihr unverkennbar einen Weg. Dolores folgte dem sanften Licht, und nach und nach erhellte sich ihre Umgebung. Bis sie schließlich von strahlendem Sonnenschein geblendet wurde. Sie streckte der Sonne ihr Gesicht entgegen, das Licht streichelte ihren Körper und erwärmte ihre Glieder.

Donna Louisa wurde allmählich unruhig. Sie wünschte, sie wäre niemals in diese Hütte gegangen. Weder von Marisa noch von Dolores eine Spur. Verzweifelt seufzte sie.

»Na, Großmutter, langweilig?« Sie schenkte ihr wieder dieses seltsame, verstörende Lächeln, das so schwer zu beschreiben war.

Donna Louisa schaute sie an. »Wie bist du hierhergekommen? Woher hast du die Gabe«

»Woher ich die Gabe habe?« Sie lachte kalt. »Na ja sagen wir mal so, wenn man Glück hat, landet man im richtigen Körper. Und jetzt kann ich in Träume eingreifen, wie ich möchte. Aber bis dahin war es ein langer Weg.«

Plötzlich veränderte sich der Ausdruck in ihren Augen und Donna Louisa konnte einen Hauch von Wahn darin aufblitzen sehen. Angespannt lief sie auf und ab.

»Es ist noch jemand hier in diesem Traum. Ich kann es fühlen.« Wütend holte sie ein Messer aus der Schublade und hielt es Donna Louisa an den Hals. »Du sagst mir jetzt die Wahrheit. Wer weiß noch Bescheid?«

Donna Louisa schloss die Augen. »Ich weiß es wirklich nicht.« Sie wollte nicht Zeugin ihres eigenen Todes werden. Augenblicklich fing sie an zu schwitzen.

»Ach verdammt!«, schrie ihr Gegenüber und schleuderte das Messer in die Ecke. Erleichtert öffnete Louisa wieder die Augen und holte tief Luft. Sie konnte beobachten, wie ihre Angreiferin nervös auf und ab lief.

»Warum?«, fragte Donna Louisa. »Warum tust du das?«

Sie hielt abrupt inne und schaute Louisa an. »Stimmt, du kennst meine Geschichte gar nicht. Dann hör mir gut zu. Ich erzähle sie nur einmal.«

»Dolores, du bist hier. Endlich!« Dolores riss erschrocken ihre Augen auf. Im ersten Moment stockte ihr der Atem. So schnell, so unerwartet.

»Marisa, du bist es? Ich meine, du bist es wirklich?« Sie traute sich nicht, ihre Freundin zu berühren. Zu sehr befürchtete sie, dass alles nur ihr Traum war und Marisa wieder verschwinden würde.

»Ich bin es, Lolo, ich bin es wirklich.« Sie wussten nicht, wie sie sich umarmen sollten, doch dann fielen sie sich in die Arme, und beiden liefen die Tränen über die Wangen.

»Lass dich mal ansehen.« Dolores nahm Marisas Gesicht in die Hände und betrachtete ihre Freundin mit glänzenden Augen. »Ich habe so oft von dir geträumt. So oft. Und jedes Mal warst du plötzlich weg.«

»Ich weiß«, lachte Marisa. »Ich habe versucht, dir Zeichen zu geben, aber ich wusste einfach nicht, wie man das richtig macht. Ich hoffe, ich habe dich nicht zu sehr erschreckt.«

»Ist schon gut«, schluchzte Dolores. »Ist schon gut. Hauptsache, du bist hier und wir sind zusammen.« Dolores blickte Marisa fest in die Augen. »Hör mir zu. Wir haben nicht viel Zeit. Du musst mir helfen. Deine Großmutter ist in Gefahr. Sie wird festgehalten. Hinter dem Wald in einer Hütte. Wir müssen sie gemeinsam dort herausholen.« Dabei deutete sie mit ihrer Hand hinter sich. Plötzlich veränderte sich die Stimmung.

Marisa blickte betreten zu Boden. »Ich kann nicht.«

»Was heißt, du kannst nicht?« Dolores schaute sie verständnislos an.

»So wie ich es gesagt habe, ich kann nicht. Der Wald, aus dem du gekommen bist, das ist meine Traumvergangenheit. Das bedeutet, ich habe das schon geträumt, und ich kann nicht mehr zurück. Ich habe es gerade noch so geschafft, dir den Pfad zu erleuchten, damit du mich findest. Aber wenn ich mit dir mitgehen würde, dann würde ich verschwinden. In das Niemandsland. Es tut mir so leid, Dolores. Aber damit ist niemandem geholfen.« Erneut traten ihr Tränen in die Augen.

Dolores schüttelte verständnislos den Kopf. »Aber wie soll ich das allein schaffen?«

Marisa blickte sie aus ihren verweinten Augen an. »Du schaffst das. Wenn das einer kann, dann du. Ich weiß es.«

Donna Louisa hatte sich die ganze Geschichte angehört. Nun saß wie erstarrt auf ihrem Stuhl. Zoe war ihre Enkeltochter, Alejandros uneheliche Tochter. Alina Dominguez' Kind, ihr Leben lang verheimlicht und verleugnet. Wie tief waren die Wunden, die so einem Menschen zugefügt worden waren? Louisa empfand schon fast einen Anflug von Mitgefühl. Aber andererseits – Zoe hatte versucht, Marisa das Leben zu nehmen. Und langsam wurde ihr bewusst, wie gefährlich diese Person wirklich war. Jemand, der so skrupellos handelte, war entweder bitterböse oder verrückt oder im schlimmsten Falle beides. Donna Louisa befürchtete Letzteres.

»Ich hoffe, ich konnte dich gut unterhalten. Dir ist doch sicherlich bewusst, dass du hier nicht mehr lebend rauskommst. Ich warte nur noch, bis deine geliebte Marisa in das Licht gleitet. Bis Mitternacht müsste das passieren. Wir haben noch zwei Stunden Zeit, um uns besser kennenzulernen. Dann muss ich leider ›Good bye, Großmutter‹ sagen und dich hierlassen. Du wirst eine ewige Gefangene der Traumwelten bleiben. Bis sich irgendjemand dazu entscheidet, deinem erbärmlichen Leben ein Ende zu bereiten.« *Das werden wir ja noch sehen*, ging es Louisa durch den Kopf. Sie schielte unbemerkt zu dem Messer, das in der Ecke lag.

Kommissar Muñoz las sich die Nachricht immer wieder durch.

Meine wunderschöne Isabella,

du bist für mich die Sonne, die hinter den Wolken leuchtet. Du bist das Universum, mit all seinen Mysterien. Du bist Zukunft und auch Vergangenheit. In einem Wort, du bist für mich einfach alles. Ich dachte, ich habe das Glück gefunden. Aber wie es ironischerweise im Leben ist, wenn es am schönsten ist, muss man gehen ...

Deshalb kann ich nicht in Worte fassen, wie leid es mir tut. Wo soll ich nur anfangen? Ich habe viele Fehler gemacht. Fehler, die unverzeihlich sind und die ich nie wiedergutmachen kann. Doch du bist zu gut für mich, du bist das Beste, was mir jemals passiert ist. Bitte glaub mir. Meine Entscheidung hat nichts mit dir zu tun. Überhaupt nichts, ich weiß nur eines: Ich würde dir niemals absichtlich wehtun. Du bist das Wunderbarste, was mir in meinem Leben begegnet ist.

Wenn es einen Schuldigen gibt, in diesem Netz aus Intrigen und Boshaftigkeit, dann nur einen. Ihr Name lautet Zoe Dominguez. Sie hat einen Mordanschlag auf Marisa geplant. Vielleicht kannst du dich noch erinnern, dein Vater bearbeitet diesen Fall. Sie wollte mich als Marionette benutzen. Aber da spiel ich nicht mit. Den Beweis findest du in meinem Wagen auf dem Beifahrersitz, ihre Fingerabdrücke müssten auf den Giftflaschen zu finden sein. Ich bin mir auch sicher, dass sie den ersten Mordanschlag auf Marisa geplant hatte. Sie wollte, dass ich mich als Pfleger verkleide, dem Wachmann einen Kaffee mit Schlafmittel anbiete und dann Marisa vergifte. Sie hat mich erpresst. Ich sehe einfach keinen anderen Ausweg als diesen. Bitte sprich mit deinem Vater, er muss sie aufhalten, bevor sie noch mehr Schaden anrichtet. Der Wagen steht dort, wo die Regenbögen unsere Herzen berührten.

Isabella, bitte verzeih mir, ich habe es einfach nicht geschafft, in diesem Haifischbecken Namens Leben.

Leb wohl ...

Verdammt, fluchte er innerlich. Er hatte es geahnt. Ihm hatte nur noch ein wasserdichter Beweis gefehlt.

»Papa, was machst du jetzt? Wir müssen Leo finden. Ich weiß, dass er noch am Leben ist. Bitte glaub mir.« Ihr Vater blickte sie ernst an, dann wurde sein Blick weicher. Er nahm seine Tochter in den Arm und küsste ihre Stirn. »Ich glaube dir.« Er gab ihr einen Kuss auf die Stirn. »Ich kümmere mich drum.« Er ging zu seinem Dienstwagen, um die Einheiten zu benachrichtigen. Leos Auffinden und Zoes Verhaftung hatten höchste Priorität.

Dolores hatte sich auf den Weg zurück gemacht. Während sie lief, überlegte sie fieberhaft, wie sie sie am einfachsten überwältigen konnte. Tief in ihrem Inneren konnte sie Medas Beistand fühlen. Das verlieh ihr Stärke, und nach dem Gespräch mit Marisa war sie sich sicher, dass es gelingen würde. Voller Zuversicht schmiedete sie einen Plan, sie warf noch einmal einen Blick in ihre Hosentasche und schlich langsam um die Hütte: Sie wollte sich erst mal davon überzeugen, dass sich beide noch darin befanden. Sie versuchte, an der Tür zu lauschen, konnte aber nichts hören. *Dann muss ich wohl ans Fenster.*

Sie bückte sich und schlich vorsichtig um die Hütte. Als sie ihren Kopf hob und durch das Fenster blickte, sah sie sofort Donna Louisa, sie war mit Händen und Füßen an einen Stuhl gefesselt. Aber von ihrer Entführerin keine Spur. Das Herz schlug ihr bis zum Hals. Sie warf noch mal einen Blick durch das Fenster. Dieses Mal schaute sie sorgfältiger. Aber Donna Louisa schien wirklich allein zu sein. Dolores klopfte an die Scheibe. Sie konnte an Donna

Louisas Blick eine große Erleichterung erkennen. Schnell öffnete sie die Tür und rannte auf sie zu.

»Oh Dolores, dem Himmel sei Dank. Bitte mach schnell, sie muss jeden Augenblick zurück sein. Dort hinten liegt ein Messer. Nimm es an dich, für alle Fälle.« Dolores nahm die Waffe und befreite Donna Louisa. »Du musst sie außer Gefecht setzen, damit sie uns nicht in die Quere kommt. Mein Kind, sie ist verdammt gefährlich.« Dolores hielt erschrocken inne. Ein mulmiges Gefühl durchfuhr sie, als sie plötzlich Geräusche hörten.

Kapitel 44

»Umstellt das Gebäude!«, schrie der Kommissar. »Nicht dass die uns noch entwischt.« Mit zwei Kollegen im Schlepptau lief er auf das Gebäude zu und klingelte Sturm. Aber niemand öffnete.

»Sollen wir stürmen?«, fragte einer der Beamten.

»Nein, wartet noch einen Augenblick.« Muñoz blickte sich suchend um, da bemerkte er, dass ein Fenster angekippt war. »Vielleicht sollten wir es damit versuchen.« Ein Kollege machte sich an dem Fenster zu schaffen, während er sich noch eine Zigarette anzündete und das Gebäude betrachtete. *Warum tut jemand so was? Sie hat doch alles: Geld, gutes Aussehen, gesund scheint sie auch zu sein. Aber wohl nicht auf mentaler Ebene.*

»Kommissar, wir können in das Objekt eindringen«, hörte er seinen Kollegen sagen. Er schnipste seine Zigarette weg und stieg mit den anderen durch das offene Fenster.

Dolores hatte sich hinter einem Schrank versteckt und hielt mit zitternden Händen das Messer in der Hand. Sie hatte noch nie jemals zuvor jemanden körperlich angegriffen. Schon gar nicht mit einer Waffe. Angstschweiß lief ihr über die Stirn. Sie wischte sich langsam darüber, darauf bedacht, keine falsche Bewegung zu machen.

»Na, Großmutter, tut mir leid, dass ich dich fesseln musste. Aber das Risiko war mir einfach zu groß, dass du mir entwischen würdest.« Zoe hatte soeben die Hütte betretenen und entledigte sich ihres Regenmantels, draußen hatte es wieder angefangen zu schütten. Donna Louisa saß angespannt auf ihrem Stuhl. Was wäre, wenn sie bemerken würde, dass sie nicht mehr gefesselt war? Sie hielt Arme und Beine eng zusammen, um den Eindruck zu erwecken, dass sie es noch war. In der Hoffnung, dass Dolores die richtige Gelegenheit ergreifen würde, um Zoe außer Gefecht zu setzen. »Soll ich dich wieder befreien?« Zoe schmunzelte. »Wir warten noch ein wenig. Du solltest dich langsam daran gewöhnen.«

Dolores konnte ihren Rücken sehen. Jetzt wäre wohl der richtige Zeitpunkt. Sie hoffte, dass Meda ihr irgendwie helfen konnte. Mit einem Satz sprang sie aus ihrem Versteck und hechtete auf sie zu. Zoe stand an einem Stuhl und hantierte an ihrer Jacke.

Als hätte sie es schon geahnt, sprang sie in genau dem Moment zur Seite, drehte sich mit dem Stuhl in der Hand um und schlug ihn Dolores gegen die Hüfte. Dolores landete mit einem lauten Schrei auf dem Boden und hielt sich mit verzerrtem Gesicht die Hände an die schmerzende Stelle. Zoe fing an, laut zu lachen, es schwoll immer weiter an und verwandelte sich allmählich in ein hysterisches Kreischen. Tränen liefen ihr über das Gesicht.

»Habt ihr beiden wirklich gedacht, ich wäre so naiv, dass ich nicht gemerkt habe, was ihr im Schilde führt?« Sie hob das Messer auf und bedrohte damit Dolores. »Los steh auf.« Dolores stand schmerzverzerrt auf. »Setz dich«, sagte Zoe kalt und wies auf den Stuhl. »Wen haben wir denn hier?« Zoe begutachtete Dolores eingehend. »Marisas Ökofreundin. Immer ungeschminkt und denkt, sie wäre etwas Besonderes. Tja, so kann es enden.« Sie holte ein paar Seile und reichte sie Donna Louisa. »Hier, fessle sie.« Donna Louisa wollte sich widersetzen. Zoe wurde wütend und hielt stattdessen Dolores das Messer ans Gesicht. »Ich kann ihr auch das hübsche Gesicht zerschneiden.« Donna Louisa musste schlucken. Sie seufzte tief und begann Dolores zu fesseln. »So und jetzt fessle deine Füße an den Stuhl, mach schon.« Resigniert setzte sich Donna Louisa auf ihren Stuhl und tat, wie ihr befohlen.

»Durchsucht das ganze Gebäude und vergesst keinen Winkel, wir müssen diese Verrückte ausfindig machen.« Der Kommissar war angespannt, nervös zog er an seiner Zigarette. Er hatte gehofft, sie sofort festnehmen zu können. Aber es sah aus, als sei keiner zu Hause.

»Chef!« Ein junger Polizist kam auf ihn zu. »Es ist keiner da. So wie es aussieht, ist sie mit dem Auto abgehauen, ich habe schon mit der Zentrale gesprochen und mir die Daten für ihren Wagen geben lassen.«

Der Kommissar überlegte einen Moment. »Geben Sie eine Großfahndung raus. Wir müssen sie dringend aufhalten.«

Nachdem beide gefesselt waren, schnappte sich nun auch Zoe einen Stuhl und nahm vor ihnen Platz. Mit blitzenden Augen musterte sie ihre Gefangenen.

»Ihr wolltet mich also überlisten«, ein grimmiges Lächeln überzog ihr Gesicht. »Und ihr habt wirklich gedacht, dass ich so blöd wäre, darauf hereinzufallen.« Sie schüttelte belustigt ihren

Kopf und rückte näher heran. »Nachdem ich das Geräusch am Fenster gehört hatte, war mir klar, dass irgendetwas nicht stimmen konnte. Deshalb habe ich das Messer in der Ecke liegen lassen und so getan, als würde ich die Hütte verlassen. Stattdessen stand ich draußen am Fenster und konnte euch beobachten, wie ihr euren amateurhaften Plan ausgeheckt habt. Es war wirklich amüsant.« Dolores und Donna Louisa warfen sich entsetzte Blicke zu. »Wie auch immer, *ich* habe *euch* überlistet. Und in spätestens fünfundvierzig Minuten könnt ihr Marisa winken. Denn spätestens dann wird sie ins Jenseits übergleiten. Ach, ich kann schon die Engelschöre singen hören, wenn sie sie empfangen.« Ihre Augen leuchteten vor Euphorie. »Dann spätestens dann wird mein süßer Leo sie vergiftet haben.«

Dolores horchte erschrocken auf. »Du meinst doch nicht Leo, Leon Casirelli?«

»Doch, genau den meine ich. Der hübsche, nette Leon Casirelli.«

»Das glaube ich nicht«, erwiderte Dolores schroff.

Zoe hob ihre Augenbrauen. »Was du glaubst, interessiert mich einen Scheiß. In der Lage, in der du dich momentan befindest, hätte ich dir gegenüber keinen Grund, mir irgendwelche Geschichten auszudenken.« Wütend spuckte Dolores ihr vor die Füße. »Sieh an, sieh an. Der kleine Goldschopf wird böse.« Zoe lief auf sie zu und packte sie an den Haaren. »Ich warne dich, erlaube dir nie wieder, mich anzuspucken. Hast du mich verstanden?« Dolores warf ihr einen verhassten Blick zu, traute sich aber nicht, etwas zu erwidern.

Zoe wandte sich ab und lief auf die kleine Küchenzeile zu. »Ich werde mir jetzt einen Tee machen, was anderes gibt der Traum hier ja nicht her.« Sie durchsuchte die ganzen Schränke, konnte aber nichts anderes finden. »Blaubeertee«, las sie laut vor.

»Marisas Lieblingstee«, entfuhr es Donna Louisa. Zoe zuckte mit den Schultern und setzte heißes Wasser auf. Nachdem sie sich eine Tasse eingeschenkt hatte, nahm sie wieder Platz.

»Ich bin schon ganz aufgeregt. Bald geht's los.« Sie warf einen vielsagenden Blick auf ihre Uhr. Plötzlich hörten sie ein Geräusch, es hörte sich an wie ein Klopfen. Alle drei erstarrten. Zoe stellte ihre Tasse auf den Boden und lief zur Tür. Als sie sie öffnete, flog auf einmal ein Specht in den Raum und erhellte mit seinem Gezwitscher den ganzen Raum.

»Verdammter Vogel!«, schrie Zoe und holte einen Besen. Doch der Vogel war gewieft und ließ sich mit einer ungeahnten Leichtigkeit durch die ganze Hütte jagen. Bis er irgendwann genug hatte und sich dazu entschloss, wieder seines Weges zu fliegen.

Zoe schloss schnell die Tür und setzte sich murrend auf ihren Hocker. »Was sollte das? Das war doch jemand von euch! Vögel klopfen nicht einfach an Haustüren, fliegen dann rein und zwitschern einem was vor« Dolores und Louisa sagten kein Wort. »Ach, verdammter Mist. Euer ganzes Theater bringt euch sowieso nichts. Noch ein paar Minuten, und dann könnt ihr goodbye zu eurer Marisa sagen.« Sie nahm wieder einen langen Schluck aus ihrer Tasse. »Schmeckt gar nicht so schlecht das Zeug«, und trank die Tasse leer.

»Kommissar, wir haben ein verdächtiges Fahrzeug entdeckt. Roter Sportwagen, er steht ziemlich abgelegen am Anfang des Nationalparks. Die Zielperson ist aber nicht im Wagen.«

»Sehr gut, Ramon, gibt es Gebäude in der Nähe?«

»Eigentlich nicht, bis auf eine alte Holzhütte. Die Kollegen sind schon auf dem Weg.« Muñoz schaltete sein Funkgerät aus. Sie kamen der Sache allmählich näher.

Zoe grinste höhnisch, ihr Messer hatte sie neben sich auf dem Boden liegen. Sie saß entspannt auf dem Stuhl und war ganz auf ihre Uhr fixiert. Als ein Geräusch ihre Aufmerksamkeit erregte, sie schaute auf und war zu perplex, um zu reagieren. Dolores und Louisa hatten sich erhoben und kamen auf sie zu. Blitzschnell kickte Dolores mit ihrem Fuß das Messer zur Seite, sodass Donna Louisa es an sich nehmen konnte, und nahm Zoe in den Schwitzkasten.

»Schnell, geben Sie mir das Messer, ich kann sie nicht mehr lange halten.« Zoe wehrte sich mit all ihren Kräften, kam aber nicht gegen Dolores an, die sie fest in ihren Fängen hielt. Nachdem Louisa das Messer abgegeben hatte, ließ Dolores die keuchende Zoe los. Die wälzte sich nun nach Luft ringend auf dem Boden.

»Es wird nicht mehr lange dauern, dann ist sie bewusstlos.« Zoe hustete noch vor sich hin und fühlte, wie allmählich die Kräfte ihren Körper verließen.

»Wie zum Teufel habt ihr das gemacht?«

»Tja, Zoe«, erwidert Dolores trocken. »Hochmut kommt vor dem Fall. Du hast nicht gemerkt, dass wir einen Stoppersteck gemacht haben. Das ist ein Knoten, der sich unter Belastung zuzieht und sich bei Entlastung wieder lockert. Du hast daran gezogen, während wie ihn angespannt hielten. Ach und der Specht diente nur der Ablenkung. In der Zeit, als du nach ihm geschaut hast, habe ich ein starkes Schlafmittel in deinen Tee getan. Bald wirst du in die tiefsten Ebenen deines Unterbewusstseins abdriften und kannst uns nicht mehr in die Quere kommen.« Sie schaute zu Donna Louisa. »Wir haben nicht mehr viel Zeit. Marisa wartet.«

Zoe begann schadenfroh zu lachen. »Das schafft ihr nie. Ihr seid zu spät. Zu spät!«, schrie sie noch einmal. Schnell knebelten sie ihr den Mund und fesselten ihr Hände und Füße.

»Das sollte eine Weile halten. Jetzt müssen wir aber los, sonst kommen wir womöglich noch zu spät«, sagte Dolores. Als sie die Hütte verlassen wollten, drehte Louisa sich noch einmal um und erblickte etwas, das ihre Aufmerksamkeit erweckte.

»Kommissar, wir haben eine verdächtige Person gefunden. Sie passt auf die Beschreibung, Aufenthaltsort ist die Holzhütte im Nationalpark.« Ramon erstattete wieder Bericht über das Funkgerät.

»Habt ihr schon mit ihr gesprochen? Konnte sie sich ausweisen?«

»Ähm … Chef, das geht leider nicht.« Muñoz verstand nicht.

»Was soll das heißen? Hat es ihr die Sprache verschlagen, oder was?«

»Nein, das nicht. Aber sie scheint zu schlafen.«

»Und warum weckt ihr sie nicht?«

»Das ist doch das Problem: Sie wacht einfach nicht auf.« Muñoz schüttelte ungläubig den Kopf und machte sich auf den Weg.

Isabella lag auf ihrem Bett und weinte. Sie war sich sicher, dass Leo noch am Leben war, sie spürte ihn in ihrem Herzen. *Er ist noch am Leben, und solange das Gegenteil nicht bewiesen ist, gebe ich nicht auf. Ich werde ihn finden.*

Plötzlich hörte sie, wie die Tür aufging, ihr Vater war nach Hause gekommen. Schnell wischte sie sich die Tränen aus dem Gesicht und rannte ihm entgegen. Er stand in der Küche und schaute sie aus erschöpften Augen an.

»Isabella …« Betroffen blickte er auf den Boden. *Er ist alt geworden,* stellte sie für sich fest. Das Deckenlicht warf unbarmherzig sein grelles Licht auf sein Antlitz und offenbarte jede noch so kleine Falte. Sein Teint wirkte durch den Schlafmangel der vergangenen Nacht fahl. Und das Haar war von unzähligen silbernen Fäden durchzogen, die im Licht glänzten. Isabella überkam in diesem Moment eine Woge der Zärtlichkeit. Sie liebte ihn so sehr.

»Es tut mir leid, das sagen zu müssen, aber von Leo fehlt jede Spur.« In seiner Stimme schwang ein Hauch von Resignation mit. »Wir haben überall gesucht, aber er bleibt verschwunden.« Er seufzte laut. »Wir haben den dringenden Verdacht, dass er in den Fluss gesprungen ist. Der hat eine ziemlich starke Strömung und es ist schwierig, dort so schnell irgendetwas zu finden.« Ein unerwarteter Schmerz durchfuhr ihren ganzen Körper. Kurz hielt sie inne, um diese Last zu verkraften, dann schüttelte sie ihren Kopf.

»Nein, Papa, bitte glaub mir, ihr irrt euch.«

Kapitel 45

»Donna Louisa, wir müssen los, sonst kommen wir womöglich zu spät«, rief Dolores panisch. Louisa schien einen Augenblick zu überlegen, lief eilig zurück und griff nach dem Gegenstand, der ihr so bekannt vorkam. Dann machten sie sich auf den Weg.

»Nana!« Marisas Augen strahlten vor Glück. »Dolores! Ihr habt es geschafft.« Freudestrahlend lief sie auf beide zu und schloss sie fest in ihre Arme. »Es tut so verdammt gut, euch zu sehen. Ich kann euch gar nicht sagen, wie sehr ich mich freue.« Keiner konnte es richtig fassen und sie hielten sich lange umarmt.

Dolores löste sich als Erste aus der Umarmung. »Wir haben uns solche Sorgen um dich gemacht. Zoe meinte, Leo würde dich vergiften.«

Marisa lachte belustigt auf, während sie sich nun auch aus der Umarmung löste. »Leo mich vergiften? Soll das ein Witz sein?«

Marisa schaute ungläubig zwischen beiden hin und her. Sie zuckten nur ahnungslos mit den Schultern.

»Das wirst du ihn wohl selbst fragen müssen, bis jetzt scheinst du ja noch putzmunter. Dafür haben wir es dieser Zoe richtig gegeben. Nicht wahr, Donna Louisa? Ich hatte noch einen Rest von meinem Schlafmittel dabei. So haben wir sie letztlich dranbekommen.«

Donna Louisa räusperte sich. »Na ja, da muss ich dir vielleicht widersprechen.« Dolores schaute sie verdutzt an. »Du liegst mit allem richtig, nur bei Zoe bin ich mir nicht sicher.«

Dolores entgegnete überzeugt: »Aber Donna Louisa, natürlich war sie das. Ich kenne sie doch von der Uni.«

»Ich glaube, du täuschst dich, mein Kind, der Schein trügt.« Sie blickte auf einen Baumstamm, der quer auf der Wiese lag. »Kommt, wir setzen uns dorthin, ich möchte euch etwas zeigen.«

»Dreißig Jahre ist es nun her, ich werde diesen Tag niemals vergessen. Da habe ich sie zum ersten Mal gesehen.« Sie seufzte tief. »Sie hieß Alina, Alejandro war damals mit ihr zusammen und hatte sie zu uns eingeladen. Eine wunderschöne junge Frau, keine Frage.« Marisa und Dolores hörten ihr mit großen Augen zu. »Nun ja, ich hatte immer das Gefühl, dass Alejandro sich gerne mit ihr schmückte. Nicht mehr.« Louisa stockte einen Augenblick. »Der Junge … er war, ich meine, er ist sehr attraktiv und nicht nur das. Er kann auch sehr manipulativ und rücksichtslos sein. Wie auch immer, sie hatten ihren Spaß miteinander, bis an dem Tag, als er deine Mutter kennenlernte, Marisa. Ich lebte schon wieder in Chile, es war zu jener Zeit, als ich im Begriff war, die Firma deines Großvaters erneut aufzubauen. Er kam mich besuchen und wollte natürlich Land und Leute kennenlernen.« Donna Louisa legte eine kurze Pause ein, um dann wieder fortzufahren. »Es war früher

Morgen, ich war im Begriff, ins Bad zu gehen. Da kam er in mein Schlafzimmer gestürmt. ›Mutter, ich bin verliebt.‹ Er war so euphorisch. Ich hatte ihn zuvor noch nie so erlebt. Der Junge umarmte mich und wollte sogar mit mir tanzen. Seine Augen sprühten Funken vor lauter Glückseligkeit.« Donna Louisa lächelte. »Ja, Marisa, er hat deine Mutter geliebt.« Sie nickte bedrückt vor sich hin. »Und das war dann der Anfang vom Ende.«

Ernst fuhr sie fort. »Er wollte die Beziehung zu Alina so schnell wie möglich beenden. Es bot sich die optimale Gelegenheit, sie war bei uns aufgetaucht, um ihn zu überraschen. Sie war dermaßen außer Rand und Band, schrie, heulte, lag vor ihm auf dem Boden und bettelte ihn förmlich an, sie nicht zu verlassen. Sie war derartig wütend und enttäuscht.« Donna Louisa schloss einen kurzen Augenblick ihre Augen, während ihre Unterlippe zitterte. Man konnte deutlich spüren, dass sie diesen Moment innerlich noch mal durchlebte. Dann öffnete sie die Augen wieder und schenkte ihren Zuhörerinnen einen bedeutungsvollen Blick. »Alina erwartete ein Kind von ihm. Alejandro aber wollte sie zwingen, es abzutreiben. Er akzeptierte seine Vaterschaft nicht. Ich wusste von alledem nichts, er hat nie mit mir darüber gesprochen. Alina jedoch behielt das Kind.«

Marisas Augen weiteten sich und ihr stand der Mund offen. »Nana, willst du etwa damit sagen, dass Zoe meine Schwester ist?«

Donna Louisa bedachte sie mit einem aufrichtigen Blick. »Ja, mein Kind, das ist so. Sie ist deine Halbschwester.« Marisa musste heftig schlucken, was würde als Nächstes kommen?

»Seht ihr dieses Buch hier, das ist Alinas Tagebuch. Ich kann mich noch gut daran erinnern. Sie hatte es liegen gelassen, nachdem Alejandro ihr den Laufpass gegeben hatte und sie völlig aufgelöst das Haus verließ. Alejandro bat mich darum, ihr das

Buch zuzuschicken, sie schien ihm die Hölle deswegen heiß zu machen.« Nachdenklich fuhr sie mit ihren Fingern über die eingeprägten Ornamente. »Ich bin mir sicher, sie hätte es niemals wegegeben. Und schon gar nicht an ihre Tochter. Ich meine, in so einem Tagebuch stehen einfach ein Haufen persönlicher Dinge.« Sie warf beiden einen vielsagenden Blick zu. »Es lag vorhin auf dem Boden, es war aus Zoes Tasche geflogen. Als ich es sah, habe ich es sofort wiedererkannt. Und in mir ist ein dringender Verdacht aufgekommen, der sich dann bestätigt hat. Ich habe es auf dem Weg hierher immer wieder durchgelesen.« Dolores blickte sie mit großen Augen an. »Schau mich nicht so verwundert an«, schmunzelte Louisa. »Ich kann mir in Träumen Zeitkapseln einbauen. Das bedeutet, ich habe im Laufe der Jahre gelernt, Träume für eine gewisse Zeit lang zu stoppen. Davon bemerkt keiner etwas und mir verschafft es den Vorteil, Zeit zu schinden.« Sie musste unwillkürlich lächeln bei dem Anblick der beiden Gesichter. »Dabei ist mir eines klar geworden. Scheinbar hat Zoe die Fähigkeit geerbt, die uns auch zuteilgeworden ist. Leider hat sie diese ausgenutzt, mit fatalen Folgen.«

»Alina hat ihr Kind ihr Leben lang gehasst. Sie hat ihm unbewusst die Schuld am Scheitern ihrer Beziehung gegeben.« Betreten schaute sie auf ihre Hände. »Zoe hat um die Liebe ihrer Mutter gekämpft. Als sie realisierte, dass sie diese Fähigkeit besitzt, wollte sie sie dafür nutzen, um ihre Mutter für sich zu gewinnen. Leider ist der Schuss nach hinten losgegangen. Alina hat ihre eigene Tochter hintergangen. Die Zoe, die wir kennen, ist in Wirklichkeit Alina. Sie hat Zoes Körper in Besitz genommen und ihren persönlichen Rachefeldzug geplant. Und das erste Opfer solltest du werden, Marisa.«

Mit einem Mal herrschte betretenes Schweigen. Niemand brachte auch nur ein Wort raus. Es klang alles so unglaublich.

Dolores unterbrach das Schweigen: »Das bedeute, dass Zoe irgendwo in einem Traum weiterlebt?«

Donna Louisa nickte. »Ja, das bedeutet es. Das arme Kind ist hintergangen und betrogen worden, von der eigenen Mutter. Und die spaziert im Körper ihrer Tochter gemütlich durch die Gegend.«

»Können wir ihr nicht irgendwie helfen?«, fragte Dolores. »Vielleicht gibt es eine Möglichkeit, das Geschehene wieder rückgängig zu machen.«

»Ja, das könnte sein, man müsste nur wissen, wie.« Dolores musste augenblicklich an Meda denken, als plötzlich etwas ihre Iris trübte.

»Was ist das denn?« Dolores deutete mit ihrem Finger in die Ferne. Marisa und Donna Louisa folgten Dolores' Blick.

Donna Louisa erstarrte einen Moment. »Ich glaube, es ist an der Zeit, Kinder.« Die beiden sahen sie verwundert an. »Das Licht, es kommt immer näher.«

»Nana, was meinst du mit dem Licht? Heißt das, ich muss gehen?« Panisch ergriff sie die Hand ihrer Großmutter.

Donna Louisa lächelte ihre Enkelin aus warmen Augen an. »Hab keine Angst, du musst nirgendwohin.« Dolores legte beruhigend ihren Arm um Marisas Schulter, sie war sich dessen bewusst, was nun gleich passieren würde. Donna Louisa würde anstelle von Marisa in das Licht gehen, damit ihre Enkeltochter weiterleben konnte.

»Mein Kind, erschrick jetzt bitte nicht. Aber es ist Zeit für einen Abschied. Mein Leben hier ist vorbei, es ist nun an dir, das Zepter in die Hand zu nehmen. Ich sehne mich danach, zu meinen

Wurzeln zurückzukehren. Cristobal, Joaquin, sie erwarten mich schon, ich kann es fühlen.«

»Nana, bitte verlass mich nicht!«, flehte Marisa.

Louisa lächelte sie gütig an. »Ich verlasse dich nur für einen kurzen Moment. Es wird sich eines Tages so anfühlen wie ein kleiner Augenblick. Und dann werden wir wieder vereint sein, mein Kind.«

Das Licht kam immer näher, ihnen blieb nicht mehr viel Zeit. Donna Louisa schloss ihre Enkelin fest in die Arme. »Wir sehen uns in absehbarer Zeit wieder. Hab keine Angst, meine Kleine.« Marisa fing an, unkontrolliert zu schluchzen. Donna Louisa ließ von ihr ab und schaute ihr tief in die Augen. »Fürchte dich nicht, mein Schatz. Ich bin in deinem Herzen und in deinen Gedanken immer bei dir.« Nach und nach begann das Licht, die ganze Umgebung in Wärme zu tauchen. Donna Louisa wandte sich blinzelnd der Helligkeit zu, dann drehte sie sich wieder zu Marisa.

Sie riss erstaunt die Augen auf. »Nana, du siehst ganz anders aus. So jung, so wie früher.« Sie betrachtete ihre Großmutter ungläubig. Louisa lächelte. »Ich gehe jetzt nach Hause. Lebt wohl.« Sie winkte noch ein letztes Mal, bevor sie mit entschlossenen Schritten in das Licht ging. Dolores nahm Marisa an die Hand, lange schauten sie dem Licht hinterher.

Dann sagte Dolores: »Komm, es ist an der Zeit, zu gehen.«

Isabella und ihr Vater saßen auf den Stufen, vor dem Haus und bewunderten den Sonnenuntergang. Sie hatte ihren Kopf an seine Schulter gelegt und schaute gedankenverloren in den Horizont.

»Papa, was wird jetzt mit dieser Zoe passieren?«

Er seufzte einen Augenblick. »So wie es aussieht, wird sie so lange auf der Intensivstation bleiben, bis sie aus dem Koma erwacht. Ihr Fall ist ziemlich ungewöhnlich, die Ärzte konnten keine Verletzungen oder Ähnliches entdecken, die den Grund für ihren komatösen Schlaf erklärt.« Nachdenklich kratzte er sich am Kopf.

»Meinst du, dass sie für den ersten Mordanschlag verantwortlich ist?« Sie hatte sich aufgerichtet und blickte ihn direkt an.

»Ja, so ist es. Wir haben nach der Hausdurchsuchung einiges an belastendem Material gefunden. Sie muss sich als Mann verkleidet haben. Deshalb waren wir so lange auf der falschen Fährte.«

»Und Leo?«, fragte sie zaghaft.

»Von Leo keine Spur«, antwortete er knapp. Er würde ihr unter keinen Umständen von dem Video erzählen, das sie in Zoes Haus gefunden hatten. Auf einmal erschütterte ein lauter Klingelton die bedrückende Ruhe. Muñoz zog umständlich sein Handy aus seiner Jackentasche.

»Muñoz.« Isabella beobachtet ihren Vater, wie sich seine Mimik von erwartend auf erstaunt und schließlich in entsetzt änderte. »Ich bin unterwegs.«

»Papa, was ist los?« Ihr Herz fing an zu rasen. Er war im Begriff loszulaufen, als er noch einen Moment innehielt.

»Sie haben im Haus noch eine weitere schlafende Frau entdeckt.« Dann wandte er sich um und eilte hinaus.

4 Monate später

»In Gedenken an Paolo Cruz, einem wunderbaren Menschen, Vater und Künstler. Du wirst immer unvergessen sein.
In Liebe deine Tochter Dolores«

In klaren Buchstaben hatte sie die Tafel gravieren lassen.

»Wie findet ihr es hier?«, fragte Ashok. Er hatte sich am Seeufer positioniert und versuchte, eine geeignete Stelle zu finden, an der sich das Schild gut machen würde.

»Perfekt« lächelte Dolores.

Marisa hingegen schaute etwas skeptisch. »Ich glaube, näher am Steg würde es mir besser gefallen.« Ashok lief der Schweiß in Bächen den Rücken hinunter. So ging das nun schon den ganzen Vormittag. Ashok hier, Ashok da … Allmählich begann er die Lust zu verlieren.

»Könnt ihr euch endlich mal einig werden?« Genervt starrte er in ihre Richtung. Marisa und Dolores fingen an zu lachen.

»Lasst uns eine Pause machen, ich habe frische Limonade im Kühlschrank«, neckte Dolores verlockend. Behutsam legte Ashok die Tafel ab und sie machten sich auf den Weg in das Gebäude. »Bald können wir unsere ersten Gäste empfangen.« Stolz blickten sie auf Corazon, sie hatten das Anwesen zurückgekauft, um es in ein Hotel umzuwandeln. In absehbarer Zeit würde es hier vor Menschen wimmeln. Erschöpft ließ sich Ashok auf einen der Küchenstühle fallen und genehmigte sich einen großen Schluck der Zitronenlimonade, während er die Tageszeitung las. Marisa und Dolores standen am Küchentresen und diskutierten, welche Wandfarbe besser zur Einrichtung passen würde, als Ashok auf einmal die Zeitung fallen ließ und beide mit entsetzten Augen anschaute. Sie waren noch in ihre Diskussion vertieft, dass es ihnen zuerst gar nicht auffiel. Mit monotoner Stimme fragte er: »Hat jemand von euch schon einen Blick in die Tageszeitung geworfen?« Marisa und Dolores unterbrachen ihre Unterhaltung und erschraken, als sie sein Gesicht sahen. Ashok war kreidebleich angelaufen.

Nachdenklich strich sich Isabella über ihren Bauch. Noch fünf Monate, dann ist es so weit. Sie seufzte: Wenn Leo doch nur hier wäre. Dann wäre alles einfacher. *Meine Kleine, dachte sie. Eines Tages wirst du ihn kennenlernen, das verspreche ich dir.*

Es klopfte an der Tür. »Isabella, darf ich hereinkommen?«

»Natürlich, Papa, komm rein.«

Er setzte sich neben sie und schenkte ihr einen warmen Blick. »Wie geht's dir heute?«

Sie lächelte. »Uns geht's gut. Heute war ein ruhiger Tag.« Dabei blickte sie liebevoll an sich herunter. »Bald bist du Opa, wer hätte das gedacht?«

Der Kommissar schüttelte den Kopf. »Nenn mich nicht so, sonst fühl ich mich gleich wieder so alt.« Er strich mit seinem Fuß über den Teppich.

Isabella fing an zu lachen. »Gut, dann werde ich dein Enkelkind so erziehen, dass es dich Juan nennt, falls dir das lieber ist.«

Muñoz verzog sein Gesicht zu einer Grimasse. »Hör mal, Kleines, ich muss dir was sagen.« Isabella ließ irgendetwas in seiner Stimme aufhorchen.

»Ich bin ganz Ohr, Papa.«

Er sah sie ernst an. »Hast du heute schon Zeitung gelesen?«

»Nein, Papa, das Internet funktioniert heute irgendwie nicht richtig.« Er nickte, dann stand er auf und lief in ihrem Zimmer auf und ab.

»Diese zweite Frau, die wir in Zoes Haus gefunden haben: Laut ihrer DNA müsste sie Zoes Mutter sein.«

Erstaunt hob Isabella ihre Augenbrauen. »Und liegt genauso im Tiefschlaf wie ihre Tochter«, stellte sie nüchtern fest.

»Genau, aber das ist nicht das Problem«, er fuhr sich nervös durch die Haare. »Zoe ist verschwunden. Ich befürchte, ihr seid alle in Gefahr.«

ENDE

Danksagung

Liebe Leser, hier noch eine kleine Danksagung.

Es liegt mir sehr am Herzen mich bei allen zu bedanken, die mir dabei geholfen haben, meinen Traum zu erfüllen. Zuerst einmal Joschi, du hast mich motiviert es endlich zu tun. Und warst ein fleißiger Helfer, in allen Belangen. Meinen geduldigen Zuhörer Michael. Und natürlich, meine Lesegruppe. Danke an Euch: Julchen, Julia, Simone, Beate, Heike, Stefanie, Antonella und Ela. Danke auch an E. für die Inspirationen, ohne dich hätte ich einige Ideen nicht gehabt. Und nicht zu vergessen meine superliebe Erstlektorin Caroline.

Danke an Euch alle!

Vorschau: Corazon – Die Traumreisenden

Die Reise durch Raum und Zeit findet einen neuen Höhepunkt.

Während Marisa und Dolores sich erneut Unterstützung von Meda, der Seherin holen, ist Isabella nicht von Leos Tod überzeugt. Deshalb schließt sie sich ihnen an und erhofft sich dadurch Aufklärung. Währenddessen spinnt das Schicksal unaufhaltsam sein feines Netz aus Intrigen und dramatischen Geschehnissen

Bringen sie es fertig, Alinas Rache aufzuhalten? Gelingt es jemandem, Zoe aus ihren Fängen zu befreien? Was für eine Rolle spielen, Carlos, der ehemalige Söldner, und die undurchsichtige Alba Perez. Und wer ist der ominöse Oscuro? Eine Odyssee in das Tal der menschlichen Schicksale beginnt und offenbart so manch unerwartete Tatsache.

Emotional, fesselnd und voller überraschender Wendungen entführt uns »Die Traumreisenden« in eine Parallelwelt, die in den Untiefen unseres Unterbewusstseins schlummert und trotzdem so nah an der Realität scheint.

Über die Autorin

Willkommen ihr Lieben!

Ich finde es nicht ganz einfach, objektiv über mich zu schreiben. Deshalb versuche ich mich kurz und neutral zu halten. Weder habe ich Heldentaten begangen, noch Wunder jeglicher Art bewirkt. Doch eines ist mir wirklich gelungen und darüber bin ich überglücklich! Ich habe ein Buch geschrieben. Und das ohne jegliche Vorkenntnisse. Aber wisst ihr was? Ich bin einfach meinem Herzen gefolgt und habe das getan, was mir am meisten Spaß macht: Schreiben! Deshalb lautet mein Motto: Folge Deinem Herzen und Deine Träume werden wahr. Denn das ist doch unsere Motivation im Leben. Dinge zu tun, die uns Spaß machen.

Probiert habe ich einiges, habe in unterschiedlichen Branchen gearbeitet. Ich habe immer wieder neue Berufe ausprobiert und mich selbst ausprobiert. Es ist nicht immer ganz einfach, sich selbst zu finden, genauer gesagt zu erfinden. Aber schlussendlich ist es das, was uns unser komplettes Leben lang begleitet, ein Talent, von dem wir wissen, es gehört zu uns, aber von dem uns nicht bewusst ist, wie maßgeblich entscheidend es ist für unser Glück. Deshalb kann ich es nur betonen, hört auf Euer Herz. Vergesst für einige Zeit Euer Kopfkino und konzentriert Euch darauf, was Euch Euer Inneres zuflüstert.

So und nun auf mich zurückzukommen, geboren bin ich in Baden-Württemberg in einem beschaulichen Ort im Ost Alb Kreis. Eines Tages hat es mich in die Hauptstadt verschlagen und dort bin ich hängengeblieben. Meine Wurzeln jedoch liegen in einem der schönsten Bergdörfchen Italiens, das ich sehr liebe und in dem ich wunderbare Zeiten verbracht habe. Meine Leidenschaft jedoch gilt dem Schreiben und natürlich auch dem Lesen. Seit meiner Kindheit sind Bücher mein ständiger Begleiter, sie inspirieren mich, bringen mich zum Träumen und geben mir Kraft. Musik ist auch so ein Faktor. Ich spiele leidenschaftlich gerne Klavier und liebe es, Musik zu hören. Ein Leben ohne, undenkbar. Außerdem bin ich Katzenliebhaber und habe einen haarigen Begleiter an meiner Seite, Namens Esmeralda, die auch bisweilen in meinem Buch vorkommt.

Ich freue mich sehr darauf, Euch meinen Debütroman Corazón vorzustellen. Ich glaube, darin ist von allem etwas vertreten. Von Amore über Intrigen bis hin zu heißen Affären und einer guten Prise Mystery, habe ich versucht, mir eine fesselnde Geschichte aus der Seele zu schreiben. Anfangs dominieren die leisen Töne, katapultieren sich aber mit jedem Kapitel in mitreißendere Sphären.

Wenn ihr mehr über mich erfahren möchtet, dann folgt mir doch einfach auf

Facebook:https://www.facebook.com/profile.php?id=100073958285231

Instagram : anna_ama_la_vita

Oder stöbert auf meiner Homepage : http://writer-annamariaangela-vitale.de/

Printed in Poland
by Amazon Fulfillment
Poland Sp. z o.o., Wrocław

93780765R00217